«Dekker entrega otra novela absorbent[...] [al lec]tor por un viaje lleno de conspiraciones inesperadas... un fascinador relato de gatos y ratones... una mezcla casi perfecta de suspenso, misterio y horror».

—*Publishers Weekly*

«¡*Tr3s* es una extraña historia llena de suspenso e imposible de dejar! Dekker supera a los maestros del género de suspenso con una trama tan absorbente, tan eficaz, tan llena de vueltas y giros inesperados, que mantiene en vilo a los lectores hasta las últimas páginas».

—BOB LIPARULO
Revista *New Man*

«Bueno, bueno, bueno, imaginen qué he descubierto. Un escritor de ficción con un raro talento especial para una historia fascinante, una mina efusiva de ideas ingeniosas, y una chispa exclusiva que me hace reír».

—FRANK PERETTI
Escritor de éxitos de librería como *Esta patente oscuridad* y *El juramento*

«Ted Dekker es a las claras uno de los escritores vivos más apasionantes de hoy. Crea tramas que mantienen el corazón palpitando y las palmas sudando aun después de haber terminado sus libros».

—JEREMY REYNALDS
Periodista sindicalizado

«Alguien preguntó hace poco si me interesaría leer al escritor más reciente de ciencia ficción en el mercado. Pregunté quién podría ser, esperando alguien al estilo de John Grisham o Stephen King. Más bien me presentaron a la nueva novela de Ted Dekker. Tenían razón. ... ¡Ted Dekker ha hecho que se vaya el sueño las tres últimas noches! Dekker es asombroso. Leeré todo lo que escriba».

—TOM NEWMAN
Productor cinematográfico y fundador de Impact Productions

Ted Dekker

·

TR3S

GRUPO NELSON
Una división de Thomas Nelson Publishers
Desde 1798

NASHVILLE   DALLAS   MÉXICO DF.   RÍO DE JANEIRO

Título en inglés: *Thr3e*
© 2003 por Ted Dekker
Publicado por Thomas Nelson, Inc.

Traducción: *Ricardo y Mirtha Acosta*
Adaptación del diseño al español: *Grupo Nivel Uno, Inc.*

ISBN: 978-1-60255-600-3

Impreso en Estados Unidos de América
11 12 13 14 15 RRD 9 8 7 6 5 4 3 2

1

LA OFICINA NO TENÍA VENTANAS, solo focos para iluminar los cientos de lomos de libros colocados en sus estanterías de madera de cerezo. Una sencilla lámpara difundía su tono amarillento sobre el escritorio coronado de cuero. El salón olía a aceite de linaza y páginas húmedas, pero para el Dr. John Francis era el aroma del conocimiento.

—La maldad está fuera del alcance del hombre.

—¿Pero puede un hombre ponerse personalmente fuera del alcance del mal? —preguntó Kevin.

El decano de asuntos académicos, el Dr. Francis, miró por sobre los bifocales al hombre sentado frente a él, y permitió que le surgiera en los labios una ligera sonrisa. Esos ojos azules escondían un profundo misterio. Un misterio que se le había resistido desde que se vieron por primera vez tres meses atrás, cuando Kevin Parson se le acercó después de una clase de filosofía. Habían entablado una amistad única que incluía numerosas discusiones como esta.

Kevin se sentó con los pies juntos, las manos en las rodillas, la mirada penetrante y tranquila, el cabello alborotado a pesar de un hábito compulsivo de pasar los dedos entre los rizos sueltos color café. O debido a eso. El cabello era una anomalía; en todo lo demás el hombre se arreglaba perfectamente. Bien afeitado, a la moda, agradablemente perfumado... Old Spice, si el profesor suponía bien. El irregular cabello de Kevin desentonaba con un aire bohemio. Otros jugueteaban con lápices, hacían girar los dedos, o cambiaban de posición en sus asientos; Kevin se pasaba los dedos por el cabello y daba golpecitos con el pie derecho; no de vez en cuando o en pausas adecuadas de la conversación sino regularmente, al ritmo de un tambor oculto detrás de sus ojos azules. Alguien podría considerar molestas las pequeñas manías, pero el Dr. Francis las veía solo como claves enigmáticas de la naturaleza de Kevin. La verdad: pocas veces evidente y casi siempre hallada en sutilezas; en el golpeteo de pies, el jugueteo de dedos y el movimiento de ojos.

El Dr. Francis echó hacia atrás del escritorio su silla negra de cuero, se puso lentamente de pie, y fue hasta un estante lleno con las obras de eruditos antiguos. En muchos sentidos se identificaba tanto con estos hombres como con el individuo moderno. Póngale una toga y se parecería más bien a un barbado Sócrates, le había dicho una vez Kevin. Recorrió un dedo sobre una copia atada de los Rollos del Mar Muerto.

—En realidad —expresó el Dr. Francis—. ¿Puede un hombre estar fuera del alcance del mal? Creo que no. No en esta vida.

—Entonces todos los hombres están condenados a una vida de maldad —contestó Kevin.

El Dr. Francis se volvió hacia él. Kevin observaba inmóvil, a no ser por su pie derecho que seguía golpeteando. Sus redondos ojos azules permanecían fijos, mirando con la inocencia de un niño perspicaz, lleno de magnetismo, sin inmutarse. Estos ojos suscitaban prolongadas miradas de los seguros y obligaban a apartar la mirada a los menos seguros. Kevin tenía veintiocho años, pero poseía una extraña mezcla de brillantez e ingenuidad que el Dr. Francis no podía entender. Ese hombre totalmente desarrollado tenía la sed de conocimiento de un niño de cinco años. Algo que ver con una excepcional crianza en un hogar extraño, pero Kevin nunca había sido comunicativo.

—Una vida de *lucha* con la maldad, no una vida de maldad —clarificó el Dr. Francis.

—¿Y escoge el hombre simplemente el mal, o lo crea? —inquirió Kevin, ya a muchos pensamientos de su pregunta inicial—. ¿Es la maldad una fuerza que nada en sangre humana, luchando por hallar su camino hacia el corazón, o es una posibilidad externa en espera de ser formada?

—Yo diría que el hombre escoge el mal en vez de crearlo. La naturaleza humana está saturada de maldad como resultado de la caída. Todos somos malos.

—Y todos somos buenos —concluyó Kevin, golpeteando con su pie—. Lo bueno, lo malo y lo bello.

El Dr. Francis asintió ante el uso de una frase de su propia cosecha, la cual se refería al hombre creado a la naturaleza de Dios, el hombre bello, luchando entre el bien y el mal.

—Lo bueno, lo malo y lo bello. Es verdad —repitió, y se dirigió a la puerta—. Acompáñame, Kevin.

Kevin se pasó las dos manos por las sienes y se puso de pie. Siguió al Dr. Francis desde la oficina y subió un tramo de peldaños hacia el mundo de lo alto, como a Kevin le gustaba llamarlo.

—¿Cómo avanza tu artículo sobre las naturalezas? —indagó el Dr. Francis.

—Sin duda le hará arquear las cejas —contestó Kevin mientras ingresaban al vacío salón principal—. Estoy utilizando una historia para ilustrar mi conclusión. Nada convencional, lo sé, pero ya que Cristo prefería usar parábolas para comunicar la verdad me imaginé que a usted no le importaría si lo imito a él.

—Mientras sea interesante. Estoy descando leerla.

III

Kevin caminó por el salón con el Dr. John Francis, pensando que le caía bien este hombre. El sonido de sus zapatos al golpear el piso de madera dura resonaba en aquel aposento saturado de tradición. El hombre mayor caminaba con indiferencia, su viva sonrisa daba a entender una sabiduría mucho más allá de sus palabras. Kevin miró hacia arriba las fotos de los fundadores de la facultad de teología a lo largo de la pared a su derecha. El Dr. Francis los llamaba los intrépidos caballeros colosos.

—Hablando de maldad, ¿cree usted que todos los hombres sean capaces de chismear? —inquirió Kevin.

—Indudablemente.

—Aun el obispo es capaz de chismear.

—Por supuesto

—¿Cree usted que el obispo chismea? ¿A veces?

La respuesta del decano esperó tres peldaños.

—Todos somos humanos.

Llegaron a la enorme puerta que daba al campus central y el Dr. Francis la abrió. A pesar de las brisas marinas, Long Beach no podía escapar a períodos de calor agobiante. Kevin salió a la brillante luz del sol del mediodía, y por un instante sus bromas filosóficas parecieron triviales a la luz del mundo que se extendía ante ellos. Una docena de estudiantes del seminario cruzaban el arreglado parque con las cabezas inclinadas en reflexión o ladeadas hacia atrás riendo. Dos docenas de álamos formaban un sendero arbolado a través del amplio césped. El campanario de la capilla se descollaba por sobre los árboles más allá del parque. A su derecha, la Biblioteca Augustine Memorial refulgía bajo el sol. El Instituto de Teología del Pacífico Sur era, con solo echar un vistazo, más majestuoso y moderno que su matriz, el Seminario Episcopal en Berkeley.

Aquí estaba el verdadero mundo, formado por personas normales con historias sensibles y familias comunes que luchaban por una profesión excelente. Kevin, por otra parte, era un converso de veintiocho años de edad que en realidad nunca pensó para nada en asistir al seminario, y mucho menos pastorear algún día una grey. No porque no tuviera propósitos nobles, sino a causa de quién *era*. Debido a que era Kevin Parson, quien solo hacía tres años que descubrió su lado espiritual. A pesar de haber abrazado incondicionalmente a la iglesia aún no se sentía más santo —tal vez menos— de lo que podría ser cualquier borracho en la calle. Ni siquiera el decano conocía toda su historia, y Kevin no estaba seguro de que ayudara mucho el que la conociera.

—Tienes una mente brillante, Kevin —elogió el decano, mirando fijamente al exterior—. He visto muchas personas ir y venir, pero pocas con tu misma tenacidad por la verdad. Pero créeme, las cuestiones más profundas pueden enloquecer a un hombre; el asunto de la maldad es uno de ellos. Serías prudente en exponerlo sin prisa.

Kevin miró directamente a los ojos grisáceos del hombre y por un momento ninguno de los dos habló. El decano hizo un guiño y le ofreció a Kevin una ligera sonrisa. Kevin quería a este hombre como a un padre.

—Es usted un hombre sabio, Dr. Francis. Gracias. Lo veré en clase la semana entrante.

—No olvides tu artículo.

—No.

El decano hizo una reverencia.

Kevin bajó un peldaño hacia el rellano de concreto y se volvió.

—Solo una última idea. En términos absolutos, el chisme no es muy diferente del asesinato, ¿verdad?

—Esencialmente no.

—Entonces el obispo es esencialmente capaz de matar, ¿no es así?

—Eso es exagerar un poco —contestó el decano arqueando la ceja derecha.

—No, en realidad —objetó Kevin sonriendo—. Tampoco es más malo.

—Hiciste una buena observación, Kevin. Me aseguraré de advertir al obispo contra cualquier urgencia repentina de matar a sus conciudadanos.

Kevin rió. Dio la vuelta y bajó la escalinata. La puerta se cerró detrás de él con un golpe suave. Se volvió. Ya no había nadie en los peldaños.

Se encontraba solo. Un extraño en un mundo extraño. ¿Cuántos hombres adultos mirarían un tramo de peldaños recién desalojados por un profesor de filosofía y se sentirían totalmente solos? Se rascó la cabeza y despeinó su cabello.

Kevin se dirigió al estacionamiento. La sensación de soledad le desapareció antes de llegar a su auto. Eso era bueno. Estaba cambiando, ¿verdad que sí? La esperanza de cambio era la razón de haber decidido llegar a ser sacerdote. Había escapado a los demonios de su pasado y comenzado una nueva vida como nueva criatura. Había depositado su viejo yo en la tumba y, a pesar de los persistentes recuerdos, estaba volviendo a vivir, como un álamo en primavera.

Mucho cambio en muy poco tiempo. Dios mediante, el pasado seguiría sepultado.

Sacó su Sable *beige* del estacionamiento y se perdió entre el continuo flujo de tráfico en el Bulevar Long Beach. Maldad. El problema de la maldad. Como el tráfico... nunca se acaba.

Por otra parte, la gracia y el amor no estaban precisamente huyendo asustados, ¿verdad? Él tenía mucho más de qué estar agradecido de lo que alguna vez imaginó. Gracia, para empezar. Un buen instituto con buenos profesores. Su propia casa. Quizás no tenía montones de amigos a quienes llamar cuando se le antojara, pero sí tenía algunos. Uno al menos. Le caía bien al Dr. John Francis.

Se encorvó. Bueno, así que tenía un camino adónde ir en el frente social. Samantha lo había llamado. En las últimas dos semanas habían hablado un par de veces. Y Sam no se quedaba atrás. Ahora era una amiga. Quizás más que una...

Su teléfono celular sonó fuertemente en el estuche. Había comprado el aparato una semana atrás y solo lo usó una vez llamando a su casa para ver si funcionaba. Funcionó, pero solo después de haber activado el correo de voz, para lo cual debió llamar al vendedor.

El celular volvió a sonar y Kevin lo agarró. El aparatito era tan pequeño como para tragárselo si se tiene mucha hambre. Pulsó el botón rojo y al instante supo que ese no era el que debía pulsar. Pasó por alto el «enviar» sobre el botón verde. Verde es para continuar y rojo para detenerse, le había dicho el vendedor.

Kevin se llevó el teléfono al oído, no oyó nada y lo lanzó al asiento del pasajero, sintiéndose ridículo. Probablemente era el vendedor que llamaba para preguntar si estaba disfrutando su nuevo teléfono. Sin embargo, ¿por qué se molestaría un vendedor en dar seguimiento a una compra de diecinueve dólares?

El teléfono volvió a chirriar. Detrás de él sonó una bocina. Un Mercedes azul lo hostigaba por detrás. Kevin aceleró y agarró el teléfono. Luces rojas de frenos ocupaban los tres carriles adelante. Disminuyó la velocidad... el Mercedes tendría que tranquilizarse. Presionó el botón verde.

—Aló.

—Hola, Kevin.

Voz de hombre. Baja y resonante. Estirada para acentuar cada sílaba.

—¿Aló?

—¿Cómo te va, mi viejo amigo? Bastante bien por lo que puedo deducir. Qué bueno.

El mundo alrededor de Kevin se desvaneció; detuvo el auto detrás de la multitud de luces traseras rojas, sintió la presión de los frenos como una distracción distante. Su mente se centró en esta voz al teléfono.

—Lo... lo siento. No creo que...

—No importa si no me conoces —contestó la voz e hizo una pausa—. Yo te conozco. Es más, si crees de veras que estás hecho para esta tontería de seminario debo decirte que te conozco mejor que tú mismo.

—No sé quién se cree usted, pero no tengo idea de qué está hablan...

—¡No seas estúpido! —chilló la voz en su oído.

El hombre respiró profunda y ásperamente.

—Perdóname —volvió a hablar con calma—, en realidad no quise gritarte, pero no me estás escuchando. Es hora de dejar de fingir, Kevin. Crees que has engañado a todo el mundo, pero a mí no me has convencido. Es hora de levantar la liebre. Y te voy a ayudar a hacerlo.

Kevin apenas podía comprender lo que estaba oyendo. ¿Se trataba de algo real? Debía ser una broma. ¿Peter? ¿Lo conocía Peter, de la clase de introducción a la psicología, tanto como para gastarle una broma tan pesada como esta?

—¿Qui... quién habla?

—Te gustan los juegos, ¿no es así, Kevin?

No había manera de que Peter pudiera actuar con ese tono.

—Está bien —expresó Kevin—. Basta. No sé qué...

—¿Basta? ¿Basta? No, no lo creo. El juego apenas empieza. Solo que este no es de los que juegas con todos los demás, Kevin. Este es de veras. ¿Podría dar la cara el verdadero Kevin Parson, por favor? Pensé en matarte, pero decidí que esto sería mucho mejor —dijo el hombre haciendo una pausa y lanzando un suave sonido que parecía un gemido—. Esto... esto te destruirá.

Kevin miró adelante, anonadado.

—Puedes llamarme Richard Slater —continuó el individuo—. ¿Te suena? En realidad prefiero Slater. Y he aquí el juego que a Slater le gustaría jugar. Te daré exactamente tres minutos para llamar al periódico y confesar tu pecado, o haré saltar por los aires ese ridículo Sable que según tú llega a las nubes.

—¿Pecado? ¿De qué está usted hablando?

—Esa es la pregunta, ¿verdad? Yo sabía que lo ibas a olvidar, estúpido impertinente.

Otra pausa.

—¿Te gustan las adivinanzas? He aquí una para refrescarte la mente: *¿Qué se cae pero no se rompe? ¿Qué se rompe pero no se cae?*

—¿Qué? ¿Qué es...?

—Tres minutos, Kevin. Empezando... ya. Comencemos los juegos.

La llamada se cortó.

Kevin miró adelante por un instante, con el teléfono aún en el oído.

Sonó un bocinazo.

Los autos de adelante se estaban moviendo. El Mercedes estaba otra vez impaciente. Kevin presionó el acelerador, y el Sable se impulsó hacia delante. Puso el teléfono sobre el asiento del pasajero y tragó saliva, con la garganta seca. Miró el reloj, 12:03.

Está bien, circula. Mantente tranquilo y marcha. ¿Sucedió esto de veras? ¡Por supuesto que sucedió! Algún demente que dice llamarse Slater acaba de llamar a mi celular y amenazó con volar mi auto. Kevin agarró el teléfono celular y miró la pantalla: «Desconectado, 00:39».

¿Pero fue real la amenaza? ¿Quién haría saltar un auto por los aires en medio de una calle repleta de autos a causa de una adivinanza? Alguien intentaba hacerlo orinarse de miedo por alguna maníaca razón. O algún desequilibrado lo había escogido al azar como su próxima víctima, alguien que odiaba a estudiantes de seminario en vez de prostitutas, y que realmente pretendía matarlo.

Sus pensamientos le daban vueltas sin cesar. ¿Qué pecado? Él había cometido sus pecados, por supuesto, pero ninguno que se destacara de inmediato. *¿Qué se cae pero no se rompe?*

El pulso le retumbaba en los oídos. Quizás debería salir de la carretera. ¡Claro que se saldría! Aunque solo hubiera una remota posibilidad de que Slater quisiera cumplir su amenaza...

Por primera vez Kevin se imaginó el auto explotando. Una onda de pánico le bajó por la columna vertebral. ¡Tenía que salir! ¡Tenía que llamar a la policía!

No ahora. Ahora debía salir. ¡Fuera!

Kevin levantó el pie del acelerador y lo lanzó bruscamente sobre el freno. Las llantas del Sable chirriaron. Una bocina chilló. El Mercedes.

Kevin giró la cabeza y miró por el vidrio de atrás. Demasiados autos. Debía encontrar un espacio vacío, donde la metralla que volara hiciera el menor daño. Aceleró el motor y se lanzó hacia delante. 12:05. ¿Pero cuántos segundos? Debía suponer que tres minutos terminarían a las 12:06.

Una docena de pensamientos le abarrotaron la mente: pensamientos de una repentina explosión, pensamientos de la voz en el teléfono, pensamientos de cómo los autos a su alrededor reaccionarían al salir disparado el Sable por el bulevar. *¿Qué se cae pero no se rompe? ¿Qué se rompe pero no se cae? ¿Qué se cae pero no se rompe? ¿Qué se rompe pero no se cae?* Miró alrededor frenéticamente. Debía desviar el auto sin dañar el vecindario. *Esto no va a estallar, Kevin. Tranquilízate y piensa.* Se pasó los dedos varias veces por el cabello en rápida sucesión.

Giró hacia el carril derecho, haciendo caso omiso de otro bocinazo. Una estación Texaco surgió a su derecha... no era una buena decisión. Más allá de la estación de gasolina, Cocina China del Dr. Won... apenas un poco mejor. No había parques a lo largo de esta sección de la avenida; las calles laterales estaban llenas de casas. Adelante multitudes llenaban afanosamente McDonald's y Taco Bell. El reloj aún mostraba las 12:05. Llevaba mucho tiempo con las 12:05.

Ahora un verdadero pánico le confundía el pensamiento. *¿Y si estalla de veras? Estallará, ¿no es así? Dios, ¡ayúdame! ¡Tengo que salir de aquí!* Agarró la hebilla del cinturón de seguridad con mano temblorosa. Soltó la correa del hombro. Volvió a poner las dos manos en el volante.

Había un Wal-Mart a unos treinta metros de la calle a su izquierda. El enorme estacionamiento estaba solo medio lleno. Una amplia zona verde se extendía por el centro, como una cuneta natural, rodeando todo el estacionamiento. Tomó una decisión crítica: Wal-Mart o nada.

Kevin se apoyó en la bocina y recortó hacia el carril central con una rápida mirada a su retrovisor. Un chirrido metálico lo hizo volver... había golpeado a un auto. Ahora estaba en un lío.

—¡Salgan de mi camino! ¡Fuera!

Se movió frenéticamente con su mano izquierda, golpeándose los nudillos contra la ventanilla. Gruñó y viró hacia el carril izquierdo. Con tremendo *golpazo* dio contra la separación de quince centímetros de alto y luego entró al tráfico que venía en dirección contraria. Se le ocurrió que ser embestido de frente tal vez no era mejor que explotar por los aires, pero ya estaba en la vía de una docena de autos que venían hacia él.

Chirriaron llantas y sonaron bocinas. El Sable solo recibió un golpe en su guardabarros trasero derecho antes de salir como un bólido hacia el otro lado de la calzada. Algo de su auto se arrastraba sobre el asfalto. Cortó a una camioneta que estaba tratando de salir del estacionamiento.

—¡Cuidado! ¡Fuera de mi camino!

Kevin entró rugiendo al estacionamiento del Wal-Mart y miró el reloj. En alguna parte antes había cambiado. 12:06.

A su derecha el tráfico en el Bulevar Long Beach se había detenido ruidosamente. No todos los días un auto arremetía contra el tráfico en sentido contrario como si fuera una bolera.

Kevin pasó a toda velocidad varios clientes boquiabiertos y apuntó directamente a la zona verde. Solo vio la zanja cuando ya estuvo en lo alto. Al llegar a ella se reventó una llanta del Sable; esta vez la cabeza de Kevin golpeó el techo. Un dolor sordo le bajó por la nuca.

¡Fuera, fuera, fuera!

El auto voló dentro de la zanja y Kevin empujó el pedal del freno hasta el piso. Por un fugaz momento pensó que se iba a volcar. Pero el auto se deslizó hasta detenerse sacudiéndose, con el morro plantado firmemente en la ladera opuesta.

Agarró la manija de la puerta, la abrió de un empujón, y se lanzó al césped, rodando al caer. Se levantó y subió la ladera hacia el estacionamiento. Al menos una docena de espectadores se dirigían hacia él desde la multitud de autos estacionados.

—¡Atrás! ¡Regresen! —gritó Kevin agitando las manos hacia ellos—. Hay una bomba en el auto. ¡Regresen!

Ellos lo miraron por un instante con horror. Luego todos menos tres se volvieron y salieron corriendo, repitiendo a gritos la advertencia de Kevin.

—Regresen, ¡idiotas! —les gritó Kevin furiosamente a los otros agitando las manos—. ¡Hay una bomba!

Salieron corriendo. Una sirena ululó en el aire. Alguien ya había llamado a la policía.

Kevin debió correr unos buenos cincuenta pasos desde la zona verde antes de ocurrírsele que la bomba no había estallado. ¿Y si después de todo no había bomba? Se detuvo y se volvió, jadeando y temblando. Estaba claro que los tres minutos habían pasado.

Nada.

¿Después de todo fue una broma? Quienquiera que hubiera llamado había hecho casi tanto daño con la sola amenaza como si hubiera hecho detonar una verdadera bomba.

Kevin miró alrededor. Una multitud boquiabierta se había reunido en la calle a una distancia segura. El tráfico se había detenido y estaba retrocediendo hasta donde él lograba ver. Salía silbando vapor de un Honda azul… probablemente del que le golpeó el guardabarros trasero derecho. Allí debía de haber unos cuantos centenares de personas mirando al chiflado que había lanzado su auto dentro de la zanja. Excepto por el creciente ulular de sirenas, la escena se había vuelto fantasmagóricamente silenciosa. Retrocedió un paso hacia el auto.

Al menos no había bomba. Unos cuantos motoristas enojados y algunos guardabarros torcidos, ¿y qué? Había hecho lo único que podía hacer. Y en realidad allí aún podría haber una bomba. Dejaría eso para la policía una vez que explicara su historia. Sin duda ellos le creerían. Kevin se detuvo. El auto estaba inclinado en tierra con su llanta trasera izquierda en el aire. Desde allí todo parecía una burla.

—¿Dijo usted bomba? —gritó alguien.

Kevin se volteó a mirar a un hombre de edad madura con cabello blanco y una gorra de béisbol de los Cardinals.

—¿Dijo usted que había una bomba? —le preguntó el hombre mirándolo a los ojos.

Kevin volvió a mirar el auto, sintiéndose repentinamente ridículo.

—Pensé que había...

Una ensordecedora explosión sacudió la tierra. Kevin se agachó instintivamente y levantó las manos para proteger el rostro.

La brillante bola de fuego flotó sobre el auto; un humo negro hirviente se levantó hacia el cielo. La llama roja se desplomó sobre sí con un suave suás. Salía humo del esqueleto carbonizado de lo que solo un momento antes fuera su Sable.

Kevin cayó sobre una rodilla y observó, estupefacto, con los ojos de par en par.

2

A LOS TREINTA MINUTOS la escena del crimen estaba bloqueada y se había emprendido una investigación completa, toda a cargo del detective Paul Milton. El hombre era de complexión robusta y caminaba como un pistolero... un remedo de Schwarzenegger con ceño fruncido perpetuo y flequillo rubio que le cubría la frente. Kevin casi nunca se sentía intimidado ante otros, pero Milton no hacía nada por calmarle los ya destrozados nervios.

Alguien acababa de tratar de matarlo. Alguien llamado Slater, quien parecía saber mucho de él. Un desequilibrado que tuvo la previsión y la malicia de colocar una bomba y luego detonarla a distancia cuando él no cumplió sus exigencias. La escena permanecía ante Kevin como una pintura abstracta animada.

Cinta amarilla marcaba un perímetro de quince metros dentro del cual varios policías uniformados recogían restos, los clasificaban con etiquetas de evidencia y los apilaban en ordenados montones sobre un camión sin barandas para llevarlos al centro de la ciudad. Los curiosos ya eran más de cien. Algunos mostraban desconcierto en sus rostros; otros espectadores gesticulaban desordenadamente su versión de los hechos. La única herida reportada era una pequeña cortadura en el brazo derecho de un adolescente. Uno de los autos que Kevin había enganchado al atravesar a toda velocidad la calle resultó ser nada menos que el impaciente Mercedes. Sin embargo, la actitud del chofer mejoró en gran manera al enterarse de que había estado siguiendo a un auto-bomba. El tráfico sobre el Bulevar Long Beach aún padecía de curiosidad, pero ya habían despejado los restos.

En el estacionamiento había tres furgonetas de noticieros. Si Kevin entendía correctamente la situación, su rostro y lo que quedó de su auto estaban siendo televisados en toda la cuenca de Los Ángeles. Un helicóptero de noticias se mantenía en lo alto.

Un científico forense trabajaba cuidadosamente en los restos retorcidos del maletero, donde era evidente que colocaron la bomba. Otro detective buscaba huellas en lo que quedó de las puertas.

Kevin había contado a Milton su versión de los hechos, y ahora esperaba que lo llevaran a la comisaría. Por el modo en que lo miraba Milton, Kevin estaba seguro de que el detective lo consideraba sospechoso. Un simple examen de la evidencia limpiaría su nombre, pero lo angustiaba un pequeño hecho. En su relato de los acontecimientos omitió la exigencia de Slater de que confesara algún pecado.

¿Qué pecado? Lo último que necesitaba era que la policía comenzara a escarbar en su pasado en busca de algún pecado. El punto no era el pecado, sino que Slater le dio una adivinanza y le dijo que llamara al periódico para dar la respuesta a fin de impedir que lo volaran por los aires. Eso es lo que les había dicho.

Por otra parte, retener deliberadamente información en una pesquisa era un crimen, ¿no es así?

Querido Dios, ¡alguien acaba de volar mi auto! El hecho se asentó como un pequeño nudo absurdo en el borde de la mente de Kevin. El borde frontal. Se alisó nerviosamente el cabello.

Kevin se sentó en un asiento que le proporcionó uno de los policías, y golpeaba el césped con su pie derecho. Milton seguía mirándolo mientras rendía informes a los otros investigadores y tomaba declaraciones de los testigos. Kevin volvió a mirar el auto donde trabajaba el equipo de forenses.

No sabía qué podrían averiguar de los restos. Se puso de pie inseguro, inspiró profundamente y bajó la ladera hacia el auto.

El científico forense que trabajaba en el maletero era una mujer. Negra, menuda, quizás jamaicana. Ella levantó la mirada y arqueó una ceja. Hermosa sonrisa. Pero la sonrisa no alteraba la escena que tenía detrás.

Era difícil creer que el montón retorcido de metal y plástico ardiendo hubiera sido su auto.

—Quienquiera que hizo esto debía de ser un resentido —manifestó ella.

Una insignia en su camisa la identificaba como Nancy Sterling. Ella volvió a mirar dentro de lo que había quedado de la cajuela y espolvoreó el borde.

Kevin aclaró la garganta.

—¿Me puede usted decir qué clase de bomba era?

—¿Sabe usted de bombas? —preguntó ella.

—No. Sé que hay dinamita y C-4. Eso es todo.

—Lo sabremos con seguridad en el laboratorio, pero parece dinamita. Una vez detonada no deja huellas químicas que la relacionen con una serie específica.

—¿Sabe cómo la hicieron estallar?

—Todavía no. Detonación remota, un reloj, o las dos cosas, pero no quedó mucho con qué seguirle la pista. Al final lo averiguaremos. Siempre lo hacemos. Solo conténtese con que logró salir.

—Vaya, ¡no me diga!

La observó poner cinta adhesiva sobre una huella empolvada, levantarla y estampar la débil huella en una ficha. Hizo algunas anotaciones en la ficha y volvió a trabajar con su linterna.

—Las únicas huellas que hemos encontrado hasta ahora están en lugares donde esperaríamos encontrar las de usted —comentó ella encogiéndose de hombros—. Tipos como este no son tan estúpidos como para no usar guantes, pero nunca se sabe. Hasta los más vivos acaban cometiendo errores.

—Bueno, espero que haya cometido alguno. Todo este asunto es una locura.

—Por lo general los cometen —dijo ella con una sonrisa amigable—. ¿Está usted bien?

—Estoy vivo. Espero no volver a oír de él.

La voz le temblaba al hablar.

Nancy se enderezó y lo miró a los ojos.

—Si es de algún consuelo, si esto me hubiera ocurrido, estaría hecha un mar de lágrimas sobre la acera. Solucionaremos esto, como le dije; siempre lo hacemos. Si él realmente quisiera matarlo, usted estaría muerto. Este tipo es meticuloso y calculador. Él lo quiere vivo. Esa es mi apreciación, si es que a alguien le interesa.

Ella volvió la mirada hacia donde el detective Milton hablaba con un periodista.

—Y no permita que Milton lo fastidie. Es un buen policía. Quizás muy engreído. Casos como este lo ponen por las nubes.

—¿Por qué?

—Publicidad. Digamos que tiene aspiraciones —comentó ella sonriendo—. No se preocupe. Como dije, es un buen detective.

Como en el momento justo, Milton se volvió de la cámara y caminó directo hacia ellos.

—Vamos, vaquero. ¿Cuánto tiempo te queda aquí, Nancy?

—Tengo lo que necesito.

—¿Hallazgos preliminares?

—Se los tendré listos en media hora.

—Los necesito ahora mismo. Me llevo al Sr. Parson para hacerle algunas preguntas.

—No estoy lista aún. Media hora, sobre su escritorio.

Sostuvieron miradas.

—Vamos —exclamó Milton chasqueando los dedos hacia Kevin y dirigiéndose hacia un Buick último modelo.

III

Estaban reparando el aire acondicionado de la estación. Después de dos horas en un viciado salón de conferencias, los nervios de Kevin finalmente comenzaron a perder el temblor provocado por la bomba.

Un policía le había tomado las huellas digitales para compararlas con las que quedaron en el Sable, luego Milton pasó media hora revisando su versión antes de dejarlo súbitamente solo. Los veinte minutos siguientes de soledad le dieron bastante tiempo a Kevin para recordar la llamada de Slater mientras miraba una gran mancha marrón en la pared. Pero a fin de cuentas no pudo sentir más de la llamada que cuando llegó inicialmente, lo cual solo hizo más inquietante el desastre.

Kevin se movía en su asiento y golpeaba el piso con el pie. Había pasado toda su vida sin saberlo, pero esta vulnerabilidad ahora era distinta. Un hombre llamado Slater lo confundió con otra persona y casi lo mata. ¿No había sufrido bastante en la vida? Ahora había caído en *esto*, fuera lo que fuera. Las autoridades lo examinaban cuidadosamente. Intentarían cavar en su pasado. Tratarían de entenderlo. Pero ni siquiera Kevin entendía su pasado. Él no tenía la mínima intención de permitírselo.

La puerta se abrió de golpe y Milton entró.

—¿Algo más? —quiso saber Kevin aclarando la garganta.

—El FBI está haciendo intervenir a alguien en esto —expresó Milton parpadeando dos veces y haciendo caso omiso a la pregunta—. ATF, CBI y la policía estatal quieren mirar... muchos. Pero hasta donde sé ésta es aún mi jurisdicción. Solo porque los terroristas estén a favor de las bombas no quiere decir que toda bomba que estalle sea obra de terroristas.

—¿Creen ellos que esta fue una bomba terrorista?

—No dije eso. Pero en estos días Washington ve terroristas detrás de cada árbol, así que definitivamente están de cacería. No me sorprendería ver a la CIA husmeando en los archivos.

Milton lo miró, sin pestañear, por algunos segundos, y luego parpadeó tres veces seguidas.

—Lo que tenemos aquí es un auténtico enfermo. Lo que me confunde es por qué lo escogió a usted. No tiene sentido.

—Nada de esto tiene sentido.

—El laboratorio necesitará dos días para terminar su trabajo en lo poco que encontramos —dijo Milton abriendo un archivo—, pero tenemos algunos hallazgos preliminares, el más importante de los cuales no es nada.

—¿Qué quiere decir con nada? ¡Una bomba casi me hace volar en pedazos!

—Ninguna evidencia de verdadero valor investigativo. Permítame resumírselo... quizás se revuelva algo en esa mente suya —manifestó Milton mirando fijamente a Kevin—. Tenemos un hombre con una voz áspera y suave que dice llamarse Richard Slater y que lo conoce tan bien a usted como para atacarlo. Usted, por otra parte, no tiene idea de quién podría tratarse.

Milton hizo una pausa para llamar la atención.

—Él construye una bomba usando dinamita y sistemas electrónicos comunes que se encuentran en cualquier Radio Shack, haciendo casi imposible seguirle la pista. Inteligente. Entonces la coloca en el maletero de su auto; lo llama sabiendo que usted está en el auto, y amenaza con volar el vehículo por los aires en tres minutos si no logra solucionar una adivinanza. *¿Qué se cae pero no se rompe? ¿Qué se rompe pero no se cae?* ¿Correcto hasta aquí?

—Parece correcto.

—Debido a algún rápido pensamiento y a un manejo impulsivo usted se las arregla para llevar el auto hasta un sitio relativamente seguro y escapar. Como él prometió, el vehículo explota al no solucionar usted la adivinanza ni llamar al periódico.

—Así es.

—El trabajo forense preliminar nos revela que quien haya colocado la bomba no dejó huellas digitales. Eso no sorprende, pues es evidente que este tipo no es el tonto del pueblo. La explosión pudo haber ocasionado mucho daños colaterales. Si usted hubiera estado en la calle cuando ocurrió la explosión tendríamos algunos cadáveres en la morgue. Eso es suficiente para suponer que este tipo está enfadado o que está loco de atar, y tal vez las dos cosas. Por tanto tenemos inteligencia y furia. ¿Entiende?

—Tiene sentido.

—Lo que nos falta es el eslabón más obvio en cualquier caso como este. Un motivo; sin eso no tenemos nada. ¿No tiene usted alguna idea de por qué alguien quisiera hacerle daño de algún modo? ¿No tiene enemigos del pasado, recientes amenazas contra su bienestar, alguna razón para sospechar que alguien en este planeta podría desear lastimarlo de algún modo?

—Él no trató de lastimarme. De haber querido matarme simplemente pudo haber detonado la bomba.

—Exactamente. Por tanto, no solo estamos sin pistas de por qué alguien llamado Slater podría *querer* volar su auto por los aires, ni siquiera sabemos por qué lo *hizo*. ¿Qué logró?

—Me asustó.

—Uno no asusta a alguien destruyendo el vecindario. Pero está bien, digamos que solo quería asustarlo... todavía no tenemos el motivo. ¿Quién podría querer asustarlo? ¿Por qué? Pero usted no tiene idea, ¿no es cierto? Nada que usted haya hecho le daría a alguien una razón para tener algo en su contra.

—No... no que yo sepa. ¿Quiere usted que invente algo? Ya le dije, en realidad no sé.

—Nos está usted dejando estancados, Kevin. Estancados.

—¿Y la llamada telefónica? —preguntó Kevin—. ¿No hay manera de rastrearla?

—No. Solo podemos rastrear una llamada mientras la están haciendo. De todos modos, lo que quedó de su celular no es nada más que un pedazo de plástico en una bolsa de evidencias. Con suerte, la próxima vez tendremos un disparo.

Milton cerró la carpeta de archivos.

—Usted sabe que habrá una próxima vez, ¿no es así?

—No necesariamente.

En realidad ese pensamiento lo había asediado, pero no quiso darle ninguna consideración seria. Sucesos insólitos como este ocurrían de vez en cuando a la gente; eso podía aceptarlo. Pero era incomprensible una conspiración deliberada e interminable contra él.

—La habrá —objetó Milton—. Este tipo hizo todo lo posible por echar a andar este truco. Persigue algo, y tenemos que suponer que no lo consiguió. Lo intentará otra vez, a menos que esto fuera una casualidad o alguna clase de equivocación infernal.

—Quizás me confundió con otra persona.

—Ni en broma. Él es demasiado metódico. Lo mantuvo vigilado, conectó el auto, conocía sus movimientos, y lo explotó con cuidadosa calma.

Muy cierto. Slater sabía aun más que la policía.

—Me asustó. Tal vez sea todo lo que deseaba.

—Tal vez. Estoy abierto a cualquier cosa en este punto —Milton hizo una pausa—. ¿Está usted seguro de que no hay nada más que quiera decirme? No sabemos mucho de usted. Nunca se casó, no tiene antecedentes, graduado universitario, actualmente inscrito en el seminario. No es la clase de persona de la que se esperaría que participara en un crimen de esta naturaleza.

Por su mente cruzó la exigencia de Slater.

—Créame que si pienso en algo más, usted será el primero en saberlo —expresó Kevin.

—Entonces se puede ir. He dado la orden de interceptar sus teléfonos tan pronto como podamos despejar los trámites burocráticos... es lo primero que deben hacer los muchachos mañana por la mañana. También podría poner vigilancia fuera de su casa en Signal Hill, pero dudo que estemos tratando con alguien que se acerque a su casa.

—¿Interceptar mis teléfonos?

Iban a investigar, ¿verdad? Sin embargo, ¿qué podría temer mientras no empezaran a husmear en su pasado?

—Con su permiso, por supuesto. ¿Tiene usted algún otro teléfono celular?

—No.

—Si este tipo contacta de algún otro modo quiero que me informe de inmediato, ¿entiende?

—Por supuesto.

—Y perdone mi falta de sensibilidad, pero esto ya no se trata solo de usted — manifestó Milton con brillo en los ojos —. Tenemos periodistas por todo el lugar, y quieren una explicación. Usted podría llamar la atención de los medios de comunicación. No hable con ellos. Ni siquiera los mire. Manténgase atento, ¿*capice?*

—Yo soy aquí la víctima, ¿no? ¿Por qué tengo la sensación de que estoy bajo investigación?

Milton colocó las dos palmas de sus manos sobre la mesa. El aire acondicionado pataleaba encima de ellos.

—Porque lo está. Tenemos allá afuera un monstruo, y ese monstruo lo eligió a usted. Debemos saber por qué. Eso significa que debemos saber más acerca de usted. Debemos establecer el motivo. Así es como funciona.

Kevin asintió. En realidad esto tenía perfecto sentido.

—Puede irse —le comunicó el detective pasándole una tarjeta—. Llámeme. Use el número celular escrito atrás.

—Gracias.

—No me agradezca todavía. ¿No les sostiene usted siempre la mirada a las personas cuando habla con ellas, o es que oculta algo?

Kevin titubeó.

—¿Se le ha ocurrido alguna vez, detective, que tiene la tendencia de aterrorizar a sus testigos?

El hombre hizo una de sus rutinas de parpadeo rápido... cuatro esta vez. Paul Milton podría tener aspiraciones políticas, pero Kevin creyó que el detective solo tendría una oportunidad si el pueblo decidiera entregar la nación a los vampiros.

Milton se puso de pie y salió.

3

UN AMABLE POLICÍA LLAMADO STEVE sacó a Kevin por detrás y lo llevó a la agencia Hertz de alquiler de autos. Veinte minutos después Kevin tenía las llaves de un Ford Taurus, casi idéntico al Sable que ya no existía.

—¿Está usted seguro de que está bien para manejar? —inquirió Steve.

—Puedo manejar.

—Está bien. Lo seguiré hasta su casa.

—Gracias.

Era una antigua casa de dos pisos que Kevin compró cinco años antes, cuando tenía veintitrés, usando algo del dinero de un fondo de inversiones establecido por sus padres antes del accidente automovilístico. Un chofer borracho chocó el auto de Mark y Ruth Little cuando Kevin tenía solo un año; según el informe murieron al instante. Su único hijo, Kevin, había estado con una niñera. El pago del seguro lo recibió la hermana de Ruth, Balinda Parson, quien obtuvo la custodia plena de Kevin y posteriormente lo adoptó. Con algunos trazos del bolígrafo de un juez, Kevin dejó de ser Little y se convirtió en Parson. No tenía recuerdos de sus verdaderos padres, no tenía hermanos o hermanas, ni posesiones de las que supiera. Solo una cuenta de un fondo de inversiones fuera del alcance de cualquiera hasta que cumpliera dieciocho años, para disgusto de la tía Balinda.

Resultó que Kevin no tuvo necesidad de tocar el dinero hasta que tuvo veintitrés años, y para esa época se había convertido en más de trescientos mil dólares... un pequeño regalo para ayudarle a conseguir una nueva vida una vez que descubrió que la necesitaba. Hasta entonces había llamado «madre» a Balinda. Ahora se refería a ella como su tía. Eso es lo único que ella era, gracias a Dios. Tía Balinda.

Kevin entró al garaje y salió del Taurus. Agitó la mano cuando pasó el policía, y luego cerró la puerta del garaje. La luz programada se apagó lentamente. Entró al cuarto de lavar la ropa, echó una mirada a una canasta repleta y se propuso mentalmente terminar de hacer la colada antes de acostarse. Si había algo que odiaba era el desorden. El desorden era el enemigo del entendimiento. ¿Cuán meticuloso y organizado tendría que ser un químico para entender el ADN? ¿Cuán organizada había sido la NASA al ampliar nuestra comprensión de la Luna? Una equivocación y *bum*.

Montones de ropa sucia apestaban a desorden.

Kevin entró a la cocina y puso las llaves sobre el mostrador. *Alguien acaba de volar tu auto por los aires y estás pensando en lavar ropa*. Bueno, ¿qué se supone que debía hacer? ¿Arrastrarse hasta un rincón y esconderse? Acababa de escapar de la muerte... debería estar haciendo una fiesta. Brindemos, camaradas. Hemos enfrentado al enemigo y sobrevivimos a la explosión de la bomba en el Wal-Mart.

Contrólate por favor, estás balbuceando aquí como un necio. Sin embargo, a la luz de las horas pasadas, era una bendición estar vivo. Y la gratitud estaba garantizada. *Grande es tu fidelidad. Sí, de veras, qué bendición hemos recibido. Larga vida a Kevin*.

A través del ventanal que daba al patio del frente se fijó al pasar en el rincón donde estaba la mesa redonda de desayuno. Al otro lado de la calle había una torre inactiva de perforación de petróleo sobre una sucia colina. Esta era su vista. Es lo que en esta época se puede comprar con doscientos mil dólares.

Por otra parte, allí estaba esa colina. Kevin parpadeó. Cualquiera podría estacionarse en la base de esa torre de perforación y con unos binoculares ver en total anonimato a Kevin Parson organizando el lavado de su ropa.

De repente volvieron los temblores. Kevin corrió a la ventana y rápidamente bajó las mini-persianas. Giró alrededor y recorrió el primer piso con la vista. Además de la cocina y la lavandería estaba la sala, el baño y puertas corredizas de vidrio, las cuales daban a un pequeño césped rodeado por una cerca blanca. Los dormitorios estaban arriba. Desde este ángulo podía ver el patio trasero a través de la sala. ¡Que él supiera, ¡Slater pudo haber estado vigilándolo durante meses!

No. Eso era ridículo. Slater sabía de él, quizás algo de su pasado... un motorista demente a quien había sacado de la carretera. Tal vez incluso...

No, no podría ser eso. Solo era un niño entonces.

Kevin se secó la frente con el brazo y entró en la sala. Había un enorme sofá de cuero y una silla reclinable frente a un televisor de cuarenta y dos pulgadas con pantalla plana. ¿Y si Slater hubiera realmente estado aquí *adentro*?

Revisó el espacio. Todo estaba en su lugar: la mesa de café desempolvada, la alfombra aspirada, las revistas en su revistero al lado de la silla reclinable. Orden. A su lado estaba su texto *Introducción a la filosofía*. Grandes pósteres de viajes de sesenta por noventa centímetros cubrían las paredes arregladas en forma de rayuela. Dieciséis en total, contando las de la planta alta. Estambul, París, Río, el Caribe y una docena más. Quien no lo conociera podría creer que Kevin tenía una agencia de viajes, pero para él las imágenes eran simples ventanas al mundo real, lugares que algún día visitaría para ampliar sus horizontes.

Para ampliar su entendimiento.

Aunque Slater hubiera estado aquí, no había modo de decirlo, ya que sin polvo no había huellas. Quizás Milton debería enviar un equipo.

Tranquilo, muchacho. Este es un incidente aislado, no una invasión importante. Aún no es necesario derribar la casa.

Kevin fue hasta el sofá y regresó. Agarró el mando a distancia y encendió el televisor. Prefirió pasar canales en la enorme pantalla Sony en vez de quedarse por algún tiempo en un canal particular. La televisión era otra ventana dentro de su vida: un maravilloso montaje del mundo en toda su belleza y fealdad. No importaba; era real.

Cambiaba los canales, uno cada segundo más o menos. Fútbol americano, un programa de cocina, una mujer vestida de marrón mostrando cómo plantar geranios, un comercial de Vidal Sassoon, Bugs Bunny. Hizo una pausa en Bugs. *Digo: ¿qué pasa, doc?* Bugs Bunny tenía más verdad que decir acerca de la vida que los humanos de la televisión. «Si te quedas en el hoy mucho tiempo, este se convierte en tu tumba». ¿No era esa la verdad? Ese era el problema de Balinda: ella aún estaba en el hoyo. Él cambió de canal. El noticiero...

Las noticias. Kevin miró las imágenes aéreas, fascinado por las surrealistas tomas del auto en llamas. Su auto.

—Vaya —dijo entre dientes—. Ese soy yo.

Sacudió la cabeza con incredulidad y se alborotó el cabello.

—Ese soy yo de veras. Sobreviví a eso.

¿Qué cae pero no se rompe? ¿Qué rompe pero no se cae? Llamará de nuevo. Lo sabes, ¿no?

Kevin apagó el televisor. Un experto en psicología barata le dijo una vez que su mente era extraña. Lo examinó con un test de inteligencia y dio un cociente intelectual en el máximo percentil... no había problemas con eso. Es más, si había un problema —y el Dr. Swanlist, el experto en psico-bla-blá sin duda no creyó que hubiera ningún problema en absoluto— era que su mente aún procesaba la información a un ritmo que en otros normalmente pertenecía a los años formativos. La edad por lo general reduce la sinapsis, lo cual explica por qué la gente vieja se puede asustar detrás del volante. Kevin tendía a ver el mundo a través de los ojos de un adulto con la inocencia de un niño. Lo cual era en realidad psicología barata sin ningún valor práctico, a pesar de lo emocionado que estuviera el Dr. Swanlist.

Miró las escaleras. ¿Y si Slater hubiera ido arriba?

Kevin caminó hacia las escaleras y las subió de dos en dos. A la izquierda un dormitorio principal, a su derecha uno de huéspedes que usaba como oficina, y un baño entre los dos. Se dirigió al dormitorio de huéspedes, tiró del interruptor de la luz y asomó la cabeza. Un escritorio con una computadora, una silla y varios estantes, uno con una docena de textos y los demás repletos con más de doscientas novelas. Había descubierto los milagros de los relatos en los inicios de su adolescencia, y últimamente lo habían liberado. No había mejor manera de entender la vida que vivirla... si no a través de su propia vida, entonces a través de la de otros. Había una vez un hombre que tenía un campo. Brillante, brillante, brillante. No leer es dar la espalda a las mentes más sabias.

Kevin examinó los títulos de ficción. Koontz, King, Shakespeare, Card, Stevenson, Powers... una colección selecta. Había leído ansiosamente los libros en su reciente despertar. Decir que tía Balinda no aprobaba las novelas era como decir que el océano es húmedo. Ella no se sentía mejor acerca de los libros de texto de filosofía y teología de él.

Los pósteres de viajes en este cuarto mostraban bellezas de Etiopía, Egipto, Sudáfrica y Marruecos. Marrón, marrón, verde, marrón. Eso era todo.

Kevin cerró la puerta y entró al baño. Nada. El hombre en el espejo tenía cabello castaño y ojos azules. Grises con mala luz. De algún modo atractivo si tuviera algún criterio, pero generalmente de aspecto promedio. *No era la clase de persona acechada por un psicópata.* Lanzó un gruñido y corrió hacia su cuarto.

La cama estaba tendida, los vestidores cerrados, la persiana abierta. Todo en orden. *Ves, has estado oyendo fantasmas.*

Kevin suspiró y se quitó la camisa de etiqueta y los pantalones. Treinta segundos más tarde se había puesto una camiseta azul pálida y jeans. Aquí debía recobrar un semblante de normalidad. Lanzó la camisa de etiqueta a la canasta de ropa sucia, colgó los pantalones y se dirigió a la puerta.

Un destello de color en la mesita de noche le llamó la atención. Rosada. Una cinta rosada sobresalía por detrás de la lámpara.

El corazón de Kevin reaccionó antes que su mente, latiendo a toda prisa. Fue hacia delante y miró fijamente la cinta de cabello rosada. La había visto antes. Podía jurar que había visto esa cinta. Mucho tiempo atrás. Una vez Samantha le dio una cinta exactamente igual a esa, y se le perdió años atrás.

Se puso a dar vueltas. ¿Oyó Sam acerca del incidente y se vino manejando desde Sacramento? Recientemente había llamado por teléfono pero no mencionó que vendría a visitarlo. La última vez que él había visto a su amiga de la infancia fue cuando ella se fue a la universidad a los dieciocho años de edad, diez años atrás. Ella había pasado los últimos años en Nueva York trabajando con las fuerzas de la ley, y poco tiempo atrás se mudó a Sacramento para emplearse con la Oficina Californiana de Investigaciones.

¡Pero esta cinta era de ella!

—¿Samantha? —su voz resonó suavemente en el cuarto.

Silencio. Por supuesto... él ya había revisado el lugar. A menos que...

Arrancó la cinta, corrió por las escaleras, y las bajó de tres en tres.

—¡Samantha!

Le llevó a Kevin exactamente veinte segundos examinar la casa y descartar la posibilidad de que su amiga, a quien había perdido de vista mucho tiempo atrás, hubiera pasado a visitarlo y estuviera escondida como hacían cuando eran niños. A menos que hubiera llegado, hubiera dejado la cinta y luego se hubiera marchado, con la intención de llamar después. ¿Haría eso ella? Bajo cualquier otra circunstancia habría sido una maravillosa sorpresa.

Kevin se quedó en la cocina, perplejo. Si ella hubiera dejado la cinta habría dejado también un mensaje, una nota, haría una llamada telefónica, algo.

Pero no había nota. Su teléfono VTech negro reposaba sobre el poyo de la cocina. Número de mensajes: un gran «0» rojo.

¿Y si la cinta la hubiera dejado Slater? Debería llamar a Milton. Kevin se pasó una mano por el cabello. Milton querría saber de la cinta, lo cual significaba hablarle de Samantha, lo cual quería decir abrir el pasado. No podía abrir el pasado, no después de haber huido de él tanto tiempo.

El silencio casi se podía tocar.

Kevin miró la cinta rosada que temblaba ligeramente en su mano y se sentó sin prisa en el comedor. El pasado. Hacía mucho tiempo. Cerró los ojos.

III

Kevin tenía diez años cuando vio por primera vez a la hermosa chica que vivía calle abajo. Eso fue un año antes de conocer al muchacho que quería matarlos.

Conocer a Sam dos días después de su cumpleaños fue su mejor regalo. Siempre. Su hermano, Bob, quien en realidad era su primo, le había regalado un yoyo, que también le gustaba, pero no tanto como conocer a Samantha. Por supuesto que nunca le diría eso a Bob. Es más, no estaba para nada seguro de hablarle algún día a Bob acerca de Samantha. Era su secreto. Bob podría tener ocho años más que Kevin, pero era un poco lento... nunca comprendería.

Esa noche era luna llena, y Kevin ya estaba acostado a las siete en punto. Siempre se acostaba temprano. A veces antes de la merienda. Pero esta noche le pareció llevar una hora bajo las cobijas sin poder dormir. Creyó que quizás por la persiana blanca entraba demasiado brillo de la luz de la luna.

Le gustaba la oscuridad para dormir. Como boca de lobo, que ni siquiera pudiera verse la mano al ponerla a dos centímetros de la nariz.

Tal vez si ponía algunos periódicos o su cobija sobre la ventana tendría suficiente oscuridad.

Se bajó de la cama, quitó la manta gris de lana y la levantó hasta engancharla en la varilla. Vaya, allá afuera estaba brillante de veras. Se volvió para mirar la puerta de su dormitorio. Madre estaba en su cama.

La persiana colgaba en lo alto de un rodillo con resortes, una cortina corrediza de lona que casi todo el tiempo cubría la pequeña ventana. No había nada que mirar más que el patio trasero. Kevin bajó la manta y levantó el borde inferior de la persiana.

Se apreciaba un resplandor opaco sobre las cenizas en el patio trasero. Se podía ver la caseta del perro a la izquierda, como si fuera de día. Hasta se veía cada tabla de la antigua cerca que rodeaba la casa. Kevin levantó los ojos al cielo. Una luna brillante que resplandecía como una bombilla le sonrió y él le devolvió la sonrisa. ¡Vaya!

Empezaba a bajar la persiana cuando algo más le llamó la atención. Un bulto sobre una de las tablas de la cerca. Parpadeó y observó. No, no era un bulto. Una...

Kevin bajó la persiana. Alguien estaba allá afuera, ¡mirándolo!

Se levantó de la cama y retrocedió hasta la pared. ¿Quién podría estar mirándolo en medio de la noche? ¿Quién estaría mirándolo? Era un muchacho, ¿o no? Uno de los chicos o chicas del vecindario.

Quizás solo creyó ver a alguien. Esperó algunos minutos, lo suficiente para que siguiera su camino quienquiera que fuese, y entonces reunió valor para echar solo una mirada más.

Esta vez apenas levantó la persiana para lograr ver solo sobre el alféizar. ¡Ella aún estaba allí! Kevin creyó que el miedo le haría estallar el pecho, pero siguió mirando. Ahora ella no podía verlo; la persiana estaba demasiado baja. Era una muchacha; podía verla. Una jovencita, tal vez de su misma edad, con cabello rubio largo y un rostro que debía de ser hermoso, pensó, aunque en realidad no lograba verle ningún detalle.

Y entonces ella salió de su vista y desapareció.

Kevin apenas logró dormir. La noche siguiente no pudo resistir mirar, pero la chica había desaparecido. Desapareció para bien.

Eso creyó.

Tres días después se encontraba otra vez en cama, y esta vez supo que había estado despierto al menos durante una hora sin poder dormir. Esa tarde Madre le había hecho tomar una siesta muy, pero muy, larga y simplemente no estaba cansado. La luna no brillaba tanto esta noche pero de todos modos él había cubierto la ventana para hacerla más oscura. Después de mucho tiempo decidió que quizás sería mejor un poco más de luz. Tal vez lograría dormir si le hacía creer a su mente que ya era la mañana siguiente y que estaba muy cansado después de desvelarse toda la noche.

Se levantó, quitó la frazada de lana y con un giro de la muñeca hizo que la persiana se levantara rápidamente.

Un rostro pequeño y redondo tenía su nariz contra la ventana. Kevin saltó hacia atrás y rodó en la cama, aterrado. Se puso de pie. ¡Allí estaba ella! ¡Aquí! ¡En su ventana! La chica de la otra noche estaba aquí, espiándolo.

Kevin casi grita. La muchacha sonreía; levantó la mano y la agitó como si lo reconociera y solo se hubiera detenido para saludar.

Él miró hacia la puerta. Ojalá madre no hubiera oído nada. Se volvió hacia la chica en la ventana. Ahora ella le articulaba algo, haciéndole señas de que hiciera algo.

Él solo atinó a quedarse allí y mirar, paralizado.

¡Ella le hacía señas de que levantara la ventana! ¡De ninguna manera! Y de todos modos no podía hacerlo; estaba atornillada.

Ella en realidad no parecía asustada. Es más, parecía de veras muy amigable. Su rostro era hermoso y su cabello era largo. ¿Por qué asustarse de ella? Quizás no debería. Su rostro era muy... agradable.

Kevin miró otra vez la puerta y se volvió a deslizar al extremo de la cama. Ella agitó de nuevo la mano, y esta vez él le correspondió. Ella señaló el alféizar de la ventana, haciéndole otros gestos. Él siguió la mano de ella y de pronto entendió. ¡Le estaba diciendo que desatornillara la ventana! Miró el único tornillo que sujetaba el marco y por primera vez comprendió que podía sacarlo. Lo único que debía hacer era buscar algo con que sacar el tornillo. Algo como una moneda de un centavo. Él tenía algunas.

De pronto, fortalecido por la idea, agarró uno de los centavos de una vieja lata que tenía en el piso y lo colocó en el tornillo. Se aflojó. Lo desatornilló hasta que salió. La niña daba saltos y le señalaba que levantara la ventana. Kevin echó una última mirada a la puerta de su dormitorio y luego tiró de la ventana. La levantó silenciosamente. Él se arrodilló en su cama, frente a frente con la muchacha.

—Hola —susurró ella, sonriendo de oreja a oreja.

—Ho... hola —contestó él.

—¿Quieres salir a jugar?

¿Jugar? El temor reemplazó a la emoción. Detrás de él la casa estaba en silencio.

—No puedo salir.

—Claro que puedes. Simplemente te dejas caer por la ventana. Es fácil.

—No creo que deba hacerlo. Yo...

—No te preocupes, tu madre ni siquiera lo sabrá. Sencillamente después trepas y atornillas la ventana otra vez. Todos estarán durmiendo de todos modos, ¿de acuerdo?

—¿Conoces a mi madre?

—Todo el mundo tiene una madre.

Así que ella no conocía a Madre. Simplemente estaba diciendo que conocía madres a las que no les gustaba que sus hijos salieran a hurtadillas. Como si todas las madres se parecieran a la suya.

—¿De acuerdo? —preguntó ella.

—De acuerdo.

¿Y si salía? ¿Qué daño iba a hacer? En realidad Madre nunca le dijo que no saliera de noche por la ventana, al menos no con esas palabras.

—No sé. No, de veras no puedo.

—Claro que puedes. Soy una niña y tú un niño. Las niñas y los niños juegan juntos. ¿No sabes eso?

Él no sabía qué decir. Sin duda alguna nunca antes había jugado con una niña.

—Salta.

—¿Estás... estás segura de que no hay peligro?

Ella estiró una mano.

—Aquí, te ayudaré.

Él no estaba seguro de qué lo llevó a hacerlo; su mano pareció estirarse sola hacia la de ella. Sus dedos tocaron los de ella, y los sintió tibios. Nunca antes había tocado la mano de una niña. La extraña sensación lo llenó con un estremecimiento agradable que no había sentido antes. Mariposas.

Diez segundos después Kevin estaba fuera de la ventana temblando bajo una luna brillante al lado de una chica de más o menos su misma estatura.

—Sígueme —dijo la niña.

Fue hasta la cerca, levantó una tabla suelta, salió y le hizo señas de que la siguiera. Él la siguió, echando una última mirada ansiosa a su ventana.

Kevin pasó la cerca, temblando en la noche, pero esta vez no tanto de miedo sino de emoción.

—Mi nombre es Samantha, pero puedes llamarme Sam. ¿Cómo te llamas?

—Kevin.

Sam extendió la mano.

—Me alegra conocerte, Kevin.

Él le estrechó la mano, pero ella no la soltó. En vez de eso lo alejó de su casa.

—Nos mudamos aquí desde San Francisco hace más o menos un mes. No sabía que en esta casa viviera ningún niño, pero hace una semana oí hablar a mis padres. Tus padres son personas muy reservadas, ¿eh?

—Sí, creo que sí.

—Mis padres me dejan ir hasta el parque al final de la calle donde viven muchos niños. Está iluminado, ¿sabes? ¿Quieres ir allá?

—¿Ahora?

—Seguro, ¿por qué no? No hay peligro. Papá es policía... y si no fuera seguro, créeme, él lo sabría.

—No... yo... no puedo. En realidad no quiero.

—Como quieras —dijo ella encogiéndose de hombros—. La otra noche estaba caminando cuando miré sobre tu cerca y te vi. Creo que te estaba espiando. ¿No te importa?

—No.

—Bueno, porque creo que eres guapo.

Kevin no supo qué decir.

—¿Crees que soy hermosa?

Samantha giró alejándose de él y revoloteó a su alrededor como una bailarina de ballet. Usaba un vestido rosado y cintas del mismo color en el cabello.

—Sí, creo que eres hermosa —contestó él.

Ella dejó de dar vueltas y lo miró directamente a los ojos.

—Ya puedo decir que vamos a ser maravillosos amigos —expresó riendo—. ¿Te gustaría?

—Sí.

Ella dio otro saltito hacia atrás, le agarró la mano y se lo llevó corriendo. Kevin rió. Le gustaba ella. Le gustaba mucho. En realidad más de lo que alguna vez recordaba que le hubiera gustado alguien.

—¿Adónde vamos?

—No te preocupes, nadie lo sabrá. Nadie nos verá. Lo prometo.

Durante la siguiente hora Sam le habló de su familia y su casa, que era la tercera después de la de él. Ella dijo que asistía a algo que llamó una escuela privada y que no llegaba a casa hasta las seis de la tarde. Su padre no podía pagar la escuela con lo que ganaba, pero su abuela había dejado un fondo de inversión para ella, y la única manera en que podía usar algo del dinero era si iba a una escuela privada. En realidad no le gustaban los niños de la escuela. Tampoco la mayoría de niños del barrio. Cuando creciera iba a ser policía como su padre. Quizás por eso le gustaba andar fisgoneando, porque los polis hacen eso para atrapar a los tipos malos. Le hizo algunas preguntas a Kevin pero se arrepintió al ver que él se avergonzaba.

Sam le gustaba... lo podía asegurar. Era la primera vez que Kevin había sentido esa clase de amistad por alguien.

Como a las ocho de la noche Samantha le dijo que debía estar en casa o sus padres se preocuparían. Se volvieron a escabullir por la cerca y ella lo ayudó a trepar otra vez por su ventana.

—Este será nuestro secreto, ¿de acuerdo? Nadie lo sabrá. Si me oyes dar golpecitos en tu ventana como a las siete sabrás que puedo jugar si tú quieres. ¿Trato hecho?

—¿Quieres decir que podemos volver a hacer esto?

—¿Por qué no? Mientras no te atrapen, ¿no?

—¿Atraparme?

Kevin miró su ventana, luchando repentinamente con una urgencia de vomitar. No estaba seguro de por qué sintió náuseas; lo único que sabía era que si Madre lo averiguaba no se pondría feliz. Las cosas eran graves cuando Madre no se sentía feliz. ¿Cómo pudo él haber hecho esto? No hacía nada sin pedir permiso. Nunca.

—No te asustes, Kevin —lo consoló Sam poniéndole la mano en el hombro—. Nadie lo sabrá. Me gustas y quiero ser tu amiga. ¿Te gustaría?

—Sí.

Sam rió y le brillaron sus ojos azules.

—Quiero darte algo —manifestó ella mientras se quitaba una de las cintas rosadas de su cabello y se la entregaba—. No permitas que tu mamá la encuentre.

—¿Es para mí?

—Para que no me olvides.

Por nada del mundo. De ningún modo.

—Hasta la próxima vez, compañero —se despidió ella extendiéndole la mano—. Chócala tío.

Él la miró, confundido.

—Mi papá lo dice. Es jerga callejera. Algo así —explicó ella, le agarró la mano y deslizó su palma en la de él—. Adiós. No olvides volver a atornillar tu ventana.

Entonces Sam desapareció.

Dos noches después regresó. Con más mariposas en el estómago y agudas campanillas de advertencia que le resonaban en la mente, Kevin se deslizó por su ventana.

Madre se daría cuenta. Sam lo tomó de la mano y eso hizo que él se animara, pero Madre lo averiguaría. El tintineo en su cabeza no se detendría.

III

Kevin se salió de los recuerdos. Un agudo timbre resonó. Él se estremeció ante el sonido. Tardó un momento en hacer la transición desde el pasado.

El teléfono negro sobre el poyo sonaba. Era un aparato moderno con una campanilla de estilo antiguo que sonaba como un teléfono viejo de escritorio. Kevin lo miró, de pronto no estaba seguro de querer contestar. Casi nunca recibía llamadas telefónicas; pocas personas tenían motivos para llamarlo. La mayoría eran ventas por teléfono.

Había fijado el contestador para seis timbradas. ¿Y si fuera Samantha? ¿O el detective Milton?

El teléfono volvió a sonar. *Contéstalo, Kevin. Por supuesto. Contéstalo.*

Aceleró el paso hacia el poyo y agarró el auricular de la horquilla.

—¿Aló?

—Hola, Kevin. ¿Encontraste mi regalito?

Kevin se quedó rígido. Slater.

—Tomaré eso como un sí. Hemos tenido un día lleno de incidentes, ¿no es verdad? Primero una llamadita telefónica, luego una bombita y ahora un regalito. Y todo en el espacio de cuatro horas. Hace que valga la pena toda la espera, ¿no lo crees?

—¿Quién es usted? —demandó Kevin—. ¿Cómo es que me conoce?

—¿Quién soy? Soy tu peor pesadilla. Te prometo que pronto estarás muy de acuerdo. ¿Cómo te conozco? Ta, ta, ta. El hecho de que aún tengas que preguntar justifica todo lo que tengo en mente.

¡Tenía que ser el muchacho! *Santo Dios, ¡sálvame!* Kevin se desplomó lentamente al suelo. Esto no podía estar sucediendo.

—Oh, Dios...

—Dios no, Kevin. Definitivamente Dios no. Bueno, quiero que escuches con mucho cuidado, porque te voy a dar mucha información en poco tiempo. Cada simple dato es crítico si quieres sobrevivir a este juego nuestro. ¿Entiendes?

La mente de Kevin recorrió a través de los años, buscando a alguien que se pareciera a este tipo, alguien que tuviera algún motivo para hablarle de este modo. Nadie más que el muchacho.

—¡Contéstame, asqueroso! —exclamó Slater.

—Sí.

—Sí, ¿qué?

—Sí, entiendo.

—Sí, ¿entiendes qué?

—Que debo escuchar atentamente —contestó Kevin.

—Bien. Solo hay tres reglas en nuestro juego. Recuérdalas todas ellas. Una, no digas nada a la policía acerca de mis adivinanzas o de mis llamadas telefónicas hasta que haya pasado un tiempo. Entonces podrás decirles todo lo que quieras. Esto es personal... y no sería conveniente tener a toda la ciudad arrasada emocionalmente por una bombita que podría estallar. ¿Está claro?

—Sí.

—Dos, haces exactamente lo que digo, o te prometo que lo pagarás. ¿Bastante claro?

—¿Por qué está usted haciendo...

—¡Contéstame!

—¡Sí!

—Tres, las adivinanzas seguirán llegando hasta que confieses. Desapareceré tan pronto como lo hagas. Así de sencillo. Uno, dos, tres. Haz que lo entienda tu cabezota y no tendremos problema. ¿Entiendes?

—Por favor, si solo me dice qué debo confesar, lo confesaré. ¿Por qué está usando adivinazas? ¿Puedo confesar sin resolver adivinanzas?

—La respuesta a las adivinanzas y la confesión son lo mismo —contestó Slater después de permanecer en silencio por unos instantes—. Esa es la primera y última pista. La próxima vez que trates de sacarme algo entraré allí y te cortaré una oreja, o algo igual de interesante. ¿Qué pasa, Kevin? Eres el brillante seminarista. Eres el inteligente pequeño filósofo. ¿Te asustan unas adivinanzas?

Las adivinanzas y la confesión son lo mismo. Así que quizás no se trata del muchacho.

—Esto no es justo...

—¿Te pedí que hablaras?

—Usted me hizo una pregunta.

—La cual requiere una respuesta, no una conferencia. Por eso pagarás un pequeño precio extra. He decidido matar para ayudarte a entender.

—Usted... ¿acaba usted de decidir...? —balbuceó Kevin horrorizado.

—Quizás dos asesinatos.

—No, lo siento. No hablaré.

—Mejor. Y solo así nos entenderemos bien; entre todas las personas, tú eres quien tiene menos derecho a hablar de justicia. Podrás engañar a ese viejo tonto en el seminario, podrás hacer que todas las damas de esa iglesia crean que eres un joven tierno, pero yo te conozco, muchacho. Sé cómo funciona tu mente y de qué eres capaz. ¿Sabes qué? Estoy a punto de hacer salir la serpiente de su mazmorra. Antes de que hayamos terminado aquí el mundo sabrá toda la horrible verdad, muchacho. Abre la gaveta que tienes frente a ti.

¿La gaveta? Kevin se puso de pie y miró la gaveta debajo del poyo.

—¿La gaveta?

—Ábrela y saca el teléfono celular.

Kevin abrió la gaveta. En la bandeja había un teléfono celular pequeño. Lo levantó.

—De ahora en adelante llevarás contigo este teléfono todo el tiempo. Está fijado para que vibre... no es necesario despertar a los vecinos cada vez que llamo. Por desgracia no podré llamarte al teléfono de tu casa porque los polis lo intervienen. ¿Entiendes?

—Sí.

Ya no cabía duda de que Slater había estado en casa de Kevin. ¿Qué más sabía?

—Hay otro asuntito que necesita nuestra atención antes de continuar. Te tengo buenas noticias, Kevin —la voz de Slater se hizo ronca y su respiración se volvió más pesada—. No estás solo en esto. Intento derribar a alguien más contigo. Su nombre es Samantha.

Hizo una pausa.

—Recuerdas a Samantha, ¿no es así? Deberías; ella te llamó hace poco.

—Sí.

—Te gusta, ¿verdad, Kevin?

—Es una amiga.

—No tienes muchos amigos.

—No.

—Considera a Samantha como mi seguro. Si me fallas, ella muere.

—¡Usted no puede hacer eso!

—¡Cállate! Silencio, ¡repugnante embustero! Escucha atentamente. *En vida es tu amigo, pero muerto es el fin.* Esa es tu adivinanza extra por ser tan burro. Tienes exactamente treinta minutos para resolverla o tu mejor amigo explotará.

—¿Qué amigo? ¡Creí que esto era solo conmigo! ¿Cómo sabrá usted si he solucionado la adivinanza?

—Llama a Samantha. Pídele ayuda. Los dos pueden juntar sus asquerosas cabezas y averiguarlo.

—Ni siquiera estoy seguro de poder encontrar a Samantha. ¿Cómo sabrá usted lo que yo le diga?

—Uno no hace lo que estoy haciendo sin saber con qué herramientas trabajar. Tengo oídos y ojos en todas partes. ¿Sabes que con los juguetes adecuados puedes entender a un hombre dentro de una casa a más de mil metros de distancia? Ver es aun más fácil. El reloj está andando. Te quedan veintinueve minutos y treinta y dos segundos. Sugiero que te apures.

La línea hizo clic.

—¿Slater?

Nada. Kevin depositó el auricular en la horquilla y miró el reloj. Las 4:15. Habrá otra explosión en treinta minutos, involucrando esta vez a su mejor amigo, lo cual no tenía sentido porque él no tenía mejores amigos. *En vida es tu amigo, pero muerto es el fin.* Sin policías.

4

LA AGENTE ESPECIAL DEL FBI JENNIFER PETERS corrió por el pasillo, el pulso le martillaba con una urgencia que no había sentido en tres meses. El informe de la bomba en Long Beach había llegado varias horas antes, pero no se lo comunicaron a ella. ¿Por qué? Dobló al final del pasillo y atravesó la puerta abierta del jefe de la agencia de Los Ángeles.

Frank Longmont estaba sentado en su escritorio, con el teléfono presionado al oído. No se molestó en mirarla. Él lo sabía, ¿verdad? Aquella comadreja se entretenía deliberadamente.

—¿Señor?

Frank levantó la mano. Jennifer cruzó los brazos mientras el jefe seguía hablando. Solo entonces notó otros dos agentes, a quienes no reconoció, sentados en la mesita de conferencias a su izquierda. Se parecían a los almidonados de la Costa Este. Ellos la miraron por largo rato. Ella no les hizo caso y serenó su respiración.

El uniforme azul de Jennifer solo tenía una abertura muy pequeña por encima de su pierna izquierda, pero no se podía quitar de la mente la certeza de que era decente, incluso conservadora, aunque atrajera frecuentes miradas de hombres. Su cabello era oscuro, hasta los hombros, y sus ojos eran de un suave color avellana. Tenía la clase de rostro que otras podrían pasar toda la vida tratando de imitar: simétrico, con piel suave y color intenso. No había disfraz en su belleza física. *La belleza es un regalo*, solía decir su padre. *Solo que no debes ostentarla*. Un regalo. A menudo Jennifer había encontrado la belleza como una desventaja. Muchas personas de ambos géneros tenían dificultad para aceptar belleza y talento en el mismo individuo.

Para compensar, ella hacía todo lo posible por hacer caso omiso a su apariencia y en vez de eso centrarse en el talento. *La inteligencia también es un regalo*, solía decir su padre. Y Dios no había sido mezquino con ella. A sus treinta años Jennifer estaba considerada como una de las mejores psicólogas forenses de la Costa Oeste.

Pero al final no importaba. Su talento no le sirvió para salvar a su hermano. ¿Qué le quedaba entonces? Una mujer hermosa que estaba más interesada en ser inteligente que hermosa, pero que después de todo no era tan avispada. Un cero. Un cero cuyo fracaso había matado a su hermano. Y ahora un cero al que el jefe de su agencia no tenía en cuenta.

Frank bajó su teléfono y se volvió a los dos hombres en la mesa.

—Discúlpennos por un momento, caballeros.

Los dos agentes intercambiaron miradas, se levantaron y salieron. Jennifer esperó el clic en el pasador de la puerta antes de hablar.

—¿Por qué no me informaron?

—Es evidente que lo hicieron —contestó Frank extendiendo las manos.

—¡Han pasado cinco horas! —exclamó ella mirándolo de frente—. Yo ya debería estar en Long Beach.

—He estado en el teléfono con el jefe de policía de Long Beach. Estaremos allá a primera hora en la mañana.

¿Estaremos? Se estaba guardando algo. Ella fue hasta el escritorio de él, con las manos en las caderas.

—Está bien, basta de indirectas. ¿Qué pasa?

—Jennifer, por favor, toma asiento —manifestó Frank, sonriendo—. Respira hondo.

A ella no le gustó el tono de su voz. *Tranquila, chica. Tu vida está en manos de este hombre.*

—Se trata de él, ¿verdad?

—Aún no tenemos suficiente. Siéntate.

Se miraron mutuamente. Ella se sentó en una de las grandes sillas frente al escritorio y cruzó las piernas.

—Yo estaba pensando en dejar que Craig se encargara de la investigación de campo —dijo Frank mientras tamborileaba distraídamente el escritorio con los dedos—. Y dejarte trabajando aquí en un papel de coordinación.

—¡Este es mi caso! —exclamó Jennifer sintiendo que el rostro se le enrojecía—. ¡No puedes apartarme como si nada!

—¿Dije apartarte? No recuerdo haber usado esa palabra. Y si no lo has notado en tus seis años con la agencia, reacomodamos agentes con mucha frecuencia por gran cantidad de razones.

—Nadie conoce este caso como yo —objetó ella.

El jefe en realidad no lo haría. ¡Por encima de todo, era demasiado valiosa en este caso!

—Una de esas razones es la relación entre agentes y partes implicadas, incluyendo víctimas.

—He pasado un año respirándole a este tipo en la nuca —refutó Jennifer; luego permitió que entrara desesperación en su voz—. Por amor de Dios, Frank. No puedes hacerme esto.

—Él mató a tu hermano, Jennifer.

—¿Eso lo convierte en una relación? —preguntó ella mirándolo a los ojos—. Por como lo veo, el hecho de que hubiera matado a Roy me da derecho a cazarlo.

—Por favor, sé que esto es difícil, pero debes tratar de ver la situación con objetividad. Roy fue la última víctima del asesino. Desde entonces no hemos vuelto a oír ni pío en tres meses. ¿Te has preguntado alguna vez por qué escogió a Roy?

—Sucedió —contestó ella.

Ella lo sabía, por supuesto. La respuesta era patentemente obvia sin necesidad de pronunciarla.

—Él mata cuatro personas en la región de Sacramento antes de que empieces a acercártele. Estuviste a cinco minutos de aprehenderlo. Él se molesta y escoge a alguien cercano a ti. Roy. Lleva a cabo su jueguito de adivinanzas y luego mata a Roy cuando te acercaste demasiado.

Jennifer lo miró.

El jefe levantó una mano.

—No, no es eso lo que yo...

—¿Me estás diciendo que el Asesino de las Adivinanzas mató a mi hermano por mi culpa? ¿Te atreves a sentarte allí y acusarme de tomar parte en la ejecución de mi propio hermano?

—Digo que no es eso lo que quiero decir sino que probablemente escogió a Roy debido a tu participación.

—¿Y afectó ese hecho a mis acciones?

Él vaciló.

Jennifer cerró los ojos y respiró pausadamente.

—Estás poniendo palabras en mi boca —se defendió Frank—. Mira, lo siento, de veras. Apenas puedo imaginar lo duro que fue para ti. Y no creo que haya alguien más cualificado para ir tras ese chiflado, pero la situación cambió cuando mató a tu hermano. Él puso en claro tus opciones. Eres parte implicada, y francamente, tu vida está en peligro.

—No me seas paternalista con tonterías de peligro, Frank —cuestionó ella abriendo los ojos de par en par—. Nos reclutaron para el peligro. Esto es precisamente lo que el Asesino de las Adivinanzas quiere, ¿te das cuenta? Él sabe que yo soy su mayor amenaza. También sabe que me sacarás por las mismas razones que estás citando. Él me *quiere* fuera del caso.

Ella lo dijo con voz firme, pero solo porque mucho tiempo atrás aprendió a disimular la emoción. En gran parte. La agencia le enseñó. La mejor parte de ella quería gritarle a Frank y decirle dónde podría meterse su objetividad.

—Ni siquiera sabemos si se trata del mismo asesino —expresó Frank después de suspirar—. Se podría tratar de un imitador; quizás no estén relacionados. Necesitamos aquí a alguien que estructure esto con cuidado.

El Asesino de las Adivinanzas había empezado estos jueguitos casi un año atrás. Escogía a sus víctimas por una variedad de razones y luego las acechaba hasta conocer a fondo sus rutinas. Las adivinanzas por lo general resultaban poco convincentes. Les daba a las víctimas una cantidad específica de tiempo para resolverlas bajo la amenaza de muerte. Inventiva y sangre fría.

Su hermano, Roy Peters era un abogado de treinta y tres años recién empleado en Sacramento por Bradsworth y Bixx. Un hombre brillante con una esposa maravillosa, Sandy, quien trabajaba para la Cruz Roja. Más importante, Roy y Jennifer habían sido inseparables hasta en la universidad cuando los dos estudiaban leyes. Roy le regaló a ella su primera bicicleta, no porque su padre no pudiera hacerlo sino porque quiso hacerlo. Roy le enseñó a manejar. Roy escudriñaba a todo muchacho con el que ella saliera alguna vez, a menudo para disimulado disgusto de ella. Su hermano había sido su alma gemela, el modelo ante el que ningún otro hombre podría dar la talla.

Jennifer había repasado mil veces los acontecimientos que llevaron a la muerte de Roy, sabiendo cada vez que pudo evitarla. Si solo hubiera solucionado la adivinanza veinte minutos antes. Si lo hubiera atrapado antes. Si tan solo no le hubieran asignado al caso.

Hasta este momento nadie había siquiera insinuado que fuese su culpa... hacerlo hubiese sido indigno de parte de la agencia. Pero su propia culpa la había golpeado duro durante los últimos tres meses. La realidad era que si no hubiera estado en el caso, Roy estaría vivo. Nada iba a cambiar eso. De alguna manera ella *era* personalmente responsable de la muerte de su hermano.

Ahora su misión en la vida era dolorosamente simple. No se detendría ante nada para sacar de la faz de la tierra al Asesino de las Adivinanzas.

Si Frank supiera la profundidad de su obsesión la habría sacado del caso mucho tiempo antes. Su supervivencia dependía de su capacidad de mantenerse sosegada y razonable.

—Jefe, te lo suplico. Tienes que dejarme dirigir la investigación. Él todavía no ha matado. Cada vez se hace más atrevido, pero se atreverá más si le dejamos creer que puede hacerle una jugarreta al FBI. Sacarme del caso enviaría el mensaje equivocado.

El pensamiento se le ocurrió mientras lo expresaba. La mirada que Frank tenía en el rostro reflejaba que él aún no lo había considerado desde esta perspectiva.

—He tenido tres meses para lamentarme, Frank —siguió presionando ella—. La última vez que me evaluaron salí lúcida. Le debes al público dejarme ir. Nadie tiene una mejor posibilidad de detenerlo antes que mate de nuevo.

Frank la miró en silencio.

—Sabes que tengo razón.

—Eres tenaz; te lo concederé. Dime que no te motiva ninguna clase de venganza personal.

—Lo quiero fuera de circulación. Si eso es estar motivada personalmente, así es.

—Eso no es lo que quiero decir.

—¿Crees que comprometería la justicia con un gatillo fácil? —objetó ella un tanto sarcástica—. ¿O con ocultar información de otras agencias para llevarme el premio? ¿Crees algo así de mí?

—Ninguno de nosotros está exento de fuertes impulsos emocionales. Si hubieran matado a mi hermano, no estoy seguro de no haber entregado mi insignia e ido tras él fuera de la ley.

Ella no estaba segura de qué decir. Había considerado lo mismo una docena de veces. Nada le daría más satisfacción que presionar ella misma el gatillo cuando le cayera encima.

—Yo no soy tú —opinó ella finalmente, pero no estaba tan segura.

Él asintió.

—Uno no encuentra con facilidad la clase de amor que compartías con tu hermano, ¿sabes? Siempre te he respetado por eso.

—Gracias. Roy era alguien increíble. Nadie lo reemplazará jamás.

—No, imagino que no. Está bien, Jennifer. Tú ganas. Tendrás media docena de agencias merodeando; quiero que trabajes con ellas. No estoy diciendo que debas pasar todo el día juguetcando con ellas, pero al menos dales el respeto de mantenerlos al tanto.

—Por supuesto —concordó Jennifer poniéndose de pie.

—El detective Paul Milton estará esperando que le informes. Él no es de los que le tienen miedo a las pistolas, si sabes lo que quiero decir. Sé amable.

—Soy incapaz de nada menos.

5

KEVIN TREPÓ LOS CUATRO PRIMEROS PELDAÑOS de una sola zancada; tropezó en el último y cayó de bruces al suelo.

—¡Date prisa! —gruñó para sí y se puso de pie. El número telefónico de Samantha estaba sobre su escritorio... ojalá aún esté allí. Se coló por la puerta. *Su mejor amigo. ¿Quién podría ser?*

Revolvió papeles y arrojó del escritorio un libro de hermenéutica. Lo había dejado aquí arriba; ¡lo podía jurar! *Tal vez debería llamar a Milton. ¿Dónde estaba ese número?*

Toma las cosas con calma, Kevin. Pon los pensamientos en orden. Este es un juego de pensamiento, no una carrera. No, también es una carrera. Una carrera de pensamiento.

Respiró hondo y se puso las manos en el rostro. *No puedo llamar a la poli. Slater oiría la llamada. Tiene micrófonos en la casa o algo así. Está bien. Él quiere que yo llame a Samantha. Esto también es con ella. Necesito a Samantha. Solo han pasado dos minutos. Quedan veintiocho. Bastante tiempo. Lo primero es encontrar el número de Samantha. Piensa. Lo escribiste en un pedazo de papel. Lo usaste para llamarla la semana pasada y pusiste el papel en alguna parte segura porque era importante para ti.*

Debajo del teléfono.

Levantó el teléfono y vio el papelito blanco. ¡Gracias Dios! Alzó el auricular y pulsó el número con una mano temblorosa. Sonó. Sonó otra vez.

—Por favor, por favor, levanta el...

—¿Aló?

—Hola, ¿Sam?

—¿Quién habla?

—Soy yo.

—¿Kevin? ¿Qué pasa? Pareces...

—Tengo un problema, Sam. Santo cielo, ¡tengo un problema! ¿Supiste de la bomba que explotó hoy aquí?

—¿Una bomba? No me digas, ¿de verdad? No, no oí de ninguna bomba; tengo libre esta semana, para desempacar de la mudanza. ¿Qué sucedió?

—Algún tipo que dice llamarse Slater hizo saltar mi auto por los aires. Silencio.

—¿Sam? —la voz de Kevin tembló.

De repente pensó que tal vez iba a llorar. Se le empañó la vista.

—Sam, por favor, necesito tu ayuda.

—Alguien llamado Slater explotó tu auto —repitió ella lentamente—. Dime más.

—Me llamó a mi celular y me dio tres minutos para confesar un pecado, el cual dijo que conocería por una adivinanza. *¿Qué se cae pero no se rompe? ¿Qué se rompe pero no se cae?* Me las arreglé para lanzar el auto a una zanja al lado de un Wal-Mart y explotó.

—Santo... ¿Hablas en serio? ¿Salió alguien herido?

—No. Yo sólo...

—¿Está investigando el FBI? Qué nochecita, tienes razón... acabo de encender la televisión. Está en todos los noticieros.

—Samantha, ¡escucha! Acabo de recibir otra llamada de este tipo. Dice que tengo treinta minutos para solucionar otra adivinanza o hará explotar otra bomba.

Sam pareció cambiar de tono de inmediato.

—Adivinanzas. No te lo puedo creer. ¿Cuánto tiempo ha pasado?

—Cinco minutos —respondió él después de mirar el reloj.

—¿Ya lo reportaste?

—No. Él dijo que no se lo dijera a la policía.

—¡Tonterías! Llama al detective encargado ahora mismo. Cuelga y llámalo, ¿me oyes, Kevin? No puedes dejar que este tipo se salga con la suya. Acaba con su juego.

—Dijo que esta bomba matará a mi mejor amigo, Sam. Y sé que puede oírme. Este tipo parece saberlo todo. Que yo sepa, ¡ahora mismo me está vigilando!

—Bueno, tranquilízate. Toma las cosas con calma —expresó ella y luego hizo una pausa, reflexionando—. Está bien, no llames a la policía. ¿De quién está hablando Slater? ¿Quiénes son tus amigos allá?

Yo... ese es el problema. En realidad no tengo ninguno.

—Seguro que tienes. Solo dame tres personas que consideres amigas y yo enviaré hasta ellas a las autoridades locales. Apúrate, vamos.

—Bueno, está el decano del instituto, el Dr. John Francis. El cura de mi parroquia... Bill Strong.

Buscó a alguien más en su mente, pero nadie surgió. Tenía muchos conocidos, pero en realidad nadie que pudiera llamar un verdadero amigo, mucho menos un mejor amigo.

—Está bien. Suficiente. Espera un segundo.

Ella bajó el teléfono.

Kevin levantó su camiseta y secó el sudor de su rostro. 4:24. Tenía hasta las 4:45. *¡Vamos, Samantha!* Se puso de pie y caminó de un lado al otro. *En vida es tu amigo, pero muerto es el fin.* ¿Qué...?

—¿Kevin?

—Sí.

—Muy bien, hice una llamada anónima a la policía de Long Beach advirtiendo que Francis y Strong podrían estar en peligro inminente. Suficiente para que los saquen de donde estén, lo cual es todo lo que podemos hacer.

—¿Hablaste con Milton?

—¿Es quien está a cargo? No, pero estoy segura de que le llegue el mensaje. ¿Cuán seguro estás de que este tipo se pondrá furioso si hablas con las autoridades?

—¡Ya está furioso! Dijo que solo podía hablar cuando me lo permitiera y que está haciendo esto porque dije algo.

—Está bien. Probablemente te llamarán de la policía en cualquier momento para revisar esta amenaza que acabo de reportar. ¿Tienes llamada en espera?

—Sí.

—No hagas caso a los pitidos. Si hablas con la policía cuando te llamen, Slater lo sabrá. ¿Cuál es la adivinanza?

—Hay algo más, Sam. Slater te conoce. Es más, sugirió que te llamara. Yo... yo creo que podría ser alguien que conocemos los dos.

El teléfono resonó con eco durante unas cuantas respiraciones.

—Él me conoce. ¿Cuál es el pecado que quiere que confieses?

—¡No sé!

—Bueno, podemos tratar esto más tarde. Se nos está acabando el tiempo. ¿Cuál es la adivinanza?

—En vida es tu amigo, pero muerto es el fin.

—Opuestos.

—¿Opuestos?

—*¿Qué se cae pero no se rompe? ¿Qué se rompe pero no se cae?* Respuesta: Noche y día. Qué en la vida es tu amigo, pero muerto es el fin, no lo sé. Pero son opuestos. ¿Alguna idea?

—No. No tengo idea.

La noche cae, rompe el día. Claro.

—¡Esto es *absurdo*! —exclamó Kevin rechinando la última palabra entre sus dientes.

—Si conociéramos el pecado podríamos deducir la adivinanza —dijo ella después de una pausa—. ¿Qué pecado estás ocultando, Kevin?

—Ninguno. ¡Muchos! —soltó él dejando de caminar—. ¿Qué quieres que haga, proyectar al mundo toda mi vida pecaminosa? Eso parece ser lo que él quiere.

—Pero debe haber algo que hiciste que desquició a este tipo. Piensa en eso y en esta adivinanza. ¿Alguna conexión?

Kevin pensó en el muchacho. Pero no había conexión entre las adivinanzas y el muchacho. Podría ser él. Nada más le vino a la mente.

—No.

—Entonces volvamos a tu mejor amigo.

—Tú eres mi mejor amiga, Sam.

—Encantador. Pero este tipo quería que me llamaras, ¿de acuerdo? Él sabe que yo estaría advertida y, si me conoce, también sabe que tengo la capacidad de escapar a su amenaza. Creo que por ahora no corro peligro. Hay otro mejor amigo tuyo que no hemos tenido en cuenta. Algo más obvio...

—¡Espera! ¿Y si no es una persona?

¡Eso es! Él miró su reloj. Quedan quince minutos. Apenas tiempo suficiente para llegar allá. La llamada en espera le sonaba en el oído. Esa debería ser la policía.

—No le hagas caso —dijo Sam—. Como...

—Te volveré a llamar, Sam. No tengo tiempo para explicar.

—Estoy saliendo. Llegaré allá en cinco horas.

—¿Tú... tú estás...?

—Estoy de licencia, ¿recuerdas?

—Me tengo que ir —contestó Kevin sintiendo una oleada de agradecimiento.

Colgó, los nervios le zumbaban y tenía un nudo en el estómago. Si tenía razón, significaba que debía volver a la casa. Odiaba regresar a la casa de su tía. Permaneció en el estudio, con los puños cerrados a sus costados. Pero tendría que volver. Slater había hecho volar el auto, y ahora iba a hacer algo peor a menos que Kevin lo detuviera.

Slater lo estaba obligando a volver a la casa. De vuelta al pasado. De vuelta a la casa y al muchacho.

III

El reloj de Kevin señalaba las 4:39 cuando pasó el parque al final de la Calle Baker y dirigió el auto hacia la casa blanca. Se desvaneció el débil sonido de niños jugando en los columpios. Luego se hizo silencio, excepto por el ronroneo del Taurus. Kevin parpadeó.

Una hilera de veinte olmos se alineaba al costado izquierdo del callejón sin salida, uno frente al patio de cada casa, lanzando una sombra oscura a todo lo largo. Detrás de las casas un estrecho sendero verde se metía en el parque que acababa de pasar. A su derecha se extendían bodegas hasta los raíles del ferrocarril. La calle estaba recién pavimentada, toda la grama estaba cuidadosamente recortada, y las casas eran modestas pero limpias. Todo indicaba que era la perfecta callejuela en las afueras del pueblo.

Él no había venido en un año, y aun entonces no quiso entrar. Necesitaba la firma de Balinda para la solicitud al seminario. Después de cuatro intentos de tenerla por correo, finalmente se obligó a ir hasta el porche del frente y tocar el timbre. Ella apareció después de varios minutos, él le dijo sin hacer contacto visual que en su antiguo cuarto tenía alguna evidencia que le interesaría a las autoridades y que su próxima parada sería la estación de policía si ella se negaba a firmar. Era una mentira, por supuesto. Ella hizo un gesto de desprecio y garabateó su firma.

La última vez que vio el interior de la casa fue cinco años atrás, el día en que finalmente se armó de valor para salir.

Deslizarse por el asfalto debajo de la bóveda de olmos no era diferente de conducir por un túnel; uno que llevaba a un pasado que él no tenía deseos de visitar.

Pasó lentamente las casas —la verde, la amarilla, otra verde, una *beige*— todas antiguas, todas únicas a su manera, a pesar de las evidentes similitudes que venían de tener un constructor común. Iguales canaletas, iguales ventanas, iguales techos de tablas. Kevin centró los ojos en la casa blanca, la quince de las veinte sobre la Calle Baker.

Aquí viven Balinda y Eugene Parson con su hijo retrasado de treinta y seis años, Bob. He aquí el hogar de la infancia de un tal Kevin Parson, hijo adoptado, antiguamente conocido como Kevin Little, hasta que su papá y su mamá se fueron al cielo.

Cinco minutos. *Bueno, Kevin, se está acabando el tiempo.*

Estacionó el auto al otro lado de la calle. Una cerca de sesenta centímetros rodeaba el jardín frontal y luego se levantaba hasta un metro ochenta al dar la vuelta hacia el patio trasero. Aquí la cerca estaba pintada de blanco brillante, pero una vez que se pasaba la puerta a la derecha no estaba pintada en absoluto, excepto por años de ceniza negra. A lo largo del porche principal había un lecho de flores. Flores falsas, hermosas y sin mantenimiento. Balinda las reemplazaba cada año... su idea de la jardinería.

Sobre un pedestal a la derecha del olmo de los Parson había una estatua de piedra gris de alguna diosa griega. El patio del frente estaba impecable, siempre había sido el más limpio de toda la calle. Hasta al Plymouth 59 *beige* de la entrada lo habían pulido recientemente de tal modo que se podía ver un reflejo del olmo en la placa trasera. No se había movido en años. Cuando los Parson tenían algún motivo para salir de la casa usaban el antiguo Datsun azul estacionado en el garaje.

Las persianas estaban corridas y la puerta no tenía ventanas, lo que imposibilitaba mirar adentro, pero Kevin conocía el interior mejor que su propia casa. Tres puertas más abajo estaba la pequeña vivienda color café que una vez perteneció a un policía llamado Rick Sheer, quien tenía una hija llamada Samantha. Su familia volvió a mudarse a San Francisco cuando Sam fue a la universidad.

Kevin se limpió las palmas en los *jeans* y salió del auto. El sonido al cerrar de golpe la puerta pareció escandalosamente fuerte en la silenciosa calle. La persiana sobre la puerta del frente se separó momentáneamente, y luego se cerró. *Bueno. Sal, tiíta*.

De pronto le sobrevino una sensación de ridículo. Slater evidentemente conocía sus hechos, ¿pero cómo tendría conocimiento del perro de Bob? ¿O que el perro en realidad hubiera sido el mejor amigo de Kevin hasta que llegara Samantha? Quizás Slater fue tras el Dr. Francis o el cura. Sam había hecho la llamada. Inteligente.

Kevin hizo una pausa en la acera y miró la casa. ¿Y ahora? ¿Acercarse y decirle a Balinda que alguien estaba a punto de volar al perro en pedazos? Cerró los ojos. *Dios, dame fuerzas. Sabes cuánto odio esto*. Tal vez debería irse. Habría llamado si Balinda tuviera teléfono. Quizás podía llamar a los vecinos y...

La puerta se abrió y salió Bob, sonriendo de oreja a oreja.

—Hola, Kevin.

Bob llevaba el pelo con un rapado asimétrico, sin duda obra de Balinda. Sus pantalones *beige* colgaban quince centímetros por sobre un par de lustrosas botas negras de cuero. Su camisa era de un blanco sucio y lucía grandes solapas que recordaban la década de los setenta.

—Hola, Bob —contestó Kevin sonriendo—. ¿Puedo ver a Damon?— Damon quiere verte, Kevin —expresó Bob con el rostro iluminado—. Ha estado esperando verte.

—¡No me digas! Bien, entonces. Vamos...

—¡Bobby, cariño! —ordenó la chillona voz de Balinda a través de la puerta principal—. ¡Vuelve acá!

Ella salió de las sombras calzando altos tacones rojos y pantis blancas remendadas con surcos de esmalte claro de uñas. Su vestido blanco estaba forrado de cualquier manera con encajes manchados por la edad con una docena de perlas falsas, las que quedaban de los centenares que una vez tuvo. Un gran sombrero de sol se posaba sobre un cabello negro azabache que parecía recién secado. Una sarta de joyas chillonas le colgaba del cuello. Pero lo que colocaba con firmeza a Balinda en la categoría de cadáver ambulante era el maquillaje blanco y el brillante lápiz labial rojo que se ponía en su fofo rostro.

Le lanzó a Kevin una mirada hostil con párpados ensombrecidos, lo analizó por un instante, y luego hizo un gesto de desprecio.

—¿Te dije que podías salir? Entra. ¡Adentro, adentro, adentro!

—Es Kevin, mamá.

—No me importa si es Jesucristo, inútil —insultó ella estirando la mano y enderezando el collar—. Sabes cuán fácilmente te resfrías, mi niño.

Llevó a Bob hacia la puerta.

—Quiere ver...

—Sé amable con Princesa —dijo y le dio un empujoncito—. Entra.

Que Dios bendiga su alma, Balinda en realidad quería el bien para ese muchacho. Ella se equivocaba y sin duda era tonta, pero amaba a Bob.

Kevin tragó saliva y observó su reloj. Dos minutos. Él cortó hacia la puerta del patio trasero mientras ella estaba de espaldas.

—¿Y adónde cree este forastero que va?

—Solo quiero revisar algo del perro. Habré partido antes de que usted se dé cuenta.

Agarró la puerta y la abrió de un tirón.

—¿Habré partido? Te has metido en alguna nueva moda artística, ¿no es así, muchacho universitario?

—Ahora no, Balinda —contestó él tranquilamente.

Su respiración se hizo más rápida. Ella entró tras él con paso firme. Él caminó a zancadas por el lado de la casa. —Al menos muestra un poco de respeto cuando estés en mi terreno —declaró ella.

Él se controló. Cerró los ojos; los abrió.

—Por favor, ahora no, Princesa.

—Eso está mejor. El perro está bien. Tú, por otra parte, no lo estás.

Kevin rodeó la casa y se detuvo. El patio no había cambiado. Sucísimo. Balinda lo llamaba jardín, pero no era más que un enorme montón de cenizas, si bien es cierto que era un montón bastante ordenado: un metro de profundidad en el centro, reduciéndose a medio metro a lo largo de la cerca. Un tambor de cincuenta y cinco galones ardiendo en el centro del patio... todavía estaban quemando. Quemando, quemando, todos los días quemando. ¿Cuántos periódicos y libros se habían quemado aquí atrás con los años? Suficientes para muchas toneladas de ceniza.

La casa del perro estaba donde siempre había estado: en el rincón trasero izquierdo. En el otro rincón había un cobertizo para herramientas, sin utilizar y en terrible necesidad de pintura. La ceniza se había amontonado contra su puerta.

Kevin se paró en la endurecida ceniza y luego corrió por el patio hacia la perrera. Menos de un minuto. Se puso sobre una rodilla, miró dentro de la casa del perro, y fue recompensado con un gruñido.

—Tranquilo, Damon. Soy yo, Kevin.

El viejo labrador negro se había vuelto senil y de mal genio, pero al instante reconoció la voz de Kevin. Gimoteó y salió cojeando. Tenía una cadena sujeta al collar.

—¿Qué crees que estás haciendo? —exigió Balinda.

—Buen chico.

Kevin metió la cabeza en la antigua casa del perro y entrecerró los ojos en la oscuridad. No logró ver ninguna bomba. Se puso de pie y rodeó la casita.

Nada.

—¿Qué está haciendo, Princesa?

Kevin se volvió hacia la casa al sonido de la voz de su tío. Eugene estaba parado en el porche trasero, mirándolo. Usaba sus habituales botas estilo inglés y pantalones de montar completos con tirantes y una boina. A Kevin, el flacucho le parecía más bien un *jockey*, pero a los ojos de Balinda era un príncipe. Había usado la misma indumentaria al menos treinta años. Antes esto había sido un vestuario Henry V, poco elegante y tosco en un hombre tan menudo.

Balinda se quedó en el lindero de la casa, observando a Kevin con recelo. La persiana se levantó en la ventana a la izquierda de ella... el antiguo cuarto de Kevin. Bob observaba hacia afuera. El pasado miraba a Kevin a través de esos tres pares de ojos.

Miró su reloj. Los treinta minutos habían pasado. Extendió la mano hacia abajo y palmeó al perro.

—Buen chico.

Lo desató, lanzó la cadena a un costado y retrocedió hacia la puerta del patio.

—¿Qué crees que estás haciendo con mi propiedad? —preguntó Balinda.

—Pensé que al perro le iría bien algo de ejercicio.

—¿Entras aquí como te da la gana para quitarle la cadena a ese viejo murciélago? ¿Por qué me tomas, por una idiota? —preguntó Balinda, luego se volvió al perro, que seguía a Kevin—. ¡Damon! Regresa a tu casa. ¡Vuelve!

El perro se detuvo.

—¡No te quedes allí parado, Eugene! ¡Controla a ese animal!

Al instante Eugene se reanimó. Dio dos pasos hacia el perro y extendió un endeble brazo.

—¡Damon! ¡Perro malo! Regresa. Regresa inmediatamente.

El perro simplemente los miró.

—Intenta con tu acento de entrenar caballos —ordenó Balinda—. Pon algo de autoridad en tu voz.

Kevin los miró. Había pasado mucho tiempo desde que los viera así. Se habían puesto a representar sus papeles en las bambalinas. Por el momento él ni siquiera existía. Era difícil imaginar que se crió con estos dos.

Eugene se irguió tan alto como le permitió su pequeño cuerpo y sacó pecho.

—¡Te lo ordeno, perro! A tu casa o habrá látigo. ¡Anda! ¡Vete allí *inmeeediatamente*!

—No te quedes allí; ¡ve tras él como si hablaras en serio! —exclamó bruscamente Balinda—. Y en realidad no creo que tu voz sea apropiada con un animal. ¡Lanza un gruñido o algo por el estilo!

Eugene se agachó y dio varios pasos largos hacia el perro, gruñendo como un oso.

—¡No como un animal, idiota! —gritó Balinda—. ¡Pareces un tonto! Él es el animal; tú eres el amo. Actúa como amo. ¡Gruñe como un hombre! Como quien manda.

Eugene se volvió a levantar y tendió un brazo, gruñendo como un villano.

—Vuelve a la jaula, ¡bicho grosero! —gritó él con voz ronca.

Damon gimoteó y volvió corriendo a su casa.

—¡Ja! —exclamó Eugene enderezándose, triunfante.

Balinda aplaudió y rió tontamente, contenta.

—¿Ves, no te lo dije? Princesa sabe...

Una sorda explosión levantó de repente la perrera treinta centímetros en el aire y volvió a caer a tierra.

Balinda en la esquina, Bob en la ventana, Eugene por el porche y Kevin en medio del patio, se quedaron mirando con incredulidad la perrera que ardía.

Kevin no se podía mover. ¿Damon?

—¿Qué... qué fue eso? —inquirió Balinda dando un paso hacia delante y deteniéndose.

—¿Damon? —llamó Kevin corriendo hacia la perrera—. ¡Damon!

Antes de llegar a la casita sabía que el perro estaba muerto. La sangre oscureció rápidamente la ceniza de la puerta. Miró adentro y retrocedió de inmediato. Le subía bilis por la garganta. ¿Cómo era posible? De sus ojos brotaron lágrimas.

Se oyó un alarido en el aire. Él miró hacia atrás para ver a Balinda volando hacia la perrera, con el rostro acongojado y mascullando con incoherencia. Bob tenía el rostro pegado a la ventana, los ojos abiertos de par en par.

Balinda echó una mirada dentro de la humeante casa de Damon y luego retrocedió estupefacta. Eugene se detuvo y la observó. La mente de Kevin le daba vueltas. Pero no era Damon el que ahora lo mareaba sino Princesa. *Princesa no... ¡Madre!*

¡No! Princesa no, tampoco Madre, ¡ni siquiera tiíta! *Balinda.* La pobre bruja enferma que le chupó la vida.

Ella se volvió hacia Kevin, con los ojos negros del odio.

—¡Tú! —gritó—. ¡Tú hiciste esto!

—¡No, Madre!

¡Ella no es tu madre! No es Madre.

—Yo...

—¡Cierra tu boca mentirosa! ¡Te odiamos! —exclamó ella mientras extendía su brazo hacia la puerta del patio—. ¡Fuera!

—No quieres decir eso...

¡Déjalo, Kevin! ¿Qué te importa si te odia? Vete.

Balinda empuñó las dos manos, las dejó caer a sus costados, e inclinó la cabeza hacia atrás.

—¡Vete! ¡Vete, vete, vete! —gritó apretando los ojos.

—¡Vete! ¡Vete, vete, vete! —repitió Eugene, gritando igual que ella con voz de falsete, y remedándole la postura.

Kevin salió. Sin atreverse a ver qué estaría haciendo Bob, dio media vuelta y corrió hacia su auto.

6

EL AIRE ESTÁ VICIADO. Demasiado caliente para un día tan frío. Richard Slater, como había decidido llamarse, se quita la ropa y la cuelga en un clóset al lado del escritorio. Atraviesa descalzo el oscuro sótano, abre la antigua refrigeradora y saca dos cubos de hielo... que en realidad están congelados como pequeñas bolas, no como cubitos. En cierta ocasión encontró las poco normales cubetas en la refrigeradora de un extraño y decidió llevárselas. Son maravillosas.

Slater va hasta el centro del salón y se sienta en el concreto. Un enorme reloj blanco sobre la pared hace un silencioso tictac. Son las 4:47. Llamará a Kevin en tres minutos, a menos que el mismo Kevin haga una llamada, en cuyo caso terminará remotamente la conexión y luego volverá a llamar a Kevin. Aparte de eso, quiere darle a Kevin un poco de tiempo para asimilar las cosas. Ese es el plan.

Yace tendido de espaldas sobre el frío cemento, y se coloca una bola de hielo en cada una de las cuencas de los ojos. Ha hecho muchas cosas con los años, algunas horribles, otras espléndidas. ¿Cómo llamaría usted dar de propina a una mesera un dólar más de lo que merece? ¿Cómo llamaría a devolver una pelota de béisbol al muchacho que por equivocación la lanza por sobre la cerca? Espléndido, maravilloso.

Las cosas horribles son demasiado obvias para resaltarlas.

Pero en realidad toda su vida ha sido una práctica para este juego particular. Por supuesto, eso es lo que siempre dice. En una competición de alto riesgo hay algo que te acelera la sangre. No hay nada comparable. Matar es solo matar a menos que haya un juego para el asesinato. A menos que haya un juego final que resulte en alguna clase de victoria definitiva. Poner un castigo involucra hacer sufrir a alguien, y la muerte da fin a esa dolencia, burlando el verdadero dolor del sufrimiento. Al menos a este lado del infierno. Slater tiembla con la emoción de todo esto. Un pequeño quejido de placer. Ahora el hielo lastima. Como fuego en sus ojos. Es interesante cómo los opuestos pueden ser tan parecidos. Hielo y fuego.

Slater lleva la cuenta de los segundos, no en su mente consciente sino en el fondo, donde no lo distraigan del pensamiento. Ellos tienen de su parte algunas mentes muy buenas, pero no tanto como la suya. Kevin no es idiota. Él tendrá que ver a qué agente del FBI envían. Y por supuesto el verdadero premio irradia brillantez: Samantha.

Slater abre la boca y pronuncia lentamente el nombre.

—Samantha.

Ha estado planeando este juego particular durante tres años, no porque necesitara el tiempo sino porque ha estado esperando el momento oportuno. Por otro lado, la espera le había dado oportunidad más que suficiente para aprender mucho más de lo que ahora debe saber. Todo movimiento de Kevin mientras está despierto; sus motivaciones y deseos; sus fortalezas y debilidades; la verdad detrás de su encantadora y pequeña familia.

Vigilancia electrónica... es asombroso cómo ha avanzado la tecnología incluso en los últimos tres años. Puede enfocar un rayo láser a gran distancia sobre una ventana y captar todas las voces del interior. Encontrarán sus micrófonos, pero solo porque él desea que los hallen. Él puede llamar al teléfono de Kevin en cualquier momento del día sin que lo detecte un tercero. Cuando la policía encuentre el transmisor que puso en la línea telefónica de la casa de Kevin, él recurrirá a alternativas. Hay límites, por supuesto, pero no serán alcanzados antes de que termine el juego. El juego de palabras buscado.

Han pasado dos minutos y sus ojos están entumecidos por el hielo. Por las mejillas le corre agua, la cual trata de alcanzar estirando la lengua. No puede. Un minuto más.

La realidad es que Slater ha pensado en todo. No en la manera criminal de «robemos un banco y pensemos en todo para que no nos atrapen» sino en un modo más fundamental. Precisa motivación y neutralización de jugadas. Como una partida de ajedrez que se jugará en respuesta a las jugadas del otro. Este método es mucho más emocionante que agarrar un garrote para golpear al otro y declararse vencedor.

En unos cuantos días Kevin será un esqueleto de sí mismo, y Samantha...

Slater sonríe tontamente.

No hay forma posible en que puedan ganar.

El tiempo se acaba.

Slater se sienta, saca de las cuencas de sus ojos lo que queda de las bolas de hielo, las lanza a la boca y se pone de pie. El reloj marca las 4:50. Atraviesa el salón hacia un antiguo escritorio metálico iluminado por una lámpara de pantalla. Treinta vatios. Hay un sombrero de policía sobre el escritorio. Él se recuerda ponerlo en el clóset.

El teléfono negro está conectado a una caja, la cual evitará que lo rastreen. Otra caja remota está oculta en el centro de comunicaciones que presta servicio a esta casa. Los policías pueden examinar todo lo que quieran. Él es invisible.

—¿Estás listo, Kevin?

Slater levanta el teléfono, mueve un interruptor en el distorsionador electrónico y marca el teléfono celular que, según sus instrucciones, Kevin debe llevar con él.

III

Kevin corrió a su auto y lo encendió antes de caer en la cuenta de que no tenía adónde ir. Si tuviera el número del celular de Samantha la habría llamado. Casi llama a Milton, pero no soportaba el pensamiento de que la policía convirtiera esta casa en una escena de crimen. Era inevitable, sin embargo... tenía que informar de la bomba. Una cosa era no decirle a Milton la verdadera exigencia de Slater; encubrir una segunda bomba no tenía ni punto de comparación. Pensó en regresar para explicar a Balinda la muerte del perro, pero no tenía ganas de enfrentarse a ella, mucho menos de inventar una explicación que tuviera algún sentido.

La casa del perro había ahogado la explosión... ninguno de los vecinos pareció haberla oído. De haber sido así, ¿no estarían correteando de un lado al otro contándolo?

Sentado en su auto Kevin se pasó los dedos por el cabello. Una furia repentina se extendió por sus huesos. El teléfono de su bolsillo le tembló fuertemente contra la pierna y se estremeció.

¡Slater!

Tembló de nuevo. Buscó a tientas el celular, lo sacó y lo abrió.

—¿Aló?

—Hola.

—Usted... usted no tenía que hacer eso —enunció Kevin con voz temblorosa; vaciló y luego continuó rápidamente—. ¿Es usted el muchacho? Usted es el muchacho, ¿verdad? Mire, aquí estoy. Solo dígame qué...

—¡Cállate! ¿Qué muchacho? ¿Te dije que me sermonearas? ¿Dije: «Me siento muy necesitado de un sermón en este momento, universitario Kevin»? Ni se te ocurra volver a hacer eso. Has roto varias veces la regla «no me hables a menos que te lo pida», universitario. La próxima vez mataré algo que camine sobre dos piernas. Considéralo reafirmación negativa. ¿Comprendes?

—Sí.

—Así es mejor. Y en mi opinión lo mejor es que no le hables a la policía acerca de esto. Sé que te dije que podrías hacerlo después del hecho, pero este pequeño bono fue solo algo que planeé en caso de que no fueras un buen oyente, lo cual fuiste muy rápido en confirmar. ¡Esta vez no digas ni pío! ¿Entendido?

¿No contarle a los policías? ¿Cómo pudo él...?

—¡Contéstame!

—Es... está bien.

—Dile a Balinda que mantenga también la boca cerrada. Estoy seguro de que ella estará de acuerdo, pues no querrá que la policía esté inspeccionando por toda la casa, ¿no es así?

—No.

Así que Slater sabía acerca de Balinda.

—El juego continúa. Yo soy el bate; tú eres la pelota. Seguiré golpeándote hasta que confieses. Cerrar y cargar.

Kevin quería desesperadamente preguntar qué quería decir con la palabra *confesar*. Pero no pudo. Oía la respiración de Slater en el otro extremo.

Samantha viene hacia acá —anunció Slater con voz suave—. Eso es bueno. No logro decidir a quién desprecio más: a ti o a ella.

La línea hizo clic y ya no se oyó más la voz de Slater. Kevin se quedó horrorizado en silencio. Quienquiera que fuera Slater parecía saberlo todo. Balinda, el perro, la casa. Samantha. Exhaló y cerró los dedos en un puño para calmar su temblor.

Esto está sucediendo de veras, Kevin. Alguien que lo sabe va a tirar de la manta. *¿Qué se cae pero no se rompe? ¿Qué se rompe pero no se cae? ¿Qué se cae pero no se rompe? ¿Qué se rompe pero no se cae?* Noche y día. *En vida es tu amigo, pero muerto es el fin.* En vida el perro era un amigo, pero muerto fue el fin de él. Pero había más. Algo que Slater quería que él confesara era noche y día, vida y muerte. ¿Qué?

Kevin golpeó el volante con el puño. ¿Qué, *qué*? Slater había preguntado: «¿Qué muchacho?» ¿Qué muchacho? ¿No era por tanto el muchacho?

Querido Dios... Querido Dios... ¿Querido Dios qué? Ni siquiera lograba pensar bien para orar. Echó la cabeza hacia atrás y respiró despacio varias veces, para calmarse.

—Samantha. Samantha.

Ella sabría qué hacer. Kevin cerró los ojos.

III

Kevin tenía once años de edad cuando vio por primera vez al muchacho que quería matarlo.

Él y Samantha se habían convertido en los mejores amigos. Lo que hacía más especial su relación era que sus viajes en la noche seguían siendo un secreto. Él veía a otros niños de vez en cuando, pero no hablaba con ellos. A Madre no le gustaba eso. Pero, que supiera, ella nunca descubrió este pequeño secreto acerca de la ventana. Cada ciertas noches, siempre que lo planeaban, o a veces cuando Sam tocaba en su ventana, o incluso en ocasiones en que él salía y tocaba en la ventana de Sam, se escabullía y se reunía con ella.

Él no le contaba a Sam lo que ocurría dentro de su casa. Deseaba hacerlo, por supuesto, pero no podía contarle la peor parte, aunque de todos modos se preguntaba si ella se lo imaginaba. Este tiempo con Sam fue especial porque fue la única parte de su vida que *no giraba* en torno a la casa. Él quiso mantenerlo de este modo.

La escuela privada a la que asistía Samantha daba clases durante todo el año, así que ella siempre estaba ocupada durante el día, pero de todas maneras Kevin no podía escabullirse durante el día. Madre se daría cuenta.

—¿Por qué nunca quieres jugar en el parque? —le preguntó Sam una noche mientras caminaban por el sendero de césped—. Te llevarías muy bien con Tommy y Linda.

—Sencillamente no quiero hacerlo —contestó él encogiéndose de hombros—. Ellos podrían contarlo.

—Podríamos hacerles jurar que no lo harán. Ellos me gustan; prometerían no decirlo. Podrían ser parte de nuestro club.

—Nos divertimos bastante sin ellos, ¿de acuerdo? ¿Para qué los necesitaríamos?

—Bueno, tienes que empezar a reunirte con algunas otras personas, Kevin. Estás creciendo, lo sabes. No puedo entender por qué tu mamá no te deja salir a jugar. Eso es muy mezquino...

—¡No hables así de ella!

—Bueno, ¡así es!

Kevin bajó la cabeza, sintiéndose repentinamente sofocado. Permanecieron en silencio por unos instantes.

—Lo siento —se excusó Sam poniéndole la mano en el hombro.

La manera en que ella lo dijo le hizo llorar. Ella era muy especial.

—Lo siento —volvió a decir Sam—. Imagino que solo porque ella sea distinta no quiere decir que sea mala. Diferentes estilos para diferentes individuos, ¿de acuerdo?

Él la miró, inseguro.

—Es un dicho —continuó ella limpiándole una lágrima que salía por el ojo derecho de Kevin—. Al menos tu mamá no es de esos padres que maltratan a sus hijos. He oído a papá hablar acerca de algunas cosas.

Ella se encogió de hombros.

—Algunas personas son horribles —concluyó.

—Mi mamá es una princesa —objetó Kevin suavemente.

Sam rió cortésmente y asintió.

—¿Nunca te ha golpeado, verdad, Kevin?

—¿Pegarme? ¿Por qué habría de pegarme?

—¿Lo ha hecho?

—¡Nunca! Ella me envía a mi cuarto y me hace leer mis libros. Eso es todo. ¿Por qué una persona golpearía a otra?

—No todo el mundo es tan dulce como tú, Kevin —le manifestó Sam tomándole la mano y comenzando a caminar—. Creo que papá podría saber acerca de nosotros.

—¿Qué? —inquirió Kevin parándose en seco.

—Él ha hecho algunas preguntas. Papá y mamá hablan de tu familia de vez en cuando. Después de todo, él es policía.

—¿Le... le dijiste algo?

—Por supuesto que no. No te preocupes. Tu secreto está seguro conmigo.

Caminaron por algunos minutos, tomados de la mano.

—¿Te gusta Tommy? —indagó Kevin.

—¿Tommy? Claro.

—Quiero decir, ¿es tu...? tú sabes...

—¿Novio? ¡No me hagas vomitar!

Kevin se sonrojó y rió tontamente. Llegaron a un enorme árbol detrás de la casa de Sam, y ella se detuvo. Se puso frente a él y le tomó las dos manos entre las suyas.

—No tengo ningún novio a excepción de ti, Kevin. Me gustas.

Él le miró los brillantes ojos azules. Una suave brisa le levantó el cabello rubio de manera que flotó alrededor de ella, resaltado por la luna. Sam era lo más hermoso que Kevin había visto jamás. Estaba tan prendado de ella que apenas podía hablar.

—Tú... tú también me gustas, Sam.

—Somos como amantes secretos —enunció ella dulcemente, y de repente su rostro se suavizó—. Nunca antes he besado a un chico. ¿Te puedo besar?

—¿Besarme? —se sorprendió él, tragando saliva.

—Sí.

—Sí —contestó Kevin, con la garganta de repente más seca que polvo de hornear.

Ella se inclinó hacia delante y le tocó los labios con los suyos por un momento.

Sam retrocedió y se miraron, con los ojos abiertos de par en par. El corazón de Kevin le vibraba en los oídos. ¡Debía hacer algo! Antes de perder el valor, se inclinó y le devolvió el beso.

La noche pareció desaparecer alrededor de Kevin. Flotaba sobre una nube. Se miraron a los ojos, de repente incómodos.

—Debo irme ya —anunció Sam.

—Está bien.

Ella se volvió y corrió hacia su casa. Kevin giró y se dirigió a toda prisa hacia la suya, y sinceramente no estaba seguro de si sus pies estaban en realidad sobre la tierra. Le gustaba Samantha. Le gustaba mucho, mucho. Quizás aun más que su madre, lo cual era bastante imposible.

Los días siguientes pasaron flotando en el aire como un sueño. Kevin se reunió con Sam dos noches después y no mencionaron el beso. No necesitaban hacerlo. Reanudaron su juego como si nada en absoluto hubiera cambiado entre ellos. Ni siquiera se volvieron a besar, y Kevin no estaba seguro de querer hacerlo; de alguna manera podría echar a perder la magia de ese primer beso.

Sam no llegó a la ventana de él durante tres días seguidos, y Kevin decidió escabullirse e ir a casa de ella. Tomó de prisa el sendero de hierba que atraviesa las dos casas entre la suya y la de Sam, cuidando de no hacer ni el más leve ruido. Nunca se podría saber quién pudiera estar fuera en la noche. Cien veces antes se habían escondido del sonido de voces y de pasos acercándose.

En el cielo negro se asentaba una media luna mirando a hurtadillas entre nubes que se movían lentamente. Se oía el sonido de los grillos. La casa de Sam estaba a la vista y el corazón de Kevin le latió con más fuerza. Bajó el ritmo junto a la cerca y miró por sobre ella. El cuarto de Samantha estaba en la planta baja; podía ver el casi imperceptible brillo de luz que pasaba por el árbol frente a la ventana. *Que estés allí, por favor, Sam. Por favor*. Kevin miró alrededor, no vio a nadie, y empujó la tabla que Sam había aflojado mucho tiempo atrás. Su papá podría ser un policía, pero no había descubierto esto, ¿o sí? Eso se debía a que Sam también era inteligente. Atravesó la cerca y se frotó las manos. *Que estés allí, por favor, Sam.*

Kevin dio un paso adelante. El árbol frente a la ventana de Sam se movió. Él se paralizó. ¿Sam? Lentamente apareció una cabeza negra y luego unos hombros. ¡Alguien estaba mirando a hurtadillas dentro del cuarto de Sam!

Kevin retrocedió bruscamente, aterrado. La figura se agrandó, orientándose para tener mejor vista. ¡Se trataba de un muchacho! Un muchacho alto con nariz aguda. ¡Estaba espiando a Sam!

Una docena de pensamientos chillaron dentro de la cabeza de Kevin. ¿Quién era ese muchacho? ¿Qué estaba haciendo? ¡Debería salir corriendo! No, debería gritar. ¿Era Tommy? No, Tommy tenía el cabello más largo.

El muchacho giró, miró directamente a Kevin, y luego se estiró hasta que ya no lo tapara el árbol. Se paró cuan largo era a la luz de la luna, y una terrible sonrisa le distorsionó el rostro. Dio un paso hacia Kevin.

Kevin no se molestó con la tabla suelta... saltó la cerca más rápido de lo que pudo haber imaginado y corrió hacia un árbol grande en el borde del sendero de césped. Se paró detrás del árbol, jadeando.

No sucedió nada. No hubo ningún sonido de alguien corriendo o de otra respiración agitada que no fuera la suya. Habría corrido hasta su casa pero temía que el muchacho estuviera esperando en la cerca la primera señal de movimiento. Tardó cinco minutos en llenarse de valor y mirar lentamente alrededor del árbol.

Nada.

Otros cinco minutos y volvió a mirar sobre la cerca. Nada. Quienquiera que fuera el muchacho, se había ido.

Finalmente Kevin se armó de valor para tocar en la ventana de Sam. Ella salió, todo sonrisas. Le dijo que lo estaba esperando. Esperando que el gallardo joven llegara hasta la ventana de la doncella. Así es como se hacía en las películas.

Él le contó respecto del muchacho, pero ella lo halló divertido. Uno de los tipos del vecindario estaba chiflado por ella, ¡y su príncipe encantador lo había hecho huir! Al oírse contándola, la historia parecía cómica. Esa noche rieron mucho. Pero Kevin no lograba quitarse de encima la imagen de la horrible sonrisa del muchacho.

Pasaron tres noches antes que Kevin volviera a ver al muchacho... esta vez en el sendero de césped en su camino a casa. Al principio creyó que se trataba de un perro u otro animal que corría entre los árboles, pero después de acostarse comenzó a preguntarse si era el muchacho. ¿Y si volvía a espiar a Samantha? Salió y dio vueltas durante media hora antes de tomar la resolución de ir a ver cómo estaba Sam. No podría volver a dormir hasta que lo hiciera.

Por primera vez en un año regresó por segunda vez en la misma noche... el príncipe encantador iba a comprobar que todo estuviera bien con su damisela en apuros. En realidad no esperaba ver nada.

Kevin asomó la cabeza por sobre la cerca en el patio de Sam y se quedó paralizado. ¡El muchacho! Allí estaba, ¡observando otra vez por la ventana de Sam! ¡Había esperado hasta que Kevin se fuera a casa y luego reapareció para espiarla!

Kevin se agachó e intentó calmar su respiración. ¡Debía hacer algo! ¿Pero qué? Si gritaba y luego salía corriendo lo atraparía el muchacho. Al menos entonces podría asustarlo. Podría tirarle una piedra. No. ¿Y si rompía la ventana de Sam?

Se levantó lentamente para mirar otra vez. El muchacho estaba haciendo algo; tenía el rostro contra la ventana y estaba... estaba moviendo la cara en círculos. ¿Qué era lo que hacía? Kevin parpadeó. ¿Lamía...? Un frío le corrió a Kevin por la columna vertebral. El muchacho lamía la ventana de Sam en lentos círculos.

Algo se infló en la cabeza de Kevin. No podía asegurar si se trataba de ira o simple terror, pero habló mientras lo fortalecía el valor.

—¡Oiga!

El muchacho giró. Se miraron uno al otro por un momento largo. El muchacho dio un paso adelante y Kevin huyó. Salió disparado por el sendero de hierba, moviendo de arriba abajo los flacuchos brazos y piernas tan rápido como podía sin que se le partieran. Se lanzó por su cerca, entró a su cuarto y cerró la ventana, seguramente haciendo suficiente bulla como para despertar a todos en la casa.

Diez minutos después la noche estaba en silencio. Pero Kevin no podía dormir; se sentía atrapado en el pequeño cuarto. ¿Qué estaba haciendo el muchacho? ¿Había estado acechando a Sam todas las noches, o no? Kevin solamente lo había visto dos veces, pero no sabía por cuánto tiempo la había estado acechando.

Pasó una hora, y Kevin apenas podía cerrar los ojos, mucho menos dormir. Entonces oyó el golpecito en su ventana. Se irguió de repente en la cama. ¡Sam! Se puso de rodillas y levantó la persiana.

El muchacho estaba en la cerca trasera, con la cabeza y los hombros a la vista. Miraba directamente a Kevin, y hacía girar algo en la mano. Era un cuchillo.

Kevin bajó la persiana y se lanzó las cobijas sobre la cabeza. Se quedó temblando dos horas antes de volver a mirar, con mucho cuidado, levantando simplemente la persiana. El muchacho se había ido.

Los tres días siguientes pasaron como una lenta pesadilla. Cada noche miraba por su ventana cien veces. Cada noche el patio trasero seguía sin tener nada más que la caseta del perro y el cobertizo de herramientas. Cada noche oraba desesperadamente porque Sam viniera a visitarlo. Ella había hablado acerca de ir a un campamento, pero él no recordaba exactamente cuándo se suponía que iba a ir. ¿Era esta semana?

En la cuarta noche Kevin ya no pudo esperar más. Caminó durante una hora de un lado al otro en su cuarto, mirando hacia fuera por la ventana cada pocos minutos, antes de decidir que debía ver cómo estaba Sam antes de que lo matara la ansiedad.

Le llevó media hora abrirse camino hasta la casa de ella, usando como protección los árboles en el sendero verde. La noche estaba despejada. Cuando finalmente miró por encima de la cerca de Sam vio que su luz estaba apagada. Examinó el patio. Ni rastro del muchacho. Sam se había ido, igual que el muchacho.

Kevin se dejó caer aliviado en la base de la cerca. Ella debía de estar en el campamento. Quizás el muchacho la había seguido allá. No. Eso era ridículo. ¿Cómo podía seguir un muchacho a una chica todo el camino hasta el campamento?

Volvió a tomar el camino hacia la protección del sendero de césped y se dirigió a casa, sintiéndose tranquilo por primera vez en casi una semana. Tal vez el muchacho se mudó. Quizás había encontrado algo más en qué ocupar su mente medio enferma.

O tal vez se había metido en el cuarto de Sam y la había matado.

Kevin se paró en seco. No. Habría oído algo al respecto. El padre de Sam era policía y...

Un objeto contundente golpeó con fuerza el costado de la cabeza de Kevin y se tambaleó. De su garganta brotó un gemido. Algo lo aferró por el cuello y lo enderezó violentamente.

—Escúchame, cosita insignificante —le gruñó una voz en el oído—, ¡sé quién eres y no me gustas!

El brazo sacudió a Kevin con violencia y lo estrujó contra un árbol. Se tambaleó en el brazo de su atacante. El muchacho.

Si no le hubiera dolido la cabeza de tan mala manera se podría haber dejado llevar por el pánico. En vez de eso simplemente miró y trató de mantener los pies en equilibrio.

El muchacho lo miró despectivamente. Se acercó más, y su rostro le recordó a Kevin el de un cerdo. Era mayor que Kevin y treinta centímetros más alto, pero aún joven, con granos en toda la nariz y la barbilla, y el tatuaje de una daga en lo alto de la frente. Olía a calcetines sucios.

—Te voy a hacer una advertencia y solo una, retaco —le dijo el muchacho acercando el rostro a pocos centímetros del de Kevin—. Esa chica es mía, no tuya. Si alguna vez te vuelvo a ver aunque sea mirándola, la mataré. Si te agarro escabulléndote para verla otra vez, simplemente puedo matarlos a los dos. ¿Me oíste?

Kevin simplemente se quedó sin habla.

El muchacho le dio una cachetada.

—¿Me oíste?

Kevin asintió.

El muchacho se echó un poco atrás y lo miró. Una retorcida sonrisa le partió el rostro en una contorsión cruel.

—¿Crees estar enamorado de esta pequeña mujerzuela? ¿Eh? Eres demasiado estúpido y demasiado joven para conocer el amor. Igual ella. Yo le voy a enseñar a amar, pequeño, y no necesito que un retaco como tú se meta en nuestro pequeño romance.

Retrocedió.

Kevin vio por primera vez el cuchillo en la mano del muchacho. Se le despejó la mente. El muchacho se fijó en que Kevin vio el puñal y lo levantó lentamente.

—¿Tienes alguna idea de lo que un cuchillo de treinta centímetros puede hacerle a un retaco como tú? —intimidó el muchacho haciendo girar la daga en la mano—. ¿Sabes lo persuasivo que puede ser un reluciente cuchillo para una chica?

De repente Kevin sintió que iba a vomitar.—Regresa a tu pequeño cuarto, retaco, antes que yo decida cortarte simplemente por lo tonto que pareces.

Kevin huyó.

7

Viernes
Por la noche

KEVIN SE SENTÓ EN SU SILLA RECLINABLE, esperando con impaciencia a Samantha, pasando de un canal a otro para oír las varias versiones del «coche bomba», como lo estaban llamando. Tenía un 7UP en la mano izquierda y miraba el reloj de la pared. Nueve en punto... habían pasado casi cinco horas desde que saliera de Sacramento.

—Vamos, Samantha —farfulló suavemente—. ¿Dónde estás?

Ella lo había llamado a mitad de camino; él le contó lo del perro y le rogó que se apurara. Ella dijo que venía casi a ciento treinta.

Kevin volvió a la televisión. Ellos conocían la identidad de Kevin, y una docena de periodistas habrían rastreado su número telefónico. Él no había hecho caso a las llamadas, por sugerencia de Milton. De todos modos no tenía nada que agregar; las teorías de ellos eran tan buenas como las de él. La que más le interesó fue la teoría del canal nueve de que el atentado pudo haber sido obra de un fugitivo muy conocido apodado Asesino de las Adivinanzas. Este asesino había matado a cinco personas en Sacramento y desapareció tres meses atrás. No daban más detalles, pero la especulación era suficiente para que se le hiciera a Kevin un nudo en la garganta. Las imágenes de los restos carbonizados, tomadas desde lo alto, eran sensacionales... o aterradoras, dependiendo de cómo se las planteara. Ya estaría muerto si hubiera estado cerca del objeto cuando explotó. Igual que el perro.

Después de la llamada de Slater se obligó a volver al patio trasero y explicar la situación a Balinda, pero ella ni siquiera le respondería. Ella ya había dejado atrás el asunto por orden ejecutiva. El pobre Bob se convencería de algún modo de que Damon estaba vivito y coleando, que solo se había ido. Balinda tendría que explicar su carrera inicial gritando a través de la ceniza después de la explosión, desde luego, pero era experta en explicar lo inexplicable. La única vez que le respondió a Kevin fue cuando él sugirió que no llamaran a la policía.

—Por supuesto que no. No tenemos nada que informar. El perro está bien. ¿Ves algún perro muerto?

No, no lo había. Eugene ya lo había tirado al tonel ardiendo y lo había quemado. Desapareció. ¿Qué eran unas cuantas cenizas más?

La mente de Kevin se desvió a la llamada de Slater. *¿Qué muchacho?* Slater ni siquiera parecía saber de ningún muchacho. *¿Qué muchacho?* La clave de su pecado se hallaba en las adivinanzas. Hasta donde él podía ver, las adivinanzas no tenían nada que ver con el muchacho. Entonces Slater *no podía* ser el muchacho. Gracias a Dios, gracias a Dios, gracias a Dios. Lo mejor era dejar algunos secretos enterrados para siempre.

El timbre de la puerta repicó. Kevin dejó su 7UP y se levantó de la silla. Se detuvo ante el espejo del corredor para echarse una rápida mirada. Rostro demacrado. Camiseta manchada. Se rascó la parte alta de la cabeza. El timbre volvió a repicar.

—Voy.

Kevin corrió a la mirilla, observó, vio que era Samantha, y quitó el cerrojo a la puerta. Habían pasado diez años desde que la besara en la mejilla y le deseara que le fuera bien en su conquista del gran mundo malo. Su cabello seguía siendo rubio y largo, y sus ojos azules seguían chispeando como estrellas. Tenía uno de esos rostros que parecían lozanos todo el tiempo, incluso sin nada de maquillaje. Mejillas suavemente redondeadas y labios un tanto vueltos hacia arriba, cejas muy arqueadas y una suave nariz puntiaguda. La más hermosa chica que alguna vez vio. Por supuesto, él no veía muchas chicas en esos días.

Kevin trató torpemente de abrir la puerta. Samantha estaba de pie bajo la luz del porche, vestida con *jeans* y sonriendo de manera cálida. Pensaba en ella miles de veces desde que se fue, pero los ojos de su mente nunca se pudieron preparar para verla ahora, en la carne. Él *había* visto muchas chicas en los últimos cinco años, y Sam seguía siendo la más hermosa que sus ojos contemplaran. Sin excepción.

—¿Me vas a invitar a entrar, forastero?

—Sí. Lo siento. ¡Desde luego! Entra, entra.

Ella pasó frente a él, bajó la cartera y se puso frente a Kevin; él cerró la puerta.

—¡Caramba! Si has crecido —exclamó ella—. Has ganado un poco de músculo.

—Me imagino —contestó él riendo y pasándose la mano por la cabeza.

Le costaba trabajo no mirarla a los ojos. Eran de la clase de azul que parecía engullir cualquier cosa que mirara: brillantes, profundos y evocadores. No reflejaban la luz por mucho que brillara, porque se iluminaban con su propia fuente. Ningún hombre o ninguna mujer podrían mirar a Samantha a los ojos y no creer que había de veras un Dios en el cielo. Ella se elevó hasta la barbilla de él, delgada y elegante. Esta era Samantha, su mejor amiga. En realidad su única amiga. Al mirarla ahora se preguntaba cómo había sobrevivido los últimos diez años.

—Dame un abrazo, mi caballero —expresó ella dando un paso adelante.

—Estoy encantado de verte, Samantha —contestó Kevin riendo ante la referencia a su infancia, y la abrazó fuertemente.

Ella se empinó y le besó la mejilla. Más allá de un beso de felicidad cuando tenían once años, su relación había permanecido platónica. Ninguno de los dos quiso un romance con el otro. Eran amigos del alma, los mejores amigos, casi hermano y hermana. No es que no le hubiera cruzado el pensamiento por la mente a Kevin; una amistad siempre había sido más atrayente. Ella siempre había sido una doncella en peligro, y él el caballero de brillante armadura, aunque los dos sabían que fue ella quien lo rescató primero. Ahora, a pesar del hecho de que había vuelto para rescatarlo, la imagen de su infancia llegaba de modo natural.

—Veo que te gustan los afiches de viajes —comentó Sam mirando la sala, con las manos en la cintura.

Él se puso a su lado y rió con timidez. *Deja de rascarte la cabeza; creerá que eres un perro*. Bajó las manos y golpeteó con el pie derecho.

—Me gustaría ir algún día a todos esos lugares. Es como mirar el mundo. Me recuerda que hay más. Nunca me gustó estar encerrado.

—¡Me encanta! Bueno, has llegado lejos. Y yo sabía que lo harías, ¿sabes? Solo te tenías que alejar de esa madre tuya.

—Tía —corrigió él—. Ella nunca fue mi madre.

—Tía. Seamos realistas, la querida tía Balinda te hizo más mal que bien. ¿Cuándo te fuiste definitivamente?

—A los veintitrés —contestó él y la pasó dirigiéndose a la cocina—. ¿Algo de beber?

—Gracias —respondió ella siguiéndolo—. ¿Te quedaste en esa casa cinco años después de que me fui?

—Eso me temo. Debiste haberme llevado contigo.

—Lo hiciste por tu cuenta... así es mejor. Mírate ahora, tienes un título universitario y estás en el seminario. Digno de admiración.

—Y tú graduada con honores. Muy impresionante —la elogió, luego sacó un refresco del refrigerador, lo destapó y se lo pasó.

—Gracias por el cumplido —dijo ella, le guiñó un ojo y tomó un sorbo—. El refresco también está bueno. ¿Con qué frecuencia vuelves?

—¿Adónde? ¿A la casa? Tan poco como pueda. Preferiría no hablar de eso.

—Creo que *eso* podría estar ligado a esto, ¿no te parece?

—Quizás.

Samantha puso la lata sobre el poyo y miró a Kevin, de repente terriblemente serio.

—Alguien te está acechando. Y por lo que parece, también a mí. Un asesino que utiliza adivinanzas seleccionadas para nosotros por sus propias razones. Venganza. Odio. Los motivos más viles. No podemos dejar fuera el pasado.

—Así es.

—Cuéntamelo todo.

—Empezando con...

—Empezando con la llamada telefónica en tu auto —interrumpió ella y se dirigió hacia la puerta principal.

—¿Adónde vas? —indagó Kevin yendo tras ella.

—Adónde vamos; ven, demos un paseo en auto. Es obvio que él está escuchando todo lo que decimos aquí... hagámosle la vida un poco más interesante. Iremos en mi auto. Espero que aún no lo haya intervenido.

Subieron a un sedán *beige* y Samantha condujo en la noche.

—Así está mejor. Es probable que esté usando láser.

—Creo que tienes razón —opinó Kevin.—¿Te lo dijo él?

—Algo así.

—Cada detalle, Kevin. Por insignificante que sea, sin importar lo que le hayas dicho a la policía, no me importa lo vergonzoso, ridículo o insensato que parezca, quiero saberlo todo.

Kevin hizo como ella requirió, ansiosamente, con pasión, como si fuera su primera confesión verdadera. Sam manejaba caprichosamente y se detenía a menudo para hacer preguntas.

¿Cuándo fue la última vez que dejaste tu auto sin llave?

Nunca, que recuerde.

¿Cierras con llave tu auto cuando está en el garaje?

No.

Meneó la cabeza. *¿Encontró la policía un temporizador?*

No que él supiera.

¿Encontraste la cinta detrás de la lámpara?

Sí.

¿Me llamó Slater Sam o Samantha?

Samantha.

Pasó una hora, en la que cubrieron todo detalle imaginable del día de los sucesos, incluyendo la información que había ocultado a Milton. Todo menos su especulación de que Slater podría ser el muchacho. Él no le había contado a Sam toda la verdad acerca del muchacho, y ahora no tenía muchos deseos de hacerlo. Si Slater no era el muchacho, y afirmó no serlo, no había por qué sacar a la luz ese asunto. Él no le había contado a Sam toda la verdad y no estaba ansioso de hacerlo ahora.

—¿Hasta cuándo te puedes quedar? —preguntó Kevin después de una tregua.

—¿Necesita el gran chico una chica en su corte? —le preguntó Sam mirándolo con una sonrisita tímida y coqueta.

Kevin sonrió tímidamente. Ella no había cambiado nada.

—Resulta que las chicas me traen éxito o me arruinan.

—Técnicamente tengo una semana libre para terminar mi mudanza —manifestó ella arqueando una ceja—. Aún tengo cajas abarrotando mi cocina. El caso al que me asignaron cuando llegué por primera vez hace un par de meses ha sido muy tranquilo, pero se acaba de animar. No me sorprendería que me llamaran.

—Oficina Californiana de Investigaciones, ¿eh? Gran cambio desde Nueva York.

—En realidad no, aparte de ser nuevo. Me las he arreglado para hacer un par de cosas bien y al momento impresioné adecuadamente al director de mi departamento, pero aún tengo que ganar mis galones con ellos, si entiendes cómo funciona hacer cumplir la ley. Lo mismo que con la CIA antes de cambiarme a este trabajo.

—CBI, CIA... un poco confuso —juzgó Kevin—. ¿Estás contenta de haberte cambiado?—Estoy más cerca de ti, ¿o no? —contestó ella mirándolo y sonriendo.

—No tienes idea de cuánto lo aprecio —enunció él asintiendo y volviéndose tímidamente—. De veras.

—No me lo perdería por nada en el mundo.—¿Puedes mover algunos hilos? —le preguntó encarándola—. ¿Convencerlos de que te dejen quedar aquí?

—¿Porque te conozco?

—Porque ahora estás involucrada. Él te *conoce*, ¡por Dios!

—No funciona de ese modo. En todo caso, ese es un motivo para que me quiten del caso —aseguró ella mirando adelante, sumida en la reflexión—. No te preocupes, no iré a ninguna parte. La CBI consta de una docena de unidades, aproximadamente cien agentes en total. Mi unidad es única... apenas conocida para la mayoría de agentes. Trabajamos fuera del sistema, técnicamente es parte de la Oficina, pero está dirigida en gran parte por el fiscal general. Localización y eliminación de fuentes de problemas son los casos más difíciles. Tenemos algo de flexibilidad y discreción.

Lo miró.

—Tú, querido mío, estás definitivamente dentro de la esfera de la discreción. Más de lo que piensas.

Kevin miró afuera de su ventana. Oscuridad. Slater estaba allá afuera en alguna parte. Quizás observándolos ahora. Un escalofrío le recorrió la columna vertebral.

—En resumidas cuentas, ¿qué crees?

Sam arrimó el auto a la acera a una cuadra de la casa de Kevin y puso la palanca en modo de estacionamiento.

—Creo que no tenemos más alternativa que seguir los requerimientos de Slater. Hasta ahora las exigencias solo te involucran a ti. Esto no es como una amenaza de terror, donde liberamos un rehén o vuelan un edificio. Se trata de tu confesión o él vuela tu auto. La confesión no representa exactamente una amenaza para la sociedad.

Ella asintió para sí.

—Por ahora no involucremos a la policía, como él quiere —continuó ella—. Pero también tomémosle la palabra. Él dijo *policía*... que evitemos la policía. Eso excluye al FBI. Digámosle todo al FBI.

Ella abrió su ventanilla y miró al cielo.

—Creo además que Richard Slater es alguien que uno de los dos, o los dos, conocimos o conocemos. Creo que su motivación es la venganza y que pretende llevarla a cabo en una manera que nunca será olvidada —concluyó ella y lo miró—. Tiene que haber alguien, Kevin.

Él titubeó y entonces decidió decirle la parte de la verdad.

—Nadie. El único enemigo que puedo recordar es ese muchacho.

—¿Qué muchacho?

—Tú sabes. ¿Recuerdas ese muchacho que estaba espiándote cuando éramos niños? ¿El que me golpeó?

—¿Aquel del que me salvaste? —preguntó ella sonriendo.

—Le pregunté a Slater si era el muchacho —confesó Kevin.

—¿Lo hiciste? Omitiste ese pequeño detalle.

—No fue nada.

—Dije *cada* detalle, Kevin. No me importa si crees que es nada o no. ¿De acuerdo?

—De acuerdo.

—¿Qué dijo?

—Dijo: «¿Qué muchacho?» No se trata de él.

Ella no respondió.

Pasó un auto con brillantes luces traseras.

—¿Oíste hablar alguna vez del Asesino de las Adivinanzas? —preguntó Sam.

—Esta noche en el noticiero —contestó él enderezándose.

—Se le dio el nombre de Asesino de las Adivinanzas por una serie de asesinatos en Sacramento en los últimos doce meses. Han pasado tres meses desde su última víctima, el hermano de una agente del FBI que le pisaba los talones. Te puedo garantizar que el FBI estará en esto. Igual que el MO. El tipo llama por teléfono, dice una adivinanza y luego ejecuta su castigo si el acertijo no se resuelve. Voz suave y áspera. Complicada vigilancia. Parece el mismo sujeto.

—Excepto...

—¿Excepto por qué te escogería? ¿Y por qué a mí? —interrumpió Sam—. Se podría tratar de un imitador.

—Quizás está tratando de confundirnos. Es obvio que a tipos como ese les da por jugar, ¿no es así? Por tanto esto quizás simplemente lo emocione.

Kevin bajó la cabeza hasta las manos y se masajeó las sienes.

—Justo esta mañana tuve una conversación con el Dr. Francis acerca de la capacidad de la humanidad para el mal —continuó él—. ¿De qué es capaz el individuo promedio? Me pregunto qué haría si me encontrase con este sujeto.

Respiró profundo.

—Es difícil creer que existan de veras personas como esta —concluyó.

—Tendrá lo que se merece. Así pasa siempre —lo animó ella extendiendo la mano y palmeándole el hombro—. No te preocupes, mi querido caballero. Hay un motivo para que yo progresara tan rápido como lo hice en la compañía. No me han encargado un caso que hasta ahora no pueda descifrar.

Ella sonrió con suficiencia, juguetona.

—Te dije que yo iba a ser policía. Y para nada me refería a poner orden en las calles.

—Bueno, no tienes idea de lo feliz que estoy de que estés aquí —comentó Kevin suspirando y sonriendo—. No es que me alegre que él esté tras...

—Entiendo —interrumpió ella encendiendo el auto—. Solucionaremos esto, Kevin. No tengo la más mínima intención de permitir que nos corretee a ninguno de los dos algún fantasma del pasado o algún asesino en serie. Somos más vivos que este psicópata. Lo verás.

—¿Y ahora qué?

—Ahora encontraremos algunos micrófonos.

Veinte minutos después Sam sostenía en una mano enguantada seis dispositivos para escuchas secretas. Encontrados en la sala, el baño, uno en cada cuarto, y el transmisor infinito del teléfono.

Los ojos de Sam parpadeaban como futbolista que acaba de meter un gol. Ella siempre parecía superar cualquier clase de desánimo; el optimismo era una de sus características más admirables; lo arrastraba como una fragancia. En lo que respecta a Kevin, Sam tenía lo necesario para dirigir algún día la CBI o la CIA o cualquier cosa que ella quisiera.

—No lo detendremos por mucho tiempo, pero al menos le haremos saber lo comprometidos que estamos. Estos tipos tienden a disparar a la menor provocación si creen que la otra parte es floja.

Ella llenó el lavamanos, metió los dispositivos en el agua y se quitó los guantes quirúrgicos.

—Bajo circunstancias normales me los llevaría, pero si estoy en lo cierto el FBI tiene jurisdicción sobre esto. Pondrían el grito en el cielo. A primera hora en la mañana llamaré a mi oficina, explicaré la situación, y luego haré saber mi intervención a la oficina de Milton. No es que a ellos les dé lo mismo... te garantizo que en la mañana la ciudad estará plagada con agencias. De todos modos, si trabajo por mi cuenta tendré mejores posibilidades que a través de ellos.

Hablaba más para sí que para él.

—¿Dijiste que saldrían a primera hora a buscar micrófonos?

—Sí.

—Diles que encontraste estos tirados. Me aseguraré que espolvoreen buscando huellas. En este punto no tienes nada más que decirle a Milton, así que déjale hacer su trabajo, y trata de quedarte fuera de su camino. Cuando contacte el FBI, coopera. Primero deseo hacer algunas otras cosas. ¿Estamos al tanto?

—¿Y si llama él?

—Si no estoy aquí llamas inmediatamente a mi celular. Partiremos de esto —informó ella empezando a ir hacia la puerta, y luego se volvió—. Slater llamará. Lo sabes, ¿verdad?

Él asintió lentamente.

—Duerme un poco. Lo capturaremos. Ya cometió su primer error.

—¿De veras?

—*Me* metió en el juego —dijo ella sonriendo—. Nací para casos como este.

—Gracias —dijo Kevin yendo hacia ella, le agarró la mano y se la besó.

—Creo que lo mejor es que me quede a dormir en el Howard Johnson. Sin ofender, pero no tienes otra cama, y los sofás de cuero me recuerdan las anguilas. No duermo con anguilas.

—Seguro.

Él se desilusionó solo porque se sentía muy vivo alrededor de ella. Sin duda. En su mente, ella era absolutamente perfecta en todas formas. Por supuesto, él no era exactamente un Casanova preparado para juzgar estas cosas.

—Te llamaré.

Y se fue.

III

Slater permanece en una camioneta roja a una cuadra de la casa de Kevin, observando la salida de Sam, quien da marcha atrás y luego se dirige al sur.

—Allá vas; allá vas —dice para sí chasqueando lentamente la lengua por tres veces, de tal modo que oía los sonidos completos. En realidad hay dos sonidos: un profundo estallido cuando la lengua se libera del paladar, y un clic al golpear la baba recogida en la base de la boca. Detalles. La clase de detalles que la mayoría de personas muere sin considerar porque son patanes que no tienen idea de lo que en realidad es vivir.

Vivir es chasquear la lengua y disfrutar el sonido.

Habían encontrado los micrófonos. Slater sonríe. Ella llegó y él se alegra de que haya venido rápidamente, haciendo ostentación de su pequeño cuerpo delgado por toda la casa del hombre, seduciéndolo con su lengua perversa.

—Samantha —susurra—. Me alegra volver a verte. Dame un beso, cariño.

El interior del antiguo Chevy es inmaculado. Había reemplazado el panel de instrumentos negro plástico con caoba hecha a medida, la cual ahora brilla a la luz de la luna. Una caja negra a su lado contiene los dispositivos electrónicos que necesita para su vigilancia... en su mayor parte extra. Samantha halló los seis micrófonos que esperaba que los policías encontraran, pero aún hay tres, y ni siquiera el FBI los detectará.

—Está oscuro aquí abajo, Kevin. Muy oscuro.

Slater espera una hora. Dos. Tres. La noche está tranquila cuando sale de la cabina y se dirige a la casa de Kevin.

8

Sábado
Por la mañana

JENNIFER CRUZÓ LAS PIERNAS y observó a Paul Milton frente a la mesa de conferencias. Ella había viajado a Long Beach la noche anterior, visitó la escena del crimen donde explotara el Mercury Sable de Kevin Parson, hizo una docena de llamadas telefónicas, y luego se registró en un hotel en el Bulevar Long Beach.

La agente pasó la noche dando vueltas, reviviendo ese día de tres meses atrás cuando el Asesino de las Adivinanzas matara a Roy. El asesino no usó un nombre, como siempre. Solo una adivinanza. Había asfixiado a sus primeras cuatro víctimas, golpeando una vez cada seis semanas más o menos. Con Roy usó una bomba. Ella encontró su cuerpo destrozado cinco minutos después de que la explosión lo despedazara. Nada podía quitarle la imagen que vivió.

Después de haber podido dormir un par de horas se dirigió a la estación, donde esperó una hora la llegada de los demás.

Con la muerte de Roy se hicieron increíblemente vívidos los fundamentos de la vida, aunque prácticamente con él desaparecieron las aspiraciones de Jennifer. Ella había dado por sentado la relación con él, y cuando se lo arrebataron se sintió desesperada por todo lo demás que daba por sentado. El dulce aroma del aire. Una ducha caliente en una mañana fría. Dormir.

La caricia de otro ser humano. Las cosas sencillas de la vida eran las que la sostenían. Aprendió que la vida no era lo que parecía, pero aún no estaba segura de qué *era* en realidad la vida. Ahora sentía que las fiestas y las promociones eran algo superficial. Las personas iban de acá para allá, trepando imaginarias escaleras del éxito, luchando por hacerse ver.

Igual que Milton. Él era un producto andante de los medios de comunicación, hasta la médula, con su gabardina *beige*, ahora colgada en el rincón. Apenas había salido el sol cuando Jennifer entró por primera vez a la estación , y él estaba impartiendo una conferencia informativa sobre todos los detalles.

No había ninguna noticia nueva; todos sabían eso. La insistencia de Milton en que la prensa debía saber al menos la situación de las cosas no era más que una excusa. Lo que quería era el objetivo de la cámara y la resolución del caso. Para ella él no era exactamente su tipo.

El pensamiento de Jennifer no era exactamente profesional; lo sabía. Milton era un agente de la ley con los mismos objetivos esenciales que ella. Estaban juntos en esto, a pesar de todas las diferencias personales. Pero ella no encontraba tan fácil como antes de la muerte de Roy el procedimiento de dejar a un lado todas las tonterías. Por eso la Oficina tendía a distanciar de la primera línea a los agentes en la misma situación que ella, como Frank había intentado hacer.

Ni hablar, ella se sobrepondría a todo eso.

A su izquierda estaba Nancy Sterling, la forense científica más experimentada de Long Beach. A su lado Gray Swanson de la policía estatal y Mike Bowen de la ATF. Cliff Bransford, de la CBI, completaba la reunión. Jennifer había trabajado con Cliff y lo había encontrado excepcionalmente tedioso, pero muy inteligente. Para él todo se debía ceñir a las normas. Lo mejor era mantenerse lejos de él a menos que se le acercara.

—Sé que todos ustedes tienen intereses varios en este caso, pero el FBI tiene clara jurisdicción... los antecedentes de este sujeto incluyen secuestro —dijo Jennifer.

—Tú podrás tener jurisdicción —cuestionó Milton guiñándole un ojo—, pero se me ha entregado la ciudad...

—No se preocupe, estoy aquí para trabajar con usted. Recomiendo que usemos sus oficinas como centro común. Eso pone a disposición de usted toda información. Coordinaremos todo desde aquí. No sé qué querrán hacer la CBI o la ATF respecto a la ubicación de su personal, pero me gustaría trabajar desde esta oficina. ¿Está bien?

Milton no respondió.

—Me parece bien —contestó Bransford—. Nosotros tenemos nuestras propias oficinas. En lo que a mí respecta, este es tu caso.

Bransford sabía acerca de Roy y le estaba dando su apoyo a Jennifer. Ella le hizo un leve gesto de asentimiento.

—Por el momento estaremos fuera —informó el agente de la ATF—. Pero si vuelven a aparecer explosivos queremos una mayor involucración.

—De acuerdo —concordó Jennifer; luego miró a Milton—. ¿Señor?

Él le lanzó una mirada desafiante, y ella se dio cuenta que la opinión que tenía de él no iba a cambiar. Aunque él hubiera relacionado este caso con el del Asesino de las Adivinanzas, lo cual se debía probablemente al perfil de los asesinatos en Sacramento, Jennifer dudaba que conociera la participación de ella en este caso. No habían divulgado la identidad de Roy. Aun así ella no dio importancia a la arrogancia del hombre.

—¿Cuál es tu especialidad, agente? —preguntó Milton.

—Psicóloga forense, detective.

—Reseñadora.

—Perfiles psicológicos basados en medicina legal —corrigió ella.

Jennifer casi expresa el resto del pensamiento: *Por eso pusieron la palabra* forense, *para quienes se criaron en lugares atrasados.*

—De acuerdo. Pero no quiero que hables con los medios de comunicación.

—No pensaría en privarle a usted de toda difusión, señor.

—Creo que tenemos un acuerdo.

—Muy bien. Hace como una hora revisé su archivo —dijo ella y luego miró a Nancy—. Trabajas rápido.

—Lo intentamos —contestó Nancy—. Quizás quieras volver a revisarlo. Hallamos un temporizador.

—¿Preprogramado?

—No, un receptor hace saltar el temporizador, pero por lo que puedo deducir no hay manera de apagar el temporizador una vez fijado.

—Así que quien hizo esto no tenía intención de detener la detonación, a pesar de las condiciones de su amenaza —opinó Jennifer mirando a Milton.

—Así parece.

—¿Algo más?

Milton se puso de pie y se volvió a las persianas detrás de su silla. Las separó y miró calle abajo.

—¿Qué te dice por tanto tu bola de cristal sobre esto, agente Peters?

—Es demasiado pronto.

—Satisfáceme.

Sin duda pensaban en el Asesino de las Adivinanzas, pero ella salió con un análisis conservador.

—Conjeturando, tenemos un hombre blanco sumamente irritable, pero no tanto como para comprometer su precisión o su método. Es inteligente. Y lo sabe. Sabía qué clase de bomba construir, cómo colocarla, cómo detonarla sin que lo detectaran. En realidad sabía que el Sr. Parson escaparía ileso, y sabía que no se resolvería su adivinanza. Por eso no se molestó en perder recursos en un interruptor de terminación.

—¿Víctima seleccionada al azar? —preguntó Nancy.

—Nada con este individuo es al azar. Si la víctima no es alguien conocido del pasado, entonces fue seleccionada por razones específicas. Su profesión, sus hábitos, la forma en que se peina.

—De ahí que la insistencia de Parson en no conocer a nadie que le pudiera guardar rencor no añada nada —opinó Milton.

—No necesariamente. Usted como policía podría enumerar cien personas que le volarían la cabeza si tuvieran la oportunidad. El ciudadano promedio no tiene esa clase de enemigos. Estamos tratando con alguien que probablemente sea desequilibrado... una mirada de reojo en un tren lo podría marcar a usted como su próximo objetivo.

Hizo una pausa.

—Eso es lo que yo diría basándome solo en lo que ustedes me han dado —siguió hablando—. Pero como se presentan las cosas, tengo más.

—El Asesino de las Adivinanzas —intervino Nancy.

—Sí —concordó Jennifer mirándola y preguntándose si sabía acerca de Roy—. El mismo *modus operandi*. El último asesinato que hemos atribuido a este sujeto fue hace tres meses en Sacramento, pero según todos los indicios estamos tratando con el mismo hombre.

—Este usa adivinanzas, pero *no* mató a ninguna víctima —inquirió Milton.

—Tiene razón; esta vez es diferente. A las cinco víctimas les dieron una adivinanza y luego las mataron al no resolverla. Lo cual significa que él no ha terminado con Kevin Parson. No hizo explotar un auto sin herir a nadie simplemente por gusto. Él mismo se está exigiendo. Está aburrido. Quiere un nuevo desafío. Hilar múltiples adivinanzas es la progresión lógica, pero también lleva más tiempo. Tendría que estudiar mucho a su blanco para tener amenazas continuas. Eso significa mucha vigilancia durante muchos días. Una cosa es llevar a cabo una broma. Este tipo está planeando hacerlo otra vez. Esa clase de planificación lleva tiempo, lo que podría explicar por qué el Asesino de las Adivinanzas ha estado tan tranquilo los últimos tres meses.

—Este sujeto tiene nombre —terció Bransford—. Slater. El Asesino de las Adivinanzas se mantuvo anónimo.

—En esto también opino que es una progresión —expresó Jennifer sacando del portafolios una gruesa carpeta y poniéndola sobre el escritorio.

En la lengüeta había dos iniciales en mayúsculas: A. A.

—No dejen que el tamaño les engañe; no sabemos tanto como ustedes podrían creer. Aquí hay muchos datos de perfil psicológico. En lo referente a evidencias, este individuo lo deja todo muy claro. Ninguno de los cuerpos fue maltratado en ninguna forma. Los primeros cuatro fueron asfixiados; el último fue asesinado con una bomba. Los cuatro cuerpos asfixiados los reportó a la policía el asesino mismo, y los dejó en bancas de parque. A efectos prácticos no presentaban evidencia. Este asesino halla más satisfacción en el juego que en la verdadera matanza. Matar solo es un apoyo, algo que brinda posibilidades bastante elevadas para hacer interesante el juego.

Jennifer puso la mano en la carpeta. Los bordes verdes estaban desgastados por el uso, principalmente de parte de ella; casi podía recitar el contenido, todas las 234 páginas. La mitad de lo escrito era suyo.

—A cada uno de ustedes les darán una copia de ese archivo mientras hablamos. Contestaré con gusto cualquier pregunta una vez que tengan la oportunidad de revisarlo. ¿Ha habido algún contacto adicional con la víctima?

—Hoy no —informó Milton—. Tenemos un equipo en camino para inspeccionar la casa de Parson. Él encontró algunos micrófonos. Más exactamente, una amiga suya encontró seis de ellos en toda la casa. Una tal Samantha Sheer nos llamó esta mañana. Ella está relacionada con la oficina del fiscal general. Da la casualidad que estuvo con Kevin anoche y nos hizo un favor. ¿Sabes qué se cae pero no se rompe, qué se rompe pero no se cae?

—No.

—Noche y día —contestó él sonriendo falsamente.

—¿Se lo dijo ella?

—Muy lista —contestó él asintiendo—. Por otra parte, ya hay demasiadas velas en este entierro, y eso que el caso no tiene ni siquiera un día.

—El caso tiene un año —recordó Jennifer—. ¿Se reunió ella con él sin que usted lo supiera? ¿No está vigilando la casa?

—No todavía —respondió él titubeando—. Como dije...

—¿Lo dejó solo toda la noche? —incriminó Jennifer sintiendo que el rostro le ardía de la ira.

Tranquila, muchacha.

Los ojos de Milton se entrecerraron levemente.

—¿Con quién cree usted que estamos tratando aquí, con un *boy scout*? ¿Sabe siquiera si Parson sigue vivo?

—No estamos bajo amenaza permanente —se defendió Milton—. No hay evidencia directa de que se trate del Asesino de las Adivinanzas. Kevin insistió en que estaba...

—La víctima no está en posición de saber qué le conviene más —contraatacó Jennifer desdoblando las piernas y poniéndose de pie—. Tan pronto como regrese me gustaría dar directamente una mirada a las evidencias, si no te importa, Nancy.

—Desde luego.

—¿Adónde vas? —preguntó Milton.

—A ver a Parson. Hasta donde sabemos, él es la única víctima viva del Asesino de las Adivinanzas. Nuestro trabajo principal es mantenerlo con vida. Me gustaría pasar algunos minutos con él antes de que su gente empiece a destrozarle la casa. Un colega mío, Bill Galager, estará aquí dentro de poco. Trátenlo por favor con la misma cortesía que me han prodigado a mí.

Jennifer salió de la estación y se fue a toda velocidad a casa de Kevin Parson, sabiendo que se había excedido un poco en el salón de conferencias. Tal vez se afectó demasiado respecto de su cooperación a causa de las preocupaciones del jefe de la oficina. Considerando todo, a no ser por la equivocación de dejar sin protección a la víctima, Milton había conducido el caso bastante bien hasta ahora. Pero una equivocación y tendrían otro cadáver en sus manos. Ella no estaba en posición de aceptar eso. No esta vez.

No después de dejar que el Asesino de las Adivinanzas matara a Roy.

¿A qué se debe esto, Jenn? Kevin Parson es una víctima, que merece vivir, ser libre y buscar la felicidad como cualquier otra víctima potencial, pero no más. Ese era el punto de vista objetivo de la situación.

Sin embargo, fuera cual fuese la cara que tratara de poner en el asunto, el jefe de la oficina había dado en el clavo. Ella *había* perdido mucha objetividad, ¿no? No importaban las particularidades de Kevin Parson, él ahora era especial. Quizás más especial para Jennifer que ninguna otra persona en ningún otro caso, menos su hermano. Parson podría ser un tonto con el hábito de correr desnudo por la autopista 405, y ni eso podría cambiar las cosas.

La realidad era que de algún modo Kevin Parson le ofrecía un atisbo de redención. Si Roy había muerto a causa de ella, quizás Kevin Parson llegue a vivir a causa de ella.

A causa de ella. Ella tenía que salvarlo *personalmente*, ¿verdad? Ojo por ojo. Vida por vida.

—Dios, permite que sea un hombre decente —masculló ella.

Jennifer desechó los pensamientos con un suspiro y entró a la calle de él poco después de las ocho. Antiguas casas aisladas, la mayoría de dos pisos, hogares modestos y decentes a primera vista. Ella miró la carpeta que le había dado Milton. Kevin Parson vivía en la casa azul dos viviendas más allá. Se detuvo en la acera, apagó el motor, y miró alrededor. Vecindario tranquilo.

—Muy bien, Kevin Parson, veamos qué clase de hombre ha escogido el asesino esta vez.

Dejó la carpeta y caminó hasta la puerta principal. En el porche había un periódico matutino que mostraba en primera página una amplia difusión del coche bomba. Ella lo recogió y pulsó el timbre.

El hombre que contestó era alto, con cabello castaño desordenado y profundos ojos azules que miraron los de ella sin titubear. Una camiseta blanca con un logotipo «Jamaica» sobre el bolsillo. *Jeans* desteñidos. Olía a loción para después de afeitarse, aunque era evidente que hoy no se había afeitado. La dura mirada le sentaba bien. No parecía la clase de hombre que correría desnudo por la autopista, sino más bien uno que podría aparecer en el *Cosmopolitan*. Especialmente con esos ojos. ¡Vaya!

—¿Kevin Parson? —preguntó Jennifer mientras abría la cartera para mostrar su insignia—. Soy la agente Peters del FBI. ¿Podría intercambiar unas palabras con usted?

—Por supuesto. Claro que sí, entre —contestó pasándose los dedos por el cabello—. Sam dijo que probablemente usted vendría esta mañana.

—Parece que usted hizo noticia —expresó ella mientras le entregaba el periódico y entraba—. ¿Sam? ¿Es su amiga de la oficina del fiscal general?

Pósteres de viajes cubrían las paredes. Extraño.

—La verdad es que creo que está con la Oficina Californiana de Investigación. Pero acaba de empezar. ¿La conoce usted?

Él arrojó el periódico en el porche y cerró la puerta.

—Ella llamó a la policía esta mañana y reportó los micrófonos. ¿Puedo verlos?

—Desde luego. Por aquí.

La condujo a la cocina. Sobre el poyo había dos latas de refresco... había tomado una bebida anoche, presumiblemente con Sam. Por lo demás la cocina estaba impecable.

—Aquí —señaló el fregadero y puso las dos latas en un pequeño basurero de reciclaje.

Dentro del agua había cuatro pequeños dispositivos para escuchar que parecían baterías de reloj, un transmisor infinito que ella obviamente había quitado del teléfono, y un dispositivo que parecía un interruptor eléctrico común.

—¿Usó guantes Sam para sacarlos?

—Sí.

—Buena chica. No creo que encontremos nada. Dudo que nuestro amigo sea tan estúpido como para dejar huellas en sus juguetes —formuló ella y se volvió hacia él—. ¿Pasó algo extraño en las últimas doce horas? ¿Alguna llamada telefónica, algo fuera de lugar?

Los ojos de él se movieron, apenas. *Estás yendo demasiado rápido, Jennifer. El pobre tipo aún está en shock y le estás dando al máximo. Lo necesitas tanto como él a ti.*

Alzó la mano y sonrió

—Lo siento. Míreme, entrometiéndome, interrogándolo. Empecemos de nuevo. Me puede llamar Jennifer —manifestó ella extendiendo la mano.

Él le examinó los ojos y le agarró la mano. Como un niño tratando de decidir si confiar o no en un extraño. Por un momento ella se sintió atraída por su mirada, vulnerable. Mantuvieron el contacto el tiempo suficiente para hacer que Jennifer se sintiera incómoda. Pensó que había inocencia en él. Tal vez más. Ingenuidad.

—En realidad, *hay* más.

—¿Verdad? —preguntó ella soltándole la mano—. ¿Más de lo que usted dijo a la policía?

—Él me volvió a llamar.

—¿Pero usted no llamó a la policía?

—No podía. Me dijo que si llamaba a la policía haría algo. Que llevaría a cabo antes de tiempo su próxima amenaza —informó Kevin mirando nerviosamente alrededor y rompiendo el contacto visual por primera vez—. Lo siento, estoy con los nervios de punta. No dormí muy bien. ¿Quiere sentarse?

—Bueno.

Kevin arrastró una silla y ella se sentó. Ingenuo y caballeroso. Un estudiante de primer año de seminario que se graduó de la universidad con honores. No exactamente la clase de tipo que se despierta en la mañana pensando en maneras de hacer enemigos. Él se sentó frente a ella y se pasó descuidadamente la mano por el cabello.

—¿Cuándo lo llamó?

—Después de que llegué a casa anoche. Él sabe cuándo estoy aquí; sabe cuándo salgo. Puede oír todo lo que digo. Es probable que ahora mismo nos esté escuchando.

—Muy bien podría estar haciéndolo. En menos de una hora habrá aquí un equipo. Hasta entonces no hay mucho que podamos hacer acerca de la vigilancia. Lo que sí podemos hacer es tratar de meternos en la mente de este hombre. A eso me dedico, Kevin; me gano el sustento imaginando cómo es la gente. Pero para hacer eso necesito que usted me cuente todo lo que él le dijo. Usted es mi relación con él. Usted y yo vamos a tener que trabajar muy íntimamente hasta que encerremos a este tipo. Sin secretos. Sea lo que sea que él diga que usted puede o no puede hacer... debo oírlo todo.

—Dijo que yo no podía contarle nada a la policía. También me dijo que el FBI podría estar involucrado, pero no pareció molestarse por eso. Él no quiere que la ciudad se altere cada vez que me llama.

Ella casi pierde entonces su fachada profesional. El asesino esperaba al FBI. ¿Esperaba a Jennifer? En realidad había empezado de nuevo, ¿verdad? Sabía que ella vendría otra vez tras él... ¡hasta con recibimiento! El sabor apenas perceptible a cobre le recorrió la boca. Tragó saliva.

Kevin golpeteó con el pie y la miró sin interrumpir el contacto visual. Su mirada no era penetrante ni intimidante; quizás de las que desarman, pero no de un modo que la pusiera incómoda; sus ojos tenían una cualidad que ella no sabía concretamente qué era. Tal vez inocencia. Inocencia, amplia, triste y cansada.

En realidad no muy diferente de Roy. ¿Había alguna relación?

Estás mirando atrás, Jennifer. De pronto se puso incómoda. Sintió una extraña empatía por él. ¿Cómo podría algún loco amenazar a alguien tan inocente como este hombre? Respuesta: *Nadie* que esté cuerdo.

Te voy a mantener vivo, Kevin Parson. No permitiré que te hagan daño.

—Paso a paso —declaró Jennifer—. Quiero que empiece desde la llamada telefónica después de llegar a casa y me cuente exactamente qué le dijo.

Él transmitió la llamada telefónica en meticuloso detalle mientras ella hacía preguntas y tomaba notas. Ella cubrió todo ángulo imaginable: la selección de palabras, la secuencia de acontecimientos, el tono usado por Slater, las maneras casi ilimitadas en que Slater pudo haber tenido acceso a la vida de Kevin.

—Así que usted cree que él ha estado aquí en más de una ocasión. En una de ellas encontró el número de Samantha. Él cree que usted y Samantha tienen una relación romántica, pero no es así.

—Correcto.

—¿La han tenido alguna vez?

—No, no de veras —confesó Kevin moviéndose en la silla—. Aunque no estoy seguro de que eso no fuera una equivocación de mi parte.

Obviamente Slater había decidido que Kevin y Samantha eran más que amigos. ¿Quién se equivocaba, Slater o Kevin? Observó al hombre frente a ella. ¿Hasta qué punto era ingenuo?

—Usted debería hablar con ella —expresó Kevin—. Tal vez pueda ayudar de algún modo. Ella no es policía.

—Seguro.

Jennifer descartó la sugerencia ya al acabar de hablar. No tenía interés en consultar a una novata en este punto. Solo le faltaba que hubiera alguien más metido en el caso.

—¿Cuánto tiempo hace que la conoce?

—Crecimos juntos aquí en Long Beach.

Hizo una anotación y cambió de tema.

—Así que para ser exactos Slater lo llamó ayer tres veces. ¿Una a su teléfono celular, otra aquí a casa, y otra vez a un teléfono celular que dejó para usted? La tercera llamada solo para asegurarse de que el teléfono funcionaba.

—Así creo. Sí, tres veces.

Tenemos tres minutos, tres llamadas, tres reglas, una adivinanza con tres partes, tres meses. ¿Cree usted que a nuestro sujeto le gustan los tres?

—¿Tres meses?

—¿Ha oído alguna vez hablar del Asesino de las Adivinanzas? —ella tuvo que decírselo.

—El tipo de Sacramento.

—Sí. Tenemos motivo para creer que se trata del mismo. Mató a su última víctima hace tres meses.

—Lo oí en las noticias —asintió Kevin cerrando los ojos—. ¿Cree usted de veras que sea él?

—Sí, creo que sí. Pero que sepamos, nunca había dejado a nadie con vida. No estoy tratando de ser extrema... pero no hay otra manera de tratar esto. Tenemos una oportunidad, una excelente oportunidad, de detenerlo antes que siga adelante.

—¿Cómo? —inquirió él abriendo los ojos.

—Él quiere jugar. No es el asesinato lo que lo motiva sino el juego. Juguemos.

—¿Juguemos? —cuestionó él mirándola con desesperación y bajando luego la cabeza.

Ella quiso abrazarlo, consolarlo, apoyar a esta pobre alma y decirle que todo iba a salir bien. Pero no resultaría verosímil ni profesional.

—¿Alguna vez jugó usted ajedrez? —le preguntó ella.

—Una o dos partidas.

—Piense en esto como una partida de ajedrez. Él tiene las negras y usted las blancas. Él hizo su primera jugada y usted tiene que hacer la suya. Usted perdió un peón. Él jugará mientras le interese el juego. El trabajo de usted es mantenerlo jugando el tiempo suficiente para que demos con él. Es la única manera de vencerlo.

—¿Y si está escuchando ahora mismo? —objetó Kevin pasándose las dos manos por el cabello.

—Siempre suponemos que está escuchando. Es indudable que tiene la tecnología para oír lo que quiere oír. Pero para él lo que acabo de decir es música a sus oídos. Ahora mismo está en el fondo de una madriguera frotándose las manos por la expectativa del juego. Cuanto más largo mejor. Quizás no esté cuerdo, pero es brillante. Probablemente un genio. Nunca empieza un juego y corre asustado solo porque dos insignificantes agentes del FBI están sobre él.

Espero que estés escuchando, víbora. Ella apretó la mandíbula.

Kevin le brindó una lánguida sonrisa. Según parece había entendido, pero no estaba en situación de gustarle nada del juego de Slater.

—Los números tres podrían ser coincidencia —opinó él—. Tal vez.

—Nada es coincidencia con este individuo. Su mente funciona en un plano totalmente distinto a la mayoría. ¿Puedo ver el teléfono celular que le dio?

Kevin lo sacó del bolsillo y se lo entregó. Ella lo desplegó y lo hizo avanzar hasta el registro de actividades. Una llamada a la 4:50 de la tarde de ayer, según lo informado.

—Está bien, consérvalo contigo —lo tuteó ella—. No se lo des a la policía, y no les digas que te dije que no se lo dieras.

Eso hizo que ella se ganara una suave sonrisa, que no pudo resistir devolver. Ellos darían un golpe al seguirle la pista al número de Slater y triangular su posición, pero ella no era muy optimista. Había muchas formas de vencer el sistema.

—Pondremos un micrófono en el teléfono...

—Él dijo que nada de policías.

—Quiero decir nosotros, el FBI. Usaremos un dispositivo local que fijaremos al celular. Dudo que un aparato convencional de escucha nos dé algo bueno... demasiado fácil de interferir y de alcance limitado. El dispositivo de grabación será perceptible: una pequeña caja que pondremos aquí atrás —mostró ella haciendo con el dedo un cuadrado de dos centímetros de lado en la parte trasera del celular plateado—. Contendrá un pequeño chip que podemos quitar después para analizarlo. No exactamente una vigilancia en tiempo real, pero tal vez la próxima vez la podamos conseguir.

—¿Entonces hago lo que él dice? —preguntó Kevin agarrando el celular—. ¿Le sigo el juego?

—No creo que tengamos alternativa —contestó ella después de asentir con un movimiento de cabeza—. Le tomaremos la palabra. Él te llama; en el momento en que cuelgas me llamas. Es probable que él lo sepa, y luego imagino que sabremos lo que significa nada de polis.

—El detective Milton me interrogó acerca de los motivos. Sin móvil no tienes nada —también la tuteó Kevin, se puso de pie, fue hasta el poyo de la cocina y regresó—. Creo que tengo una idea.

—Adelante.

—Odio.

—Odio. Eso es muy general.

—Slater me odia. Lo puedo oír en su voz. Desprecio salvaje. Quedan pocas cosas en este mundo que sean puras, desde mi análisis. El odio en la voz de este hombre es una de ellas.

—Eres perspicaz —opinó ella mirándolo—. La pregunta es por qué. ¿Por qué Slater te odia?

—Tal vez no a mí, sino a mi tipo —contestó Kevin—. La gente tiende a reaccionar ante otras personas de modo general y no personal, ¿de acuerdo? Él es un ministro, así que lo odio. Ella es hermosa, por tanto me gusta. Un mes después despiertas y te das cuenta de que no tienes nada en común con esa mujer.

—¿Tienes experiencia de primera mano sobre el tema, o simplemente estás hilvanando esto de un texto de sociología?

Kevin parpadeó, agarrado desprevenido. Si a ella no le fallaba la intuición, el joven tenía muy poca experiencia con mujeres.

—Bueno... —titubeó y se pasó la mano por el cabello—. Las dos cosas.

—Esto se podría clasificar como conocimiento nuevo, Kevin, pero existen hombres que juzgan a una mujer por más que su apariencia.

No estaba segura de por qué se sintió obligada a decir tanto; no había encontrado ofensa en el comentario de él.

—Por supuesto —se defendió él, pestañeando—. Te veo y eres hermosa, pero mi atracción hacia ti se basa en tu preocupación por mí. Puedo creer que sí te interesas de veras por mi situación.

Él volvió a quitar la mirada.

—Quiero decir, no del modo que parece —continuó él—. Como tu caso, es lo que quiero decir. No como un hombre...

—Entiendo. Gracias. Esas fueron palabras muy gratas.

El corto intercambio pareció absurdo. Kevin se volvió a sentar y por un momento ninguno de los dos habló.

—Pero tu punto es válido —retomó Jennifer la conversación—. La mayoría de criminales en serie escogen víctimas basándose en lo que ellas representan, no en ofensas personales. Lo que me hace preguntar si estamos tratando aquí con motivación personal es el pensamiento meticuloso que Slater ha puesto en este caso. Me viene a la mente la obsesión. Él ha tomado un interés especial en ti.

—Quizás solo se trate de alguien muy meticuloso —contestó Kevin mirando a lo lejos y dando la impresión de estar particularmente interesado en despersonalizar el motivo.

—Tú bosquejas perfiles... ¿cuál es el mío? —inquirió él—. Basada en lo que sabes, ¿qué hay en mí que podría hacer estallar a alguien?

—No tengo bastante información para dar...

—No, ¿pero basada en lo que sabes?

—¿Mi primera impresión? De acuerdo. Eres estudiante de seminario. Te tomas la vida en serio y tienes una inteligencia superior al promedio. Eres comprensivo, amable y dulce. Vives solo y tienes muy pocos amigos. Eres atractivo y te comportas con confianza, a pesar de un par de hábitos nerviosos.

A medida que Jennifer enunciaba la lista se le ocurrió que Kevin era alguien extrañamente bueno, no solo inocente.

—Pero lo que se destaca es tu inocencia genuina —siguió diciendo ella—. Si Slater no tiene interés particular en ti, te odia por tu inocencia.

Había más en Kevin visible a primera vista, mucho más. ¿Cómo podría alguien no apreciar, mucho menos odiar, a Kevin Parson?

—Me recuerdas a mi hermano —concluyó ella; luego deseó no haberlo dicho.

¿Y si el Asesino de las Adivinanzas quería que Jennifer viera parecidos entre Roy y Kevin? ¿Y si escogió a Kevin porque quería hacer que Jennifer volviera a pasar por el infierno?

Pura especulación.

—Tengo que volver al laboratorio —dijo Jennifer levantándose—. La policía estará aquí en poco tiempo. Si necesitas algo, o si recuerdas algo más, llama. Pondré a uno de nuestros hombres a vigilar la casa. Te prometo que no te dejaré solo. A este tipo le gusta dejar caer sus bombitas cuando menos se espera.

—Por supuesto.

Él parecía perdido.

—No te preocupes, Kevin. Saldremos de esto.

—Espero que sanos y salvos —sonrió él nerviosamente.

—Lo haremos. Confía en mí —afirmó ella poniéndole la mano encima de la suya.

Una vez Jennifer le había dicho esas mismas palabras a Roy para tranquilizarlo. Ella retiró su mano.

Se miraron uno al otro por un momento. *Di algo, Jennifer.*

—Recuerda, él quiere un juego. Vamos a dárselo.

—De acuerdo.

Jennifer dejó a Kevin de pie en su entrada con aspecto de cualquier cosa menos de estar confiado. *Confía en mí.* Pensó en quedarse con él hasta que llegaran los técnicos, pero debía regresar a las evidencias. Una vez había arrinconado al Asesino de las Adivinanzas, antes de que hubiera ido tras Roy, y lo había hecho a través de un cuidadoso análisis de las pruebas. Su mejor trabajo lo hacía cuando se metía en la mente de los criminales, no sosteniendo las manos de sus víctimas.

Por otra parte, Kevin no era una víctima ordinaria.

¿Quién eres, Kevin? Quienquiera que fuera, ella decidió que le gustaba.

9

KEVIN NUNCA SE HABÍA SENTIDO del todo cómodo entre mujeres —debido a su madre, insistía Sam— pero Jennifer parecía diferente. Él sabía que su trabajo, como profesional, era generar confianza,
pero había visto en sus ojos más que fachada profesional; había visto a una
verdadera mujer que se había ganado su simpatía más allá de las exigencias laborales. No estaba seguro de cómo eso expresaba su capacidad como
investigadora, pero sintió que seguramente podía confiar en su sinceridad.
Por desgracia, eso no contribuía a la seguridad en sí mismo.

Kevin fue hasta el teléfono y marcó el número de Samantha. Ella contestó al quinto timbrazo.

—Sam.

—Hola, Sam. El FBI acaba de estar aquí.

—¿Y?

—En realidad, nada nuevo. Ella cree que se trata del Asesino de las Adivinanzas.

—¿Ella?

—La agente. Jennifer Peters.

—He oído de ella. Escucha, cabe la posibilidad de que hoy yo deba
regresar en un vuelo a Sacramento. La verdad es que estoy hablando con mi
oficina por la otra línea. ¿Te puedo devolver la llamada?

—¿Está todo bien?

—Dame algunos minutos y te explicaré, ¿de acuerdo?

Él colgó y miró el reloj. Las 8:47. ¿Dónde estaba la policía? Revisó el lavavajillas. Medio lleno. Vertió un poco de detergente y lo encendió. Tardaría una semana en llenarlo, y para entonces empezaría a oler mal.

Slater tendría las manos llenas; eso era muy bueno. Sin duda Kevin estaría seguro entre Sam, Jennifer y la policía de Long Beach. Se fue al refrigerador.

Jennifer cree que soy bueno. No me importa si lo soy... quiero estar vivo. Y no me importaría si Slater estuviera muerto. ¿Cuán bueno es eso? Si un hombre chismea, ¿no es bueno? El obispo chismea, por tanto no es bueno. Kevin suspiró. *Heme aquí divagando otra vez mientras estalla el mundo a mi alrededor. ¿Qué diría el psicoanalista al respecto?*

No sé por qué lo hago, doctor, pero pienso las cosas más extrañas en los momentos más extraños.

Así actúan todos los hombres, Kevin. Así actúan todos. Las mujeres no, por supuesto. El femenino tiende a ser el más inteligente o al menos el más estable de los sexos. Entrégales la nación y al despertar encontrarás los baches de las calles rellenos como deberían haber estado hace un año. Solo eres un hombre en busca de su camino en un mundo trastornado que cada vez se trastorna más, más loco que una cabra. Le pondremos fin a eso la próxima sesión si depositas otro cheque allá en la caja. Doscientos esta vez. Mis hijos necesitan...

Kevin abrió de un tirón el refrigerador. Se había olvidado abrirlo, pero ahora, parado frente a la puerta abierta, la jarrita de leche captó su atención. Alguien había garabateado un enorme tres sobre la jarrita Albertsons con un marcador negro, y encima tres palabras:

Está muy oscuro

¡Slater!

Kevin soltó la puerta y retrocedió.

—¿Cuándo? ¿Qué está muy oscuro? ¿Era otra adivinanza? ¡Tenía que decírselo a Jennifer! No, a Samantha. ¡Debía hablar con Sam! El terror le

corrió por los huesos. ¿Dónde está muy oscuro? En el sótano. ¡El muchacho! Se quedó inmóvil, sin poder respirar. El mundo comenzó a girar. *Está
muy oscuro.*

Santo cielo, ¡*era* el muchacho!

La puerta se cerró sola. Él retrocedió a la pared. ¡Pero Slater había dicho
que no era el muchacho! Preguntó: ¿*Qué muchacho?*

Le vinieron encima los acontecimientos de aquella noche de mucho
tiempo atrás.

III

Durante toda una semana después del encuentro con el matón, el joven
Kevin esperó en agonía. Debajo de los ojos le aparecieron círculos oscuros y se resfrió. Inventó la historia de que se cayó de la cama para explicar
los moretones en el rostro. Su madre lo había acostado temprano en la tarde para combatir el resfriado. Allí se quedó, sudando entre las sábanas. Su
temor no era por él mismo sino por Samantha. El muchacho había prometido hacerle daño, y Kevin estaba enfermo de la preocupación.

Seis días más tarde sonaron finalmente unos golpecitos en la ventana.
Levantó con facilidad la persiana, conteniendo el aliento. El rostro sonriente de Sam lo miraba desde el patio trasero. Kevin casi golpea el techo en
su emoción. Como resultó ser, Sam había estado lejos en el campamento.
Ella se horrorizó por los rasgos demacrados de él, y solo después de rogarle
mucho lo convenció para salir a hablar. Nadie los vería; se lo prometió. Él
buscó con la mirada al muchacho por todo el patio, solo para asegurarse. Al
escabullirse solo fue hasta su propia cerca, observando con cuidado el sendero verde. Se sentaron allí, ocultos en las sombras, y le contó todo a Sam.

—Le diré a mi papá —opinó ella—. ¿Crees que si él lamió mi ventana
podremos aún ver la marca?

—Probablemente —contestó Kevin estremeciéndose—. Tienes que contárselo a tu padre. Debes ir a decírselo ahora mismo. Pero no le cuentes acerca de que me escabullo para verte. Solo dile que yo pasaba por ahí, que vi al muchacho en tu ventana, y que me persiguió. Ni siquiera le digas que él me... hizo algo. Tu papá podría decírselo a mi mamá.

—De acuerdo.

—Entonces regresa y cuéntame qué te dice él.

—¿Quieres decir esta noche?

—Ahora mismo. Vete a tu casa por la calle y vigila si está el muchacho. Él va a matarnos.

Para este momento Sam estaba asustada, a pesar de su típico optimismo.

—Está bien —comentó ella parándose y sacudiéndose los *shorts*—. Es posible que papá no me deje volver. Es más, si le cuento es posible que me haga quedar en casa por un tiempo.

Kevin reflexionó sobre eso.

—Eso está bien. Al menos tú estarás segura; eso es lo importante. Pero por favor, regresa tan pronto como puedas.

—De acuerdo —asintió ella agarrándole la mano y levantándolo—. ¿Amigos para toda la vida?

—Amigos para toda la vida —contestó él—. La abrazó y ella salió corriendo hacia la calle.

Sam no volvió a la ventana de Kevin esa noche. Ni la siguiente. Ni por tres semanas. Esas fueron las semanas más solas en la vida del muchacho. Trató de convencer a su mamá de dejarlo salir, pero ella no lo escucharía. Intentó dos veces salir a hurtadillas durante el día, no por la ventana, desde luego... no se podría arriesgar a que Madre descubriera el tornillo o la tabla suelta. Kevin pasó sobre la cerca trasera, pero solo llegó hasta el primer árbol en el sendero de césped antes de que Bob comenzara a llorar. Apenas logró volverse a poner sobre el montón de ceniza antes que Madre saliera nerviosa. La otra vez fue por la puerta principal y recorrió todo el camino hasta la casa de Sam solo para descubrir, como sabía que iba a pasar, que ella se había ido a la escuela. Su mamá estaba esperándolo cuando trató de entrar otra vez, y pasó en su cuarto los dos días siguientes.

Entonces, al día veintidós, volvió a oír los golpecitos en su ventana. Echó una miradita con mucho cuidado, aterrado de que pudiera ser el muchacho. Nunca podría describir la calidez que le inundó el corazón al ver el rostro de Sam a la luz de la luna. Buscó a tientas el tornillo y abrió la ventana de un tirón. Se abrazaron aun antes de que él cayera y corrió con ella por la cerca.

—¿Qué sucedió? —quiso saber él, jadeando.

—¡Papá lo encontró! Es un muchacho de trece años que vive en el otro lado de las bodegas. Creo que ya había ocasionado problemas antes; papá lo supo cuando se lo describí. Ah, ¡deberías haber visto a papá, Kevin! Nunca lo he visto tan enojado. Les dijo a los padres del muchacho que tenían dos semanas para mudarse, o si no encerraría en la cárcel a su chico. ¿Sabes qué? ¡Se mudaron!

—¿Se... él se fue?

—Se fue —afirmó ella levantando una mano, y él distraídamente se la palmoteó.

—¿Estás segura?

—Mi papá me dejó salir, ¿no es así? Sí, estoy segura. ¡Vamos!

Le llevó a Kevin solo dos salidas con Sam para perder otra vez su temor de la noche. El muchacho se había ido de veras.

Dos semanas después Kevin decidió que era tiempo de tomar la iniciativa de visitar a Sam. No se puede obtener simplemente el título de caballero blanco muchas veces sin sacar en realidad algo de músculo.

Kevin se escabulló a lo largo del sendero arbolado hacia la casa de Sam, eligiendo su camino con mucho cuidado. Esta era su primera vez solo en más de un mes. Llegó con facilidad a la cerca de Sam. La luz de su ventana resultaba una grata vista. Se inclinó e hizo a un lado la estaca suelta.

—Pssst.

Kevin se paralizó.

—Hola, retaco.

El horrible sonido de la voz del muchacho llenó a Kevin con imágenes de una sonrisa retorcida y enferma. De repente sintió náuseas.

—Levántate —ordenó el muchacho.

Kevin se puso lentamente de pie y giró. Todos los músculos se le habían transformado en agua, menos el corazón que casi se le salía. Allí, a tres metros de distancia, estaba el muchacho, sonriendo perversamente, haciendo girar el cuchillo en la mano derecha. Usaba un pañuelo que le cubría el tatuaje.

—He decidido algo —expresó el muchacho—. Hay tres de nosotros aquí en este pequeño tótem. Pero yo estoy abajo y eso no me gusta. Quitaré a los otros dos de lo alto. ¿Qué piensas?

Kevin no podía pensar claramente respecto de nada.

—Te diré lo que voy a hacer —informó el muchacho—. Primero te cortaré en unos cuantos lugares que nunca olvidarás. Quiero que uses tu imaginación por mí. Luego regresaré aquí y daré golpecitos en la ventana de Samantha como lo haces tú. Cuando ella abra la persiana clavaré la hoja exactamente a través del vidrio.

El muchacho se mordisqueó la lengua; sus ojos le centelleaban de la emoción. Levantó el cuchillo y tocó la hoja con su mano izquierda. Bajó la mirada y se fijó en el afilado borde.

—Habré pasado el cristal y cortado la garganta de ella antes de que pueda...

Kevin corrió entonces, mientras los ojos del muchacho aún estaban distraídos.

—¡Oye!

El muchacho salió tras Kevin, quien ya le llevaba ocho metros de ventaja... un quinto de lo que necesitaba para dejar atrás al muchacho más grande. En la primera desviación la adrenalina lanzó a Kevin hacia delante. Pero detrás de él el muchacho empezó a reír y su voz se acercaba cada vez más. Ahora el terror le retumbaba en olas constantes. Gritó, pero no salió nada porque la garganta se le había paralizado. El suelo pareció inclinarse hacia arriba y luego a los lados, y Kevin perdió su sentido de orientación.

Una mano le tocó la nuca. El muchacho usaría el cuchillo si lo atrapaba. Y luego iría tras Sam. Quizás no la mate pero al menos le cortaría el rostro. Tal vez peor.

Kevin no estaba seguro de dónde estaba su casa, pero no era donde desesperadamente necesitaba que estuviese. Por tanto hizo lo único que sabía hacer. Giró a su izquierda y atravesó la calle.

Las risitas se detuvieron por un momento. El muchacho gruñó y redobló sus esfuerzos; Kevin podía oírle sus pesados pasos con nueva determinación.

La risita empezó de nuevo.

El pecho de Kevin le dolía y ahora su respiración se hizo entrecortada en gran manera. Por un terrible momento consideró simplemente dejarse caer y dejar que el muchacho lo tajara.

Una mano intentó pegarle en la cabeza.

—Sigue corriendo, retaco. Odio que te quedes allí quieto.

Kevin había perdido por completo su sentido de orientación. Se acercaban a una de las viejas bodegas en el barrio al otro lado de la calle. Vio una puerta en el edificio directamente adelante. Tal vez... quizás si pudiera pasar esa puerta.

Dio un viraje a su derecha, y luego cortó hacia el edificio. De un fuerte tirón abrió la vieja puerta y se escabulló en la oscuridad interior.

El hueco de la escalera de metro y medio tras la puerta le salvó la vida, o al menos alguna de las partes de su cuerpo. Rodó por las escaleras, gritando de dolor. Al aterrizar en el fondo sintió la cabeza como si se le hubiera desprendido. Luchó por ponerse de pie y volver a las escaleras.

El muchacho estaba en lo alto, iluminada su espalda por la luz de la luna, riendo.

—El final —anunció, y empezó a bajar las gradas.

Kevin giró y corrió. Entró directamente en otra puerta. Una puerta de acero. Agarró la manija y la hizo girar, pero la mole se negó a moverse. Vio un pasador, tiró de él, y se metió en un salón muy oscuro. Avanzó a tropezones y se dio contra una pared de concreto.

El muchacho agarró a Kevin por el cabello.

Kevin gritó. La voz le resonó dementemente. Gritó más fuerte. Nadie los oiría; estaban bajo tierra.

—¡Cállate! —gritó el muchacho y lo golpeó en la boca— ¡Silencio!

Kevin se armó de todo su valor y arremetió a ciegas en la oscuridad. Su puño se conectó con algo que crujió. El muchacho gritó y le soltó el cabello. Las piernas de Kevin cedieron y se cayó.

Se le ocurrió en ese momento que cualquier cosa que el muchacho hubiera planeado inicialmente para él no se podía comparar con lo que le haría ahora.

Kevin rodó y se puso de pie tambaleándose. La puerta estaba a su derecha, gris opaca a la leve luz. El muchacho lo enfrentó, con una mano en la nariz, la otra apretada alrededor del cuchillo.

—Acabas de perder los ojos, chico.

Kevin salió disparado sin pensar. Saltó por la puerta abierta, giró sobre sí mismo, y la cerró de un golpe. Levantó la mano izquierda y metió el pasador en su lugar.

Entonces se quedó simplemente allí, en las escaleras de concreto, respirando con dificultad. El silencio lo devoraba.

Un grito muy leve llegó del otro lado de la puerta de acero. Kevin contuvo el aliento y retrocedió lentamente. Arremetió contra los peldaños, subió hasta la mitad antes de que el sonido del muchacho lo volviera a alcanzar, débilmente. Él gritaba, maldecía y lo amenazaba con palabras que Kevin apenas lograba entender porque sonaban muy bajo.

No había salida, ¿o sí? Si lo dejaba, ¡el muchacho podría morir allí! Nadie oiría sus gritos. No podría salir.

Kevin retrocedió y descendió lentamente las escaleras. ¿Y si deslizaba el pasador hasta dejarlo abierto? Podría hacerlo, quizás.

—Juro que te voy a matar...

Kevin supo entonces que solo tenía dos opciones. Abrir la puerta, recibir un corte y tal vez morir. O huir y dejar morir al muchacho, y tal vez vivir.

—¡Te odio! ¡Te odio! —gritaba el muchacho; Kevin lo oía espeluznantemente lejano, pero áspero y amargo.

Kevin giró y voló escalera arriba. No tenía alternativa. No tenía elección. Por Samantha, eso fue lo que recibió el muchacho. De todos modos era culpa suya.

Kevin cerró tras sí la puerta exterior y se metió en la oscuridad de la noche. No supo exactamente cómo o cuando, pero en algún momento mientras aún estaba oscuro regresó a su cama.

!!!

Algo repiqueteó violentamente. Kevin se levantó sobresaltado. La parte superior de la mesa reflejaba el sol de la mañana al nivel de los ojos. La vibración del teléfono celular lo llevaba lentamente hacia el borde.

Kevin se puso de pie con dificultad. *Querido Dios, dame fortaleza*. Miró el reloj. Nueve de la mañana. ¿Dónde estaba la policía?

Alargó la mano hacia el teléfono, vaciló, y luego lo agarró de la mesa. Sigue el juego, había dicho Jennifer. *Sigue el juego*.

—¿Aló?

—¿Cómo le está yendo esta mañana a nuestro jugador de ajedrez? —preguntó Slater.

¡Así que *había* estado escuchando! Kevin cerró los ojos y enfocó la mente. Su vida dependía de lo que dijera. Sé inteligente. Piensa más rápido que él.

—Listo para jugar —contestó, pero su voz no parecía lista.

—Tendrás que hacerlo mejor. Kevin, Kevin, Kevin. Dos pequeños desafíos, dos pequeños fracasos, dos pequeños estruendos. Estás empezando a aburrirme. ¿Viste mi pequeño regalo?

—Sí.

—¿Qué es tres veces tres?

Tres veces tres.

—Nueve —contestó Kevin.

—Muchacho listo. Nueve en punto, hora de sacudirse. El momento de la tercera. *¿Qué te lleva allí pero no te lleva a ninguna parte?* Tienes sesenta minutos. Esta vez será peor, Kevin.

El teléfono sobre el poyo sonó estridentemente. Tenía que mantener a Slater en el teléfono.

—¿Puedo hacer una pregunta? —indagó.

—No. Pero puedes contestar el teléfono de casa. Podría ser Sam. ¿No sería eso de lo más conveniente? Contesta el teléfono.

Lentamente Kevin desenganchó de la horquilla el teléfono de casa.

—¿Kevin?

La voz conocida de Sam le llenó el oído, y a pesar de la situación imposible sintió que le caía encima un balde de alivio. No estaba seguro de qué decir. Sostuvo el celular contra su oído derecho y el teléfono de casa contra el otro oído.

—Salúdala de mi parte —enunció Slater.

—Slater te saluda —expresó Kevin después de titubear.

—¿Llamó?

—Está en la otra línea.

—Qué pena que Jennifer se fuera tan temprano —opinó Slater—. Los cuatro podríamos hacer una pequeña fiesta. El tiempo se está acabando. Cincuenta y nueve minutos y cincuenta y un segundos. Tú mueves.

El teléfono celular se apagó.

—Kevin, ¡escúchame! —volvió a hablar Sam—. ¿Está él aún...?

—Ya no.

—No te muevas. Estoy llegando a tu calle en este momento. Estaré allá en diez segundos —anunció ella y colgó.

Kevin se quedó inmóvil, con un teléfono en cada mano. Sigue el juego. Sigue el juego. Era el muchacho; tenía que ser el muchacho.

La puerta se abrió.

—¿Kevin? —preguntó Sam corriendo hacia él.

—Tengo sesenta minutos —advirtió él girándose.

—¿O qué?

—¿Otra bomba?

Ella se le acercó y lo agarró por las muñecas.

—Está bien. Escúchame, tenemos que pensar esto con claridad —dijo ella mientras le quitaba los teléfonos de las manos y después lo agarraba por los hombros—. Escúchame...

—Tenemos que llamar al FBI.

—Lo haremos. Pero primero quiero que me cuentes. Dime exactamente qué te dijo.

—Sé quién es el Asesino de las Adivinanzas.

—¿Quién? —preguntó ella mirándolo, asombrada.

—El muchacho —contestó Kevin sentándose en una silla.

—Creí que él te dijo que *no era* el muchacho.

La mente de Kevin comenzó a funcionar más rápido.

—Él dijo: «¿Qué muchacho?» No dijo que *no era* el muchacho —expresó Kevin y corrió hacia el refrigerador, lo abrió, sacó la jarrita de leche, y la depositó con fuerza sobre el poyo.

Ella miró las letras de trazos gruesos. Sus ojos se volvieron hacia él y regresaron al objeto.

—¿Cuándo estuvo...?

—Estuvo aquí anoche.

—*Está muy oscuro*. ¿Qué está muy oscuro?

Kevin caminaba de acá para allá y se frotaba la cabeza.

—Dime, Kevin. Simplemente dime. Se nos acaba el tiempo.

—Tu papá hizo marcharse al muchacho, pero regresó.

—¿Qué quieres decir? ¡No lo volvimos a ver!

—¡Yo sí! Me atrapó cuando iba a tu casa dos semanas después. Dijo que te iba a lastimar, y también a mí. Corrí y de algún modo...

Las emociones le atascaron la cabeza. Miró el reloj. Las 9:02.

—De algún modo fuimos a parar en un sótano de almacenaje en una de las bodegas. Ya ni siquiera recuerdo en cuál. Lo encerré y huí.

—¿Qué pasó? —indagó ella parpadeando.

—¡Tuve que hacerlo, Sam! —exclamó con desesperación—. ¡Él iba a matarte! ¡Y a mí también!

—Está bien. Está bien, Kevin. Más tarde podemos hablar de eso, ¿de acuerdo? Ahora mismo...

—Ese es el pecado que quiere que yo confiese. Lo abandoné para que muriera en la oscuridad.

—Pero él *no* murió, ¿no es cierto? Evidentemente está vivo. No mataste a nadie.

Él se detuvo. ¡Por supuesto! La noche oscura le resplandeció en la mente. A menos que Slater no fuera el muchacho, sino alguien que supo acerca del incidente, un psicópata que de alguna manera descubrió la verdad y decidió que Kevin debía pagar.

—De todos modos, encerré a un muchacho en un sótano y lo abandoné a su suerte. Eso es intento. Es tan válido como asesinar.

—No sabes que esto tenga algo que ver con el muchacho. Debemos meditar detenidamente esto, Kevin.

—¡No tenemos tiempo para meditarlo! Eso es lo único que tiene algún sentido. Si confieso, se detiene este juego demente.

Anduvo de arriba abajo y se frotó la cabeza, reprimiendo una repentina urgencia de gritar ante el pensamiento de confesar después de todo lo que había hecho para deshacerse de su pasado.

—Oh, Dios, ¿qué he hecho? —prosiguió él—. Esto no puede estar ocurriendo. No después de todo lo demás.

—Pues entonces confiesa, Kevin —anunció Sam mirándolo y asimilando la nueva información; sus ojos le parpadearon con empatía—. Eso fue hace casi veinte años.

—¡Vamos, Sam! —exclamó él girando hacia ella, enojado—. Esta explosión llegará hasta las nubes. Todo estadounidense que vea las noticias se enterará del seminarista que encerró vivo a otro muchacho y lo abandonó para que muriera. ¡Esto me arruinará!

—Mejor arruinado que muerto. Además, tenías motivos para encerrar al muchacho. Saldré en tu defensa.

—Nada de eso importa. Si soy capaz de tratar de cometer un asesinato, soy capaz de cualquier cosa. Esa es la reputación que me perseguirá —objetó Kevin apretando los dientes—. Esto es una locura. Se nos acaba el tiempo. Tengo que llamar al periódico y contarlo. Es la única manera de detener a ese maniático antes de que me mate.

—Quizás, pero también está exigiendo que soluciones la adivinanza. Podríamos estar tratando con el mismo asesino de Sacramento...

—Lo sé. Jennifer me lo contó. Sin embargo, el único modo de detenerlo es confesar. Se supone que la adivinanza me dice lo que debo confesar.

Kevin se dirigió al teléfono. Tenía que llamar al periódico. Slater estaba escuchando... lo sabría. Esto era una locura.

—¿Cuál fue la adivinanza?

Él se detuvo.

—*¿Qué te lleva allí pero no te lleva a ninguna parte?* —manifestó Kevin—. Dijo que esta vez sería peor.

—¿Cómo calza *eso* en el muchacho? —preguntó ella.

La pregunta no se le había ocurrido a él. *¿Qué te lleva allí pero no te lleva a ninguna parte?*

—No sé.

¿Y si Sam tenía razón? ¿Y si su confesión acerca del muchacho no era lo que Slater quería?

—¿Qué relación hay entre el muchacho y las tres adivinanzas que él ha dado? —volvió a inquirir ella, y esta vez agarró un pedazo de papel—. Sesenta minutos. Ayer fueron tres minutos y luego treinta. Hoy son sesenta minutos. ¿A qué hora llamó?

—A las nueve en punto. Tres veces tres. Eso fue lo que dijo.

Los ojos de ella analizaron las adivinanzas que había apuntado.

—Llama a la agente Peters. Háblale de la llamada de Slater y de la confesión. Pídele que llame al periódico y dile que venga tan pronto pueda. Tenemos que resolver estas adivinanzas.

Kevin pulsó el número que Jennifer le había dejado. El reloj indicaba las 9:07. Aún tenían cincuenta y tres minutos. Jennifer contestó.

—Llamó —comunicó Kevin.

Silencio.

—Él llamó...

—¿Otra adivinanza?

—Sí. Pero creo poder saber quién es y qué desea.

—¡Dímelo!

Kevin le contó el resto, hablando sin parar y de manera entrecortada por varios minutos. Una urgencia que él no había esperado que le colmara la voz. Jennifer estaba impaciente y exigente. Pero la intensidad de ella lo tranquilizó.

—Así que ahora sabes quién es y no me hablaste de su exigencia de que debes confesar. ¿Qué pretendes? ¡Con quien tratamos es con un asesino!

—Lo siento, yo estaba asustado. Ahora te lo estoy diciendo.

—¿Algún otro secreto?

—No. Por favor, lo siento.

—¿Está Samantha allí?

—Sí. Tienes que hacer pública esta confesión —pidió Kevin—. De eso se trata esto ahora.

—No lo sabemos. No veo la relación entre las adivinanzas y el muchacho.

—Él estuvo aquí, anoche, y escribió en mi jarrita de leche —confesó él—. ¡Tiene que ser él! Querías un motivo; ahora lo tienes. Intenté matar a alguien. Está loco. ¿Cómo es eso? Tienes que hacer que se sepa esta confesión.

El silencio se alargó en la línea.

—¿Jennifer?

—¡Necesitamos más tiempo! —contestó ella y luego respiró profundamente—. Está bien, pondré la confesión en la red. Quédate. No pongas un pie fuera de esa casa, ¿me oyes? Trabaja en las adivinanzas.

—Sam...

Pero Jennifer ya había colgado. Ahora contaba con una chica sensata. Eso le consoló.

Kevin colgó. 9:13.

—Ella llamará al periódico.

—Tres —enunció Samantha—. Nuestro tipo está tropezando en sus tres. Progresiones. Tres, treinta, sesenta. Y opuestos. Noche y día, vida y muerte. *¿Qué te lleva allí pero no te lleva a ninguna parte?*

Ella miraba su página de anotaciones y números.

—La agente no estaba exactamente emocionada de que estuvieras aquí —advirtió Kevin.

—¿Qué te lleva allí? —preguntó ella levantando la mirada—. La obvia respuesta es transporte. Como un auto. Pero ya explotó un auto. No lo hará otra vez. Está en progresiones. Más.

—Un autobús —opinó Kevin, reflexionando—. Tren. Avión. Pero ellos te llevan a alguna parte, ¿no es así?

—Depende de dónde sea alguna parte. No creo que importe... *allí* y *ninguna parte* son opuestos. ¡Creo que va a volar alguna clase de transporte público!

—A menos que la confesión...

—No podemos suponer que eso lo detenga —concluyó ella, se puso de pie, sacó el teléfono de su horquilla y pulsó la tecla de volver a marcar.

—¿Agente Peters? Soy Sam Sheer. Escuche, creo...

Hizo una pausa y escuchó.

—Sí, entiendo de jurisdicción, y en lo que a mí respecta Kevin siempre ha sido *mi* jurisdicción. Si usted quiere tensar el asunto, obtendré autorización del fiscal gen...

Otra pausa, ahora Sam sonreía.

—Eso es exactamente lo que creo. Sin embargo, ¿cuánto tiempo se tardará en evacuar todo transporte público de Long Beach?

Miró su reloj.

—Según mi reloj, tenemos cuarenta y dos minutos.

Sam escuchó por un rato.

—Gracias.

Colgó.

—Chica viva. Batalladora. Los noticieros ya tienen tu historia. Está saliendo en televisión mientras hablamos.

Kevin corrió a la televisión y la encendió.

—La próxima edición del periódico no saldrá a la calle hasta mañana en la mañana —comentó Sam—. Slater no mencionó el periódico esta vez, ¿o sí?

—No. Estoy seguro de que la televisión funcionará. Dios, ayúdame.

Los dulces ojos de Sam irradiaron empatía.

—Jennifer no cree que esto lo satisfaga. El verdadero juego es la adivinanza. Creo que tiene razón —opinó Sam caminando de arriba abajo y poniéndose las dos palmas de las manos en la cabeza—. Piensa, Sam, ¡piensa!

—Están evacuando el transporte...

—No hay manera de que puedan sacarlos a todos a tiempo —dijo Sam—. ¡Tardarán media hora solo en obtener las autorizaciones! Hay más. Slater es preciso. Nos está dando más.

El programa de televisión cambió de pronto. La pantalla se llenó con el rostro conocido de Tom Schilling, reportero de noticias para la filial de ABC. Una pancarta roja de «últimas noticias» recorrió la imagen de la televisión. El gráfico detrás de Tom Schilling era una toma del auto quemado de Kevin con las palabras «¿El Asesino de las Adivinanzas?» superpuestas en letras que se movían. El reportero miró fuera de cámara a su derecha y luego enfrentó a la audiencia.

Kevin miró, embelesado. Tom Schilling estaba a punto de dejar caer el martillo sobre su vida. Por el cuello le corrió un escalofrío. Tal vez confesar *había* sido una equivocación.

—Tenemos una impactante nueva evolución en el caso de la explosión de ayer del auto en el Bulevar Long Beach. Kevin Parson, el conductor del auto, ha dado nueva información que podría irradiar luz sobre la investigación.

Cuando Kevin oyó su nombre, la sala se oscureció, la imagen se hizo borrosa, y las palabras se volvieron incomprensibles. Su vida estaba acabada. Tom Schilling lo decía monótonamente.

—Kevin Parson es un seminarista en...

Estás muerto.

—...el aspirante a clérigo ha confesado...

Es todo.

—...encerró al muchacho bajo tierra...

Tu vida está acabada.

Kevin creyó extraño que esta exposición trajera una sensación de muerte inminente más exacta que las amenazas de Slater. Había pasado cinco años retirándose del mar de abatimiento de la calle Baker, y ahora, en el espacio de menos de veinticuatro horas se encontraba lanzado por la borda, ahogándose otra vez. Alguien empezaría a escarbar en el resto de su infancia. Dentro de la verdad tras Balinda y la casa.

Heme aquí. Kevin Parson, el caparazón de un hombre que es capaz del pecado más perverso concebido por el hombre. Heme aquí, un desdichado aspirante. No soy nada más que una babosa, que interpreta su drama de la vida en forma humana. Cuando aprendas todo sabrás eso y más.

Gracias. Gracias, tía Balinda, por hacerme partícipe de esto. No soy nada. Gracias, tiíta asquerosa, enferma y arqueada por tirar esta pepita de verdad por mi garganta. No soy nada, nada, nada. Gracias, demonio del infierno por arrancarme los ojos, tirarme a tierra y...

—¿...vin? ¡Kevin!

Kevin se volvió. Sentada a la mesa, con el mando a distancia en la mano, Sam lo miraba. La televisión estaba apagada. Se percató de que estaba temblando. Exhaló, relajó las manos empuñadas, y las pasó por el cabello. *Contrólate, Kevin. Refrénate.*

Pero no quería refrenarse. Quería gritar.

—¿Qué?

—Lo siento, Kevin. No es tan malo como parece. Te ayudaré a superar esto, te lo prometo.

No es tan malo como parece porque no conoces toda la historia, Sam. No sabes lo que sucedió de veras en esa casa en la Calle Baker. Se alejó de ella. *Dios, ayúdame. Ayúdame, por favor.*

—Me pondré bien —expresó él y aclaró la garganta—. Tenemos que centrarnos en la adivinanza.

Un pensamiento aislado le susurró a Kevin.

—Son los números —indicó Sam—. El transporte público está numerado. Slater va a volar por los aires un autobús o un tren identificado con el número tres.

El pensamiento se hizo oír.

—¡Dijo que nada de policías!

—¿Qué...?

—¡Ningún policía! —gritó Kevin—. ¿Están usando policías para evacuar?

—¡Santo cielo! —exclamó ella, sintiendo que el miedo le empañaba los ojos.

III

—¡No me importa si tienen que retrasar todos los vuelos del país! —exclamó Jennifer—. ¡Aquí tenemos una creíble amenaza de bomba, señor! Haz que se ponga en la línea el gobernador si hace falta. Terrorista o no, este tipo va a explotar algo.

—Treinta minutos...

—Es tiempo suficiente para empezar.

El jefe de la oficina titubeó.

—Mira, Frank —señaló Jennifer—. Tienes que jugarte el pellejo conmigo aquí. La policía local no tiene la fuerza efectiva para hacer aprobar esto con suficiente rapidez. Milton está trabajando en los autobuses, pero aquí la burocracia es más espesa que la melaza. Necesito esto desde arriba.

—¿Estás segura?

—¿Qué quieres decir? ¿Que me estoy adelantando a los acontecimientos? No podemos arriesgarnos a...

—De acuerdo. Pero si resulta ser una patraña...

—No será la primera.

Jennifer colgó y respiró profundamente. Ella ya había pensado en que violaron una de las reglas de Slater. Nada de polis. Pero no veía alternativas. Necesitaba a la policía local.

—Milton dice que ahora están localizando al director del transporte local —informó un detective subalterno, Randal Crenshaw, entrando de sopetón—. Debe tener una respuesta en diez minutos.

—¿Cuánto tiempo les llevará desalojar los autobuses una vez que tengan la orden?

—La orden puede circular muy rápido —contestó él encogiéndose de hombros—. Quizás diez minutos.

Ella se puso de pie y se dirigió a la mesa de conferencias. Ahora tenían la primera pista importante en el caso. El muchacho. Si en realidad fuera este muchacho. ¿Qué edad tendría ahora? ¿Treinta y tantos? Más importante aun, alguien más que no fuera Kevin conocía al asesino: el padre de Samantha Sheer, un policía llamado Rick Sheer, quien había atrapado al muchacho espiando.

—Quiero que localices a un policía que trabajó en Long Beach hace como veinte años —le ordenó a Crenshaw—. Su nombre es Rick Sheer. Encuéntralo. Debo hablar con él. Busca alguno de sus registros que mencionen a un muchacho que estaba amenazando a los niños en su vecindario.

El detective apuntó el nombre en una hoja de papel y salió.

A Jennifer le faltaba algo. En alguna parte en las notas que tomó esta mañana estaba la identidad del autobús, el tren o cualquier cosa que Slater planeara volar por los aires, si es que tenían razón en cuanto a que la adivinanza se refería al transporte público.

El objetivo no era Kevin, y Jennifer quedó aliviada al comprender esto. Por el momento no estaba la vida *de él* en riesgo. Por ahora Slater estaba más interesado en jugar. Sigue el juego, Kevin, engáñalo. Levantó el teléfono y marcó el número de Kevin.

Contestó al quinto timbrazo.

—¿Se te ha ocurrido algo?

—Justo te iba a llamar —indicó Kevin—. Podría ser un autobús o algo identificado con un tres.

¡Eso era! Tenía que ser.

—Tres. Haré que le den prioridad a algo identificado con un tres.

—¿Cómo les está yendo?

—Parece que bien. Debemos saber algo en diez minutos.

—Eso no nos deja demasiado tiempo, ¿no es así?

—Es lo máximo que podemos hacer.

III

Sam desplegó su teléfono celular y agarró la cartera.

—Eso es, ¡vamos! —exclamó corriendo hacia la puerta—. Yo conduciré.

—¿Cuántos? —preguntó Kevin corriendo tras ella.

—Long Beach propiamente dicho tiene veinticinco autobuses, cada uno identificado con varias letras y un número. Queremos el número veintitrés. Baja por Alamitos y luego regresa por Atlantic. Eso no está lejos. Con algo de suerte lo encontraremos.

—¿Y el tres o el trece?

—Empiezan la numeración en cinco y se saltan el trece.

Las llantas del auto de Sam chirriaron. Ella estaba segura de que Slater tenía un autobús en mente. Las aviones eran blancos menos probables por la sencilla razón de que ahora la seguridad era más estricta que antes. Ella había revisado los tranvías... no había números tres. Los trenes eran una posibilidad, pero también con alta seguridad. Tenía que ser un autobús. El hecho de que solo hubiera uno con el número tres en su indicador daba al menos una pequeña esperanza.

Veintinueve minutos.

Volaron por Willow hacia Alamitos pero los detuvo un semáforo en rojo en Walnut. Sam miró en ambas direcciones y aceleró.

—Ahora es un momento en que no me importaría tener un policía detrás de mí —aseguró ella—. Podríamos usar su ayuda.

—Sin polis —recordó Kevin.

Ella lo miró. Pasaron dos minutos más antes de que llegaran a Alamitos.

Pero no pasaron buses. Atravesaron la Calle Tercera por una señal de pare. Aún sin ver un bus.

El Bulevar Ocean, a la derecha; Atlantic, al norte. Nada del autobús. En varias ocasiones les pitaron.

—¿Qué hora es? —preguntó ella.

—Nueve treinta y siete.

—¡Vamos! ¡Vamos!

Sam dio marcha atrás. Cuando llegaron otra vez a la Tercera el semáforo estaba en rojo y había autos bloqueando la intersección. Un autobús numerado 6453-17 se dirigía ruidosamente a la Calle Tercera. No era el bus. El auto no tenía ventilación. Gotas de sudor les corrían por la frente. La intersección se despejó y Sam presionó el acelerador.

—Vamos, chico. ¿Dónde estás?

Había recorrido quince metros después de atravesar la intersección cuando pisó a fondo los frenos.

—¿Qué?

Ella movió la cabeza hacia atrás y miró hacia la Calle Tercera. Frenéticamente agarró su teléfono celular y pulsó el botón de volver a marcar.

—Sí, ¿me podrías decir qué autobús recorre la Calle Tercera?

Kevin oyó la profunda voz masculina desde su asiento.

—El autobús de la Calle Tercera. Debes...

Sam cerró el teléfono de golpe, hizo girar el volante de un tirón, y se metió directamente al tráfico. Dio una repentina vuelta en U, cortándole el paso a un Volvo blanco y a un sedán azul. Sonaron pitos.

—¡Llaman a los autobuses por los nombres de sus calles, no por sus números! —exclamó Sam.

—Pero no sabes si Slater...

—Sabemos dónde está el autobús de la Calle Tercera. Evacuémoslo primero y después iremos por el veintitrés —interrumpió ella rechinando por la Calle Tercera y pasó silbando hacia el autobús, ya a cien metros por delante. Era obvio que el conductor aún no había recibido el despacho.

Diecinueve minutos.

Sam se puso directamente frente al autobús y frenó. El bus hizo sonar la bocina y se detuvo de un frenazo detrás de ellos.

—Dile al chofer que desaloje el bus y lo deje vacío por al menos media hora. Dile que corra la voz a los otros autos en la calle. Diles que hay una bomba... eso siempre funciona. Yo llamo a la agente Peters.

Kevin corrió al autobús. Golpeó la puerta, pero el chofer, un hombre mayor que debía tener tres veces su peso recomendado, se negó a abrir.

—¡Hay una bomba a bordo! —gritó, extendiendo los brazos como una explosión—. ¡Una bomba!

Se preguntaba si algunos de ellos lo reconocerían de la televisión. *El asesino de chicos está ahora bajando a mujeres de los autobuses en el centro de la ciudad.*

Un joven que se parecía a Tom Hanks sacó la cabeza por una ventanilla abierta.

—¿Una qué?

—¡Una bomba! ¡Fuera! ¡Salgan del bus! Despejen la calle.

Nada sucedió por un momento. Luego la puerta se abrió silbando y el mismo joven salió tropezando. Se volvió para gritar dentro del bus.

—¡Hágalos salir, idiota! ¡Dijo que hay una bomba en al autobús!

Una docena de pasajeros —la mitad de los que Kevin podía ver— salió disparada de sus asientos. El chofer pareció haber agarrado calentura.

—De acuerdo, ¡todos afuera! Con cuidado. Solo por precaución, damas y caballeros. ¡No empujen!

—Despeje esta calle y manténganse lejos por lo menos treinta minutos, ¿me oyó? —gritó Kevin agarrando al que se parecía a Tom Hanks—. ¡Saque a todos de aquí!

—¿De qué se trata? ¿Cómo lo sabe usted?

—Confíe en mí. Simplemente lléveselos de aquí. La policía está en camino —contestó Kevin mientras corría hacia el auto de Sam.

Los pasajeros no necesitaron que los animaran. Los autos se detenían y luego aceleraban pasando el autobús o retrocediendo.

Él se deslizó dentro del auto.

—Agárrate —ordenó Sam.

Ella se alejó a toda velocidad doblando a la derecha en la siguiente calle, y se dirigió otra vez hacia Atlantic.

—Uno menos. Quedan quince minutos.

—Esto es una locura —opinó Kevin—. Ni siquiera sabemos si Slater está...

El teléfono celular se puso como loco en el bolsillo de Kevin, quien se paralizó y se miró el muslo derecho.

—¿Qué pasa? —inquirió Sam.

—Él... él está llamando.

El teléfono vibró de nuevo y esta vez él lo agarró. Samantha disminuyó la velocidad.

—¿Alo?

—Dije que polis no, Kevin —manifestó la suave voz de Slater—. Polis no significa nada de policías.

Los dedos de Kevin comenzaron a temblar.

—¿Quiere usted decir el FBI?

—Policías. De ahora en adelante es entre tú, Sam, Jennifer y yo, y nadie más.

Fin de la llamada.

Sam se había detenido. Vio que él tenía los ojos abiertos de par en par.

—¿Qué dijo?

—Dijo que nada de polis.

De pronto la tierra tembló. Tronó una explosión. Los dos se agacharon.

—¡Regresa! ¡Regresa!

—El autobús —susurró Sam.

Hizo girar el auto y regresó a toda prisa por el camino en que vinieron.

Kevin miraba fijamente mientras el auto rodaba por la Tercera. Ardientes llamas y espeso humo negro envolvían la escena surrealista. Tres ennegrecidos autos estacionados al lado del autobús ardieron. Solo Dios sabía si alguien estaba herido, pero la zona inmediata parecía desalojada. Había libros esparcidos entre los vidrios destrozados de las ventanas de un negocio de libros usados. Su letrero «Léalo otra vez» pendía peligrosamente sobre la acera. El dueño del negocio salió tambaleándose, asombrado.

Sam puso la palanca de cambios en modo de estacionamiento y miró la pasmosa escena.

Su celular chirrió y Kevin se sobresaltó. Ella lo levantó lentamente.

—Sheer.

Ella parpadeó y se volvió a concentrar de inmediato.

—¿Cuánto tiempo hace? —preguntó mirando a Kevin y luego al autobús.

Ululó una sirena. Un auto que Kevin reconoció al instante como el de Jennifer rechinó en la esquina y se dirigió hacia ellos.

—¿Puede interrogarlo Rodríguez? —averiguó Sam en su teléfono—. Debo estar aquí.

Se alejó y bajó la voz.

—Acaba de explotar un autobús. Estoy estacionada en un auto a quince metros.

Siguió escuchando.

—Sí, estoy segura.

Jennifer frenó ruidosamente y sacó la cabeza por la ventanilla.

—¿Estás bien?

—Sí —contestó Kevin, quien tenía los dedos entumecidos y la mente aturdida, pero estaba bien.

Samantha reconoció a Jennifer con una inclinación de cabeza, se volvió de lado y cubrió su oído libre.

—Sí señor. Inmediatamente. Entiendo... —dijo y miró su reloj—. ¿El vuelo de las diez y media?

Kevin abrió la puerta de un empujón.

Jennifer lo detuvo.

—No, quédate. No te muevas. Volveré de inmediato —manifestó ella y condujo hacia el autobús.

Sam terminó su conversación y cerró el teléfono.

—¿Crees que alguien salió herido? —preguntó Kevin.

—No lo sé —contestó ella mirando el vehículo y negando con la cabeza—, pero tuvimos suerte de encontrarlo donde lo hicimos.

Kevin gimió y se pasó las dos manos por el cabello.

—Me tengo que ir —informó Sam—. Esa era la llamada que pensé que iba a recibir. Me quieren para interrogar a un testigo. Su abogado lo pondrá libre a media tarde. Por desgracia no me lo puedo perder. Te lo explicaré cuando llegue...

—No puedo creer que Slater hiciera esto —expresó Kevin mirando otra vez alrededor—. Habría matado a más de veinte personas si no hubiéramos dado con este bus.

—Esto cambia el juego —señaló ella moviendo la cabeza de lado a lado—. Mira, estaré de vuelta en el primer vuelo esta tarde, ¿de acuerdo? Lo prometo. Pero ahora debo irme para poder alcanzar ese vuelo.

Le pasó la mano por el hombro a Kevin y miró en dirección a Jennifer.

—Dile que llamaré y le daré mi versión; ella cuidará de ti —continuó Sam.

Tres patrullas habían llegado y rodeaban el autobús carbonizado.

—Triunfaremos, mi querido caballero —concluyó ella—. Juro que triunfaremos.

—Esto es una locura —contestó Kevin asintiendo.

10

A LOS CINCO MINUTOS DE LA EXPLOSIÓN la escena del crimen fue aislada por una docena de agentes de la ley — la mayor parte policías pero también funcionarios de la oficina de Jennifer y de otras agencias del estado— y empezó la investigación forense. Rápidamente localizaron la bomba. Por todas las apariencias iniciales se trataba de la misma clase de bomba que en el auto de Kevin, solo que más grande.

Jennifer localizó a Kevin en una cafetería a cuatro casas del autobús con instrucciones estrictas de no salir; ella volvería en veinte minutos.

Los parámetros de la investigación acababan de cambiar. Llegó Bill Galager de la oficina de Los Ángeles, así como dos investigadores subalternos, John Mathews y Brett Mickales. Ellos trabajarían desde la perspectiva de las pruebas, dejando libre a Jennifer para centrarse en el aspecto psicológico. Una conclusión no requería título en psicología criminal: cuando Slater dijo que nada de polis quiso decir absolutamente ningún policía. Y él tenía los medios para saber si hubo policías involucrados.

Según Kevin, Slater la había mencionado por su nombre: Jennifer. El maniático la estaba llevando a otra trampa, ¿no era así? Por lo que parecía del autobús, él se había graduado en un nuevo nivel.

Nada de polis. Ni CBI, excepto Samantha, quien resultó estar relacionada con Kevin por su infancia y el muchacho. Ni ATF. Nada de comisario ni de policía estatal. Solo FBI y, específicamente, solo Jennifer.

—¿Aún ansiosa de enfrentarte a él?

—¿Ansiosa? —contestó Jennifer volviéndose a Milton, quien se le había acercado por detrás.

En la mirada de él había un dejo de desafío, pero no entró en explicaciones.

—¿Por qué lo explotó antes de tiempo?

—Dijo que nada de policías. Es obvio que se enteró de que su departamento había sido informado...

—Ellos siempre dicen que no haya policías. ¿No eres policía?

—Según Kevin, dijo que solo el FBI.

Milton hizo un gesto de burla.

—Nada de polis —afirmó Jennifer frunciendo el ceño—. Es evidente que la historia que él tiene con nosotros se muestra en su juego. En resumidas cuentas, él determina una regla; nosotros la infringimos; él explota el autobús antes de hora.

—¿Y qué si él dijera nada de FBI? ¿Te volverías atrás? No lo creo. Esta es mi ciudad. No tienes derecho a hacerme a un lado.

—No lo estoy haciendo a un lado, Milton. Sus hombres están por todo el sitio.

—No me estoy refiriendo a la limpieza. Él llamará de nuevo y la ciudad lo sabe. Tengo derecho a saber.

—¿La ciudad? Usted quiere decir la prensa. No, Milton. La prensa tiene el derecho de saber cualquier cosa que pueda ayudar a la seguridad de la ciudad. En este momento usted está examinando un autobús; la próxima vez podría ser un edificio. ¿Está usted dispuesto a arriesgar eso por el protocolo? Perdóneme, pero tengo un caso qué atender.

—Esta es mi ciudad, no la tuya —contestó Milton fulminándola con la mirada—. Tengo un interés personal; tú no. Por desgracia parece que no puedo hacer nada respecto de tu jurisdicción, pero el jefe de tu oficina me aseguró que cooperarías. Si Slater tose y tú no me lo cuentas, tendré aquí tu reemplazo en cinco minutos.

Jennifer estuvo tentada a darle una bofetada al idiota petulante. Tendría que llamar a Frank y explicarle. Mientras tanto, Milton era una espina con la que tendría que tratar.

—Usted tampoco me gusta, detective. Según veo usted se interesa demasiado por su propio bien, pero supongo que eso es personal. Lo mantendré informado por medio de Galager y espero *su* cooperación para ayudarnos en lo que pueda. No somos tan estúpidos como para no aprovechar toda la ayuda que podamos tener. Pero usted no hará nada sin mi autorización. Si Slater sospecha de su participación podría hacer a «su» ciudad más daño del que usted está dispuesto a asumir. ¿De acuerdo?

Él la miró detenidamente y luego se calmó. *No esperabas eso, ¿verdad, Colombo?* Jennifer se dio cuenta de que no tenía intención de mantenerlo involucrado de forma significativa, y ese pensamiento la sorprendió. En realidad en más de una manera recibió con agrado las restricciones de Slater. Esto era entre ella, Slater y Kevin, independientemente de lo personal que Slater pretendiera que fuese.

—Quiero poner un cerco total a la casa —expresó Milton—. Completa vigilancia electrónica, incluyendo micrófonos ocultos. ¿No los has ordenado?

—No. Slater no está utilizando las conexiones telefónicas. Los expertos en celulares han estado monitorizando los últimos cuarenta minutos la frecuencia en el teléfono celular que le dio a Kevin... hice la solicitud tan pronto salí de su casa esta mañana. Slater llamó a Kevin hace treinta minutos, exactamente antes de explotar la bomba. Nuestros expertos no registraron nada. Él no es tan bobo como para hablar sin codificar. Este no es el típico mercenario al que usted está acostumbrado. He ordenado fijar un dispositivo de grabación, un AP301, a su teléfono tan pronto como sea posible, pero no lo teníamos para esta llamada.

—Pondré a alguien en la casa —afirmó Milton con una mirada feroz.

—No. Nada de policías, ¿o no entendió usted esa parte?

—¡Por el amor de Dios, mujer! ¡No hace ni tres horas me regañaste por no tener a nadie vigilándolo anoche!

—Pondré mis propios agentes en la casa. Mantenga alejados a sus hombres. Si usted quiere enfrentamiento haré que esto se filtre a la prensa —desafió ella, y luego titubeó—. ¿Supo algo del policía por el que le pregunté?

—El oficial Rick Sheer —contestó reacio Milton alejando la mirada—. Hace diez años se volvió a mudar a la región de San Francisco. Murió de cáncer hace cinco años. No pudimos encontrar registro de ningún incidente con el muchacho que mencionaste. Pero eso no me sorprende. Cuando los policías tratan con vecinos no suelen hacer registros. Dijiste que amenazó al padre del muchacho... es obvio que el incidente pasó al olvido. No hay ninguna queja oficial, ningún arresto.

A Jennifer se le cayó el alma a los pies. Eso dejaba únicamente a Kevin; y a Samantha. Con la esperanza de que uno de ellos recordara algo que pudiera darles una clave de la identidad del muchacho. Lo único que actualmente tenían era la descripción de Kevin, la cual era prácticamente inútil.

—¿Podría usted hacer que vuelvan a revisar? Tal vez haya un cuaderno personal o...

—No conseguiríamos nada así.

—Cooperación, ¿recuerda? Haga que vuelvan a revisar.

—Veré qué puedo hacer —asintió él lentamente.

—Gracias. Supongo que usted ya se reunió con el agente Galager. De aquí en adelante tratará principalmente con él.

—¿Y tú?

—Voy a hacer aquello para lo que estoy entrenada: tratar de imaginar quién es Slater. Discúlpeme, detective.

Ella caminó hasta más allá del autobús, y se encontró con Galager.

—¿Qué has averiguado?

—El mismo tipo que voló el auto.

Bill Galager era un pelirrojo con demasiadas pecas como para contarlas. Miró a Nancy, quien estaba de rodillas sobre los fragmentos de metal retorcido en el punto del fogonazo.

—Es buena.

Jennifer asintió.

—Trabaja en las evidencias con ella en su laboratorio y luego envíala a Quántico para más pruebas. Atrae la atención de Milton sobre esto, y haz por favor lo posible para mantenerlo alejado de mi espalda.

—Así lo haré. ¿Y las evidencias que encontraron en la casa de Kevin?

Un equipo había llegado a la casa de Kevin veinte minutos antes y estaba registrando el lugar por cualquier cosa que Slater pudiera haber dejado. Ella dudó que encontraran algo. Las casas de las víctimas en Sacramento no habían aportado nada. Slater podría no tener escrúpulos, pero era muy disciplinado.

—Igual. Hagamos también nuestro rastreo. Si encuentras algo, házmelo saber. Estaré en tu oficina en un par de horas.

Galager asintió.

—¿Crees que se trata de él? —preguntó después.

—A menos que encuentre evidencia que lo contradiga.

—Hay algunas diferencias. Podría ser un imitador.

—Podría ser. Pero no lo creo.

—¿Y debo suponer que Kevin corresponde con el perfil de víctima?

Jennifer escudriñó la mirada de Galager. Bill era uno de los únicos agentes que habían conocido tan bien a Roy como para llamarlo un amigo.

—Podría ser una reencarnación de Roy —contestó ella, y luego se dirigió hacia la cafetería.

Al menos quinientos espectadores se habían reunido detrás de las líneas policiales. Se montaron equipos de noticieros que enviaban información en vivo a toda la nación. Tanto Fox News como CNN sin duda estaban transmitiendo alertas. ¿Cuántas veces el público estadounidense había visto

imágenes de ruinas quemadas de un autobús en Israel? Pero esta vez se trataba de California. Aquí se podían contar con los dedos de una mano los incidentes en los últimos diez años.

Milton estaba manteniendo al tanto a los buitres. Bueno para él.

11

LA VOZ DE JENNIFER SACÓ A KEVIN de sus pensamientos.

—Hola, vaquero, ¿quieres salir de aquí?

—Desde luego —contestó él levantando la mirada del borde de la mesa y parpadeando.

—Vamos.

No lo iba a llevar a casa. Los detectives aún estarían examinando el lugar por si Slater hubiera dejado algo. Tardarían algunas horas.

—¿No irán a examinar mis cajones de ropa interior, o sí?

—No —contestó Jennifer riendo—, a menos que Slater dejara allí sus calzoncillos.

—Probablemente esté bien que me haya ido.

—Te gustan las cosas ordenadas, ¿no es así?

—Limpias, por supuesto.

—Eso es bueno. Un hombre debe saber lavar su ropa.

—¿Adónde vamos?

—¿Tienes el teléfono contigo?

Él instintivamente palpó el bolsillo. Le sorprendió lo pequeños que podían ser los teléfonos. Lo sacó y lo desplegó. Calzaba en su palma, abierto.

—Revísalo —manifestó ella, girando en Willow.

—¿Crees que vuelva a llamar? —inquirió él.

—Sí, la confesión no era lo que él buscaba.

—Imagino que no.

—Pero quiere una confesión. Estás seguro de eso, ¿no es así?

—Eso es lo que dijo. Cuando yo confiese, él se aleja. ¿Pero confesar qué?

—Esa es la pregunta del millón, ¿correcto? ¿Qué desea Slater que confieses? ¿No tienes absolutamente ningún presentimiento?

—Acabo de arruinar mi carrera, y solo Dios sabe qué más, al contarle al mundo que traté de matar a un muchacho... créeme, si hubiera pensado en alguna alternativa a esa confesión, la habría tomado.

Ella asintió y frunció el ceño.

—La demanda de una confesión es la única parte de este rompecabezas que no calza con el perfil del Asesino de las Adivinanzas. De algún modo sacó a la luz algo de ti que él no cree que sea importante.

—¿Como qué? ¿Cuántos pecados has cometido, agente Peters? ¿Los puedes recordar todos?

—Por favor, llámame Jennifer. No, no creo que pueda.

—¿Qué considera importante entonces Slater? ¿Quieres que yo vaya a la televisión y enumere cada pecado que recuerde haber cometido?

—No.

—Lo único que tiene sentido es lo del muchacho —indicó Kevin—. Pero entonces la confesión debería haber tenido una respuesta, ¿no es así?

—Con Slater, sí. Así lo creo. A menos, por supuesto, que él *sea* el muchacho, pero que quiera que confieses algo además de que trataste de matarlo.

—No fue un intento de matarlo. Fue más como defensa propia. ¡Estaba a punto de *matarme*!

—Puedo creerte. ¿Por qué quería matarte?

La pregunta agarró desprevenido a Kevin.

—Él... él estaba detrás de Samantha.

—Samantha. Ella se la pasa apareciendo inesperadamente, ¿verdad?

Jennifer miró por fuera de su ventanilla y por algunos minutos el auto permaneció en silencio.

III

Kevin solo tenía once años cuando dejó atrapado al muchacho en el sótano y casi se muere de miedo. Lo había dejado a su suerte... no importa con cuánta vehemencia tratara el seminarista de convencerse de lo contrario, sabía que había encerrado al muchacho en una tumba.

Desde luego que no podía habérselo contado a Sam. Si ella lo hubiera sabido, seguramente se lo diría a su padre, quien liberaría y enviaría a la cárcel al muchacho; este luego saldría, tal vez en un par de meses, regresaría y mataría a Sam. Por nada del mundo podía decírselo a ella.

Pero tampoco podía *no* decírselo. Ella era su amiga del alma; era su mejor, su mejor amiga, a quien amaba más que a su madre. Quizás.

A la tercera noche Kevin quiso ir a dar con la bodega, solo para echar una mirada; solo para ver si había sucedido en realidad, de veras. Pero después de una hora de caminar de un lado al otro fuera de su ventana volvió a entrar a su casa.

—Estás diferente —le señaló Sam la noche siguiente—. No me miras a los ojos como solías hacerlo. Te la pasas mirando hacia los árboles. ¿Qué pasa?

—No los estoy mirando. Solo estoy disfrutando la noche.

—No trates de engañarme. ¿Crees que no tengo intuición de mujer? Sabes que ya casi soy adolescente. Puedo darme cuenta de si un chico está molesto.

—Bueno, no estoy molesto por nada más que por tu insistencia en que estoy molesto —le replicó él.

—Así que entonces *estás* molesto. ¿Ves? Pero estabas molesto antes de que yo dijera que estabas molesto, así que creo que me estás ocultando algo.

De repente se sintió enojado.

—¡No lo estoy! —exclamó.

Sam lo miró por algunos segundos y luego levantó la mirada hacia los árboles.

—Estás molesto por algo, pero me doy cuenta de que no me lo dices porque crees que eso me podría hacer daño. Eso es tierno, así que voy a fingir que no estás molesto —concluyó ella agarrándolo del brazo.

Sam le estaba dando una salida. ¿Qué clase de amiga haría eso? Ella lo hacía porque era la chica más dulce que había en el mundo, sin excepciones.

Kevin necesitó cuatro meses de agonía para finalmente armarse de valor e ir a averiguar el destino del muchacho.

Parte de él quería encontrar amontonados los huesos putrefactos del muchacho. Pero la mayor parte de él no deseaba encontrarlo en absoluto, no quería confirmar que todo había sucedido de veras.

El primer desafío era encontrar la bodega exacta. Manteniendo una linterna tan cerca como podía observó a través de las bodegas por una hora, mirando furtivamente de puerta en puerta. Empezó a preguntarse si la volvería a encontrar. Pero entonces abrió una vieja puerta de madera y allí, a dos metros de distancia, estaban las oscuras escaleras.

Kevin retrocedió y casi huye corriendo.

Pero solo eran unas escaleras. ¿Y si el muchacho ya no estaba allí? Abajo en las sombras pudo ver el pasador sobre la puerta de acero. Parecía bastante seguro. *Tienes que hacerlo, Kevin. Si eres algo parecido a un caballero, un hombre o incluso un muchacho de once años, al menos tienes que averiguar si él está allí.*

Kevin enfocó la luz en el hueco de la escalera y forzó a sus pies a bajar, peldaño a peldaño.

Ningún sonido. Por supuesto que no... ya habían pasado cuatro meses. El pasador de la puerta aún estaba puesto como si lo hubiera corrido ayer. Se detuvo frente a la puerta y observó, sin querer abrirla. Por su mente repiquetearon visiones de piratas y calabozos llenos de esqueletos.

Detrás de él la luz de la luna resplandecía pálidamente. En todo caso podría subir las escaleras corriendo si lo agarraba un esqueleto, lo cual de todos modos era ridículo. ¿Qué pensaría Samantha ahora de él?

—¿Hola? —llamó.

Nada.

El sonido de su voz lo animó. Dio un paso adelante y tocó.

—¿Hola?

Aún nada.

Lentamente, con el corazón retumbándole en los oídos, y las palmas de las manos llenas de sudor, Kevin descorrió el pasador. Empujó la puerta. Esta chirrió al abrirse.

Oscuridad. Humedad. Kevin contuvo el aliento y le dio un empujón a la puerta.

Al instante vio los manchones de sangre. Pero no había cadáver.

Los huesos le temblaban de la cabeza a los pies. Era verdad. Había sangre esparcida por todo el piso. Seca y ennegrecida, pero exactamente donde recordaba que debía estar. Volvió a empujar la puerta, para asegurarse de que no hubiera nadie detrás. Estaba solo.

Kevin entró al salón. En el rincón había un pañuelo. El del muchacho. No había duda de que había encerrado al muchacho en este sótano, y no lograba ver ninguna salida. Eso significaba que había ocurrido una de dos cosas. O el muchacho había muerto aquí adentro y alguien lo encontró, o alguien lo encontró antes de que muriera.

Su mente analizó una y otra vez las posibilidades. Si lo encontraron vivo, habría sido en las dos primeras semanas. Lo cual significaba que había estado libre por más de tres meses sin decir nada a la policía. Si lo encontraron muerto, no pudo haber dicho nada, por supuesto. De cualquier modo lo más probable es que hubiera desaparecido para siempre. Quizás hasta viviera y hubiera desaparecido para siempre.

Kevin salió deprisa, cerró la puerta dando un portazo, la trancó, y corrió en la noche, decidido a nunca, nunca más volver a pensar en el muchacho. Había salvado a Sam, ¿verdad? Sí, ¡la había salvado! Y no lo arrestaron ni lo enviaron a la cámara de gas, y ni siquiera lo habían acusado de hacer algo malo. ¡Porque había hecho lo correcto!

Eufórico y lleno de alivio corrió directo hacia la casa de Sam, aunque hacía rato que debía de estar durmiendo. Tardó quince minutos en despertarla y convencerla de que saliera.

—¿Qué pasa? Mi padre nos matará si nos descubre, lo sabes.

Él la agarró de la mano y corrió por la cerca.

—Kevin Parson. ¡Estoy en pijama! ¿De qué trata todo esto?

Sí, ¿de qué trata todo esto, Kevin? ¡Estás actuando como un maniático!

Pero él no lo podía evitar. Nunca en toda su vida se había sentido tan maravilloso. ¡Amaba mucho a Sam!

Atravesó la cerca y ella lo siguió.

—Kevin, esto es...

Le puso los brazos alrededor y la abrazó con fuerza, ahogándole las palabras.

—¡Te amo, Sam! ¡Te amo mucho!

Ella permaneció en sus brazos, inmóvil. No importaba; él estaba tan lleno de gozo.

—Eres la mejor amiga que un chico pueda nunca, jamás, tener —expresó él.

Finalmente Sam puso los brazos alrededor de él y le palmoteó el hombro. A Kevin le pareció un gesto más bien de cortesía, pero no le importó. Él le echó la cabeza hacia atrás y le quitó algunos mechones de cabello del rostro.

—Nunca dejaré que nadie te haga daño. Antes muerto. Lo sabes, ¿no?

Ella rió, contagiada de su muestra de afecto.

—¿Qué bicho te ha picado? Desde luego que lo sé.

Kevin alejó la mirada, deseando una respuesta tan entusiasta como el estado en que se sentía. No importaba; ahora era un hombre.

La mano de Sam le agarró la barbilla y le hizo girar el rostro hacia ella.

—Escúchame. Te amo más de lo que me pueda imaginar. En realidad eres mi caballero de brillante armadura—dijo, y luego sonrió—. Y creo que es increíblemente tierno que me arrastres aquí en pijama para asegurarme que me amas.

Kevin sonrió de oreja a oreja, tontamente, pero no importaba. No tenía que fingir con Sam.

Entonces se abrazaron bien apretados, más apretados que cualquier abrazo anterior.

—Prométeme que nunca me abandonarás —rogó Kevin.

—Te lo prometo. Y si alguna vez me necesitas, lo único que tienes que hacer es tocar en mi ventana y saldré en pijama.

Kevin rió. Luego Samantha rió, y él rió al verla reír. Esta pudo haber sido la mejor noche en la vida de Kevin.

III

—¿...Samantha?

—¿Cómo dices? —preguntó Kevin volviéndose hacia Jennifer.

—¿Por qué el muchacho estaba tras Samantha? —insistió en saber ella, mirándolo.

—Porque era un chiflado histérico que encontraba placer en cortar animales y aterrorizar al vecindario. Yo no es que tuviera precisamente el tiempo o el espíritu para sentarme a hacer una reseña psicológica de él. Me tenía muerto del miedo.

—Punto a tu favor —expresó Jennifer con una sonrisa—. Pero peor para nosotros. Ahora estamos sentados veinte años después de esa noche, y tengo la formidable tarea de resolver el asunto por mi cuenta. Te guste o no, podrías ser mi mejor esperanza para entender al muchacho. Suponiendo que él y Slater sean la misma persona, eres el único que sabemos que haya tenido algún contacto importante con él, en aquel entonces o ahora.

Por repugnante que fuera para Kevin la idea de recordar, sabía que ella tenía razón. Suspiró.

—Haré todo lo posible —se resignó a decir, y miró por fuera de la ventana—. Entonces debí asegurarme de que estuviera muerto.

—Le habrías hecho un favor a la sociedad. En defensa propia, desde luego.

—¿Y si un día de estos Slater se me aparece en la puerta? ¿Tengo derecho a matarlo?

—Tenemos gente responsable para hacer cumplir la ley por una razón —contestó ella y después hizo una pausa—. Por otra parte, yo sí podría.

—¿Podrías qué?

—Eliminarlo. Si supiera con seguridad que fue Slater.

—¿De qué maldad es capaz el hombre? —exclamó Kevin distraídamente.

—¿Qué?

—Nada.

Pero sí había algo. A Kevin le sorprendió por primera vez que no solo tuviera la capacidad de matar a Slater sino también el *deseo* de hacerlo, en defensa propia o no. ¿Qué podría decir el Dr. John Francis a eso?

—Pues bien. El muchacho era más alto que tú, como de trece años, rubio y feo —confirmó Jennifer—. ¿Algo más?

Kevin tuvo la impresión de que algo más le fastidiaba, pero no lograba recordarlo.

—No se me ocurre nada más —contestó él.

—¿Adónde vamos? —preguntó Kevin después de que pasaran un almacén que reconoció.

De pronto se dio cuenta. Los pies comenzaron a golpetearle. Condujeron por un parque desierto con olmos.

—Pensé en llevarte a la casa de tu tía. Ver si podemos refrescar algunos recuerdos sueltos. La asociación visual puede hacer maravillas...

Kevin no escuchó el resto. Una lucecita le zumbó en la mente y sintió claustrofobia en el auto de ella.

Jennifer lo miró pero no dijo nada. Él estaba sudando; sin duda ella lo podía notar. Giró en la calle Baker y manejó debajo de los olmos hacia la casa donde él pasó su infancia. ¿Podría también ella oír las palpitaciones de su corazón?

—Así que aquí es donde todo ocurrió —comentó ella distraídamente.

—Yo... yo no quiero ir a la casa —balbuceó Kevin.

—No vamos a ir a la casa —contestó ella mirándolo otra vez—. Solo bajemos por la calle. ¿Está bien?

No podía negarse: más valía que la advirtiese de la situación.

—Está bien. Lo siento. No estoy en las mejores relaciones con mi tía. Mi madre murió cuando era muy joven y mi tía me crió. Hemos tenido nuestras diferencias. La mayor parte por la universidad.

—De acuerdo. Eso no es poco frecuente.

Pero ella percibía algo más en él, ¿verdad? ¿Y qué si así fue? ¿Por qué se sintió tan obligado a ocultar así su educación? Fue extraña pero no de locura. Samantha dijo lo contrario, pero no era objetiva. Él no fue algo así como una víctima de maltrato físico o algo muy horrible.

Kevin respiró lentamente e intentó calmarse.

—Piensas que el muchacho te hizo entrar a una de esas viejas bodegas al otro lado de la vía férrea, ¿no fue eso lo que dijiste?

Él miró a la derecha. El recuerdo de esa noche regresó fresco y tajante.

—Sí, pero yo estaba aterrado y era oscuro. No puedo recordar en cuál.

—¿Revisaste alguna vez una de ellas? ¿Para ver por ejemplo si había una con sótano?

Kevin luchó con una oleada de pánico. No podía dejar que entrara en su pasado. Movió la cabeza de lado a lado.

—No.

—¿Por qué no?

—Eso pasó hace mucho tiempo.

—Solo hay unas pocas posibilidades —concordó asintiendo con un movimiento de cabeza—. Esperemos que nada haya cambiado. Sabes que tendremos que investigar.

Él asintió.

—¿Y si lo encuentras?

—Entonces sabremos que obviamente no se trata de Slater.

—¿Y qué pasará conmigo?

—Sabremos que lo mataste. En defensa propia.

Pasaron frente a la casa blanca.

—¿Es allí donde vive tu tía?

—Sí.

—¿Y es esa la antigua residencia de Sheer?

—Sí.

—¿Nada de esto te refresca la memoria en algún detalle?

—No.

Ella se quedó en silencio hasta el final de la calle, donde giró y retrocedió.

Kevin sintió que su mundo se le derrumbaba a su alrededor. Venir aquí solo era muy duro, pero hacerlo con Jennifer parecía de algún modo inconveniente. Quiso decirle lo que en realidad había hecho Balinda. Deseó que ella lo consolara, el niñito que se había criado en este mundo de locura. Oleadas de tristeza le pasaron por la cabeza. Se le humedecieron los ojos.

—Lo siento, Kevin —manifestó Jennifer lentamente—. No sé lo que sucedió aquí, pero puedo ver que te dejó marcado. Créeme, si no estuviéramos contra las cuerdas no te habría hecho volver aquí en tu actual estado.

Se preocupaba por él, ¿no? Lo hacía de veras. Se le salió una lágrima que se deslizó por la mejilla. De repente lo superó la emoción. Comenzó a llorar, y de inmediato trató de tragarse el llanto, lo cual solo empeoró la situación. Escondió el rostro en su mano izquierda y empezó a sollozar, horriblemente consciente de la ridiculez de todo.

Jennifer salió del vecindario y después se detuvo. Él levantó la mirada borrosa y vio que estaban en el parque. Jennifer aún estaba sentada allí, mirándolo compasivamente.

—Lo... lo siento —balbuceó él arreglándoselas para despejar un nudo en la garganta—. Es solo que... mi vida se está desmoronando...

—Shh, shh, shh. Está bien —lo tranquilizó ella tocándole el hombro—. Está bien, de veras. Has pasado por un infierno en los dos últimos días. Yo no tenía derecho.

Kevin se puso las manos en el rostro y respiró profundamente.

—Vaya. Esto es una locura. Nada como hacer el ridículo.

—No seas tonto —lo consoló ella volviéndole a acariciar el brazo—. ¿Crees que no he visto antes llorar a un hombre adulto? Te puedo contar más de una historia. No hay nada como observar a un gorila tatuado de ciento cincuenta kilos sollozar de manera incontrolable durante una hora. No conozco a ningún hombre decente que logre pasar lo que has vivido sin un buen llanto.

—¿Es cierto eso? —preguntó él, sonriendo, avergonzado.

—Así es.

La sonrisa de Jennifer desapareció y miró a lo lejos.

—La última víctima del Asesino de las Adivinanzas fue mi hermano. Se llamaba Roy. Fue hace tres meses. El asesino lo escogió porque me estaba acercando.

—¿Tu hermano? —preguntó Kevin sin saber qué hacer.

—Tú me recuerdas a él, ¿sabes? —aseguró ella, y lo miró—. No dejaré que este maniático te mate, Kevin. No estoy segura de poder superar lo que le pasó a mi hermano.

—Lo siento. No tenía idea

—Ahora la tienes. ¿Quieres salir a caminar? Pensé que podríamos tomar un poco de aire fresco.

—Está bien.

Caminaron uno al lado del otro sobre un césped verde esmeralda, pasaron una laguna con patos y dos grandes gansos. Ella rió y le habló de un ganso que una vez la persiguió para quitarle el sándwich. Contrario al horror que experimentó cinco minutos antes, Kevin se sintió en completa paz, como si estuviera caminando con su ángel de la guarda. Se preguntó acerca de las verdaderas intenciones de Jennifer. Ella era una profesional que hacía su trabajo. Todos los agentes del FBI hablaban y reían de este modo... era su manera de hacer que alguien en la situación de él se sintiera bastante cómodo para trabajar con ellos.

De repente ese pensamiento lo hizo sentir incómodo. Torpe. Como un gorila de ciento cincuenta kilos. Por otra parte, ella había perdido a su hermano.

Él se detuvo.

—¿Kevin? —exclamó ella tocándole el brazo—. ¿Qué pasa?

—Como un gorila de ciento cincuenta kilos, muy tatuado.

—Eso es lo que él...

—El muchacho tenía un tatuaje —soltó Kevin.

—¿El muchacho que encerraste en el sótano? ¿Dónde?

—¡En la frente! El tatuaje de una daga.

—¿Estás seguro?

—¡Sí! La última noche lo tenía cubierto con un pañuelo, pero lo vi la primera noche.

Se miraron.

—¿Cuántos hombres tienen un tatuaje en la frente? No muchos —preguntó y se contestó la misma Jennifer, mientras se dibujaba una sonrisa en sus labios—. Eso es bueno. Eso es muy bueno.

12

Sábado
Por la tarde

SAMANTHA FUE LA ÚLTIMA PASAJERA en abordar el vuelo a Sacramento. Hora y media después entró a un pequeño y conocido salón de conferencias en las oficinas del fiscal general, la «División Alpha» de la Oficina Californiana de Investigaciones (CBI), como la conocían algunos. Al otro lado estaba sentado un hombre con apariencia de *bulldog* llamado Chris Barston, sospechoso de ayudar a terroristas por promulgar en la Internet métodos de construcción de bombas. Lo habían atrapado la noche anterior. A Samantha no le importaban las relaciones del hombre en Internet, pero sí la información que evidentemente tenía para contar; de otro modo Roland, jefe de ella, no habría insistido en que acudiera. Roland estaba sentado al pie de la mesa, inclinado hacia atrás en su silla. A ella le había caído bien el jefe desde el momento en que los presentaron, y cuando ella acudió a él dos días después de su ubicación y le pidió que la asignaran al caso del Asesino de las Adivinanzas, él estuvo de acuerdo. Tanto FBI como CBI estaban activos en el caso, pero Samantha sugirió que el Asesino de las Adivinanzas tenía conexiones internas, y esa posibilidad había intrigado a Roland.

La llamada de Kevin la había descontrolado. Sam no había esperado que el Asesino de las Adivinanzas apareciera para nada en el sur de California.

No estaba muy convencida que el asesino y Slater fueran el mismo. Si Slater fuera el asesino y también el muchacho, eso explicaría su relación con ella, Kevin y Jennifer. Pero a ella le fastidiaban ciertos detalles acerca de las llamadas de Slater a Kevin.

—Gracias por venir, Sam. ¿Disfrutaste tus vacaciones?

—No sabía que *estuviera* de vacaciones.

—No lo estás —corrigió Roland, y miró a Chris, quien le devolvió la mirada—. Tu testigo.

Sam arrastró su silla y abrió una carpeta azul que Rodríguez le había llevado al aeropuerto. En el camino había leído el contenido.

—Hola, Sr. Barston. Mi nombre es Samantha Sheer.

Él le hizo caso omiso y siguió mirando en dirección a Roland.

—Puede mirar hacia acá, Chris. Voy a estar haciéndole las preguntas. ¿Ha sido interrogado antes por una mujer?

El hombre la miró. Roland sonrió.

—Contéstele a la señorita, Chris.

—Acordé contarles lo que sé respecto de Salman. Me tomará treinta segundos.

—Fabuloso —contestó Sam—. Entonces podemos limitar nuestra exposición mutua y así no... usted sabe, no nos irritamos uno al otro. Creo que podemos tolerarnos treinta segundos, ¿de acuerdo?

El rostro del hombre se ensombreció.

—Háblenos de Salman.

—Lo conocí en Houston hace como un mes —contestó el hombre aclarando la garganta—. Pakistaní. Usted sabe, hindú y todo eso. Habla con acento.

—Los pakistaníes viven en Pakistán, no en India. Por eso lo llaman Pakistán. Continúe.

—¿Se va usted a burlar de mí durante todos estos treinta segundos?

—Trataré de controlarme.

Él se movió.

—Sea como sea, Salman y yo tenemos intereses mutuos en... usted sabe, en bombas. Él está limpio; puedo jurarlo. Él tenía en el hombro este tatuaje de una bomba. A mí me hicieron uno de una daga aquí —dijo Chris y les mostró un pequeño cuchillo azul en el antebrazo derecho—. Luego me mostró uno en la espalda, una daga enorme. Dijo que quería quitársela porque las muchachas no las aprecian donde sea.

—En Pakistán.

—Pakistán. Me dijo que conocía a un tipo con un tatuaje de un cuchillo en la frente. No me contó nada de este sujeto excepto que se llamaba Slater y que estaba metido en explosivos. Eso es todo. Eso es todo lo que sé.

—¿Y por qué cree usted que nos interesa el nombre Slater?

—Las noticias en Long Beach. Dijeron que se podría tratar de un tipo llamado Slater.

—¿Cuándo conoció su amigo a Slater?

—Dije que eso era todo. Eso es todo lo que sé. Ese es el trato. Si supiera más, se lo diría. Ya escribí dónde supe que trabajaba este tipo Salman. Es un tipo franco. Hablen con él.

Sam miró a Roland, quien asintió.

—Está bien, Chris. Creo que terminaron sus treinta segundos. Puede irse.

Chris se puso de pie, la miró otra vez y salió.

—¿Qué crees? —preguntó Roland.

—No estoy segura de qué podría estar haciendo nuestro hombre en Houston, pero creo que iré a Texas. Primero quiero hacer contacto. Por lo que sabemos, Salman ni siquiera existe. Podríamos tardar uno o dos días en localizarlo. Hasta entonces deseo volver a Long Beach.

—Perfecto. Solo que trata de pasar allí desapercibida. Si el Asesino de las Adivinanzas está trabajando con alguien de adentro no queremos que de pronto huya asustado.

—Estoy limitando el contacto directo con la agente del FBI encargada, Jennifer Peters.

—Ten cuidado con lo que dices. Por lo que sabemos, la agente Peters es Slater.

—Es improbable.

—Tú anda con cuidado.

III

Las veinticuatro horas anteriores habían producido más evidencias que todo el año en conjunto, pero las pistas no señalaban ninguna respuesta rápida. El trabajo meticuloso de laboratorio toma tiempo, materia prima de la cual Jennifer no estaba segura de tener suficiente. Slater volvería a golpear, y tarde o temprano tendrían cadáveres con los cuales lidiar. Un auto, un autobús... ¿qué seguía?

La ciudad aún se estaba recuperando de la noticia del autobús. Milton había pasado la mitad del día preparando y emitiendo afirmaciones a periodistas ávidos. Al menos con esto no la molestaba.

Jennifer se sentó en la esquina del escritorio que Milton gentilmente le había dado y miró las hojas sueltas de papel esparcidas ante ella. Eran las 4:30, y por el momento se encontraba atascada. En el borde del escritorio tenía un sándwich vegetariano Subway que ordenó dos horas atrás, y se planteaba desenvolverlo.

Bajó la mirada hacia el bloc que tenía bajo las yemas de los dedos. Había dividido la hoja de modo horizontal y luego vertical, creando cuatro cuadrantes, una antigua técnica que usaba para visualizar información compartimentada. La casa de Kevin, el registro de la bodega, el tatuaje de la daga, y la labor forense del autobús.

—¿Dónde estás, Slater? —farfulló—. Estás aquí, ¿no es así? Mirándome, riéndote en alguna parte detrás de estas palabras.

Primer cuadrante. Habían rastreado y barrido la casa de Kevin y no descubrieron absolutamente nada. Centenares de huellas, desde luego... llevaría tiempo examinarlas todas. Pero en los puntos de alta probabilidad de contacto —teléfono, perillas, pasadores, escritorio, sillas de madera en el comedor— solo habían encontrado huellas de Jennifer y de Kevin, y algunas partes de huellas que no habían identificado. Tal vez de Sam. Ella estuvo en la casa, pero según Kevin no se quedó mucho tiempo ni manipuló nada excepto el teléfono, donde encontraron partes. De cualquier forma, desde el principio habían sido absurdas las posibilidades de que Slater hubiera merodeado por el lugar sin guantes tocando objetos sólidos.

Tampoco hallaron dispositivos ocultos de escucha, lo que no sorprendió. Slater había utilizado los seis micrófonos que descubrieron porque le resultaron convenientes en el momento. Él tenía otros medios de escuchar —transmisores remotos láser y posibles receptores radiales de sonido— que finalmente se podrían rastrear, pero probablemente no pronto. Hallaron tierra movida en la base de la torre de perforación, a doscientos metros de la casa de Kevin, y sacaron moldes de cuatro huellas distintas de zapatos. Otra vez la evidencia podría ayudar a incriminar a Slater, pero no lo identificaba... al menos no con la suficiente rapidez.

En Quántico estaban analizando el escrito en la jarrita de leche. La misma historia. Algún día se podrían hacer, y se harían, comparaciones, pero no antes de que tuvieran a Slater a la vista.

Habían fijado el dispositivo de grabación AP301 al teléfono celular de Slater y estaban monitorizando la casa con un láser IR.

Dejarían que empezaran los juegos.

Jennifer había dejado a Kevin en su casa al mediodía, rogándole que durmiera un poco. Lo veía vagar por su sala como un zombi. Él se había exigido más allá de sus fuerzas.

Te gusta, ¿no es así, Jenn?

¡No seas tonta! ¡Apenas lo conozco! Me cae simpático. Le estoy atribuyendo la bondad de Roy.

Pero te gusta. Es apuesto, cariñoso, y tan inocente como una mariposa. Tiene una mirada mágica y una sonrisa que envuelve el salón. Él es...

Ingenuo y afectado. La reacción de él al pasar por su antiguo vecindario había sido en parte precipitada por el estrés de las amenazas de Slater, de acuerdo. Pero allí debía de haber más.

Kevin era parecido a Roy en muchas maneras, pero cuanto más pensaba Jennifer al respecto, más veía las diferencias entre este caso y los de Sacramento. Slater parecía tener una agenda específica y personalmente motivada con Kevin. No era una víctima al azar. Como tampoco lo eran Jennifer o Samantha. ¿Y si Kevin hubiera sido el blanco principal de Slater desde el inicio? ¿Y si los demás solo fueron alguna clase de práctica? ¿Un entrenamiento?

Jennifer cerró los ojos y estiró el cuello. Había sacado una cita para ver al decano en el seminario de Kevin, el Dr. John Francis, como lo primero que debía hacer mañana por la mañana. Él asistía a una de esas enormes iglesias que se reunía el sábado en la noche. Jennifer recogió el sándwich y le quitó el papel encerado.

Segundo cuadrante. La bodega. Milton había convencido de algún modo al jefe de la oficina de que le hablara a Jennifer acerca de la participación de él. Se estaba empezando a volver una molestia importante. De mala gana, ella había acordado entregarle la investigación de la bodega. La realidad era que ella podía disponer del personal y que conocían el territorio. Jennifer clarificó que si él filtraba ante la prensa una palabra de la parte que estaba haciendo, ella se encargaría personalmente de que se le hiciera responsable de cualquier consecuencia negativa. Él había llevado cuatro policías uniformados y una orden de investigación al distrito de las bodegas. Era mínima la probabilidad de que Slater estuviera vigilando el vecindario; puede que tuviera una vigilancia fuera de serie, pero no podía tener ojos en todas partes.

Basado en la historia de Kevin, esa noche Milton pudo haber entrado a dos docenas de bodegas. Su equipo estaba ahora investigando una, buscando la que pudiera tener un cuarto subterráneo de almacenaje, un foso petrolero, un vertedero... o cualquier cosa parecida. La mayoría de bodegas hoy día se construían sobre suelo firme, pero algunos de los edificios más antiguos ofrecían unidades subterráneas que eran más fáciles de enfriar.

Jennifer podía entender que una ubicación tan traumática se le hubiese borrado del subconsciente a Kevin. O estaría estampado indeleblemente en su cerebro o habría desaparecido, y no había razón para que él ocultara algún conocimiento en este punto. Descubrir el sótano sería una suerte. Si es que el muchacho fuera Slater.

Tercer cuadrante. El tatuaje de la daga. Jennifer dio un mordisco al sándwich. Le dio hambre con el primer sabor a tomate. No había desayunado, ¿o sí? Le pareció que había sido una semana atrás.

Jennifer observó el tercer cuadrante. Por otro lado, suponiendo que el muchacho fuera Slater, y que no se hubiera hecho quitar el tatuaje, ahora tenían su primer identificador verdadero. Un tatuaje de una daga en la frente... no exactamente algo que se ve en cada esquina. Veintitrés agentes y policías estaban realizando la investigación de modo discreto. Lo primero que se inspeccionaron fueron los salones de exposición de tatuajes que existían veinte años antes en las vecindades inmediatas, pero era casi imposible encontrar uno que llevara algún registro. Estaban trabajando en círculos concéntricos. Lo más probable era encontrar un salón de tatuajes en que recordaran a un hombre con una daga tatuada en la frente. No todos los sujetos con tatuajes frecuentaban salones de exposición, pero tal vez sí uno con el perfil de Slater. Por lo que sabían, ahora estaba cubierto de tatuajes. Lo único que necesitaban era uno: una daga en el centro de la frente.

Cuarto cuadrante. El autobús. Otro mordisco. El sándwich era como un pedazo de cielo.

El mismo sujeto, sin duda. El mismo dispositivo: un portafolios atornillado al tanque de gasolina, cargado con dinamita suficiente para destruir un bus, detonado usando el tungsteno de una bombilla incandescente sobre un reloj alarma de cinco dólares operado por batería. Un dispositivo mecánico podría anular el reloj y evitar la detonación o iniciarla. Basándose en el polvo que habían levantado de uno de sus tornillos, la bomba fue montada días, incluso semanas, atrás. Si lograban identificar lo que quedó del dispositivo mecánico podrían tener algunos indicios de sus orígenes. Improbable.

¿Cuánto tiempo había estado planeando esto Slater?

El teléfono sonó. Jennifer se limpió la boca, tomó un rápido trago de una botella de agua Evian y levantó el teléfono.

—Jennifer.

—Creo que la encontramos.

Milton. Ella se incorporó.

—La bodega.

—Encontramos un poco de sangre.

Lanzó el resto del sándwich al pote de basura y agarró las llaves.

—Voy en camino.

III

Kevin miró hacia fuera entre las persianas por cuarta vez en dos horas. Ellos habían decidido instalar un auto camuflado una cuadra más allá en la calle... FBI. Slater parecía ambiguo respecto del FBI. De cualquier modo, el agente al volante solo vigilaría. No seguiría a Kevin si salía ante la próxima señal de Slater. Solo vigilancia estacionaria.

Kevin soltó las tablillas y regresó a la cocina. Jennifer había extendido la mano hacia él en el parque, y él se lo permitió. Él encontraba absorbente la intensa naturaleza de ella. Se acordó de Samantha.

¿Dónde estaba Samantha? La había llamado un par de veces y solo había oído su voz en la grabación. Deseaba con desesperación hablarle de la visita a la calle Baker con Jennifer. Ella lo entendería. No es que Jennifer no entendiera, pero Sam podía ayudarle a ordenar estos nuevos sentimientos.

Kevin se dirigió a la refrigeradora, la abrió y sacó un litro de 7UP. Sentimientos. Extremos. El odio hacia Slater que había empezado a surgirle en los intestinos no era tan extraño. ¿Cómo se suponía que se debía sentir respecto a alguien que estuvo a pocos segundos de quitarle la vida a él y a muchos otros por otras razones ocultas? Si Slater dejara de ser tan idiota y le dijera de qué se trataba todo, Kevin podría tratar con él. Por así decirlo, el imbécil se ocultaba detrás de estos estúpidos juegos, y Kevin estaba perdiendo la paciencia. Ayer estuvo demasiado impresionado como para procesar su enojo. Jennifer había dicho que era una forma común de negación. La impresión engendra negación, la cual a su vez atenúa la ira. Pero ahora la negación daba paso a esta amargura hacia un enemigo que no quería mostrar la mano.

Kevin sirvió medio vaso de 7UP, lo engulló de varios tragos largos y depositó con fuerza el vaso vacío sobre el poyo.

Se pasó la mano por el cabello, gruñó y caminó hacia la sala. ¿Cómo podía un hombre causar tanto estrago en el espacio de un día? Slater era nada menos que un terrorista. Si Kevin tuviera una pistola y Slater tuviera ganas de enfrentársele cara a cara, él no tendría ningún reparo en meterle una o dos balas en el rostro al tipo ese. Especialmente si se trataba del muchacho. Kevin se estremeció involuntariamente. ¿Debió haber regresado y asegurarse de que la rata apestosa estuviera muerta? Habría estado en su derecho, si no de acuerdo con la ley, y también a los ojos de Dios. Poner la otra mejilla no se debería aplicar a ratas enfermas de alcantarilla con cuchillos en las manos que lamían las ventanas de las chicas del vecindario.

Slater estaba escuchando ahora, ¿correcto? Kevin miró alrededor de la sala y se acomodó en la ventana.

—¿Slater?

Escuchó el eco de su voz.

—¿Me oyes, Slater? Escucha, enfermo sarnoso, no sé por qué me estás acechando o por qué estás tan asustado como para dar la cara, pero solo estás probando una cosa. Eres basura. Eres una porquería sin agallas para enfrentar a tu adversario. ¡Vamos, pequeño! ¡Ven y agárrame!

—¿Kevin?

Se giró. Sam estaba de pie en la puerta corrediza de vidrio, mirándolo. Él no había oído abrirse la puerta.

—¿Estás bien? —susurró ella.

—Por supuesto. Lo siento, solo estaba hablando con nuestro amigo, en caso de que estuviera escuchando.

Sam cerró la puerta y se llevó un dedo a los labios. Caminó hasta la ventana del frente y cerró las cortinas.

—¿Qué...?

Ella le hizo otra vez una señal de silencio y lo guió al garaje.

—Si hablamos aquí en voz baja no nos oirán.

—¿Slater? El auto que está calle arriba es del FBI.

—Lo sé. Por eso me estacioné a dos cuadras y entré por detrás. ¿No crees que Slater los verá?

—Él no dijo que nada de FBI.

—Quizás porque es del FBI —anunció ella.

—¿Qué?

—Nosotros no lo hemos descartado.

—¿Nosotros? ¿Quiénes son nosotros?

—Solo una expresión —indicó ella sosteniéndole la mirada—. ¿Encontraron algo más aquí?

—No. Algunas huellas en la torre de perforación en la colina. Tomaron un montón de huellas en la jarrita de leche. Jennifer no cree que nada de eso les ayude mucho.

Sam asintió.

—Ella me habló del tatuaje. Nunca me hablaste acerca del tatuaje.

—No te dije nada respecto del tipo después de esa noche, ¿recuerdas? Había desaparecido. Fin de la historia.

—Ya no. Encontrarán la bodega, y cuando lo hagan hallarán más... quien sabe, tal vez al muchacho.

—En realidad, regresé cuatro meses después.

—¿Qué?

—Ya no estaba. Había sangre en el piso y su pañuelo, pero él no estaba. No lo encontrarán.

Sam lo miró por unos instantes. No estaba seguro de lo que ella pensaba, pero algo no iba muy bien.

—Dijiste *nosotros* no lo hemos descartado —insistió él—. Siempre has sido franca conmigo, Sam. ¿Quiénes son *nosotros*?

Ella lo miró a los ojos y le puso una mano en la mejilla.

—Lo siento, Kevin, no puedo decirte todo... no ahora, no todavía. Pronto. Tienes razón, siempre he sido franca contigo. He sido más que una amiga. Te he amado como a un hermano. No ha pasado un día en estos últimos diez años en que yo no haya pensado en ti al menos una vez. Eres parte de mí. Y ahora necesito que confíes en mí. ¿Puedes hacerlo?

La revelación hizo que la cabeza le diera vueltas. ¿Estaba ella de algún modo involucrada? Ella ya estaba tras la pista de Slater antes de ayer. ¡Por eso Slater la conocía!

—¿Qué... qué pasa?

La mano de ella se deslizó por el brazo de él y le agarró los dedos.

—Nada ha cambiado. Slater es la misma persona que ayer, y voy a hacer todo lo que esté de mi parte por atraparlo antes de que lastime a alguien. No tengo libertad para decirte lo que sabemos. Aún no. De todos modos, no sería determinante para ti. Confía en mí. Por los viejos tiempos.

Él asintió. En realidad era mejor así, ¿no? Era bueno que ella tuviera alguna pista interior y no estuviera solo dando palos de ciego en este caso.

—¿Pero crees que el FBI está involucrado?

Ella le puso un dedo en los labios para sellarlos.

—No puedo hablar al respecto. Olvida lo que dije. Nada ha cambiado.

Ella se irguió, lo besó en una mejilla, y le soltó la mano.

—¿Puedo confiar en Jennifer?

—Claro... confía en Jennifer —le aseguró, volviéndose—. Pero confía primero en mí.

—¿Qué quieres decir con «primero»?

—Quiero decir que si tienes que elegir entre Jennifer y yo, escógeme.

Él sintió que el pulso se le hacía espeso. ¿Qué estaba ella diciendo? *Escógeme*. ¿Pensó que él la preferiría por sobre Jennifer? No estaba seguro de lo que sentía por Jennifer. Ella le había ofrecido aliviar su dolor y su confusión en un momento de vulnerabilidad y él se lo había permitido. Eso era todo.

—Siempre te escogería. Te debo mi vida.

Ella sonrió por un momento en que él imaginó que volvían a ser niños, sentados debajo de un olmo con la luna llena en sus rostros, riendo mientras una ardilla asomaba la cabeza entre las ramas.

—En realidad creo que es al contrario. *Yo* te debo mi vida —aseguró ella—. En el sentido literal. Me salvaste una vez de Slater, ¿no fue así? Ahora es mi turno de devolverte el favor.

De modo extraño, tenía perfecto sentido.

—Está bien. Tengo un plan. Es decir, quiero hacer salir a la serpiente de su agujero —expresó ella guiñándole un ojo y observando su reloj—.

Cuanto más pronto salgamos de aquí, mejor. Agarra tu cepillo de dientes, una muda de ropa, y desodorante si quieres. Nos vamos de viaje.

—¿Nos vamos? ¿Adónde? No podemos salir. Jennifer me dijo que me quedara aquí.

—¿Hasta cuándo? ¿Te dijo Slater que no salieras?

—No.

—Déjame ver el teléfono.

Sacó el teléfono celular que Slater le había dejado y se lo pasó a ella.

—¿Te dijo Slater que conservaras esto encendido?

—Dijo que lo mantuviera conmigo todo el tiempo —contestó él considerando la pregunta.

Sam pulsó el botón de apagar.

—Entonces lo llevaremos.

—Jennifer se pondrá furiosa. Este no era el plan.

—Cambio de planes, mi querido caballero. Es hora de jugar un poco al gato y al ratón por nuestra cuenta.

13

LA BODEGA estaba a menos de cien metros de la antigua casa de Kevin, dos hileras detrás de la calle, una estructura de madera para almacenaje que había sido blanca antes de que la pintura descascarada mostrara debajo su color gris. Desde la entrada lateral no se veía ninguna de las casas de la calle Baker.

—¿Es esta?

—Está abandonada. Parece que lleva bastante tiempo así —informó Milton.

—Muéstremela.

Dos uniformados estaban en la puerta, observándola. Uno de ellos le pasó una linterna.

— Necesitará esto.

Ella la agarró y la encendió.

La bodega olía a una década de polvo intacto. Al pasar la puerta lateral estaba el hueco de unas escaleras que descendían a la oscuridad. El resto de los aproximadamente mil metros cuadrados de concreto estaba desocupado y una débil iluminación se colaba por una docena de grietas en las paredes.

—¿No derriban estas cosas? —preguntó Jennifer.

—Solían tener toda clase de bienes en estas bodegas antes de que la marina de guerra se mudara al sur. El gobierno compró esta tierra y hasta ahora no han reconstruido. Estoy seguro de que tendrán intenciones de hacerlo.

Un solo policía permanecía al pie de las escaleras, haciendo brillar su linterna en el umbral.

—La puerta estaba trancada desde afuera... fue necesario golpear el pasador para aflojarlo.

Jennifer descendió. Una puerta de acero llevaba a un salón de tres por tres, de concreto, vacío. Movió su linterna sobre las paredes descascaradas. Desprotegidas viguetas sostenían el techo. En su mayor parte. Una pequeña sección se veía podrida.

—Aquí está la sangre —comunicó Milton.

Jennifer enfocó su luz hacia donde él estaba parado mirando abajo dos grandes manchas negras sobre el concreto. Ella se puso de cuclillas y analizó cada una.

—Las salpicaduras concuerdan con la sangre.

La posición básica de las manchas también correspondía con la historia de Kevin... tanto él como el muchacho habían sangrado.

—Tras tantos años probablemente no conseguiremos ninguna evidencia fiable de ADN, pero al menos podemos verificar los tipos sanguíneos. Yo sabía que Kevin ocultaba algo la primera vez que hablé con él.

Ella miró a Milton, sorprendida por su tono.

—Y esta no es la última vez. Con seguridad está ocultando más —concluyó.

Milton era un cerdo de primera clase. Jennifer se incorporó y fue hasta un pequeño y casi imperceptible hueco en el techo.

—¿La vía de escape del muchacho?

—Probablemente.

Así que, suponiendo que esta interpretación fuera correcta, ¿qué significaba? ¿Que habían luchado y que Kevin cerró la puerta por fuera, pero entonces el muchacho se las había arreglado para escabullirse por el techo podrido? ¿Quién sabe por qué no volvió para aterrorizar a Kevin hasta ahora?

O podría significar que el muchacho en realidad hubiera muerto aquí adentro, y que años más tarde lo descubriera algún transeúnte que se hizo cargo del cadáver. Improbable. Se habría investigado, a menos que algún vagabundo o cualquier otra persona tuviera motivos para ocultar el cuerpo. Jennifer ya había hecho investigar si había informes, y no hallaron ninguno.

—Está bien, debemos hacer un análisis de distribución de las manchas de sangre. Quiero saber qué sucedió aquí abajo. Suponiendo que sea sangre, ¿yació alguien sobre ella? ¿Hay sangre en las paredes o arriba por el techo? Quiero identificación de género y, si es posible, tipos de sangre. Envíen inmediatamente una muestra al laboratorio del FBI. Y que la prensa no sepa esto.

Milton no dijo nada. Miró hacia el rincón de arriba y frunció el ceño. Una sombra le cruzó el rostro. A ella se le ocurrió que podía de veras odiar a ese tipo.

—Cuidado con sus ocurrencias, detective. Todo pasa a través de mí.

—De acuerdo —comentó él después de mirarla por un momento, dirigiéndose a la puerta.

III

Kevin manejó a lo largo de la Avenida Palos Verdes, al oeste hacia Palos Verdes. El teléfono intervenido de Slater estaba sobre el salpicadero, apagado.

—Si Slater no puede contactar, ¿cómo va a jugar? —inquirió Sam mirando adelante y parpadeando—. Lo motivan las adivinanzas, pero si neutralizamos su capacidad de hacer saber una, entonces no *hay* adivinanza, ¿no es así? Al menos tiene que reconsiderar su estrategia.

—O explotar otra bomba —advirtió Kevin.

—Técnicamente no estamos violando una de sus reglas. Si detona una bomba *está* violando las reglas del juego. No creo que Slater haga eso.

Kevin pensó en el plan de Sam. Por una parte se sentía bien al estar haciendo algo, lo que fuera, además de esperar. A primera vista la idea tenía sentido. Por otra parte, él no confiaba en que Slater siguiera sus propias reglas. Sam lo conocía mejor, quizás, pero era su vida con la que se estaban metiendo.

—¿Por qué simplemente no nos quedamos y apagamos el teléfono?

—Encontraría un modo de comunicarse.

—Aún podría hacerlo.

—Es posible. Pero de este modo te saco de allí. Lo único que necesitamos ahora es tiempo. En las últimas veinticuatro horas ha surgido una docena de pistas nuevas, pero necesitamos tiempo.

Otra vez la primera persona del plural.

—Al menos debemos decírselo a Jennifer, ¿no crees?

—Piensa en esto como una comprobación. Cortamos todo contacto y luego lo reanudamos poco a poco. A menos que Slater nos esté siguiendo ahora, estará perdido. Su oponente habrá desaparecido. Podría tener una pataleta, pero no participará en el juego sin ti. Agreguemos algunas personas al circuito cerrado y veremos si Slater sabe de pronto más de lo que debería. ¿Me hago entender?

—¿Y si tiene micrófonos ocultos en el auto?

—Entonces los puso hoy ante las narices del FBI. Lo inspeccionaron esta mañana, ¿recuerdas?

Kevin asintió con un movimiento de cabeza. La idea estaba tomando forma en él.

—Exactamente como si hubiéramos desaparecido, ¿eh?

—Exactamente —concordó ella sonriendo.

—Como salir a escondidas en la noche.

Les llevó media hora llegar al pintoresco hotel... una antigua mansión victoriana a la que habían transformado y extendido para acomodar cuarenta cuartos. Entraron al estacionamiento a las seis y diez. Una brisa fría y salada venía del Pacífico, casi a un kilómetro por las verdes colinas en declive. Sam sonrió y sacó su bolsa de viaje.

—¿Hay cuartos disponibles? —preguntó Kevin.

—Tenemos reservas. Una suite con dos dormitorios.

Él miró el hotel y luego volvió la mirada hacia el mar. A cien metros hacia el norte había una estación se servicio Conoco con un Taco Bell. A cincuenta metros al sur una churrasquería Steakhouse. Autos en uno y otro sentido: un Lexus, un Mercedes. La locura de Long Beach parecía lejana.

—Vamos —señaló Sam—. Instalémonos y salgamos a comer algo.

Media hora después estaban sentados frente a frente en una agradable cafetería del primer piso del hotel con vista a un borroso horizonte. Habían dejado sus celulares, apagados, en el cuarto. Ella aún usaba su buscapersonas oficial, pero Slater no tenía manera de dar con ellos. Parecía que el sencillo plan de Sam no era una idea tan mala.

—¿Qué sucedería si simplemente desaparezco? —inquirió Kevin cortando un grueso trozo de bistec.

Ella se llevó a la boca un bocadito de pollo adobado con queso y se tocó los labios con una servilleta.

—¿Hablas de seguir huyendo hasta que lo encontremos?

—¿Por qué no?

—Por ninguna razón. Lo dejamos plantado —indicó ella tomando un trago y cortando otro pedazo de pollo—. Te podrías mudar a San Francisco.

—De todos modos él arruinó mi vida aquí. No veo cómo puedo seguir en el seminario.

—Dudo que seas el primer seminarista que haya hecho públicos sus pecados.

—Asesinar no es exactamente una confesión común.

—Defensa propia. Y hasta donde sabemos, salió vivo.

—La confesión pareció dejarlo todo con mal futuro. Creo que estoy acabado.

—¿Y en qué se diferencian el asesinato y el chisme? ¿No era esa tu observación al decano? No eres más capaz de hacer lo malo que el obispo, ¿recuerdas? Asesinato, chisme... ¿cuál es la diferencia? El mal es el mal.

—El mal es el mal mientras lo mantengas en el aula. Aquí afuera, en el mundo real, el chisme ni siquiera parece.

—Por eso cualquier buen detective aprende a confiar en los hechos por encima de los sentimientos —comentó ella y volvió a su comida—. De cualquier modo, no creo que puedas huir. Él te localizará. Así es como piensan los de su clase. Superas las apuestas y es probable que regrese con apuestas más altas.

Kevin miró por la ventana. La oscuridad se tragaba el horizonte. Recordó las palabras de Jennifer. Ella aseguró que eliminaría a Slater.

—Como un animal cazado —opinó él.

—Excepto que no eres un animal. Tú tienes las mismas capacidades que él.

—Jennifer me dijo que de tener la oportunidad yo lo liquidaría.

La ira le hervía en el pecho. Había llegado muy lejos, se había esforzado mucho, se había salido por su cuenta de la desesperación más profunda, solo para ser secuestrado por un fantasma del pasado.

Golpeó la mesa con el puño, haciendo que se sacudieran los platos.

Se encontró con la mirada de una pareja de ancianos dos mesas más allá.

—Lo siento mucho, Kevin —lo consoló Samantha—. Sé que esto es difícil.

—¿Qué *me* impide ser el cazador? —preguntó él—. Slater quiere un juego; ¡le daré un juego! ¿Por qué no le lanzo un desafío y *lo* obligo a responderme? ¿Qué hacer si no?

—Combatir el terror con terror.

—¡Exactamente!

—No —objetó ella.

—¿Qué quieres decir con no? Quizás la única forma de arrinconarlo es jugar a su manera.

—No combates al mal con mal; eso únicamente lleva a la anarquía. Tenemos reglas y escrúpulos, a diferencia de Slater. ¿Qué vas a hacer, amenazar con volar el centro de convenciones a menos que se entregue? Lo único que creo que hará será reírse. Además, no tenemos manera de contactar con él.

El *maître* del hotel se acercó por la derecha de Kevin.

—Perdón, señor, ¿está todo bien?

Alguien se había quejado.

—Sí, lo siento, trataré de controlarme —se disculpó Kevin sonriendo avergonzado; el hombre agachó la cabeza y se fue.

Kevin respiró hondo y recogió el tenedor, pero de pronto ya no tenía apetito. La realidad era que al cavilar en lo que Slater le estaba haciendo apenas lograba pensar en otra cosa que no fuera matarlo. Destruir al destructor.

—Sé que ahora parece un poco presuntuoso, pero Slater no me asusta —señaló Sam mirando con una sonrisita coqueta a la oscuridad exterior—. Ya verás, Kevin. Sus días están contados.

—Y también podrían estar contados los míos.

—Para nada. No permitiré que eso ocurra.

Él no estaba tan rebosante de confianza como ella, pero no pudo resistir la contagiosa sonrisa. Esta era su Samantha. Doña Soldado Americano.

—Conque Jennifer dijo eso, ¿eh? —exteriorizó Sam—. Liquidarlo.

—En realidad creo que dijo «eliminarlo». Tiene sentido para mí.

—Tal vez —coincidió ella mirándolo a través de la llama de la vela—. Te gusta, ¿verdad?

—¿Quién, Jennifer? —preguntó él, y encogió los hombros—. Parece buena persona.

—No quiero decir como «buena persona».

—Vamos, Sam. Apenas la conozco. No he salido con nadie en años —confesó él sonriendo tímidamente—. Bueno, la última chica que besé fuiste tú.

—¿Ah, sí? ¿Cuando teníamos once años?

—¿Cómo pudiste olvidarlo?

—No lo he olvidado. Pero sí te gusta ella. Puedo verlo en tus ojos cuando pronuncias su nombre.

Kevin sintió el rubor en el rostro.

—Ella es una agente del FBI que está tratando de salvarme el pellejo. ¿Hay algo raro en eso?

Él miró a su derecha y encontró la continua mirada de la pareja anciana. Ellos alejaron la mirada.

—Me recuerda a ti.

—¿De veras? ¿Cómo es eso?

—Tiene clase. Sensata. Hermosa...

—Como dije, te gusta.

—Por favor...

—Está bien, Kevin —declaró ella suavemente—. Quiero que te guste.

—¿Lo quieres?

—Sí. Lo apruebo.

Ella rió y se puso en la boca el último bocadito de pollo. Hasta su manera de masticar la comida era nada menos que espectacular, pensó él. La barbilla y las mejillas se movían con mucha suavidad.

—¿Qué hay de...? —empezó él a decir y se detuvo, cohibido de repente.

—¿Qué hay de nosotros? Eso es muy tierno, mi caballero, pero no estoy segura de que alguna vez pudiéramos mantener una relación sentimental. No me malinterpretes. Te amo de verdad. Solo que no estoy segura que queramos arriesgar lo que tenemos con un romance.

—Las grandes cosas siempre conllevan un gran riesgo —afirmó él.

Ella lo miró con ojos cautivadores, desprevenida por su atrevida afirmación.

—¿No es cierto? —preguntó él.

—Sí.

—Entonces no digas que nunca podríamos mantener una relación sentimental. Te besé una vez y me enviaste al cielo. ¿No sentiste algo?

—¿Cuando me besaste?

—Sí.

—Estuve flotando por una semana.

—Nunca me lo dijiste.

—Quizás deseaba que dieras el siguiente paso —contestó ella sonriendo, y si él no se equivocaba, ahora la veía avergonzada—. ¿No es eso lo que un caballero hace por su doncella en peligro?

—Supongo que nunca fui un caballero muy bueno.

—Te has convertido en uno muy gallardo —manifestó Sam guiñándole un ojo—. Creo que le gustas.

—¿A Jennifer? ¿Te lo dijo ella?

—Intuición femenina. ¿Recuerdas?

Sam dejó la servilleta en la mesa y se puso de pie.

—¿Quieres bailar?

Él miró alrededor. Nadie más bailaba, pero varias luces de colores giraban lentamente sobre la diminuta pista de baile. Por los altavoces salía la melódica voz de Michael Bolton.

—Yo... yo no estoy seguro de saber cómo...

—Seguro que sabes. Exactamente como cuando éramos chicos. Bajo la luz de la luna. No me digas que nunca has bailado desde entonces.

—No, en realidad no.

—Entonces está claro que debemos hacerlo —lo invitó ella con una suave sonrisa—. ¿De acuerdo?

—Nada me encantaría más —contestó él mientras le devolvía la sonrisa e inclinaba la cabeza.

Se agarraron con suavidad y bailaron por varios largos minutos. No fue un baile sensual, ni siquiera romántico. Simplemente lo que debían hacer después de diez años de separación.

Slater no llamó esa noche.

14

Domingo
Por la mañana

LA PARED ES MARRÓN OSCURA, casi negra, y descascarada. Manchas ligeramente húmedas, que dejan escapar un olor a moho y a algo que Slater no lograba identificar. Una bombilla incandescente brilla en el baño, irradiando dentro de las cañerías del sótano suficiente luz para ver la oscuridad de la pared.

Estas son las cosas que le gustan: frío, oscuridad, humedad, moho y *Sundae* de chocolate con iguales porciones de helado y caramelo. Ah sí, también le gusta la fascinación. Es más, por encima de todo le gusta estar fascinado, y para estar de veras adecuadamente fascinado, tiene que prescindir de lo que se espera y dar solamente lo que ellos no esperan. Por eso los adolescentes confundidos se perforan los párpados y se tatúan la frente, y por eso las chicas se rapan la cabeza para impresionarlos. Todo es un intento patético y desesperado de ser fascinantes.

El problema de hacer algo tan absurdo como horadarse un párpado es que revela tus intenciones. *Heme aquí, una pobre babosa adolescente que requiere tu atención. Mírame, ¿ves cómo parezco un vómito de perro? ¿Podrías por favor morderte los dedos de salvaje fascinación por mí?*

Los primeros patéticos tanteos de Hombre Oscuro.

Pero Slater sabe lo que ellos no saben. Sabe que Hombre Oscuro está más fascinado cuando se mueve en total oscuridad. Oculto. Desconocido. Por eso él se llama Hombre *Oscuro*. Por eso ha empezado en la oscuridad. Por eso hace todo su mejor trabajo en la noche. Por eso le encanta este sótano. Porque para todo propósito práctico, Slater *es* Hombre Oscuro.

Algún famoso debería escribir un libro de cómics sobre él.

Slater se levanta de su banco. Ha estado mirando la pared descascarada más de una hora sin moverse. La encuentra fascinante. La oscuridad siempre es fascinante. No está muy seguro de lo que está mirando, a no ser un pedazo blanco de papel, el cual solamente se hace fascinante al ponerle un bolígrafo negro.

Afuera hay luz... lo sabe por la grieta del rincón. Samantha se llevó a Kevin y se escondieron. Lo cual significa que después de todos estos meses ella ha aprendido algo nuevo.

Slater tararea suavemente y camina hacia un pequeño tocador. El secreto de ser Hombre Oscuro es no parecer para nada un hombre oscuro. Así es como el mundo se fija en esos tontos adolescentes con aros en las narices como idiotas. Es como andar por el colegio desnudo hasta la cintura todo el día en una pose de Charles Atlas. Por favor. Demasiado obvio. Demasiado estúpido. Demasiado aburrido.

Ahora la rutina del ángel de luz —los que se reúnen en la claridad para eclipsar a Hombre Oscuro, como maestros de escuela dominical y clérigos, como sacerdotes— en realidad no es mal instinto. Pero en estos días un cuello blanco ya no es el mejor disfraz.

El mejor disfraz es la simple oscuridad.

Slater se sienta e inclina el espejo a fin de que capte suficiente luz del baño para reflejarlo a él. Ves, ahora hay un don nadie. Un tipo bien desarrollado con cabello rubio y ojos grisáceos. Una cinta de bodas en la mano izquierda, un clóset lleno de camisas planchadas, pantalones Dockers y un Honda Accord plateado en la calle.

Se le podría acercar a alguna fea en el centro comercial.

—Disculpe, ¿me parezco a Hombre Oscuro? —le preguntaría.

—¿De qué demonios está usted hablando? —contestaría ella a su vez, porque no lo asociaría con un nombre como Hombre Oscuro. Ella, junto con otras diez mil avispadas de los centros comerciales, estaría engañada. Ciega. Envuelta por la oscuridad.

Ese es su secreto. Puede caminar delante de sus narices sin la más leve insinuación de culpa. Es prácticamente transparente, por la mismísima razón de que se parece mucho a ellos. Lo ven todos los días sin saber quién es.

Slater frunce el entrecejo ante el espejo y menea la cabeza en burla.

—Me gustas, Kevin. Te quiero, Kevin.

Sam puede ser una cucaracha. Debió haberla matado cuando tuvo la oportunidad mucho tiempo atrás.

Ahora ella se encuentra otra vez donde está la acción. Eso es bueno porque así él puede terminar el trabajo de una vez por todas. Pero la audacia de ella le repugnaba.

—Salgamos corriendo y juguemos a las escondidas —se volvió a mofar—. ¿Qué te has creído que soy?

La realidad es que Sam sabe más acerca de él que cualquiera de los otros. Es verdad, su pequeño acto de desaparición no les representará nada, pero al menos ella hará una jugada, y eso es más de lo que puedo decir del resto. Está tratando de hacerlo salir. Hasta podría saber que él ha estado delante de sus narices todo el tiempo.

Pero Hombre Oscuro no es así de estúpido. Ellos no se pueden esconder para siempre. Kevin acabará sacando del hoyo su viscosa cabeza, y cuando lo haga, Slater estará allí para morderlo.

Recuesta el espejo en la pared y atraviesa el cuarto que ha preparado para su huésped. Es ligeramente más grande que un clóset, recubierto de concreto. Una puerta de acero. En el suelo hay correas de cuero, pero duda que las necesite. El juego terminará aquí, donde está diseñado su fin. El resto de esta insensatez del gato y el ratón solamente es una pantalla de humo para mantenerlos en la oscuridad, donde se juegan todos los buenos juegos. Si los periódicos creen que lo que tienen ahora es una historia de plena actualidad, están a punto de aprender desde cero. La destrucción ocasional de un auto o un autobús con una explosión apenas hace historia. Lo que planifica será digno de un libro.

—Te desprecio —enuncia él con suavidad—. Odio la forma en que caminas y en que hablas. Tu corazón es vil. Te mataré.

III

A lo largo de la noche la ira había ido ascendiendo hasta la ebullición. Kevin daba vueltas en un irregular intento de dormir. El optimismo de Sam se asentaba como una luz en el horizonte de su mente, pero a medida que transcurría la noche se debilitaba esa luz hasta apagarse por completo, oscurecida por la amargura hacia el hombre que se había entrometido en su vida.

Furia era una buena palabra para describirlo. Rabia. Indignación. Todas valen. Revivió cien veces aquella noche de veinte años atrás. El muchacho burlándose de él mientras hacía girar el cuchillo en sus manos, amenazando con hundir la hoja en el pecho de Sam. El nombre del muchacho era Slater... tenía que ser. Kevin no comprendía cómo logró escapar; tampoco tenía sentido que esperara tanto tiempo para venir tras él. Aquella noche debió haber matado a Slater.

Kevin sentía la almohada como una esponja húmeda. Las cobijas se le pegaban a las piernas como hojas descompuestas. No podía recordar una época en que estuviera tan enojado, tan angustiado, desde que el muchacho lo amenazó por primera vez hace tantos años.

El plan de Sam era brillante, a no ser por el hecho de que solo retardaba lo inevitable. Slater no se había ido... esperaría afuera en la oscuridad, aguardando el momento oportuno mientras Kevin se deshidrataba lentamente debajo de las cobijas. Él no podía hacer esto. No podía limitarse a esperar y consumirse mientras Slater se reía en lo oculto.

La idea se encendió en su mente con el primer rayo de luz. *Compra una pistola*. Los ojos se le saltaron. ¡Por supuesto! ¿Por qué no? Convertirse en el cazador.

No seas absurdo. Cerró los ojos. *No eres un asesino*. Una cosa era la discusión con el Dr. Francis... toda esa palabrería de que el chisme y el asesinato eran lo mismo. Pero cuando se trataba de elegir, nunca podría matar a otro ser humano. No podría apuntar con la pistola en los ojos de un hombre y meterle una bala en la cabeza. *¡PUM!* Sorpresa, asqueroso.

Kevin abrió poco a poco los ojos. De todos modos, ¿dónde conseguiría una pistola? ¿En una casa de empeños? No con las leyes de hoy. No legalmente, desde luego, ni por un precio razonable...

Olvídalo. ¿Qué iba a hacer, dispararle al teléfono si Slater volvía a llamar? El tipo era demasiado bueno para arriesgarse. ¿Cómo podría atraerlo a una confrontación?

Kevin daba vueltas en la cama e intentaba sacar la idea de la mente. Pero ahora la ocurrencia empezaba a fortalecerse, alimentada por su propio odio. Al final Slater lo mataría... era lo único que tenía algún sentido. ¿Por qué entonces no luchar primero? ¿Por qué no exigir un encuentro? Frente a frente contigo, baboso. Sal de las sombras y mírame a los ojos. ¿Quieres jugar?

De pronto cualquier otro pensamiento parecía débil. Al menos debía intentarlo.

Forcejeó con las cobijas y se levantó. Sam no estaría de acuerdo. Haría esto sin ella, ahora, antes de que despertara y se lo impidiera. Rápidamente se puso los *jeans* y una camiseta. Los detalles no parecían tan importantes al instante... dónde encontrar una pistola, dónde esconderla, cómo usarla. Con suficiente dinero...

Kevin agarró de la mesa de noche su billetera y esculcó en ella. Tendría que ser en efectivo. Antes de salir de casa había metido en la billetera su dinero de emergencia, los cuatrocientos dólares que ocultaba debajo del colchón. Aún estaban allí. Sin duda con esa cantidad podría comprar una pistola en el mercado negro.

Kevin salió de su cuarto, vio que la puerta de Sam aún estaba cerrada, se dirigió a la puerta principal y se paró en seco. Al menos debía dejar una nota. *No podía dormir, fui a meterle una bala en la cabeza a Slater, volveré pronto.*

Encontró un bloc con el logotipo del hotel impreso en la parte superior y escribió una nota. *No podía dormir, salí a dar un paseo, volveré pronto.*

Sintió en su piel húmeda el helado aire matutino. Las seis en punto. Sin duda el hampa aún estaba en movimiento. Debía salir antes de que Sam despertara, o no iría a ninguna parte. Ella se preocuparía si él no regresaba rápidamente. Tan pronto como aparecieran los buscavidas nocturnos, él se acercaría a uno de ellos y le haría la aterradora pregunta: ¿Dónde puedo comprar una pistola para liquidar al tipo que me persigue?

Arrancó el auto y se dirigió al sur.

¿Y si el buscavidas lo reconocía? Su rostro había salido en los noticieros. El enervante pensamiento hizo estremecer a Kevin. Viró bruscamente. Un sedán blanco detrás de él titiló las luces. Se detuvo rápidamente, como si esa hubiera sido su intención todo el tiempo. El auto pasó volando.

Quizás debió haber comprado una media para cubrirse la cabeza. He aquí un especial de Kmart: un tipo malo con una media en la cabeza asalta con su billetera a un buscavidas de la noche. Dame tu pistola, criminal.

Veinte minutos después salió de un 7-Eleven con un par de lentes oscuras y una gorra anaranjada de los Broncos. Con barba de un día no se asemejaba al hombre que habían visto en la televisión el día anterior. Pero decidió subir por la autopista hasta Inglewood solo para asegurarse. De todos modos lo más seguro era que allá encontrara pistolas.

Un accidente en la 405 extendió el viaje de una hora a dos. Eran las ocho y media antes de entrar a la avenida Western en Inglewood. No tenía idea de dónde empezar su búsqueda. Ahora Sam debía de estar levantada.

Kevin condujo sin rumbo fijo, con las palmas sudadas sobre el volante, diciéndose que no tenía motivo para preguntar a nadie dónde comprar una pistola, mucho menos comprarla. Si volvía por Hawthorn y se dirigía al sur podría estar de vuelta en Palos Verdes en menos de una hora.

Pero Palos Verdes estaba a un paso de Long Beach. Y Slater estaba esperando en Long Beach. Tenía que encontrar él mismo una pistola. Tal vez un cuchillo sería mejor. Definitivamente más fácil de encontrar. Además, matar con un cuchillo sería más malo que matar con una pistola, y más difícil, suponiendo que pudiera hacerlo.

¿Qué diría Jennifer ante esta repentina locura que lo había agarrado de improviso? Lo mataría. No, eso era en sentido figurado, Kevin. Tragó saliva, abrumado de pronto por la insensatez de lo que estaba haciendo. ¡Ni siquiera tenía un plan! *Dios, ayúdame.*

Para ser alguien que estudiaba para cura, seguramente no había rezado mucho en los últimos dos días. Había estado demasiado ocupado confesando su pecado al mundo. Ni siquiera estaba seguro de creer que Dios *podría* salvarlo. ¿Podría de veras Dios extender la mano y salvar a su pueblo? Imaginó un enorme dedo quitando la cabeza de los hombros de Slater. En realidad, ¿qué se debía hacer para convertirse en alguien del pueblo de Dios? ¿Cómo se regeneraba verdaderamente el alma? ¿Por medio de la oración del pecador? *Toma mi corazón, toma mi alma; limpia mi mente como la nieve de blanca. Y si alguien me persigue con un arma, ponlo por favor donde sol no haya... como una tumba de concreto a dos metros enterrada.*

En realidad él nunca había hecho una oración así. Ah, había orado mucho en la iglesia. Se había comprometido a la vocación y al ministerio.

Había dicho lo que debía decir para llegar a ser aquello en que intentaba convertirse, y estaba haciendo lo necesario para ayudar a otros a llegar a ser como él. Pero ya no estaba seguro de en qué se había convertido. Había roto con su pasado y empezado de nuevo.

¿De veras?

Seguro que sí. Atrás lo antiguo, adelante con lo nuevo. ¡Hurra! Yaba daba do. *¿Estás regenerado, Kevin? ¿Eres salvo? ¿Eres digno de pastar en el pesebre con los demás del rebaño? ¿Estás en condiciones de pastorear las ovejas en los delicados pastos del Señor?*

Lo estaba hace tres días. Al menos creí que lo estaba. Al menos fingía satisfactoriamente para creer que lo estaba.

Orar a un Padre celestial llenó su mente con imágenes de Eugene, vestido en sus botas de montar, dando órdenes en un fingido acento británico. Los padres eran tontos que trataban de aparentar que eran importantes.

Kevin aclaró la garganta.

—Dios, si alguien necesitó alguna vez tu ayuda, ese soy yo. Hagas lo que hagas, tienes que salvarme. Quizás no sea un sacerdote, pero quiero ser tu... tu hijo.

Los ojos se le inundaron de lágrimas. *¿Por qué esa emoción repentina?*

Ha venido porque nunca fuiste hijo de nadie. Exactamente como el padre Strong solía decir. Dios está esperando con manos extendidas. En realidad nunca tomaste eso en serio, pero así es como se llega a ser un hijo. Confía en su Palabra, como diría el buen reverendo.

Kevin entró a un Burger King. Salían tres jóvenes con *jeans* anchos y cadenas colgándoles de las lazadas de sus cinturones hasta las rodillas.

Una pistola. Ahora mismo no necesitaba la Palabra de Dios. Necesitaba una pistola.

III

Jennifer levantó el teléfono, marcó el número de Kevin, y dejó que sonara una docena de veces. Seguía sin respuesta. Estaba desaparecido desde las cinco de la tarde anterior, y ella apenas había dormido.

Habían puesto vigilancia de sonido con un sencillo rayo láser, el cual al enfocarlo en una de las ventanas de Kevin podía convertir el vidrio en un eficaz diafragma para los sonidos interiores. Lo más probable es que Slater hubiera usado un dispositivo similar. El problema con la tecnología láser era que recogía sonidos sin distinción. Un procesador de señal digital descodificaba sonidos y filtraba voces, pero era necesario ajustar ambientes cada vez que el operador cambiaba de ventana, o cuando las condiciones —tales como cerrar las persianas— cambiaban lo suficiente para interferir con la acústica del salón. Por alguna razón Kevin decidió cerrar las persianas exactamente antes de salir.

Un joven agente llamado McConnel estaba reajustando el receptor láser cuando Kevin salió. McConnel informó haber oído una descarga de estática en el audífono y levantó la mirada para ver abrirse la puerta del garaje y salir el Ford Taurus alquilado. Reportó de inmediato el incidente, pero tenía las manos atadas. No lo siguió.

De algún modo era consolador que McConnel no hubiera oído nada parecido a una llamada telefónica antes de la salida de Kevin, pero la llamada pudo haber llegado mientras el agente ajustaba el receptor.

Jennifer había tratado de localizar a Sam en el hotel Howard Johnson por si ella conocía el paradero de Kevin. No hubo suerte. La agente no contestaba a su celular, y la recepcionista dijo que Sam había salido el hotel ayer por la mañana. Recordaba a Sam porque le dio veinte dólares de propina. Que algún agente dejara propina a un empleado era de lo más extraño.

Jennifer solo esperaba que Slater tuviera tantas dificultades como ella para localizar a Kevin. Si así fuera, la acción de desaparecer podría brindar en realidad algunos beneficios. Nada de bombas. Hasta ahora. Ella esperaba que el anuncio del Taurus a lo largo del estado no hiciera detonar un artefacto. No estaba segura de por qué había salido Kevin —quizás como una reacción al estrés— pero al hacerlo pudo involuntariamente haber paralizado a Slater.

Jennifer llamó al agente de guardia en la casa y, como esperaba, no sabía nada nuevo. Decidió localizar unos minutos antes al decano.

El Dr. John Francis vivía en una antigua casa de ladrillos en el borde de Long Beach, dos cuadras al occidente de Los Alamitos. Jennifer sabía que él era viudo, con doctorados en psicología y filosofía, y que había vivido en la misma casa durante veintitrés años. También estaba enterada de que él se había hecho cargo de Kevin en el seminario; y de que le gustaba conducir rápido, a juzgar por el Porsche 911 negro en la entrada de su casa.

A los cinco minutos de haberse detenido en la casa, Jennifer estaba sentada en una acogedora sala, escuchando tranquilos acordes de Bach, con una taza caliente de té verde en las manos. El Dr. Francis estaba sentado frente a ella en un sillón, con las piernas cruzadas, sonriendo sin esforzarse en hacerlo. Estaba muy afligido por todas las noticias que se oían acerca de su estudiante, pero a primera vista ella no lo hubiera imaginado. El profesor tenía uno de esos rostros que no pueden hacer otra cosa que reflejar la bondad de Dios, a pesar de lo que pudiera estar sucediendo.

—¿Hasta qué punto conoce usted bien a Kevin? —indagó ella.

—Todo lo bien que permiten los estudiantes. Pero usted debe entender que eso no me califica para hacer ningún juicio de su pasado.

—Su pasado. Volvamos a eso. Según lo que los medios de comunicación están lanzando al aire, este podría parecer un simple caso de venganza, pero creo que es más complicado que eso. Creo que quien esté tras Kevin ve su vida como es ahora y se ofende por eso. Allí es donde usted entra. Parece que Kevin es un hombre tranquilo. No tiene muchas amistades. Es evidente que en realidad lo considera a usted su mejor amigo. Quizás el único, aparte de Sam.

—¿Sam? ¿Quiere usted decir su amiga de la infancia, Samantha? Sí, me ha hablado de ella. Parece encantado con ella.

—Hábleme de él.

—¿Está usted buscando algo en su vida actual que pudiera provocar ira en alguien de su pasado?

Ella sonrió. Hablaba el psicólogo que había en él.

—Exactamente.

—A menos que Kevin ofreciera su confesión, cosa que ya hizo, el tipo le haría pagarlo caro.

—Esa es básicamente la historia.

—Pero la confesión no dio resultado. Así que ahora usted cava más profundo, en busca de lo que ofende a este Slater.

Jennifer asintió. El Dr. Francis era un rápido examinador. Ella decidió ir al grano.

—A primera vista parece evidente. Tenemos un estudiante que sigue una vocación sagrada. Resulta que su pasado está lleno de misterio y homicidio. A alguien le ofende esa dicotomía.

—Todos tenemos un pasado lleno de misterio y homicidio —opinó el Dr. Francis.

Interesante manera de formularlo.

—Es más, este es uno de los aspectos de la condición humana que Kevin y yo ya hemos analizado.

—¿De veras?

—Es uno de los primeros aspectos que observa un hombre inteligente como Kevin, quien llega a la iglesia tarde en la vida. Hay una incongruencia dominante entre la teología eclesial y la forma en que vivimos la mayoría de nosotros en la iglesia.

—Hipocresía.

—Una de sus caras, sí. Hipocresía. Decir una cosa pero hacer otra. Estudiar para ser sacerdote mientras oculta una pequeña adicción a la cocaína, por ejemplo. El mundo lo saca a la vista y forma un escándalo. Pero su cara más siniestra no es algo tan obvio. Esa es la que más interesaba a Kevin. Era muy astuto.

—No estoy segura de entender. ¿Qué no es tan obvio?

—La maldad que yacc en todos nosotros —explicó el profesor—. No hipocresía descarada sino engaño. Ni darnos cuenta de que el pecado que cometemos con regularidad es en efecto pecado. Ir por la vida creyendo sinceramente que somos puros cuando todo el tiempo nos invade el pecado.

Ella observó la suave sonrisa de él, prendada por la simplicidad de sus palabras.

—Un predicador se opone a la inmoralidad o el adulterio, pero mientras tanto alberga ira hacia el tercer feligrés de la izquierda porque este le cuestionó una de sus enseñanzas hace como tres meses. ¿No es la ira tan mala como el adulterio? ¿O una mujer que desprecia al hombre del otro lado del pasillo por excesos alcohólicos, cuando ella habitualmente chismea acerca de él después de las reuniones. ¿No es el chisme tan malo como cualquier vicio? Lo que daña especialmente en los dos casos es que ni el individuo que alberga ira ni la mujer que chismea consideran seriamente lo malo de sus acciones. Sus pecados se mantienen ocultos. Este es el verdadero cáncer en la iglesia.

—Parece el mismo cáncer que corroe al resto de la sociedad.

—Exactamente. Aunque en la iglesia se trata de mantener oculto, donde se le deja que crezca solo es en la oscuridad. Uno incluso llega a preguntarse por qué las incidencias de divorcio y prácticamente todos los frutos del mal son tan altos en la iglesia como en la sociedad en general.

—En realidad no lo sabía.

—Aunque libres del pecado, casi todos permanecen esclavos, ciegos y amordazados por su propio engaño. «No hago el bien que quiero, sino el mal que no quiero». Bienvenida a la iglesia de los EE.UU.

—¿Y dice usted que ha discutido esto con Kevin?

—Discuto esto con cada clase a la que enseño el tema. Kevin, a diferencia de la mayoría de estudiantes, lo entendió.

—Basado en lo que usted manifiesta, ¿no es muy diferente lo que hace Slater de lo que hace cualquier vieja en la iglesia cuando chismorrea?

Y matar a Roy tampoco fue distinto, casi añade ella.

—Suponer que las viejecillas son proclives al chisme es en realidad una falsa hipótesis. Por otra parte, San Pablo hace una distinción entre algunos pecados y otros; aunque pone al chisme en la categoría más vil.

Jennifer depositó su copa sobre el extremo de una mesa de cerezo.

—Por tanto usted sugiere que el Asesino de las Adivinanzas está interesado en que Kevin confiese su verdadera naturaleza, no necesariamente algún pecado particular. Es como si lo pusiera a prueba. ¿Con qué fin? ¿Por qué Slater señaló a Kevin, a menos que de algún modo Kevin le haya hecho algún mal?

—Me temo que ahora usted está fuera de mi nivel.

—Usted está llevando la teoría más allá de lo que parece razonable, doctor. Mi hermano fue asesinado. Me cuesta ver ningún parecido entre su asesino y una vieja en una iglesia.

—Lo siento, no lo sabía.

Su compasión parecía totalmente sincera.

—Hasta los negativistas aceptan la brillantez de las enseñanzas de Jesús —continuó él—. ¿Sabe usted qué dijo él sobre el asunto?

—Dígame.

—Que odiar a una persona es igual que matarla. Quizás después de todo los chismosos son asesinos.

La idea le pareció absurda a Jennifer.

—De modo que Slater, a quien en cierta ocasión Kevin perjudicó, lo analiza hoy y ve esta gran incongruencia... que Kevin lleva una vida de pecados veniales: ira, resentimiento, chisme. Pero Slater cree, como a usted le parece, que los pecados veniales no son menos malos que los graves. Kevin decide convertirse en sacerdote. Esto molesta a Slater y decide enseñarle una lección. ¿Ese es el quid de la cuestión?

—¿Quién sabe cómo funciona la mente de un desequilibrado? —preguntó sonriendo el profesor—. De veras, está fuera de mi comprensión cómo alguien podría hacerle esto a otra persona, en especial a un hombre como Kevin. A pesar de sus pecados pasados, Kevin es un testimonio andante de la gracia de Dios. Créame que él ha tenido su parte de dificultades. Llegar a ser el hombre que es hoy es mucho más que asombroso.

—Él es bastante extraño, ¿no es cierto? —indagó ella, analizando al Dr. Francis—. No sabía que aún viviese gente de su especie en la Costa Oeste.

—¿Su especie? —cuestionó el Dr. Francis—. ¿Se refiere usted a su inocencia?

—Inocente, íntegro. Quizás hasta ingenuo, en una manera inofensiva.

—¿Está usted al tanto del pasado de Kevin?

—Superficialmente. No he tenido mucho tiempo para escarbar en su pasado estos últimos dos días.

—Tal vez haría usted bien en visitar el hogar de su infancia —opinó el doctor levantando una ceja—. No conozco toda la historia, pero por lo que el padre Strong me dijo, la infancia de Kevin fue de todo menos normal. No necesariamente terrible, no se preocupe, pero no me sorprendería descubrir allí más de lo que sospecha el padre Strong o ninguno de nosotros, en particular a la luz de estos acontecimientos recientes.

—Así que usted no sabe los detalles del pasado de Kevin. Sin embargo dijo que él ha tenido su parte de dificultades.

—Sus padres murieron cuando él tenía un año. Fue criado por una tía a quien no le gusta que él procure una educación superior. Como usted dice, él actúa como un hombre que hace poco salió de una isla para descubrir que existe un «resto del mundo». Ingenuo. Creo que hay algo en el pasado de Kevin que lo persigue. Eso podría irradiar un poco de luz sobre este tipo a quien usted llama Slater.

—El muchacho —señaló ella.

—Me temo que no sé de ningún muchacho.

Ella iría a la Calle Baker tan pronto como saliera.

—¿No recuerda nada más? ¿Alguien del alumnado o del profesorado que pudiera tener algún motivo para lastimar a Kevin?

—¡Santo cielo, no! —exclamó, y luego sonrió—. No, a menos que todos nuestros estudiantes chismosos se estén volviendo asesinos para hacer salir la verdad.

—Usted parece un maestro maravilloso, Dr. Francis. ¿Le importa si lo vuelvo a visitar?

—Por favor —rogó, dándose un toquecito en el pecho—. Aquí hay un lugar especial para Kevin. No puedo identificar o explicar por qué me cae tan bien el muchacho, pero creo que todos tenemos algo que aprender de su historia.

—Oro porque tenga usted razón —dijo ella poniéndose de pie.

—No sabía que fuera una mujer religiosa.

—No lo soy.

15

LOS JÓVENES CON LAS CADENAS no parecían portar armas. No es que los criminales solieran llevar al cuello pistolas con cordones para que todos las vieran. De cualquier manera Kevin los dejó pasar y regresó a la Western.

Quizás le iría mejor ver sitios menos obvios. Calles secundarias. Algún lánguido bebedor de cerveza cansado de maltratar a su esposa podría llevar una pistola, ¿no? O al menos tener una metida en un colchón cercano. La realidad era que Kevin no tenía idea de lo que estaba haciendo, y la creciente comprensión de ello le aceleraba los nervios.

Condujo por varios vecindarios antes de armarse de valor para estacionar en una calle de mala muerte y seguir a pie. ¿No sería irónico si lo asaltaban a punta de pistola mientras se preocupaba de estos asuntos? ¿Por qué participar en juegos con un asesino en serie cuando cualquier día de la semana pueden quitarme de en medio al dar un paseo por una callejuela? Exactamente como en las películas. ¿O era lo otro más como una película?

Kevin anduvo por la calle, mirando las casas con ojos curiosos. Quizás ahora sería un buen momento para orar. Por otra parte, considerando sus intenciones, le pareció inadecuado orar. Una pelota salió rodando por la acera a un metro frente a él. Miró la casa a su derecha y vio a un muchacho, quizás de un metro de estatura, observándolo con ojos cafés bien abiertos. Un hombre corpulento sin camisa, cubierto de tatuajes, calvo y con perilla negra, se paró en la entrada detrás del muchacho, mirándolo bajo unas cejas pobladas. Kevin recogió la pelota y la lanzó torpemente de vuelta al verde pasto.

—¿Estás perdido? —inquirió el hombre.

¿Era tan obvio?

—No —contestó él alejándose.

—Me parece que estás perdido, muchacho.

De repente Kevin estaba demasiado aterrado para contestar. Siguió su camino, sin atreverse a mirar hacia atrás. El hombre se inclinó, pero no hizo ningún otro comentario. Media cuadra después Kevin regresó a mirar. El hombre había entrado a su casa.

Bueno, eso no estaba tan mal. Adelante, muchacho. Kevin el jugador.

Kevin el idiota. Aquí estaba él, deambulando por un vecindario extraño, fingiendo tener una idea, maquinando planes insustanciales, mientras el verdadero juego esperaba a su jugador estrella a treinta kilómetros al sur. ¿Y si Slater hubiera llamado en las últimas dos horas? ¿Y si hubiera llamado a Jennifer o a la policía con la próxima amenaza? ¿Y si al despertar Sam y averiguar que él había desaparecido hubiera encendido el teléfono y recibido una llamada?

Kevin se detuvo. ¿Qué demonios creía que estaba haciendo? Sam. Sam tenía una pistola. Nunca se la había mostrado, pero él sabía que la llevaba en la cartera. ¿Por qué no agarrar la pistola de ella? ¿Y qué iba ella a hacer, meterlo a la cárcel por...?

—Perdón.

Kevin giró. El hombre de la entrada estaba a dos metros de distancia. Se había puesto una camiseta blanca que apenas contenía sus sobresalientes hombros.

—Te hice una pregunta.

—Yo... yo no estoy perdido —balbuceó Kevin con el corazón palpitándole fuertemente.

—No te creo. Yo veo un afeminado de Wall Street caminando por la acera a las diez de la mañana y sé que está perdido. ¿Estás tratando de conseguir droga?

—¿Conseguir droga? No. Dios, no.

—¿Dios? —aclaró el hombre sonriendo y saboreando la palabra—. Dios, no. ¿Qué estás haciendo entonces tan lejos de casa?

—Estoy... paseando.

—¿Te parece esto Central Park? Ni siquiera es el estado correcto, muchacho. Yo te puedo conectar.

Un frío sudor le corrió a Kevin por la espalda. Pregúntale. Simplemente pregúntale.

—En realidad —contestó, mirando alrededor—, estoy buscando un arma.

Las cejas del hombre se arquearon.

—¿Y crees que aquí las armas crecen en árboles, no es así?

—No.

—¿Eres policía? —preguntó el hombre, analizándolo.

—¿Parezco un policía?

—Pareces un tonto. ¿Hay alguna diferencia? ¿Qué clase de idiota camina por un vecindario extraño buscando un arma?

—Lo siento. Probablemente debería irme.

—Eso creo.

El hombre estaba obstaculizando la acera, por lo que Kevin se bajó a la calle. Alcanzó a dar tres pasos antes que el hombre volviera a hablar.

—¿Cuánto tienes?

—Cuatrocientos dólares —contestó Kevin deteniéndose y volviéndose hacia el hombre.

—Déjame verlos.

¿Y si el hombre le robaba? Demasiado tarde ya. Sacó su billetera y la abrió.

—Sígueme —ordenó volviéndose y dirigiéndose de nuevo hacia su casa sin comprobar si Kevin lo seguía.

Él lo siguió. Como un cachorro. ¿Cuántas miradas indiscretas observaban al imbécil de Wall Street caminando avergonzado detrás de Cachetón?

Siguió al hombre hasta el porche.

—Espera aquí —dictaminó, dejando a Kevin con las manos en los bolsillos.

Treinta segundos después regresó con algo envuelto en una vieja camiseta blanca.

—Dame el dinero.

—¿Qué es?

—Es una treinta y ocho. Limpia y cargada —informó Cachetón mirando calle arriba—. Vale seis, pero es tu día de suerte. Necesito el efectivo.

Kevin sacó su billetera con mano temblorosa y le pasó el contenido al hombre. Él tomó el fajo. ¿Dónde iba a ponerla? No podía simplemente caminar por la calle con un paquete que tenía *pistola* escrito por todas partes. Empezó a meterla por el pantalón... demasiado voluminosa.

El hombre terminó de hojear los billetes y vio el dilema de Kevin.

—Muchacho, eres un caso, ¿verdad? ¿Qué vas a hacer, asaltar a tu perro? Dame la camiseta.

Kevin desenvolvió una brillante pistola plateada con empuñadura negra. Agarró el extremo con las yemas de los dedos y le pasó la camiseta al hombre, quien miró la pistola y sonrió con suficiencia.

—¿Qué crees que tienes ahí? ¿Un pastelito? Agárrala como un hombre.

Kevin ajustó la pistola en la palma de la mano.

—En tu cinturón. Ponle la camisa encima.

Kevin metió el frío cañón de acero hasta pasar el ombligo y lo cubrió con la camisa. Aún le pareció demasiado evidente.

—Mete la panza. Por otros cien te mostraré cómo apretar el gatillo —informó riendo burlonamente.

—No gracias.

Kevin se volvió y regresó a la acera. Tenía una pistola. Aún no tenía idea de qué demonios iba a hacer con ella. Pero la tenía. Quizás ahora estaría bien orar.

Dios, ayúdame.

III

Calle Baker. Era la tercera vez en dos días que Jennifer había manejado por la estrecha calle debajo de los olmos. La bodega donde habían encontrado la sangre no se podía ver desde la calzada... estaba en la segunda fila de edificaciones. Imaginó a un joven corriendo por la calle hacia el grupo de bodegas con un matón pisándole los talones. Kevin y el muchacho.

—¿Qué hay aquí que quieres ocultar, Kevin? —murmuró ella—. ¿Eh?

La casa blanca surgió a la izquierda, inmaculada, con el brillante Plymouth *beige* en su entrada.

—¿Qué te hizo Balinda?

Jennifer estacionó el auto en la calle y caminó hasta el porche. Una ligera brisa susurraba a través de las hojas. El césped parecía recién cortado con los bordes recortados. No notó hasta que subió al porche que las rosas rojas del parterre eran de imitación. En realidad lo eran todas las flores. Parecía que tía Balinda era una persona muy ordenada con los defectos naturales de la naturaleza. Todo alrededor de la casa tenía un acabado perfecto.

Ella tocó el timbre y retrocedió un paso. Una cortina a su izquierda se abrió; apareció un hombre de mediana edad con el cabello cortado al rape. Bob. El primo mayor, retrasado, de Kevin. El rostro miró, sonrió y desapareció. Luego nada.

Jennifer volvió a tocar el timbre. ¿Qué estaban haciendo allá adentro? Bob la había visto...

La puerta chirrió y se llenó con una cara vieja, pintada en exceso, y torcida.

—¿Qué quiere?

—Agente Peters, FBI —contestó Jennifer abriendo su placa con un suave movimiento—. Me pregunto si podría entrar y hacerle unas cuantas preguntas.

—De ninguna manera.

—Solo unas cuantas...

—¿Tiene usted una orden de registro?

—No. No creí necesitarla.

—Todos cometemos equivocaciones, querida. Regresa con una orden de registro —señaló la mujer y empezó a cerrar la puerta.

—Usted debe de ser Balinda, ¿me equivoco?

Ella se volvió.

—Sí. ¿Y qué?

—Regresaré, Balinda, y vendré con la policía. Revolveremos todo el lugar. ¿Es eso lo que desea?

Balinda titubeó. Sus pestañas se agitaron varias veces. Lápiz labial color rubí le refulgía en los labios, como masilla brillante. Olía a exceso de talco.

—¿Qué quiere? —volvió a preguntar Balinda.

—Ya le dije. Solo unas preguntas.

—Entonces hágalas —declaró sin moverse de la puerta.

La mujer estaba rogando que se ocuparan adecuadamente de ella.

—No creo que usted me comprenda. Cuando regrese en una hora traeré media docena de uniformados. Tendremos pistolas y micrófonos. La desnudaremos y la registraremos si tenemos que hacerlo.

Balinda solo miraba.

—O puede dejarme entrar ahora, solo a mí. ¿Es usted consciente de que su hijo Kevin está en problemas?

—No me sorprende. Le advertí que terminaría metiéndose en problemas si se iba.

—Bueno, parece que su advertencia tenía algún sentido.

La mujer no se movió.

—Está bien —comentó Jennifer asintiendo y dando un paso atrás—. Volveré.

—¿No tocará nada?

—Nada de nada —prometió levantando ambas manos.

—Bueno. Pero no me gusta que la gente invada nuestra privacidad, ¿entiende?

—Entiendo.

Balinda entró y Jennifer empujó la puerta hasta abrirla por completo. Una sola mirada al interior débilmente iluminado de la casa arrasó con cualquier valoración racional.

La agente se vio dentro de un corredor, si se le podía llamar así, formado por montones de periódicos que subían casi hasta el techo, dejando un pasadizo apenas suficiente para que un hombre delgado pasara sin mancharse los hombros con tinta de periódico. Dos rostros la miraban desde el fondo del improvisado pasillo —el de Bob y el de otro hombre— los dos estiraban el cuello para ver.

Jennifer dio un paso adelante y cerró la puerta detrás de ella. Balinda cuchicheó con urgencia a los dos hombres y ellos retrocedieron como ratones. La alfombra gris estaba raída hasta dejar ver la madera del suelo. El borde de un periódico a la derecha de Jennifer sobresalía lo suficiente para que ella leyera el encabezado. *London Herald*. 24 de junio de 1972. Más de treinta años.

—Haga sus preguntas —enunció bruscamente Balinda desde el fondo del pasillo.

Jennifer caminó hacia ella, con la cabeza dándole vueltas. ¿Por qué apilaban todos estos periódicos en montones altos y ordenados? Esta muestra daba a la excentricidad todo un nuevo significado. ¿Qué clase de mujer haría esto?

Tía Balinda usaba vestido blanco, tacones altos y tantas alhajas de fantasía como para hundir un acorazado. Detrás de ella, iluminado por una ventana por la que se veía un sucio patio, estaba Eugene en botas de montar y lo que parecía ser un uniforme de jockey. Bob usaba pantalones escoceses bombachos que dejaban ver las partes superiores de las medias hasta las rodillas. Una camisa polo le abrazaba su delgado esqueleto.

El pasillo la llevó a lo que parecía ser la sala, cuyas dimensiones también se habían visto alteradas por pilas de periódico desde el suelo hasta el techo. Los periódicos alternaban con libros y revistas y de vez en cuando una caja. Una abertura de treinta centímetros de ancho entre dos de las pilas dejaba entrar luz por lo que una vez fue una ventana. A pesar del lío, la sala tenía un orden, como el nido de un ave. Las pilas tenían varias filas de profundidad, que permitían suficiente espacio a los antiguos muebles victorianos puestos entre montículos más pequeños de papel en medio del piso. Estos parecían estar en proceso de ser clasificados.

A la derecha de Jennifer había una pequeña mesa de cocina con platos apilados, algunos limpios y la mayoría sucios. Sobre una silla había una colección de empaques vacíos de comida por televisión. Las cajas habían sido cortadas con unas tijeras de mango azul que reposaban sobre la caja superior.

—¿Va a hacer sus preguntas?

—Lo... lo siento, solo que no me esperaba esto. ¿Qué están haciendo aquí?

—Vivimos aquí. ¿Qué cree que estamos haciendo?

—Les gustan los periódicos.

Ella vio que no eran periódicos completos sino secciones y recortes, clasificados según temas por letreros fijados a los montones. Personas. Mundo. Alimentos. Juegos. Religión.

Bob se apartó de donde se había arrinconado en la cocina.

—¿Le gusta jugar?

Sostenía en la mano un antiguo juego electrónico, un modelo mono-cromático con el que parecía que se podía jugar ping-pong, con mucha per-suasión.

—Esta es mi computadora.

—Silencio, Bobby —exclamó Balinda—. Vete a tu cuarto y lee tus libros.

—Es una computadora de verdad.

—Estoy segura que a la dama no le interesa. Ella no es de nuestro mun-do. Vete a tu cuarto.

—Ella es hermosa, mamá.

—¡Ella es un perro! ¿Te gusta el pelo de perro, Bobby? Si juegas con ella te dejará pelo de perro por todas partes. ¿Es eso lo que quieres?

—El perro desapareció —objetó Bob con los ojos completamente abier-tos.

—Sí, ella se irá. Vete ahora a tu cuarto y duerme.

El muchacho empezó a alejarse.

—¿Cómo se dice? —preguntó Eugene.

Bob se volvió e inclinó la cabeza ante Balinda.

—Gracias, Princesa —dijo, mostró una sonrisa, salió corriendo por la cocina, y se fue arrastrando los pies por otro corredor, este con montones de libros.

—Lo siento, pero usted sabe cómo son los niños —habló Balinda—. La mente llena de sensiblerías. Solo entienden ciertas cosas.

—¿Le importa si nos sentamos?

—Eugene, tráele una silla a nuestra invitada.

—Sí, Princesa.

Agarró dos sillas de la mesa, puso una al lado de Jennifer y sostuvo la otra para que Balinda se sentara. Cuando lo hizo, inclinó la cabeza con el respeto de un mayordomo del siglo dieciocho. Jennifer miró fijamente. Habían creado un mundo de sus periódicos y de todas estas ceremonias... conformado para que se ajustase a sus vidas.

—Gracias.

—De nada, señora —contestó Eugene, haciendo otra reverencia.

Se sabía de adultos que crean sus propias realidades y luego las protegen; la mayoría de personas se aferran a alguna clase de ilusión, sea que la encuentren en la extensión de un entretenimiento, una religión, o simplemente un propio estilo de vida difundido. Las líneas entre la realidad y la fantasía se hacen borrosas en algún nivel para todo ser humano, pero este... este con seguridad era un caso de estudio.

Jennifer decidió entrar al mundo de ellos. Donde fueres...

—Ustedes han creado aquí su propio mundo, ¿verdad? Ingenioso —comentó mirando alrededor.

Más allá de la sala había otra puerta, que tal vez conducía al cuarto principal. A lo largo de una pared había un pasamanos de escaleras. El mismo *Times* dominical que Jennifer había leído antes estaba desplegado sobre la mesa de café. La noticia de primera plana, un artículo sobre George W. Bush, estaba nítidamente cortado. La foto de Bush estaba en el fondo de una caja desechada. Una pila de sesenta centímetros estaba intacta al lado del *Times*, con el *Miami Herald* encima. ¿Cuántos periódicos recibían cada día?

—Ustedes recortan lo que no les gusta y conservan lo demás —observó Jennifer; luego se volvió a Balinda—. ¿Qué hacen con los recortes?

La anciana no estaba segura de qué pensar del cambio repentino en Jennifer.

—¿Qué recortes?

—Los que no les gustan.

Ella supo con una mirada a Eugene que había imaginado correctamente. El hombre devolvió nerviosamente la mirada a su princesa.

—¡Qué brillante idea! —exclamó Jennifer—. Ustedes crean su propio mundo recortando solamente las historias que se ajustan a su mundo idílico y luego desechan el resto.

Balinda estaba sin saber qué decir.

—¿Quién es el presidente, Eugene?

—Eisenhower —contestó el hombre sin vacilar.

—Por supuesto que Eisenhower. Ninguno de los otros es digno de ser presidente. Cualquier noticia de Reagan, los Bush o Clinton simplemente se elimina.

—No sea tonta —objetó Balinda—. Todo el mundo sabe que Eisenhower es nuestro presidente. No secundamos a los aspirantes.

—¿Y quién ganó la serie mundial este año, Eugene?

—El béisbol ya no se juega más.

—No, desde luego que no. Pregunta capciosa. ¿Qué hacen ustedes con todas las historias de béisbol?

—El béisbol ya no se juega...

—¡Cállate, Eugene! —exclamó bruscamente Balinda—. ¡No repitas como un idiota en presencia de una dama! Vete a cortar algo.

—¡Sí, señor! —contestó él saludando y poniéndose en posición de firmes.

—¿Señor? ¿Qué te pasa? ¿Estás perdiendo la razón solo porque tenemos una visita? ¿Te parezco un general?

—Perdóneme, mi princesa —contestó él bajando la mano—. Quizás debería procurar un poco de ahorro recortando algunos cupones. Me encantaría llevar el carruaje a la tienda por pertrechos tan pronto como sea posible.

Ella lo miró. Él dio media vuelta y se dirigió al montón de periódicos frescos.

—No le haga caso —pidió Balinda—. Se pone un poco extraño cuando está emocionado.

Jennifer miró por la ventana. Un hilo delgado de humo ascendía de un tonel. El patio estaba negro...

¡Los queman! Cualquier cosa que no calzara nítidamente dentro del mundo deseado de Balinda se hacía humo. Historias de periódicos, libros, hasta fotos en cajas de comida. Ella buscó con la mirada un televisor; en la sala había uno antiguo y polvoriento en blanco y negro.

Jennifer se levantó y caminó hacia allí.

—Hay que reconocérselo, Balinda; usted se lleva la palma.

—Hacemos lo que tenemos derecho de hacer en la privacidad de nuestro hogar —contestó ella.

—Por supuesto. Ustedes tienen todo el derecho. Francamente, se necesitaría una tremenda fortaleza y determinación para mantener el mundo que ha logrado levantar a su alrededor.

—Gracias. Le hemos dedicado nuestras vidas. Es necesario encontrar un camino en este mundo caótico.

—Puedo verlo.

Se movió tranquilamente por la sala y observó sobre el pasamanos. Las escaleras estaban llenas de resmas de periódicos viejos.

—¿Adónde lleva esto?

—Al sótano. Ya no lo usamos. No lo hemos usado en mucho tiempo.

—¿Cuánto tiempo?

—Treinta años. Quizás más. Asustó a Bob, así que lo cerramos con clavos.

Jennifer se volvió hacia el corredor por donde había desaparecido Bob. El cuarto de Kevin estaba en alguna parte allá abajo, oculto detrás de montones de libros —probablemente recortados— y revistas. Ella se fue por el pasillo.

—Bueno, espere un momento —advirtió Balinda poniéndose de pie—. Dónde...

—Solo quiero ver, Balinda. Solo quiero ver cómo lo ha organizado.

—Dijo preguntas. Y está caminando, no hablando.

—No tocaré nada. Eso es lo que dije. Y no lo haré.

Jennifer pasó un baño a su derecha, atestado y mugriento. El corredor terminaba en las puertas de dos cuartos. La de la derecha estaba cerrada... presumiblemente el cuarto de Bob. En la puerta de la derecha se veía una rendija. La empujó. En una esquina había una cama, con recortes sueltos de libros infantiles esparcidos. Había cientos de libros recostados contra una pared... la mitad de ellos con las cubiertas arrancadas, alteradas o recortadas para cumplir con la aprobación de Balinda. Una pequeña ventana con una persiana bajada daba al patio trasero.

—¿El cuarto de Kevin? —inquirió ella.

—Hasta que nos abandonó. Le advertí que si se iba acabaría metido en problemas. Traté de advertirle.

—¿Alguna vez ha querido saber en qué clase de problema está?

—Lo que sucede fuera de esta casa no es mi problema —contestó Balinda girando—. Le dije que no tuviera nada que ver con la serpiente. Sss, sss, sss. Allá afuera todo son mentiras, mentiras, mentiras. Ellos dicen que venimos de los monos. Todos ustedes son tontos.

—Tiene razón, el mundo está lleno de tontos. Pero le puedo asegurar que Kevin no es uno de ellos.

Los ojos de Balinda resplandecieron.

—Ah, él no lo es, ¿o sí? ¡Él siempre fue demasiado listo para nosotros! Bob era el bobo y Kevin era el mismo Dios, ¡que vino a iluminar al resto de nosotros pobres idiotas! —exclamó respirando por los orificios nasales.

Jennifer había dado en la tecla de la vieja arpía. El sobrino adoptado no era retardado como el hijo propio, y a Balinda le había ofendido esa realidad.

Tragó saliva y fue hasta la ventana, que estaba sujeta con un tornillo. ¿Qué clase de madre criaría a un muchacho en un ambiente así? Le vino, con una nueva comprensión, el recuerdo de Kevin llorando al pasar ayer por la casa. *Querido Kevin, ¿qué te hizo ella? ¿Quién era el muchachito que vivía en este cuarto?* El tornillo estaba suelto en su agujero.

Balinda siguió la mirada de Jennifer.

—Él solía salir a gatas por esa ventana. No sabía que yo estaba enterada, pero lo estaba. Nada sucede alrededor de aquí sin que yo lo sepa.

Jennifer giró y rozó a Balinda al pasar. Le recorrió náusea por el estómago. Quizás de una forma distorsionada Balinda había criado a Kevin con nobles intenciones. Lo había protegido de un mundo terrible lleno de maldad y muerte. ¿Pero a qué precio?

Toma las cosas con más calma, Jennifer. No sabes lo que sucedió aquí. Ni siquiera sabes que este no fuera un ambiente maravilloso en el cual criar a un niño.

Volvió a la sala y se tranquilizó.

—Yo sabía que él se escabullía —expresó Balinda—. Pero simplemente no lo podía detener. No sin golpearlo con ira. Nunca creí en esa clase de disciplina. Es probable que haya sido una equivocación. Vea adónde ha llegado. Quizás debí haberle pegado.

—¿Qué clase de disciplina *utilizaba* usted? —preguntó Jennifer tomando un profundo aliento.

—Uno no necesita disciplina cuando su casa está en orden. La vida es disciplina de sobra. Todo lo demás es una admisión de debilidad —expresó ella con el pecho hinchado, orgullosa—. Aíslelos con la verdad y brillarán como las estrellas.

La revelación llegó como un bálsamo helado. Miró alrededor. Así que la educación de Kevin había sido extraña y distorsionada, pero quizás no terrible.

—Un hombre ha estado amenazando a Kevin —informó Jennifer—. Creemos que es alguien que su hijo...

—Él es mi sobrino.

—Lo siento. Sobrino. Alguien que Kevin pudo haber conocido cuando tenía diez u once años. Un muchacho que lo amenazaba. Él peleó con este muchacho. Tal vez usted recuerde algo que nos ayude a identificarlo.

—Debió de haber sido aquella vez en que vino a casa todo ensangrentado. Lo recuerdo bien. Sí, lo encontré en cama en la mañana y tenía la nariz hecha un desastre. No quiso hablar del asunto, pero me di cuenta de que había estado afuera. Yo lo sabía todo.

—¿Qué clase de amigos tenía Kevin a esa edad?

—Su familia eran sus amistades —contestó Balinda titubeando—. Bob era su amigo.

—Pero debió de haber tenido otros amigos en el vecindario. ¿Qué hay de Samantha?

—¿Esa tonta? Ellos se escurrían por los alrededores. Creían que yo no lo sabía. A él se le escapó algunas veces. ¡Quizás fue ella la primera que lo arruinó! No, tratamos de convencerlo de no mantener amistades fuera de la casa. Este es un mundo malo. ¡Uno no debe permitir que sus hijos jueguen con nadie!

—¿No conocía usted a *ninguna* de sus amistades?

Balinda la miró por un buen rato y luego se dirigió a la puerta.

—Está empezando a repetir sus preguntas. No creo que podamos ayudarle más de lo que ya hicimos —decidió, y abrió la puerta.

Jennifer echó una última mirada alrededor de la casa. Se compadeció del pobre muchacho que se crió en este mundo distorsionado. Entraría al mundo real... ingenuo.

Como Kevin.

Pero probablemente Balinda tenía razón. No había nada más que averiguar aquí.

16

SAMANTHA ANDUVO DE UN LADO AL OTRO en el cuarto del hotel por centésima vez. Había previsto casi cualquier eventualidad, menos la desaparición de Kevin.

Roland había mandado al botones del hotel para llamarla y ella lo llamó por el teléfono del hotel. No estaba muy disgustado por que ella hubiera apagado el celular, pero estuvo de acuerdo en que su plan tenía algún mérito. Mientras tanto habían arreglado una reunión con el pakistaní, Salman, en Houston. Esta noche. Sacar a Kevin del juego poniéndolo fuera del alcance de Slater podría haber sido la mejor manera de paralizar al asesino hasta el regreso de ella mañana. Pero Sam no había considerado la posibilidad de que Kevin desapareciera. Ahora ella debía tomar un avión en pocas horas, y Kevin había desaparecido.

Jennifer Peters estaría ahora consumiéndose en las líneas telefónicas, tratando de encontrarlos, pero Sam no podía dejarle ver sus intenciones... no todavía. Había algo que le molestaba en toda la investigación, pero no sabía decir concretamente qué. Algo no estaba bien.

Revisó los hechos tal como los conocía.

Uno. Alguien, probablemente un hombre blanco, había aterrorizado a Sacramento en los últimos doce meses seleccionando víctimas al azar, dándoles una adivinanza que debían solucionar, y luego matándolas cuando fallaban. Los medios de comunicación lo apodaron «Asesino de las Adivinanzas», como también lo llamaban los agentes de la ley. El hermano de Jennifer, Roy, había sido su última víctima.

Dos. Ella había abierto una investigación secreta de CBI bajo la premisa de que el asesino tenía a alguien adentro, o era alguien de adentro. Nada indicaba que el asesino supiera de su investigación.

Tres. Alguien con casi el mismo *modus operandi* del Asesino de las Adivinanzas estaba acechando ahora tanto a Kevin como a ella misma en un juego de adivinanzas.

Cuatro. Se había establecido una relación concreta entre este mismo asesino y un muchacho que había amenazado a ella y a Kevin veinte años atrás.

Aparentemente todo tenía perfecto sentido: A un muchacho llamado Slater le da por torturar animales y aterrorizar a otros niños. Kevin, uno de esos niños, casi lo mata cuando el muchacho lo encierra en un sótano para proteger a una niña a quien Slater quiere lastimar. Pero Slater escapa del sótano, y de adulto se convierte en una de las peores pesadillas de la sociedad: un hombre desprovisto de conciencia con ansias de sangre. Ahora, veinte años después, Slater sabe que los dos niños a quienes atormentó tanto tiempo atrás están vivos. Los acecha y concibe un juego para encargarse de los dos de una vez. Evidente, ¿verdad?

No. No en la mente de Sam. Para empezar, ¿por qué esperó Slater tanto tiempo para ir tras ella y Kevin? ¿Olvidó por veinte años el pequeño incidente en el sótano? Además, ¿qué posibilidades había de que ella, empleada de la CBI, resultara asignada a un caso que involucraba a la misma persona que la trató de matar veinte años atrás?

Y ahora, a última hora, esta nueva pista de Sacramento: alguien en Houston que afirmaba conocer a Slater. O más exactamente, al Asesino de las Adivinanzas. Si ella tenía razón, todos estaban errando el tiro.

Sam miró su reloj. Las dos y media, y aún nada. Había planeado irse para Dallas a las cinco.

—Vamos, Kevin. No me estás dejando otra salida.

Suspiró y recogió su teléfono celular. De mala gana lo encendió y marcó el número de Jennifer.

—Peters.

—Hola, agente Peters. Samantha Sheer...

—¡Samantha! ¿Dónde está usted? Kevin ha desaparecido. Hemos estado tratando de localizarlo toda la mañana.

—Tómese las cosas con calma. Sé que Kevin ha desaparecido. Está conmigo. O debería decir que estaba conmigo.

—¿Con *usted*? Esta no es su investigación. ¡Usted no tiene en este lado del infierno ningún derecho a actuar sin nuestra aprobación! ¿Pretende que lo maten?

Te equivocas, Jennifer, no necesito tu aprobación.

—No me insulte.

—¿Tiene usted alguna idea de lo revueltas que están las cosas aquí? La prensa se enteró, imagino que por intermedio del pánfilo de Milton, de que Kevin desapareció, y ya están sugiriendo que Slater lo secuestró. Tienen cámaras sobre los tejados, esperando la próxima bomba, ¡por el amor de Dios! Un asesino anda suelto allá afuera, y el único hombre que podría llevarnos a él se ha ausentado sin permiso. ¿Por qué no llamó usted? ¿Dónde está él ahora?

—Respire hondo, Jennifer. La llamé, sabiendo que es un error. He pedido autorización para hacerle saber a usted lo que sabemos, pero solo a usted, ¿me hago entender? Nadie más debe oír lo que le voy a decir. Ni Milton ni el FBI, nadie.

—¿A quién le pidió autorización?

—Al fiscal general. Hemos estado trabajando en este caso desde una nueva perspectiva, como usted diría. Ahora usted lo sabe, pero nadie más.

Silencio.

—¿De acuerdo?

—Se lo juro, por la manera de funcionar estas burocracias, se diría que aún vivimos en cuevas. Llevo un año rompiéndome la cabeza en este caso, ¿y me entero ahora de que una agencia de aficionados está eludiendo los procedimientos usuales? ¿Tiene usted alguna información que podría ser útil, o también es un secreto?

—Tenemos motivos para sospechar de un vínculo interno.

—Interno. ¿Entre los agentes de la ley?

—Quizás. Habríamos compartido archivos si no sospecháramos que alguien adentro podría estar compinchado con Slater.

—¿Y qué quiere decir eso?

—Quiere decir que no estamos seguros de poder confiar. Por motivos que no puedo analizar hoy, no creo que Slater sea quien usted cree que es.

—¿Se refiere usted al muchacho? ¡*Yo* ni siquiera sé quién creo que sea!

—Eso no es lo que quiero decir. Probablemente es el muchacho. ¿Pero quién es el muchacho?

—Díganoslo usted. Él la amenazó, ¿no es así?

—Eso fue hace mucho tiempo, y no lo hemos identificado. Hasta donde sabemos ahora es director del FBI.

—Por favor, no se burle de mí.

—Tiene razón. No se trata del director del FBI. Lo único que estoy afirmando es que no podemos eliminar la posibilidad de que sea alguien en el interior. Mañana sabremos más.

—Esto es ridículo. ¿Dónde está usted ahora?

Sam hizo una pausa. Ahora ya no tenía alternativa. Ocultar información a Jennifer solo dificultaría su investigación en este momento. Ella necesitaba al FBI para concentrase en su propia investigación, sin inmiscuirse en la de ella. Además estaba este pequeño hecho de que Kevin estaba perdido.

Sam le explicó sus razones para llevarse a Kevin, y Jennifer escuchó pacientemente, interrumpiendo de vez en cuando con preguntas directas. Finalmente el razonamiento de Sam le hizo lanzar un gruñido de aprobación; no así la noticia de la desaparición de Kevin.

—Hasta donde sabemos, Slater lo tiene —opinó Jennifer.

—Lo dudo. Pero tengo la sensación de haber cometido un error. No esperaba esto.

Jennifer pasó por alto la disculpa, lo cual para Sam era tan bueno como una aceptación. La agente del FBI suspiró.

—Esperemos que él venga. Pronto. ¿Hasta qué punto lo conociste bien cuando era niño? —la tuteó Jennifer.

—Fuimos amigos íntimos. Nunca he tenido un amigo mejor.

—Esta mañana visité la casa de su tía.

Sam se sentó en la cama. ¿Cuánto sabía ahora Jennifer? Kevin nunca le contó los detalles de la vida en su casa, pero ella sabía más de lo que él sospechaba.

—Nunca vi el interior de la casa —explicó Sam—. Su tía no lo hubiera permitido. Ya era bastante difícil escabullirnos como lo hacíamos.

—¿Había maltrato?

—Físico, no. No que yo viera. Pero a mi modo de ver Kevin sufrió sistemático maltrato psicológico desde el día en que entró a ese hogar distorsionado. ¿Hablaste con Balinda?

Sí. Ella ha creado allí un santuario para sí misma. Las únicas realidades que logran pasar del suelo son las que ella decide que son verdaderas. Solo Dios sabe cómo era la casa hace veinte años. Es bien sabido de la manipulación en el proceso de aprendizaje de un niño, y en algunos lugares es ampliamente aceptada. Pienso en los colegios militares. Pero nunca había oído de algo como el pequeño reino de Balinda. A juzgar por la reacción de Kevin hacia el lugar, yo tendría que estar de acuerdo contigo: sufrió maltrato en ese hogar.

Sam dejó que la línea telefónica se quedara en silencio por un momento.

—Ten cuidado, Jennifer. Este es un caso acerca de un hombre lastimado y al mismo tiempo es la cacería de un asesino.

Jennifer vaciló.

—¿Qué quieres decir?

—Que hay más. Hay más secretos detrás de las paredes de esa casa.

—¿Secretos que nunca compartió contigo, el amor de su infancia?

—Así es.

Por el sonido de la respiración de Jennifer, Sam comprendió que se sentía incómoda con el tono de la conversación. Así que decidió abrir un poco más la mente de la agente.

—Quiero que consideres algo que me ha estado fastidiando en los dos últimos días, Jennifer. Que nadie lo sepa, ¿entendido? Esto es entre nosotras. ¿De acuerdo?

—Continúa.

—Quisiera que pensaras en la posibilidad de que Kevin y Slater sean en realidad la misma persona.

Ella soltó la bomba y dejó que Jennifer respondiera.

—Yo... yo no creo que eso sea posible —balbuceó Jennifer sonriendo nerviosamente—. Quiero decir que eso sería... ¡las evidencias no lo apoyan! ¿Cómo podría él llevar a cabo algo tan demencial?

—Él no está llevando a cabo nada. Entiéndeme, por favor, no estoy sugiriendo que sea cierto, y Dios sabe que aun considerar la idea me aterra, pero hay elementos en este caso que simplemente no cuadran. Creo que la posibilidad es al menos digna de consideración.

—Se tendría que haber estado llamando a sí mismo. ¿Estás sugiriendo que él estuvo en Sacramento, haciendo volar víctimas hace tres meses?

—Si es el Asesino de las Adivinanzas. Estoy trabajando en eso.

—Y si él es Slater, ¿quién es el muchacho? Encontramos sangre en la bodega, coherente con su historia. Había un muchacho.

—A menos que el muchacho fuera en realidad Kevin. O que no hubiera muchacho.

—Tú estabas allí...

—En realidad nunca vi al muchacho, Jennifer.

—¡Tu padre obligó a salir a la familia! ¿Qué quieres decir con que *nunca* viste al muchacho?

—Quiero decir que le dije a mi padre que el muchacho estuvo allí... había mucha evidencia en mi ventana y le creí el resto a Kevin. Llámalo una mentira piadosa. A pesar de todo, en realidad no vi al muchacho. Obligamos a mudarse a la familia de un matón, pero al hacer memoria, el muchacho huyó antes de que mi padre pudiera detenerlo. Él acusó a un matón local basándose en mi testimonio, y yo basé mi testimonio en el de Kevin. Pero no hubo evidencia definitiva de que fuera alguien *diferente* de Kevin. Yo ni siquiera supe hasta ayer que Kevin había encerrado al muchacho en la bodega.

—La evidencia física de que Kevin sea Slater no tiene sentido. ¿Hizo saltar por los aires su propio auto?

—No estoy diciendo que *sea* Slater. Estoy formulando una posibilidad. Al reflexionar en su infancia no es totalmente imposible un trastorno de personalidad múltiple; el Kevin que conocemos ni siquiera sabría que es Slater. Todo lo que tenemos hasta ahora podría concordar con la perspectiva; eso es lo que estoy diciendo. No hay incongruencias. Piensa en eso.

—Tampoco hay evidencia que lo apoye. Muy improbable. El trastorno de personalidad múltiple se produce solo en casos muy limitados de grave maltrato infantil. Casi siempre maltrato físico. Balinda podrá ser una bruja, pero no da el perfil para maltrato físico. Convéncete de eso.

—Tienes razón, no hubo maltrato físico. Pero hay excepciones.

—No que concuerden con este escenario. Al menos no que yo sepa, y es mi campo de análisis.

Probablemente correcto. Es increíble, pero en casos como este se debe considerar toda posibilidad. Algo no era lo que parecía, y por espantosa que fuera su sugerencia, Sam no podía desecharla. Si Kevin fuera Slater, sacar a la luz la realidad sería el mayor favor que podía hacer por el amigo de su infancia.

Por otra parte, al oírse a sí misma expresarla en voz alta, la idea parecía absurda. Un sencillo análisis de voz o de escritura resolvería el asunto.

—Haz que el laboratorio haga una comparación de escritura con la jarrita.

—Ya la hicimos. Procedimiento normal. Fue negativo.

—Es técnicamente posible que en casos de personalidad múltiple haya características motrices distintas.

—En este caso no lo creo.

—Entonces empecemos a compararla con alguien más relacionado con el caso. Alguien que esté trabajando en esto desde adentro, Jennifer. Alguien que no sea quien creemos que es.

—Entonces dame tu carpeta.

—Está en camino.

—Y si Kevin contacta contigo, llámame. De inmediato.

Decir que la agente parecía nerviosa era como afirmar que el cielo es azul.

—Tienes mi palabra.

—Aunque tu plan de aislar a Kevin tuviera algún sentido, podría ser de gran valor tener grabada la voz de Slater en casete. Particularmente a la luz de tu sugerencia. Conéctalo y déjalo encendido.

—Hecho —anunció Sam agarrando el teléfono dorado de Slater y encendiéndolo.

—¿Está activo el dispositivo de grabación?

—Sí.

Alguien tocó en la puerta. Sam se sobresaltó.

—¿Qué pasa? —preguntó Jennifer.

—Alguien llama a la puerta —expresó y se dirigió a abrir.

—¿Quién?

Ella hizo girar el cerrojo y abrió. Kevin estaba en el pasillo, parpadeando y demacrado.

—Kevin —pronunció Sam—. Es Kevin.

III

Jennifer bajó el teléfono y se sentó pesadamente. La idea de que Kevin y el Asesino de las Adivinanzas pudieran ser el mismo hombre no solo era absurda sino... equivocada. De mal gusto. Muy inquietante.

Galager pasó cerca de su escritorio al dirigirse al laboratorio. Ella no pudo dejar de mirarlo. ¿Era posible?

Su mente regresó hacia la escena de la muerte de Roy. ¿Era posible que Kevin...?

¡No! No tenía sentido.

¿Y por qué esta posibilidad es tan exasperante, Jennifer? No puedes imaginar a Kevin matando a Roy porque te gusta Kevin. Él te recuerda a Roy, por amor de Dios.

Jennifer repasó rápidamente los hechos. Si Kevin fuera Slater, entonces se tendría que haber llamado a sí mismo por teléfono, posible pero improbable. También debió de haber tenido un cambio de ego, del cual no tenía pistas. Con los años ella había entrevistado bastantes testigos como para reconocer la sinceridad, y Kevin era cien por ciento sincero. Él habría tenido que colocar las bombas mucho tiempo atrás, posible, pero en ambos casos habría tenido que detonarlas sin su propio conocimiento.

No. No, esto era demasiado. Comenzó a relajarse. El hombre que había consolado ayer en el parque no era un asesino. Por otra parte, sí podría serlo el muchacho cuya sangre habían hallado en el sótano.

El hecho es que la aterraba la idea de que Kevin pudiera ser el asesino, ¿verdad? Debería haberse sentido eufórica ante la simple posibilidad de descubrir la verdadera identidad del asesino; lo cual decía que a ella le importaba demasiado Kevin, ¡algo absurdo dada la realidad de que apenas lo conocía!

Por otra parte, Jennifer estaba vinculada a él en un modo como pocas personas lo están. Tenían en común la muerte de su hermano: ella como sobreviviente de la víctima, él como la próxima víctima.

Jennifer suspiró y se puso de pie. Estaba demasiado involucrada emocionalmente en todo este asunto. El jefe de la oficina tenía razón.

—¡Galager!

Él se detuvo ante la puerta al otro lado del salón. Ella le hizo señas de que regresara.

—¿Qué pasa?

—Encontramos a Kevin.

—¿Dónde? —indagó Galager.

—En Palos Verdes. Está bien.

—¿Debo llamar a Milton?

Él era la última persona que ella quería que interviniera. Pero tenía sus órdenes, ¿no era así? Al menos no tenía que tratar directamente con él. Anotó la información en un bloc, arrancó la hoja, y se la pasó a Galager.

—Ponlo al corriente. Dile que estoy muy liada.

Era la verdad. Ella estaba liada, con nudos que no querían aflojarse.

III

Se sentaron en la cama en una situación de punto muerto. Kevin estaba ocultando algo; Sam lo había sabido desde la primera vez que habló con él. El viernes por la noche. Ahora su mentira era más flagrante; pero, por más que lo intentó, no pudo sonsacarle la verdad. Su cuento de que había estado vagando por su antiguo vecindario, pensando, durante las ocho horas anteriores, sencillamente era increíble. Dadas sus circunstancias, en realidad casi cualquier comportamiento era posible. Pero ella conocía muy bien a Kevin; podía leer en esos claros ojos azules, y eran cambiantes. Algo más lo estaba molestando.

—Está bien, Kevin, pero todavía no creo que me lo estés contando todo. Tengo que subirme a un avión en un par de horas. Con algo de suerte, Slater se tomará el día para deleitarse en su pequeña victoria de ayer. Dios sabe que necesitamos el tiempo.

—¿Cuándo volverás?

Mañana en la mañana —anunció ella, se puso de pie, se dirigió a la ventana y retiró la cortina—. Nos estamos acercando, Kevin. Estamos pisándole los talones a este tipo; puedo sentirlo en mis huesos.

—Quisiera que no te fueras.

—Jennifer estará aquí —objetó ella volviéndose—. Ella querrá hablar contigo.

—Sí —atinó a decir él viéndola pasar por la ventana.

Le sobresalían negras ojeras bajo los ojos. Parecía enajenado.

—Necesito algo de beber —confesó—. ¿Quieres tú?

—Yo estoy bien. No te vas a escapar otra vez, ¿verdad?

—Vamos —dijo él sonriendo—. Estoy aquí, ¿de acuerdo?

—Sí, aquí. Regresa pronto.

Él abrió la puerta para salir.

El teléfono *beige* sobre la mesita de noche sonó estridentemente. Sam miró el reloj que había al lado: las tres de la tarde. Se habían olvidado de la hora de salida del hotel.

—Ve —le dijo a Kevin—. Es probablemente de la recepción.

Kevin salió y ella levantó el teléfono.

—¿Aló?

—Hola, Samantha.

¡Slater! Ella giró hacia la puerta. ¡Por tanto Kevin *no podía* ser Slater! Él había estado en el cuarto cuando llamó el asesino.

—¡Kevin!

Ya se había ido.

—No soy Kevin. Soy tu otro amante, querida.

¿Cómo había obtenido Slater su número? La única persona que sabía dónde estaban era Jennifer. *Jennifer...*

—Ellos quieren mi voz, Samantha. Quiero darles mi voz. ¿Encendiste otra vez el teléfono celular, o sigues jugando tu idiota juego del gato y el ratón?

—Está conectado.

La línea hizo clic. El celular de Slater comenzó a sonar. Ella lo agarró y contestó.

—Listo, así es mejor, ¿no crees? El juego no durará para siempre; también podríamos hacerlo más interesante.

Era la primera vez que ella en realidad le oía la voz. Baja y áspera.

—¿Qué hay de bueno en un juego que usted no puede perder? —preguntó ella—. No prueba nada.

—Ah, pero sí puedo perder, Sam. El hecho de que no haya perdido prueba que soy más inteligente que tú —afirmó él y respiró corta pero profundamente—. Estuve cerca de matarte una vez. Esta vez no fallaré.

El muchacho. Ella se volvió y se sentó en la cama.

—Así que fue usted.

—¿Sabes por qué quería matarte?

—No —contestó ella, y pensó en mantenerlo hablando—. Dígamelo.

—Porque todas las personas bonitas merecen morir. Especialmente las hermosas con brillantes ojos azules. Odio la belleza casi tanto como odio a los muchachitos bonitos. No estoy seguro de a quién odio más, a ti o al imbécil que llamas tu amante.

—¡Usted me produce náuseas! —exclamó Samantha—. Se aprovecha de un inocente porque usted es demasiado estúpido para comprender que la inocencia es más fascinante que el mal.

Silencio. Solo fuerte respiración. Ella había puesto el dedo en la llaga.

—Kevin confesó, como usted exigió —continuó ella—. Él dijo a todo el mundo lo que pasó esa noche. Pero usted no se puede ajustar a sus propias reglas, ¿o sí?

—Sí, por supuesto. El muchacho. ¿Fui yo? Quizás lo fui, quizás no. Kevin aún no ha confesado su pecado. Ni siquiera lo ha insinuado. El secreto es mucho más negro, hasta para él, creo.

—¿Cuál? ¿*Cuál* pecado?

Él soltó una risita burlona.

—El pecado, Samantha. *El* pecado. Hora de la adivinanza. *¿Qué quiere estar lleno pero siempre estará vacío?* Te daré una clave: no es tu cabeza. Tiene un número: 36933. Tienes noventa minutos antes de que empiecen los fuegos artificiales. Y recuerda por favor: nada de polis.

—¿Por qué tiene tanto miedo de los policías?

—No se trata de a quién temo sino con quién quiero jugar.

La llamada se interrumpió.

Se había ido.

Sam se quedó quieta, la mente le daba vueltas. Él había llamado al teléfono del cuarto del hotel. ¿Pudo haberlos rastreado tan rápidamente? O el teléfono celular... ¿podría él tener una manera de rastrearlo una vez que ella lo encendió? Improbable. Caminó hasta el borde de la cama y regresó. ¡Piensa, Sam! ¡Piensa! ¿Dónde estaba Kevin? Ellos tenían que...

—¿Sam? —oyó la voz apagada al otro lado de la puerta. Él tocó.

Ella corrió a la puerta. La abrió.

—Llamó —informó ella.

—¿Slater? —preguntó él palideciendo.

—Sí.

Kevin entró, tenía una lata de 7UP en la mano.

—¿Qué dijo?

—Otra adivinanza. *¿Qué quiere estar lleno pero siempre estará vacío?* Con algunos números. 36933.

La solución más obvia ya se estaba forjando en su mente. Ella corrió a la mesa de café y agarró la guía telefónica.

—Llama a Jennifer.

—¿Cuánto tiempo?

—Noventa minutos. Series de tres. Este sujeto está obsesionado con series de tres y progresiones de tres. ¡Llámala!

Kevin bajó su bebida, saltó al teléfono y pulsó el número de Jennifer. Rápidamente transmitió la información.

—Al teléfono del cuarto —anunció él.

—No, volvió a llamar al celular —lo corrigió Sam.

—Él volvió a llamar al celular —transmitió Kevin.

Sam extendió el mapa del directorio telefónico y buscó las calles. Treinta y tres. Un distrito de bodegas.

—Sin policías. Recuérdale que nada de policía. Si ella tiene alguna idea, que llame, pero que mantenga a los demás fuera. Él fue muy claro.

Ella cerró los ojos y respiró hondo. Era la única respuesta que tenía sentido inmediato. ¿Pero por qué Slater escogería una adivinanza tan obvia?

—Dile a Jennifer que me equivoqué respecto de Slater —informó ella mirando a Kevin—. Que tú estabas en el cuarto cuando él llamó.

Kevin la miró con una ceja arqueada, pasó el mensaje, escuchó por un momento, y luego se dirigió a Sam.

—Dice que está en camino. Que no nos movamos.

Solo Jennifer sabía concretamente dónde estaban ellos. Habría detecta-
do el teléfono del cuarto en el identificador de llamadas cuando Sam la llamó. ¿Cómo los había rastreado Slater tan rápido?

Sam dio un paso adelante y le quitó el teléfono a Kevin.

—No te molestes en venir, Jennifer. Ya nos vamos. Piensa en la adivinanza. Te llamaré tan pronto tengamos algo.

—¿Cómo les puedo ayudar si se van? Quiero tener a Kevin a la vista,
donde pueda trabajar con él. ¿Me oyes?

—Te oigo. Se nos acaba el tiempo ahora. Solo piensa en la adivinanza.
Te llamaré.

—Sam...

Ella colgó. Tenía que considerar esto detenidamente.

—Muy bien, Kevin. Vamos a ver. A Slater le ha dado por los tres; sabemos eso. También le ha dado por las progresiones. Cada blanco es más grande que el anterior. Te da tres minutos, luego treinta, después sesenta, y ahora
noventa minutos. Además da este número: 36933. El 369 sigue la progresión natural, pero no así el 33. A menos que no sean parte del 369. Creo que
tenemos una dirección: 369 de la Calle Treinta y Tres. Está en un distrito
de bodegas en Long Beach, aproximadamente a quince kilómetros de aquí.
¿Qué quiere estar lleno pero siempre estará vacío? Una bodega vacía.

—¿Eso es todo?

—A menos que pienses en algo mejor. Opuestos, ¿recuerdas? Todas sus
adivinanzas han sido acerca de opuestos. Aspectos que no son lo que quieren ser o parecen ser. Noche y día. Buses que dan vueltas en círculos. Una
bodega que está diseñada para contener cosas pero que está vacía.

—Quizás.

Se miraron uno al otro por algunos segundos. No tenían alternativa.

—Pues entonces vamos —dijo ella, agarrándolo de la mano.

17

LA BODEGA IDENTIFICADA COMO 369 de la Calle Treinta y Tres estaba junto a otras doce en el norte de Long Beach, todas construidas con el mismo estaño corrugado, todas de dos pisos, todas identificadas con la misma clase de enormes números negros sobre las puertas. Años de abandono habían raído a la mayor parte, y ahora eran de color gris opaco. El 369 era apenas una sombra. No había ningún letrero que identificara un nombre comercial. Parecía vacía.

Kevin disminuyó la velocidad y miró la estructura que se avecinaba. El aire levantaba polvo en la acera. Una descolorida botella de Mountain Dew, de las plásticas de dos litros, golpeaba contra una puerta de una sola hoja a la derecha de la plataforma de carga.

Detuvo el auto a treinta metros de la esquina y puso la palanca en modo de estacionamiento. Lograba oír varios sonidos: el ronroneo del motor, la ráfaga de aire sobre sus pies, el corazón palpitándole en el pecho. Todos ellos sonaban demasiado fuerte.

Miró a Sam, quien observaba la estructura, escudriñando.

—¿Ahora qué?

Tenía que sacar la pistola del maletero; ese era ahora el presente. No porque creyera que Slater estuviera aquí sino porque no iba a ir a ninguna parte sin su nueva adquisición.

—Entremos ahora —opinó ella—. A menos que los reglamentos de incendio no existieran hace veinte años, el edificio tendrá una entrada trasera.

—Ve por detrás —consideró Kevin—. Yo iré por el frente.

—Creo que deberías esperar aquí —objetó Sam con la ceja derecha arqueada.

—No. Voy a entrar.

—En realidad no creo...

—¡No me puedo quedar sentado y hacerme el tonto! —exclamó él, y se sorprendió por lo agresivo del tono—. Tengo que hacer algo.

Sam volvió a mirar el 369 de la Calle Treinta y Tres. El tiempo seguía transcurriendo. Sesenta y dos minutos. Kevin se limpió una gota de sudor en la sien con el dorso de la mano.

—Algo no está bien —opinó Sam.

—Demasiado fácil.

Ella no contestó.

—No tenemos llave... ¿cómo entramos? —preguntó él.

—Depende. Entrar no es lo importante. ¿Y si él dispuso que volara cuando entremos?

—Ese no es su juego —objetó Kevin—. Dijo noventa minutos. ¿No se ceñiría a sus propias reglas?

Ella asintió con un movimiento de cabeza.

—Hasta ahora. Hizo explotar el autobús antes de lo programado, pero solo porque rompimos las reglas. Sigo pensando que algo no está bien —expresó ella, abriendo luego su puerta—. Bueno, veamos qué tenemos aquí.

Kevin salió y siguió a Sam hacia el edificio. Una cálida brisa de final de la tarde levantaba polvo del pavimento de un montón de tierra como a siete metros a su derecha. La botella plástica de Mountain Dew golpeaba suavemente contra la puerta de entrada. En alguna parte graznó un cuervo. Si Jennifer hubiera resuelto la adivinanza, al menos no estaba cometiendo la equivocación de irrumpir con una multitud de policías. Fueron hasta una puerta de acero con un pasador corroído.

—¿Y cómo *entramos*? —susurró Kevin.

Sam apartó la botella plástica con el pie, puso una mano en la manija y la giró. La puerta se abrió chirriando.

—Así.

Intercambiaron miradas. Sam asomó la cabeza en la negra abertura, miró adentro por unos instantes, y retrocedió.

—¿Estás seguro de querer venir?

—¿Tengo otra alternativa?

—Yo podría ir sola.

Kevin miró el espacio oscuro y entrecerró los ojos. Negro. La pistola aún estaba en el auto.

—Está bien, iré por detrás para ver qué tenemos allá —aceptó Sam—. Espera a que te haga una señal. Cuando entres, encuentra la luz y enciéndela, pero aparte de eso no toques nada. Busca cualquier cosa fuera de lo común. Podría ser un portafolios, una caja, cualquier cosa que no esté cubierta de polvo. Me abriré paso por la bodega oculta en la oscuridad solo por si hubiera alguien adentro. Poco probable, pero tomaremos la precaución. ¿Está claro?

—Sí.

Kevin no estaba seguro de qué estaba claro. Su mente aún se centraba en la pistola en el maletero.

—Ten cuidado —le pidió ella, luego fue hasta la esquina, miró a lado y lado, y desapareció.

Kevin se fue al auto caminando de puntillas. Halló la brillante pistola plateada donde la había escondido, debajo de la alfombra detrás de la llanta de repuesto. Se la metió en el cinturón, cerró el maletero tan silenciosamente como pudo y volvió corriendo a la bodega.

La cacha de la pistola le sobresalía en la barriga como un cuerno negro. La tapó con la camisa y la aplanó lo mejor que pudo.

La oscuridad envolvía el interior de la bodega. Aún ninguna señal de Sam. Kevin asomó la cabeza y miró a través de la oscuridad tan negra como el petróleo. Estiró la mano y sintió un interruptor de luz en la pared. Sus dedos tocaron una fría caja metálica con un interruptor plástico al frente. Pulsó el interruptor.

Un zumbido fuerte. La bodega se iluminó. Kevin se llevó la mano a la cintura y sacó la pistola. Nada se movía.

Volvió a mirar. Un vestíbulo vacío con un mostrador. Mucho polvo. Sus orificios nasales se impregnaron del olor a trapos mohosos. Pero no vio nada que se pareciera a una bomba. Más allá del área de recepción unas escaleras llevaban al segundo piso. Oficinas. Había un panel de interruptores incrustado en la pared al pie de las escaleras. Marcas de polvo subían directamente por la mitad de los peldaños. Huellas.

Instintivamente Kevin retiró la cabeza de la puerta. ¡Slater! Tenía que ser. Sam tenía razón; ¡aquí era!

Aún no había señal de ella. A menos que lo hubiera llamado sin que él se diera cuenta. Con todas estas paredes era posible.

Kevin contuvo el aliento y pasó por la puerta. Aún se detuvo por unos instantes y luego siguió con los ojos bien abiertos hacia el mostrador de recibo. Detrás del mostrador... podría ser un lugar para una bomba. No, las huellas conducían arriba...

¡*Tas*!

Kevin giró. ¡La puerta se había cerrado! ¿El viento? Sí, el viento había...

Clic. Las luces se apagaron.

Kevin echó a andar en dirección a la puerta, enceguecido por la oscuridad. Dio varios pasos rápidos, extendió una mano y buscó a tientas la puerta. Sus nudillos golpearon acero. Exploró a tientas en busca de la manija, la encontró y la hizo girar.

Pero la manija no quiso girar. La apretó con más fuerza y la movió primero a la izquierda y luego a la derecha. Trancada.

Bueno, Kevin, mantén la calma. Es una de esas puertas que permanecen trancadas. A menos que Sam la abriera. Porque ella estaba afuera.

¿No era normalmente a la inversa?

Se volvió y gritó.

—¿Sam?

Su voz sonó apagada.

—¡Sam!

Esta vez la palabra resonó por detrás de las escaleras.

Kevin había visto un panel de luces por las escaleras. ¿Podrían operar otras luces? Giró y se fue hacia las escaleras, pero las rodillas encontraron primero el mostrador. El estrépito le envió una corriente de electricidad por los nervios que casi le hacen dejar caer la pistola. Caminó de costado arrastrando los pies hacia el lugar en que recordaba los interruptores de luces.

—¡Samantha!

Se topó con la pared, encontró los interruptores y tiró de ellos.

No se encendieron luces.

El piso encima de él crujió.

—¿Sam?

—¡Kevin!

¡Sam! Su voz se oía distante, desde atrás, como si aún estuviera fuera del edificio.

—¡Sam, aquí estoy!

Los ojos de Kevin se habían acostumbrado a la oscuridad. Resplandecía luz en el nivel superior. Volvió a mirar hacia la puerta, solo vio oscuridad, y subió las escaleras. Encima de él brillaba una débil luz, quizás una ventana.

—¿Sam?

Ella no respondió.

¡Tenía que conseguir algo de luz! Crujió otra tabla del suelo y él giró, con la pistola extendida. ¿Estaba amartillada el arma? Colocó el dedo pulgar sobre el martillo y lo devolvió a su posición. *Clic.* Tranquilo, Kevin. Nunca has disparado una pistola en tu vida. Le disparas a una sombra y podría ser Sam. ¿Y si la pistola ni siquiera funciona?

Subió las escaleras con piernas débiles.

—¡Kevin!

La voz de Sam vino de su derecha y por delante, definitivamente afuera. Él se detuvo a mitad de las escaleras, trató de calmar su respiración para poder oír mejor, pero finalmente renunció y corrió hacia la luz en lo alto.

El brillo venía de una entrada al final de un corredor apenas visible. Ahora su respiración se había vuelto silenciosa y suave. Algo golpeaba por el pasillo. Contuvo el aliento. Helo ahí otra vez, un paso. Botas. Directamente adelante y a su derecha. De uno de los otros salones a lo largo del pasillo. ¿Sam? No. ¡Sam aún estaba afuera! *Querido Dios, dame fuerzas*. Se sintió expuesto allí parado en el pasillo. ¿Qué estaba pensando, subir tan campante escaleras arriba como si fuera una especie de pistolero?

Desesperado, Kevin corrió hacia el contorno apenas perceptible de una entrada a su derecha. Las tablas del piso protestaron debajo de sus pies. Pasó la entrada y se pegó a la pared a su izquierda.

Botas. Estaba claro que había alguien más con él en el piso superior. ¿Podría tratarse de Sam y que la acústica estuviera dirigiéndole mal la voz? ¿Podría ser ella? Seguro que sí.

Así es, Kevin. Es Sam. Ella está en el salón contiguo, y encontró la bomba. No, su voz se oía distante. Además ella no caminaba así. De ninguna manera.

De pronto volvió a oírle la voz, débil.

—¡Kevin!

Esta vez no había la menor duda, Sam estaba gritándole desde abajo, ahora cerca de la puerta principal. Sus puños golpeaban en la puerta de acero.

—Kevin, ¿estás ahí adentro?

Él retrocedió un paso hacia la puerta. Otra vez las botas. Caminando en el salón contiguo.

¡Alguien estaba allí! Slater. Kevin asió fuertemente la pistola. Slater lo había atraído. Por eso la adivinanza era tan sencilla. Una onda de pánico le recorrió por los huesos.

Sam estaba en la puerta del frente. El cerrojo no estaba corrido... ella lo podía romper o levantar.

Se le ocurrió otro pensamiento. Probablemente la bomba estaba fijada para explotar... ¿y si él estaba atrapado allí cuando esto ocurriera? ¿Y si llegaba la policía y Slater detonaba la bomba antes de tiempo? Pero Sam no les habría permitido a los policías acercarse ahora a la bodega.

Pero ¿y si ella no lograba abrir la puerta?

Lleno de pánico, Kevin se deslizó por la pared, llegó a una esquina, y tanteó el camino a lo largo de la pared trasera. Puso la oreja contra el enlucido.

Respiración. Lenta y profunda. No de él. Lenta y pesada.

Una voz baja se extendió por la pared.

—Kevinnn...

Se quedó helado.

—Cuarenta y seis minutosss... Kevinnn.

III

La diferencia entre inocencia e ingenuidad nunca se había grabado en la mente de Slater. Las dos son sinónimas. Es más, no existe ese espécimen llamado inocencia. Ellos son tan culpables como el infierno. Pero no puede negar que algunos son más ingenuos que otros, y al ver a Kevin subir sigilosamente las escaleras como un ratón le recordó a Slater lo totalmente ingenuo que de veras es su eterno rival.

Se había sentido profundamente tentado de patear a Kevin en la cabeza cuando estaba a cuatro peldaños de lo alto. Verlo caer y quebrarse habría tenido su atractivo. Pero dar patadas siempre le había parecido una de las cosas más aburridas de los deportes.

Bienvenido a mi casa, Kevin.

Se había ido y había reaparecido con una pistola. La sostiene como podría sostener una ampolleta del virus del ébola, y probablemente no había pensado en amartillarla, pero al menos se había llenado de resolución para armarse. Y sin duda la lleva sin que Samantha lo sepa. Ella no permitiría que un civil anduviese por ahí con una arma cargada. Kevin había encontrado una astilla de hombría. ¡Qué divertido! El pobre quizás trate de matarlo, como si se hubiera convertido en el cazador en vez de la víctima.

En sentidos que Kevin todavía ignoraba, esto no era nada nuevo. Él ya trató de matarlo antes. Sus vidas estaban entrelazadas para siempre, cada uno con tendencia de matar al otro. Es absurdo creer que este hombre que se arrastra escaleras arriba sosteniendo su enorme pistola brillante tenga las agallas para apretar el gatillo, mucho menos para matar.

Ahora el tonto se ha metido en el salón contiguo y sin duda se está orinando. Si tan solo conociera la sorpresa que le tiene preparada podría estar tendido en un charco de su propio vómito.

Aquí, gatito, gatito.

—Cuarenta y seis minutosss... Kevinnn.

III

Kevin casi dispara entonces. No con un tiro calculado sino de puro terror.

—¿Sam?

Su voz parecía el balido de un corderito herido. Por un instante sintió náuseas de su propia debilidad. Si se tratara de Slater, Kevin habría conseguido exactamente lo que quería. Un enfrentamiento. Una oportunidad de liquidarlo.

La entrada estaba frente a él, su enorme hueco más oscuro que la oscuridad alrededor. Si fuera a huir ahora podría saltar escaleras abajo y llegar a la puerta principal, ¿no?

Un nuevo sonido entró al salón: un agudo chirrido por fuera del muro. Por el pasillo hacia su puerta.

Kevin agarró la pistola con las dos manos, apuntando hacia la entrada, y se puso de cuclillas. Si Slater pasaba por ese espacio, le dispararía. Había visto la forma oscura y empezó a apretar el gatillo.

El chirrido continuaba, más cerca, más cerca. Más cerca.

—Kevin —susurró una voz.

Dios, ¡ayúdame! Su mente comenzó a borrarse.

Liquídalo, Kevin. La voz de Jennifer le resonó en la mente. ¡Vuela por los aires a ese cerdo!

Apenas podía ver la pistola frente a él para enfocarla, pero logró apuntar. Y quienquiera que pasara esa puerta no podría verlo, ¿de acuerdo? No en esta oscuridad. Kevin solo vería una sombra, pero tenía esa ventaja.

El chirrido entró por la puerta.

El sudor cayó a los ojos de Kevin. Contuvo el aliento.

—Kevin, ¡quédate ahí! —oyó distante la voz de Sam—. ¿Me oyes?

Él no podía contestar.

—Quédate ahí.

Ella iba a conseguir algo con qué forzar la puerta. Abrir la cerradura con una ganzúa. Un ladrillo, una palanca, una pistola. ¡Una pistola! Ella tenía una pistola en su cartera. *¡De prisa!*

—Kevinnn... —volvió a oír el susurro.

De pronto la entrada se llenó con la figura negra de un hombre. El dedo de Kevin se apretó en el gatillo. ¿Y... y si no era Slater? Un vagabundo, quizás.

La forma permaneció quieta, como si lo mirara. Si se movía... Incluso si temblaba, Kevin accionaría el gatillo.

La sangre se le agolpaba en la cabeza como si le hubieran puesto bombas en los oídos que estuvieran tratando de succionarla. *Zuum, zuum.* No se podía mover más que para temblar levemente en la oscuridad. Volvía a tener once años, y enfrentaba al muchacho en el sótano. Atrapado. *Esto te costará los ojos, vándalo.*

Un objeto de metal golpeó contra la puerta principal. ¡Sam!

La figura ni siquiera se estremeció.

¡Ahora, Kevin! ¡Ahora! Antes de que huya. ¡Aprieta el gatillo!

¡Clang!

—¿Por qué haría yo algo tan insensato como saltar en pedazos una vieja bodega abandonada?

Era la voz de Slater.

—Qué bueno volverte a encontrar frente a frente, Kevin. Me gusta la oscuridad, ¿a ti no? Pensé en traer velas para la ocasión, pero así me gusta más.

¡Dispara! ¡Dispara, dispara, DISPARA!

—Llevamos en esto solo tres días y ya estoy cansado. Se acabaron las prácticas. Esta noche empezamos el verdadero juego —formuló Slater.

El sonido de acero contra acero resonó en la puerta principal.

—Hasta luego.

La figura se movió.

La presión que Kevin había ejercido sobre el gatillo finalmente hizo saltar el martillo al mismo tiempo. El salón se inflamó con un rayo resplandeciente seguido por un horrible trueno. Vio el abrigo negro de Slater cuando dejaba libre la entrada.

—¡Aaahhh!

Volvió a disparar. Una tercera vez. Se puso de pie, saltó sobre la abertura, y giró dentro del pasillo. Una puerta en el fondo se cerró de golpe. El hombre había desaparecido. A Kevin lo rodeó la oscuridad.

Giró alrededor, agarró el pasamanos, y bajó tambaleándose las escaleras.

—¡Kevin!

La puerta se abrió de golpe a la luz del día antes de que Kevin llegara a ella. Sam se abalanzó a la claridad y salió corriendo por el andén.

—Se fue —resolló Kevin—. Por allá atrás. Por una ventana o algo así.

—Espera aquí.

Sam corrió a la esquina, asomó la cabeza, y luego despareció.

Kevin sintió el suelo desnivelado debajo de sus pies. Agarró un poste telefónico y se afirmó. ¿Por qué había esperado? Pudo haber terminado todo el asunto con un solo disparo, exactamente allí en el salón. Por otra parte, no tenía pruebas de que la figura fuera Slater. Podría haber sido un idiota jugando...

No, se trataba de Slater. Definitivamente. Tú, podrido pusilánime. *Lo dejaste huir. ¡Él estaba allí y tú lloriqueaste como un perro!* Kevin gruñó y cerró los ojos, furioso.

Sam reapareció treinta segundos después.

—Se ha ido.

—¡Acaba de estar allí! ¿Estás segura?

—Hay una salida de incendio con una escalera. Ahora podría estar en cualquier parte. Dudo que esté esperando otra oportunidad —opinó ella mirando hacia atrás, pensando.

—No hay bomba, Sam. Él quería enfrentarme. Por eso la adivinanza era tan fácil. Lo vi.

Ella fue hasta la puerta, miró adentro, y dio a los interruptores. No sucedió nada.

—¿Cómo trancó la puerta?

—No sé. Simplemente entré y se cerró de golpe a mis espaldas.

Sam traspasó la puerta y miró hacia arriba.

—Está preparada. Utilizó una polea con una cuerda...

Ella siguió la cuerda con los ojos.

—¿Qué pasa?

—La cuerda termina en el mostrador. Él estaba aquí cuando cerró la puerta jalándola.

—¿En la entrada? —preguntó Kevin viendo la declaración como algo absurdo.

—Sí, así creo. La cuerda está bien escondida, pero él estaba aquí. No quiero contaminar la escena... debemos conseguir un poco de luz aquí adentro —explicó ella retrocediendo y desplegando su teléfono celular—. ¿Estás seguro de que era él?

—Me habló. Se quedó allí y preguntó por qué haría algo tan sin sentido como saltar en pedazos una vieja bodega abandonada.

Kevin sintió que se le doblaban las piernas. Se sentó bruscamente en la acera. La pistola colgaba de su mano derecha.

—¿Encontraste esto mientras deambulabas por tu antiguo vecindario esta mañana? —curioseó Sam mirando la pistola.

—Lo siento —se disculpó él—. Ya no puedo permitir que me mangonee.

Ella asintió con un movimiento de cabeza.

—Ponla en el maletero o donde la hayas escondido, y por favor, no la vuelvas a usar.

—Le disparé. ¿Crees que le pude haber dado?

—No veo sangre. Pero hallarán evidencia de los disparos —comentó ella, y luego hizo una pausa—. Quizás te pidan que entregues la pistola. No creo que esté legalizada.

Él negó con la cabeza.

—Quítala de en medio antes de que los otros lleguen aquí. Hablaré con Jennifer.

—¿Otros?

—Ya debería estar aquí —contestó Sam mirando el reloj—. Debo abordar un avión.

18

NO HUBO BOMBA y Slater había cumplido su objetivo cuarenta minutos antes de la hora. Solucionaron su primera adivinanza dentro del tiempo asignado, pero con ello también habían servido al asesino. Hizo contacto con Kevin en persona y escapó sin dejar rastro.

Sam le dio a Jennifer los detalles por teléfono mientras esperaba que llegara su taxi. Ella aún sentía incertidumbre respecto de algo... y estuvo incluso un poco renuente de llamar a Jennifer, pero había dicho que no tenía alternativa. De todas las autoridades, en quien más confiaba era en Jennifer. Nada de polis hasta que hubiera pasado la marca de los noventa minutos; ella había insistido mucho en eso.

Jennifer estaba en camino con un equipo del FBI para empezar la investigación. Sam tendría suerte si lograba agarrar su vuelo; Kevin observó las luces traseras del taxi cuando aceleraba por la calle y giraba en la esquina.

Sí, en efecto, habían solucionado la adivinanza. ¿De veras? Por ahora podría descansar tranquilo; había estado frente a frente con un demente y había sobrevivido. Lo hizo huir con unos cuantos disparos a las botas. Algo así.

Pero aún sentía como si le estuvieran apretando la cabeza en un torno. Estaba de acuerdo con Sam; algo no estaba bien.

¿De qué se trataba esa cita en Houston que era tan importante para ella? ¿Y por qué no era muy comunicativa sobre la verdadera naturaleza de la reunión? Ella sabía que el Asesino de las Adivinanzas estaba aquí. ¿Qué había en Houston?

¿Y por qué no se lo decía? Aquí en Long Beach la ciudad estaba aterrorizada por el hombre que los medios de comunicación habían apodado Asesino de las Adivinanzas, pero Sam se dedicaba a otra cosa en otra ciudad. No tenía sentido.

Un auto blanco giró en la calle y rugió hacia él. Jennifer.

Dos agentes descendieron con ella, uno con el arma desenfundada, ambos equipados con linternas. Jennifer les habló rápidamente, enviando a uno a la parte de atrás y al otro a la puerta del frente, la cual aún estaba abierta en un marco astillado. Sam le había dado con el gato del auto.

Jennifer se le acercó, vestía un traje azul y tenía el cabello suelto sobre los hombros en la brisa cálida.

—¿Estás bien? —le preguntó.

Ella miró la bodega, y por un instante Kevin imaginó que su pregunta era solo una cortesía, su verdadero interés yacía en cualquier cosa que sus ojos curiosos encontraran más allá de la puerta. Una nueva escena de crimen. Como a todos ellos, a ella le encantaban las escenas de crimen. Deberían encantarle: la escena del crimen lleva al asesino, en este caso Slater.

Ella volvió a prestarle atención.

—Tan bien como puedo estar —contestó él.

—Pensé que nos entendíamos —le manifestó ella mirándolo a los ojos.

—¿Qué quieres decir? —preguntó él pasándose la mano por el cabello.

—Supuse que en esto estábamos del mismo lado. Supuse que me dirías todo, ¿o no te dio esa impresión nuestra conversación de ayer?

De pronto él se sintió como un colegial de pie en la oficina del director.

—Por supuesto que estamos del mismo lado.

—Entonces hazme una promesa que puedas cumplir. No desaparezcas a menos que lo acordemos. Es más, no hagas *nada* a menos que estemos de acuerdo en que lo hagas. No puedo hacer esto sin ti; y te aseguro que no necesito que sigas las indicaciones de nadie más.

Una gran tristeza se apoderó de Kevin. Sintió un nudo en la garganta, como si fuera a llorar exactamente aquí frente a ella. Otra vez. Nada sería tan humillante.

—Lo siento. Sam dijo...

—No me importa lo que Sam te diga. Tú eres responsabilidad mía, no de ella. El cielo sabe que necesito toda la ayuda que pueda obtener, pero sigue mi plan así oigas otra cosa de alguien además de Sam. Sea de quien sea la idea, me lo dices. ¿De acuerdo?

—De acuerdo.

Ella suspiró y cerró momentáneamente los ojos.

—Ahora, ¿qué te sugirió Sam?

—Que debo hacer todo lo que digas.

Jennifer parpadeó.

—Tiene razón —concordó, mirándolo mientras iba hacia la bodega—. Quiero a este asqueroso tanto como tú. Tú eres nuestra mejor posibilidad...

Ella se detuvo.

—Lo sé. Me necesitas para atraparlo. ¿Y a quién le importa un comino Kevin mientras obtenemos lo que necesitamos de él? ¿Es así el asunto?

Ella lo miró, él no podía decir si enojada o avergonzada. Su rostro se suavizó.

—No, no es así. Me da pena que estés pasando este infierno, Kevin. No puedo entender por qué las personas inocentes tienen que sufrir, pero a juzgar por cómo lo he hecho, está fuera de mi alcance cambiar las cosas —opinó mirándolo directamente a los ojos—. No quise parecer tan dura. Yo simplemente... no voy a dejar que él te haga daño. Él mató a mi hermano, ¿recuerdas? Perdí a Roy, pero no voy a perderte a ti.

Kevin entendió de repente. Eso explicaba el enojo de ella. Quizás algo más.

—Y sí, en realidad, te necesito —continuó ella—. Tú eres nuestra mejor esperanza de detener a un chiflado que resulta estar tras de ti.

Ahora Kevin se sintió más como un estudiante torpe que como alguien a quien hicieron ir a la oficina del director para disciplinarlo. *Estúpido, Kevin. Estúpido, Kevin.*

—Lo siento. Lo siento mucho.

—Disculpas aceptadas. Solo que no huyas de nuevo, ¿de acuerdo?

—Prometido.

Él levantó los ojos y vio la misma mirada que había visto a veces en los ojos de Sam. Una mezcla de preocupación y empatía. *Estúpido, estúpido, Kevin.*

Jennifer bajó la mirada hasta la boca de él y respiró profundamente.

—Así que lo viste.

Kevin asintió con un movimiento de cabeza.

—Está progresando —comentó ella volviendo a mirar la puerta.

—¿Progresando?

—Quiere más. Más contacto, más peligro. Determinación.

—¿Por qué entonces simplemente no sale y me pide lo que sea que quiera?

—¿Quieres ir arriba conmigo? —preguntó ella agarrando una linterna—. Esperaremos hasta que mis hombres salgan; no quiero echar a perder ninguna evidencia. Comprendo que estés con los nervios de punta, pero cuanto más pronto sepa yo cómo pasó esto, mayores son las posibilidades de usar cualquier información que consigamos.

Él asintió de nuevo.

—¿Ya lo saben los polis?

—Todavía no. Milton parece que no puede mantener cerrado el pico. Él sabe que te hallamos y también lo sabe la prensa. En lo que al público respecta, esto no ocurrió. La situación es bastante conflictiva.

Jennifer miró el reloj.

—Aún nos quedan dieciocho de los noventa minutos. De algún modo eso no cuadra. Sinceramente, estuvimos pensando más en biblioteca que en bodega.

—Biblioteca. *¿Qué quiere estar lleno pero siempre estará vacío?* Como en el conocimiento vacío.

—Sí.

—Um.

—Estamos obteniendo evidencias; eso es lo que cuenta. Tenemos su voz grabada; tenemos su presencia en este edificio; tenemos más antecedentes. Ha tenido varias oportunidades de lastimarte y no lo ha hecho. Sam me dijo que hablaste con él. Necesito saber exactamente qué dijo.

—¿Más antecedentes? —inquirió Kevin—. ¿Qué antecedentes?

Un agente del FBI se dirigió a ellos.

—Perdónenme, solo quería hacerles saber que las luces están encendidas de nuevo. Sacaron el fusible.

—¿No había explosivos?

—No que podamos encontrar. Aquí hay algo que usted debe ver.

—Volveré en seguida —informó, mirando a Kevin.

—¿Quieres mostrarme lo que sucedió?

—Tan pronto como terminen de asegurar el escenario. No queremos más huellas o más indicio de evidencia de las necesarias. Serénate —explicó ella, se dirigió a la puerta y desapareció dentro de la bodega.

Kevin metió las manos en los bolsillos y pasó los dedos por el teléfono de Slater. No había duda de que era un torpe, un hombre incapaz de entrar a la sociedad de una manera normal porque su tía Balinda le golpeó el intelecto contra una pared imaginaria durante veintitrés años de su vida. Su mente estaba más asustada de lo que podía aceptar.

Volvió a mirar el edificio, y recordó la imagen de Jennifer dirigiéndose a la puerta. Sam tenía razón; él le gustaba a ella, ¿verdad?

¿Gustarle? ¿Cómo podía él saber si le gustaba a ella? *Mira, Kevin. Así es como piensan los perdedores de primera clase. Ellos no tienen vergüenza. Se quedan inmovilizados ante el cuchillo de un asesino, y sus mentes se dejan llevar por la agente del FBI que han conocido solo hace tres días.* Dos días si se le quita el día que huyó con Sam, la despampanante agente de la CBI.

El celular le vibró en los dedos y se sobresaltó.

Sonó otra vez. Slater estaba llamando y eso era un problema, ¿verdad? ¿Por qué llamaría ahora Slater?

El teléfono sonó por tercera vez antes de que decidiera desplegarlo.

—¿A... aló?

—¿A... aló? Pareces un imbécil, Kevin. Creí haber dicho que nada de policías.

Kevin giró hacia la bodega. Los agentes estaban dentro. Después de todo había una bomba dentro, ¿o no?

—¿Policías? No llamamos a la policía. Creí que el FBI estaba bien.

—Policías, Kevin. Todos ellos son cerdos. Cerdos en la sala. Estoy viendo las noticias, y los noticieros afirman que los policías saben dónde estás. Tal vez deba contar hasta tres y volarles las tripas hasta el reino venidero.

—¡Usted dijo que nada de *polis*! —gritó Kevin.

Había una bomba en la bodega y Jennifer estaba adentro. Tenía que sacarla. Corrió hacia la puerta.

—No *usamos* policías.

—¿Y estás corriendo, Kevin? Rápido, rápido, sácalos. Pero no te acerques demasiado. La bomba podría explotar y encontrarían tus entrañas en las paredes con las de los demás.

Kevin asomó la cabeza por la puerta.

—¡Salgan! —gritó—. ¡Salgan! ¡Hay una bomba!

Corrió hacia la calle.

—Tienes razón, hay una bomba —informó Slater—. Te quedan trece minutos, Kevin. Si decido no castigar*te.* *¿Qué quiere estar lleno pero siempre estará vacío?*

—¡Slater! —exclamó él deteniéndose—. Salga y enfréntese a mí, usted...

Pero Slater había colgado. Kevin cerró el teléfono y giró hacia la bodega exactamente en el momento en que Jennifer salía, seguida de los dos agentes.

—¿Qué pasa? —preguntó ella al ver la mirada en el rostro de él.

—Slater —contestó él tontamente.

—Llamó Slater —dijo Jennifer corriendo hacia Kevin—. Estamos equivocados, ¿no es cierto? ¡No era esto!

La cabeza de Kevin le empezó a dar vueltas. Se puso las manos en las sienes y cerró los ojos.

—¡Piensa, Jennifer. ¡Piensa! *¿Qué quiere estar lleno pero siempre estará vacío?* Él sabía que vendríamos aquí, así que nos esperó, ¡pero no es esto! ¿Qué desea llenarse? ¿Qué?

—Una biblioteca —contestó el agente llamado Bill.

—¿Dijo él cuánto tiempo?

—Trece minutos. Afirmó que podría hacerla explotar antes porque los policías llamaron a la prensa.

—Milton —expresó Jennifer—. Juro que le podría retorcer el pescuezo. Dios, ayúdanos.

Ella sacó un bloc del bolsillo trasero, miró la página llena con escritos, y comenzó a caminar de un lado al otro.

—36933, qué más podría tener un número asociado...

—Un número de referencia —soltó Kevin.

—¿Pero de qué biblioteca? —indagó Jennifer—. Tiene que haber miles...

—El instituto teológico —profirió Kevin—. La Augustine Memorial. Va a volar la Biblioteca Augustine Memorial.

Se miraron por un momento inerte en el tiempo. Como uno solo, los tres agentes del FBI corrieron hacia el auto.

—¡Llame a Milton! —rogó Bill—. Que desalojen la biblioteca.

—Sin policías —advirtió Jennifer—. Llama al instituto.

—¿Y si no nos comunicamos con las personas adecuadas con la suficiente rapidez? Necesitamos allí una cuadrilla motorizada.

—Por eso nos estamos dirigiendo allá. ¿Cuál es la vía más rápida al instituto?

Kevin corrió hacia su auto al otro lado de la calle.

—Por Willow. Síganme.

Él se deslizó detrás del volante, encendió el motor, y salió del borde de la acera haciendo chirriar las llantas. Once minutos. ¿Podrían llegar a la biblioteca en once minutos? Dependiendo del tráfico. ¿Pero podrían encontrar una bomba en once minutos?

Un horripilante pensamiento le pasó por la mente. Aunque llegaran a la biblioteca, no tendrían tiempo para buscar sin arriesgarse a quedar atrapados dentro cuando explotase la bomba. Allí volvía a estar este asunto de los segundos. Podrían estar a cuarenta segundos y no saberlo.

Un auto era una cosa. Un autobús era peor. Pero la biblioteca... Dios nos libre de que estuvieran equivocados.

—¡Me das asco, cobarde!

Rugieron por Willow, haciendo sonar las bocinas, sin hacer ningún caso a los semáforos. Esto se estaba volviendo un mal hábito. Él sacó de la calzada a un Corvette azul y serpenteó en la superficie de la calle para evitar el mar de tráfico. Jennifer lo seguía en el auto negro más grande. En cada intersección de calles las hondonadas golpeaban su suspensión. Llegaría a la Calle Anaheim y cortaría hacia el oriente.

Siete minutos. Iban a lograrlo. Pensó en la pistola en el auto. Entrar corriendo a la biblioteca agitando una pistola no le reportaría más que la confiscación de su duramente ganado premio. Solamente le quedaban tres balas. Una para la barriga, otra para el corazón y otra para la cabeza de Slater. *Pum, pum, pum. Te voy a meter una bala en tu asqueroso corazón, mentiroso saco de carne agusanada. A esto pueden jugar dos, pequeño. Escogiste el muchacho equivocado para fastidiarlo. Una vez te hice sangrar la nariz; esta vez te voy a hundir. A dos metros bajo tierra, donde viven los gusanos. Me produces náuseas, náuseas...*

Kevin vio el sedán blanco en la intersección delantera en el último minuto posible. Echó su peso hacia atrás en el asiento y presionó el pedal del freno hasta el piso. Las llantas chirriaron, su auto se deslizó a los lados, por poco le pega a las luces traseras de un antiguo Chevy, y se enderezó milagrosamente. Con las manos blancas en el volante, presionó el acelerador y salió a toda velocidad. Jennifer lo seguía.

¡Concéntrate! Ahora nada podía hacer con relación a Slater. Debía llegar entero a la biblioteca. Es interesante lo amargado que se puede volver un hombre en el espacio de tres días. *¿Te voy a meter una bala en tu asqueroso corazón, mentiroso saco de carne agusanada?* ¿Qué era eso?

En cuanto Kevin vio el frontal arqueado de vidrio de la Biblioteca Augustine Memorial supo que habían fallado los intentos de Jennifer de despejar el lugar. Un estudiante asiático caminaba sin ninguna prisa por las puertas dobles, ensimismado. Tenían entre tres y cuatro minutos. Quizás.

Kevin puso la palanca de cambios en modo de estacionamiento mientras el auto aún estaba rodando. El vehículo se sacudió y se detuvo. Salió y corrió hacia las puertas del frente. Jennifer ya le pisaba los talones.

—¡Tranquilo, Kevin! Tenemos tiempo. Simplemente sácalos tan rápido como sea posible. ¿Me oyes?

Él disminuyó la carrera. Ella se puso a su lado, y luego tomó la delantera.

—¿Cuántas aulas hay? —preguntó Jennifer.

—Algunas en la segunda planta. Hay un sótano.

—¿Sistema de comunicación interna?

—Sí.

—Bien, muéstrame dónde queda la oficina. Yo haré el anuncio; tú desalojas el sótano.

Kevin señaló la oficina, corrió a las escaleras y las bajó de dos en dos. ¿Cuánto tiempo? ¿Tres minutos?

—¡Salgan! ¡Salga todo el mundo!

Corrió por el pasillo, entró al primer salón.

—¡Salgan! ¡Salgan ahora!

—¿Qué pasa, compañero? —preguntó indolentemente un hombre de mediana edad.

—Hay una bomba en el edificio —contestó Kevin sin poder pensar cómo decírselo de alguna manera que no hiciera cundir el pánico.

El sujeto lo miró por un segundo, luego se puso de pie como un relámpago.

—¡Despejen el pasillo! —gritó Kevin, partiendo para el próximo salón—. ¡Salgan todos!

La voz de Jennifer se oyó por el sistema de comunicación interna, tensa.

—Les habla el FBI. Tenemos motivos para sospechar que podría haber una bomba en la biblioteca. Desalojen el edificio con calma, inmediatamente.

Ella repitió el mensaje, pero por todo el sótano resonaron gritos que apagaban su voz.

Pies que retumbaban; voces que gritaban; pánico declarado. Tal vez era lo menos malo. No tenían tiempo para poner orden.

A Kevin le tomó todo un minuto, tal vez dos, cerciorarse de que el sótano estaba despejado. Comprendió que se estaba poniendo en peligro, pero esta era su biblioteca, su instituto, su culpa. Apretó los dientes, corrió hacia las escaleras, y estaba en la mitad cuando recordó el salón de suministros. Improbable que hubiera nadie allí. A menos...

Se detuvo a cuatro peldaños de lo alto. Carl. Al conserje le gustaba escuchar música con audífonos mientras trabajaba. Le gustaba bromear acerca de que había más de una forma de llenar la mente. Aseguraba que le parecían bien los libros, pero que la música era la expresión más alta de cultura. Solía descansar en el cuarto de suministros.

Se acaba el tiempo, Kevin.

Dio media vuelta y bajó corriendo. El clóset de suministros estaba a su derecha, en la parte trasera. Ahora el edificio estaba en silencio a no ser por los pasos apremiantes de sus pies. ¿Cómo sería quedar atrapado en una explosión? ¿Y dónde habría plantado Slater las cargas?

Kevin abrió la puerta de un golpe.

—¡Carl!

El conserje estaba al lado de un montón de cajas con las palabras *Libros Nuevos* escritas en hojas rosadas de papel.

—¡Carl! ¡Gracias Dios!

Carl le sonrió mientras asentía con la cabeza a cualquier música que entrara a sus oídos. Kevin corrió hacia él y le quitó los audífonos.

—¡Sal de aquí! Han desalojado el edificio. ¡Rápido, hombre! ¡De prisa!

Los ojos del hombre se abrieron de par en par.

Kevin lo agarró de la mano y lo jaló hacia la puerta.

—¡Corre! Ya salió todo el mundo.

—¿Qué pasa?

—¡Tú corre!

Carl corrió.

Dos minutos. A su derecha había otro clóset más pequeño... con material de oficina para la administración, según le dijo una vez Carl. Vacío casi todo el tiempo. Kevin saltó hacia el clóset y abrió bruscamente la puerta.

¿Cuántos explosivos se necesitaban para hacer volar por los aires un edificio de este tamaño? Kevin estaba mirando la respuesta. Cables negros sobresalían de cinco cajas de zapatos y se unían en un artefacto que parecía el interior de un radio de transistores. La bomba de Slater.

—¡Jennifer! —gritó Kevin; giró hacia la puerta y volvió a gritar, a voz en cuello—. ¡Jennifer!

Su voz volvió a resonar. El edificio estaba vacío. Kevin se pasó las manos por el cabello. ¿Podría sacar esto? Volaría allí. Allí es donde están las personas. ¡Tienes que desactivarla! ¿Pero cómo? Extendió el brazo hacia los cables, hizo una pausa, y lo echó atrás.

Tirar de los cables probablemente la detonaría, ¿o no?

Vas a morir, Kevin. Podría pasar en cualquier segundo. Él podría detonarla antes.

—¡Kevin! —gritó Jennifer escaleras abajo—. Kevin, por el amor de Dios, ¡contéstame! ¡Sal!

Él salió corriendo del cuarto de suministros a toda velocidad. Lo había visto un centenar de veces en las películas: la explosión detrás, las llamadas, el salto del héroe rodando hacia la libertad apenas fuera del alcance de la onda expansiva.

Pero esto no era una película. Esto era real, esto era ahora, y este era él.

—Kevin...

—¡Vete! —gritó él—. ¡Aquí está la bomba!

Subió de un salto los cuatro primeros peldaños, y su impulso lo llevó a lo alto en otros dos.

Jennifer estaba en la puerta, manteniéndola abierta, pálida.

—¿Qué estás pensando? —ella lo agitó bruscamente—. Pudo explotar antes. ¡Vas a hacer que los dos muramos!

Él se lanzó corriendo hacia el estacionamiento. Jennifer le siguió el ritmo.

A cien metros había un enorme arco de espectadores, viéndolos correr.

—¡Atrás! —gritó ella, corriendo hacia ellos—. ¡Más atrás! ¡Atr...!

Un profundo y horrible *soplido* la interrumpió. Luego una explosión más fuerte y repentina, y el estallido de cristales saltando en pedazos. La tierra se estremeció.

Jennifer agarró a Kevin por la cintura y lo lanzó a tierra. Cayeron juntos y rodaron. Ella puso los brazos sobre la cabeza de él.

—¡No te levantes!

Él quedó sofocado por ella durante unos cuantos segundos. Se oyeron alaridos por todo el césped. Jennifer se medio levantó y miró hacia atrás. Su pierna estaba sobre la parte trasera de las piernas de Kevin, y su mano le presionaba la espalda para apoyarse. Kevin se dio vuelta y siguió la mirada de ella.

La mitad de la ornamentada corona del Instituto de Teología del Pacífico yacía en un montón de escombros humeantes. La otra mitad sobresalía hacia el cielo, desprovista de cristales, desnuda.

—Dios mío, Dios mío, ayúdanos a todos —exclamó Jennifer—. La explotó antes, ¿verdad? A ese Milton yo lo mato.

Todavía respirando con dificultad por la carrera, Kevin se quedó boca abajo y ocultó el rostro en la hierba.

19

LA EXPLOSIÓN DE LA BIBLIOTECA poco después de la del autobús puso a Long Beach en el centro del escenario mundial. Todas las cadenas de noticias pasaban y volvían a pasar las secuencias en vivo de la biblioteca mientras volaba en pedazos, tomadas por un estudiante alerta. Los helicópteros volaban en círculos sobre el hoyo que había sido un edificio, y transmitían sensacionales imágenes a millones de espectadores que no apartaban la vista de los televisores. El mundo había visto esto antes, y todos tenían en sus mentes la misma pregunta: ¿Terrorismo?

Pero la explosión era obra de un demente conocido solo como Asesino de las Adivinanzas, decían todos los noticieros. Milagrosamente nadie salió herido en la explosión; es más, no se había perdido ninguna vida en ninguno de los tres incidentes. Sin embargo, todos sabían que solo era cuestión de tiempo. Él había matado en Sacramento; mataría en Long Beach. A menos que las autoridades lo detuvieran primero. A menos que su rebuscada víctima, Kevin Parson, confesara lo que el asesino demandaba que confesara. ¿Dónde estaba Kevin Parson? Algunos aseguraban haberlo visto salir corriendo del edificio con una mujer, una agente del FBI. Los tenían en el video del estudiante. Sensacionales secuencias.

La ATF había entrado en la refriega después de la primera bomba; ahora volvían cobrar relevancia. Por todas partes de la biblioteca había policías estatales, policías locales, comisarios y media docena de fuerzas más.

Jennifer hacía lo posible por mantener alejado a Kevin de los largos tentáculos de los medios de comunicación mientras trataba de entender la escena. Evitó a Milton, por la simple razón de que no confiaba en su presencia. Él había estado a pocos segundos de matar a Kevin y a muchos otros por hablar con la prensa. Si ya antes se había disgustado con él, verlo ahora corriendo de un lado a otro la enojaba más.

Sin embargo, Milton era parte integral de la investigación, y ella no pudo evitarlo una vez que terminaron sus reuniones con la prensa.

—¿Sabías que esto iba a ocurrir? —quiso saber él.

—Ahora no, Milton.

Él la tomó del brazo y la alejó de los curiosos, apretándola con tanta fuerza como para lastimarla.

—Tú estabas aquí. Eso significa que sabías. ¿Desde cuándo lo sabías?

—Suélteme —ordenó ella bruscamente.

Él le soltó el brazo y la miró por encima del hombro, sonriendo.

—¿Significa algo para ti la palabra *negligencia*, agente Peters?

—¿Significa algo para usted la palabra *carnicería*, detective Milton? Yo lo supe porque él me lo quiso hacer saber. Usted no supo acerca de la biblioteca porque él dijo que si se le decía a usted, él volaría el edificio antes. Es más, él lo voló antes porque usted le anunció al mundo que habíamos encontrado a Kevin. Usted, señor, tiene suerte de que saliéramos cuando lo hicimos, o usted tendría *al menos* dos cadáveres en sus manos. Ni me vuelva a tocar.

—Pudiéramos haber llevado una patrulla antiexplosivos.

—¿Hay algo en el aire que le impide escuchar bien? ¿Qué parte del «él dijo que volaría el edificio antes» no penetró en ese grueso cráneo suyo? ¡Usted casi nos mata!

—Tú representas un peligro para mi ciudad, y eres ingenua si crees que voy a mantenerme al margen sin más y dejar que hagas lo que quieras.

—Y usted representa un peligro para Kevin. Se lo voy a plantear al jefe de la oficina.

Los ojos de él se estrecharon por un breve instante, luego volvió a sonreír.

—No hemos terminado con esto.

—Seguro que sí —expresó ella alejándose.

Si no fuera por el hecho de que medio mundo estaba observando, ella pudo haberlo agarrado por la corbata y habérsela apretado en la garganta. Le tomó treinta segundos sacarse de la mente al tipo. Ella tenía cosas más importantes en que pensar que en un tonto extra celoso. Eso se dijo ella, pero en realidad Milton se le posó en el estómago como una píldora amarga.

Dos preguntas inquietaban por el momento la mente de Jennifer. Primera: ¿había visto alguien a un extraño entrar a la biblioteca en las últimas veinticuatro horas? Y segunda: ¿había visto alguien a *Kevin* entrar a la biblioteca en las últimas veinticuatro horas? Samantha había abierto la puerta al asunto de la participación de Kevin, y aunque Jennifer sabía que la idea era ridícula, la pregunta hizo surgir otras. Le molestaba la teoría de Samantha de que alguien en el interior podría estar vinculado de algún modo con Slater.

El Asesino de las Adivinanzas era increíblemente escurridizo. Los últimos tres días no habían sido la excepción. Sam estaba en Texas, averiguando algo que mantenía en alto sus esperanzas. Sin duda mañana vendría tan campante con una nueva teoría que los haría volver a empezar de cero. En realidad la agente de la CBI estaba empezando a gustarle cada vez más, pero los problemas de jurisdicción tenían su modo de tensar las mejores relaciones.

Al final nadie había visto un extraño por la biblioteca. Y nadie vio a Kevin. La empleada de mostrador recordaba a Kevin, pues era un ávido lector. En cuanto a eludir el sistema de seguridad, de lo cual no había evidencia, eran mínimas las probabilidades de que alguien entrara a la biblioteca sin ser visto. Carl había estado en el clóset ayer en la mañana y no vio ninguna bomba, lo cual significaba que Slater halló un modo de entrar desde entonces, o en la noche o delante de ellos, sin ser reconocido. ¿Cómo?

Una hora después de la explosión, Jennifer estaba sentada frente a Kevin en un pequeño restaurante chino, y trataba de distraerlo con un poco de conversación insignificante mientras comían. Pero ninguno de los dos era bueno en conversaciones insignificantes.

Regresaron a la bodega a las nueve, esta vez armados con halógenos de alta intensidad que iluminaron el interior como una cancha de fútbol. Kevin recorrió con ella la escena. Pero ahora era cerca de la medianoche, y él estaba medio dormido. A diferencia de la biblioteca, la bodega estaba en silencio. Sin policías, sin ATF, solo FBI.

Ella no se había molestado en contarle a Milton el incidente de la bodega. Lo haría tan pronto como hubiera acabado. Primero debía explicar la situación a Frank, quien sin duda finalmente concordaría con su razonamiento, pero eso no lo contentaría. Ya se había ganado una gran reprimenda de parte de una docena de fuentes. El gobernador pedía que se diera fin a esto. Washington también empezaba a presionar. Se les estaba acabando el tiempo. Si explotaba otra bomba la podrían quitar del caso.

Jennifer miró a Kevin, quien inclinaba hacia atrás la cabeza contra la pared en el área de recepción, con los ojos cerrados. Ella entró a un salón de almacenaje de tres por tres donde estaban reuniendo evidencias para llevar al laboratorio. Bajo otras circunstancias ella probablemente estaría haciendo esto en su escritorio, pero Milton le estaría echando el aliento en la nuca. Además, era favorable estar cerca del cuarto de almacenaje para que Galager transfiriera lo que necesitaba de la furgoneta y pusiera aquí un sitio provisional de trabajo.

—¿Alguna conclusión, Bill?

Galager se inclinó sobre un plano del piso de la bodega sobre el cual había vuelto a dibujar meticulosamente las huellas tal como aparecieron.

—Casi puedo asegurar que Slater entró y salió por la escalera de incendios. Tenemos un sencillo juego de huellas que suben y bajan, lo cual guarda relación con el testimonio. Él va y vuelve por el pasillo media docena de veces, esperando que Kevin aparezca, desciende las escaleras al menos dos veces, monta su trampa, y termina aquí en este salón —explicó Bill, dando golpecitos con el dedo en el cuarto contiguo al lugar donde se ocultó Kevin.

—¿Cómo cerró la puerta? Lo hizo con la cuerda, pero Sam me dijo que estaba abierta cuando llegaron.

—Solo podemos suponer que se las arregló para cerrarla de algún modo. Es factible que con un fuerte golpe se pudiera engranar la cerradura.

—Parece poco convincente —opinó Jennifer—. Así que lo tenemos entrando y saliendo por la escalera de incendios. Kevin entra y sale por la puerta principal. ¿Qué hay de las huellas mismas?

—Al fin y al cabo solo hay cuatro huellas claras, las que hemos moldeado y fotografiado. El problema es que todas son del pasillo y de las escaleras donde anduvieron Kevin y Slater. Igual tamaño. Igual forma básica. Las dos de suela dura y parecidas a las que usa Kevin; es imposible determinar de manera visual cuál es cuál. El laboratorio las distinguirá.

Jennifer reflexionó en el informe de Bill. Sam no había entrado al edificio, lo cual fue una buena idea. Pero ella tampoco vio entrar o salir a Slater.

—¿Y la grabación?

Galager ya había transferido la información a un casete que tenía en una grabadora pequeña sobre la mesa.

—Esta vez también el laboratorio nos tendrá que decir lo que puedan conseguir, pero el asunto me parece claro. Esta es la primera grabación del cuarto del hotel.

Pulsó el botón de inicio. Se oyeron dos voces en el altavoz. Slater y Samantha.

—*Listo, así es mejor, ¿no lo crees? El juego no durará para siempre; también podríamos hacerlo más interesante.*

Respiración corta y profunda. Slater.

—*¿Qué hay de bueno en un juego que usted no puede perder? No prueba nada.*

Ella reconoció la voz de Sam. El casete continuó hasta el final de la conversación y se apagó con un clic.

—He aquí la segunda grabación, hecha mientras estábamos aquí más temprano esta tarde —expresó Galager y pulsó. Esta vez eran Kevin y Slater.

Kevin: —*¿A... aló?*

Slater: —*¿A... aló? Pareces un imbécil, Kevin. Creí haber dicho que nada de policías.*

Las grabaciones eran claras y nítidas. Jennifer asintió.

—Llévalas inmediatamente al laboratorio con las huellas. ¿Alguna información sobre el trabajo en el tatuaje de la daga o la sangre en la bodega?

—La sangre es demasiado vieja para poder saber el tipo. Están teniendo problemas hasta con eso. Veinte años es mucho tiempo.

—¿Así que tiene veinte años?

—A lo mejor entre diecisiete a veinte. Concuerda con la confesión de Kevin.

—¿Y el escrito?

—Tienen dificultades para descifrarlo. Por otra parte, sí tenemos algo con el tatuaje. Un hombre de un salón de tatuajes en Houston habla de un individuo corpulento con cabello rubio que entra de vez en cuando con

un tatuaje como el que Kevin describió. Dice nunca haber visto un tatuaje como ese excepto en este hombre —informó Galager y sonrió de modo
deliberado—. El informe llegó hace casi una hora. No hay dirección actual,
pero el hombre asegura que el tipo estuvo allí el martes pasado como a las
diez.

—¿En Houston? —preguntó ella, allí es donde había ido Sam—. ¿Estuvo Slater en Houston la semana pasada? No parece exacto.

—¿Houston? —inquirió Kevin detrás de ella.

Ellos se volvieron y lo vieron parado en la puerta.

—¿Tienes una pista en Houston? —preguntó otra vez, entrando.

—El tatuaje...

—Sí, lo oí. Sin embargo... ¿cómo podría estar Slater en Houston?

—Tres horas de vuelo o mucho tiempo manejando   explicó Galager—.
Es posible que esté yendo y viniendo.

—¿Tiene el tatuaje de una daga? —siguió preguntado Kevin con el ceño
fruncido—. ¿Y si este tipo resulta ser el muchacho, pero no Slater ni el Asesino de las Adivinanzas? Ustedes lo detienen y ahora él sabe de mí, dónde
vivo. Lo que menos necesito es un chiflado tras de mí.

—A menos que este tipo viva en una cueva —advirtió Galager—, ha
oído su confesión y visto su rostro en la televisión. Hay posibilidades de que
sea Slater. E incluso hay una mejor posibilidad de que Slater sea el muchacho. Tenemos un hombre amenazándolo que casi admite que es el muchacho; un muchacho que tiene motivos para amenazarlo, identificado con un
tatuaje único. Y ahora tenemos un hombre con el mismo tatuaje. Circuns-
tancial, comprendo, pero me parece muy convincente. Por menos hacemos
arrestos.

—¿Pero pueden ustedes poner a alguien tras las rejas con eso?

—Ni por casualidad. Ahí es donde entra la evidencia forense y física. Tan
pronto tenemos un sospechoso en custodia lo comparamos con la evidencia que hemos reunido, la cual es considerable. Tenemos la voz de Slater en

264   TED DEKKER

casete. Tenemos la huella de su zapato. Tenemos varias bombas, que tuvieron que elaborarse en algún sitio. Tenemos seis micrófonos... todo esto en tres días. Una auténtica buena suerte en casos como este. Yo diría que Slater se está descuidando.

Y más hoy que ayer.

—Al menos está apretando el paso —comentó Jennifer—. Parece que no le importa que lo atrapen. Lo cual no es bueno.

—¿Por qué? —inquirió Kevin.

Ella le miró el rostro demacrado. Aún tenía pegado al cabello enmarañado una hoja de del césped de fuera de la biblioteca. Sus ojos azules parecían ahora más desesperados que encantadores. No daba golpecitos en el suelo ni se pasaba la mano frecuentemente por el cabello. Kevin debía descansar.

—Basado en su perfil, imagino que se está acercando a su objetivo.

—¿Y cuál es?

Jennifer miró a Galager.

—Buen trabajo, Bill. ¿Por qué no lo envuelves y llamas a los locales?

Ella tomó a Kevin del brazo y se lo llevó fuera.

—Salgamos a caminar.

Dos de las luces callejeras más cercanas a la bodega estaban apagadas, por temporizadores de ahorro energético o por estar quemadas. Una fría brisa del océano soplaba sobre Long Beach. Ella se había quitado la chaqueta y llevaba una blusa dorada sin mangas con una falda negra; en realidad hacía algo de frío a esta hora.

—¿Estás bien? —preguntó ella cruzando los brazos.

—Cansado.

—Nada como aire fresco para despejar la mente. Por acá —lo dirigió hacia la escalera de incendios en la parte trasera.

—¿Cuál es entonces el propósito de Slater? —indagó Kevin otra vez, metiéndose las manos en los bolsillos de sus jeans.

—Bueno, ese es un problema. Lo he pensado mucho. Aparentemente parece muy sencillo: Él quiere aterrorizarte. Hombres como Slater hacen lo que hacen por una variedad de motivos, generalmente para satisfacer alguna necesidad distorsionada que se les ha desarrollado con los años, pero casi sin excepción se aprovechan de los débiles. Su punto central es su propia necesidad, no la víctima.

—Tiene sentido. ¿Y es diferente Slater?

—Creo que sí. Su propósito no parece estar en sí mismo sino en ti. Quiero decir, de modo específico.

—No estoy seguro de entender.

—Piensa en tu típico criminal en serie. Digamos un pirómano con tendencia a quemar casas. No le importa de quiénes sean las casas mientras estas suplan sus necesidades. Necesita ver llamas envolviendo la estructura... esto lo emociona y le da una sensación de poder que de otro modo estaría fuera de su alcance. La casa es importante: debe tener cierto tamaño, quizás cierta fortaleza, tal vez un símbolo de riqueza. Del mismo modo un violador podría aprovecharse de mujeres que considera atractivas. Pero su enfoque está en sí mismo, no en la víctima. La víctima es casi incidental.

—Y me estás diciendo que Slater no me ha escogido por lo que puedo hacer por él sino por lo que puede hacerme. Como hizo con tu hermano.

—Quizás. Pero esto está acabando de manera distinta al asesinato de Roy. El Asesino de las Adivinanzas calmó su sed de derramar sangre matando a Roy y haciéndolo rápidamente. Slater está jugando contigo, ya durante tres días. Estoy empezando a cuestionar nuestra suposición inicial de que él y el Asesino de las Adivinanzas sean la misma persona.

El Asesino de las Adivinanzas no parecía conocer a sus víctimas, a diferencia de Roy, a quien había seleccionado para beneficio de Jennifer. Ella se frotó los brazos contra el frío.

—A menos que todo eso fuera solo un encubrimiento para lo que está haciendo ahora —comentó Kevin—. A menos que desde el principio el juego fuera vengarse por lo que le hice.

—Esa es una suposición obvia. Ya no estoy segura. La venganza podría ser un asunto simple. Suponiendo que Slater es el muchacho que encerraste, con los años pudo haber encontrado cientos de oportunidades para saciar su venganza. Su camino más obvio habría sido lastimarte o matarte. No creo que Slater esté interesado en matarte. No pronto, de todos modos. Creo que él desea cambiarte. Quiere acorralarte de alguna forma. No creo que el juego sea la estratagema; creo que el juego es el objetivo.

—¡Pero eso es una locura! —exclamó Kevin deteniéndose y poniendo las dos manos en la cabeza—. ¿Qué pasa conmigo? ¿Quién? ¿Quién querría... acorralarme?

—Sé que aún no cuadra todo, pero cuanto más pronto resolvamos el verdadero motivo de Slater, mayores son nuestras posibilidades de sacarte de todo este desastre.

Llegaron a la parte trasera, por la escalera de incendios; esta llegaba hasta el segundo piso y doblaba hacia una ventana. Jennifer suspiró y se inclinó contra el costado de estaño.

—En resumidas cuentas, si tengo razón, entonces la única manera de entender la verdadera motivación de Slater es entenderte a ti, Kevin. Tengo que saber más acerca de ti.

Él caminaba de un lado al otro, mirando el concreto, con las manos aún en el cabello.

—Quiero saber acerca de la casa —aseguró ella.

—No hay nada que saber acerca de la casa —contestó él.

—¿Por qué no me dejas juzgarlo yo?

—¡No puedo hablar de la casa!

—Sé que crees que no puedes, pero podría darnos ahora nuestras mejores pistas. Sé que es difícil...

—¡No creo que tengas idea de lo difícil que es! ¡No te criaste allí! —exclamó él mientras seguía caminando sin rumbo fijo y se alisaba el cabello frenéticamente, luego extendió los brazos—. ¿Crees que algo de esto tiene algún significado? ¿Crees que eso es la realidad? ¿Un montón de hormigas corriendo alrededor del globo, ocultando sus secretos en sus profundos túneles oscuros? *Todos* tenemos secretos. ¿Quién dice que los míos tienen algo que ver con alguna cosa? ¿Por qué las demás hormigas no salen de sus túneles y hacen conocer al mundo sus pecados?

Kevin se estaba sincerando, y Jennifer necesitaba que hiciera exactamente eso; no porque se fuera a aprovechar sino porque ella debía comprender sus secretos si esperaba ayudarlo.

Y ella esperaba ayudarlo. Hoy más que ayer, aunque después de todo Slater no hubiera asesinado a su hermano.

—Tienes razón —asintió ella—. Todos hemos caído, como suele decir mi sacerdote. No me interesa tu pecado. Ni siquiera estuve a favor de la confesión inicial, ¿recuerdas? Me interesas tú, Kevin.

—¿Y quién soy yo, ah? —preguntó él desesperado—. Contéstame eso. ¿Quién soy? ¿Quién eres tú? ¿Quién es nadie? ¡Somos lo que hacemos! ¡*Soy* mi pecado! Si quieres conocerme entonces tienes que conocer mi pecado. ¿Es eso lo que quieres? ¿Qué ponga todo secretito sucio sobre la mesa para que puedas analizarlo minuciosamente y así conocer a Kevin, el pobre espíritu atormentado?

—Eso no es lo que dije.

—Muy bien pudiste haberlo dicho, ¡porque es cierto! ¿Por qué es justo que yo deba volcar mis tripas cuando el pastor vecino tiene tantos secretos horribles como yo? ¿Ah? Si queremos conocerlo debemos conocer sus secretos, ¿es así?

—¡Basta! —exclamó ella; su propia ira la sorprendió—. ¡*No* eres tu pecado! ¿Quién te dijo esa mentira? ¿Tu tía Balinda? Te he observado, Kevin. Me pediste que hiciera una reseña de quién eras. Bueno, permíteme ser más específica. Eres uno de los hombres más amables, tiernos e interesantes que conozco. Eso es lo que eres. Y no insultes mi inteligencia o mi discernimiento femenino menospreciando mi opinión.

Hizo una pausa en que respiró profundamente.

—No sé qué persigue Slater, o por qué, pero te garantizo que estás haciendo exactamente lo que él quiere que hagas cuando empiezas a creer que estás atrapado. Ya saliste de eso. No regreses.

Ella supo que tenía razón por el parpadeo de él. Slater trata de lanzar a Kevin al pasado, y el pensamiento lo aterró tanto que le hizo perder el control. Y así era exactamente como Slater cumpliría su propósito: atrapándolo en el pasado.

Kevin la miró, asombrado. Entonces a ella se le ocurrió, al mirar los ojos bien abiertos de él, que no solo le gustaba Kevin sino que se preocupaba profundamente por él. No le correspondía preocuparse por él; ni siquiera *quería* preocuparse por él, no de esta manera. La empatía de ella había salido a la superficie, sin ser llamada. Siempre había sido un poco ingenua ante los oprimidos. Siempre había tenido debilidad por los hombres que estaban lastimados de algún modo. Ahora su debilidad había encontrado a Kevin.

Pero esto no parecía una debilidad. Ella lo hallaba atractivo en realidad, con su cabello recortado y su encantadora sonrisa. Y esos ojos. Eso no era empatía, ¿o sí?

Jennifer cerró los ojos y tragó saliva. *Dios te libre, Jennifer. De todos modos, ¿cuándo fue la última vez que saliste con un hombre? ¿Hace dos años? ¿Ese montañés de Arkansas que era de buena familia, como dice mamá?* Hasta entonces Jennifer no había conocido el verdadero aburrimiento. Preferiría un hombre con una barbita de chivo que condujera una Harley y que andara guiñando el ojo.

Jennifer abrió los ojos. Kevin estaba sentado en el concreto, con los pies cruzados y la cabeza en las manos. No cesaba de sorprenderla.

—Lo siento, no estoy segura de dónde sale todo eso —se disculpó ella.

Él levantó la cabeza, cerró los ojos, y respiró hondo.

—Por favor, no te disculpes. Eso fue lo más lindo que he oído en mucho tiempo —expresó, con ojos parpadeantes, como si se acabara de oír a sí mismo—. Quizás *lo más lindo* es la frase errónea elegida. Fue... creo que tienes razón. Él está tratando de acorralarme, ¿no es verdad? Ese es su objetivo. Por consiguiente, ¿quién es él? ¿Balinda?

Jennifer se sentó al lado de él y cruzó las piernas al costado. Su falda no era exactamente la ropa adecuada para sentarse en el concreto, pero a ella no le importó.

—Tengo que decirte algo, Kevin. Pero no quiero que te ofendas.

—Fuiste a la casa, ¿verdad? —pronunció él mirando adelante y luego a ella.

—Sí. Esta mañana. Debí recurrir a algunas amenazas para convencer a Balinda que me dejara entrar, pero vi el lugar y conocí a Eugene y a Bob.

Kevin volvió a bajar la cabeza

—Sé que es difícil, pero debo saber lo que ocurrió en esa casa, Kevin. Contando con lo que sabemos, Slater podría ser alguien contratado por Balinda. Eso calzaría en el perfil. Ella quiere cambiarte. Pero sin saber toda la historia estoy andando a ciegas.

—Me estás pidiendo que te diga algo que nadie conoce. No porque sea horrible; sé que no soy el único que ha tenido algunos desafíos en la vida. Pero eso está muerto y sepultado. ¿Quieres que le vuelva a dar vida? ¿No es eso lo que Slater está tratando de hacer?

—Yo no soy Slater. Y francamente, eso no me parece muerto y sepultado.

—¿Y crees de veras que todo este juego tiene que ver con mi pasado?

—Mi hipótesis es que Slater tiene un objetivo que está vinculado con tu pasado, sí —asintió ella.

Kevin se quedó tranquilo. El silencio se extendió mucho, y Jennifer se le acercó más hasta sentir su tensión y oír su respiración. Ella se preguntó si sería apropiado ponerle una mano en el brazo, pero al instante decidió no hacerlo.

—No creo que pueda hacer esto —protestó él, y de repente se estremeció.

—No puedes dar muerte al dragón sin hacerlo salir de su cueva. Quiero ayudarte, Kevin. Debo saberlo.

Durante un buen rato Kevin se quedó sentado allí temblando. Luego se tranquilizó y su respiración se calmó. Tal vez todo había sido demasiado y muy rápido. En los últimos tres días había tenido que enfrentar más de lo que podía tolerar, y ella lo estaba presionando aún más. Él necesitaba dormir. Pero a ella se le acababa el tiempo. Slater iba en escalada.

Jennifer estaba a punto de sugerir que descansaran un poco y que consideraran el asunto en la mañana, cuando él volvió el rostro hacia el cielo nocturno.

—No creo que las intenciones de Balinda fueran necesariamente malas —manifestó él en tono monótono—. Ella quería un buen compañero de juegos para Bob. Él tenía ocho años cuando me adoptaron; yo tenía uno. Pero Bob era retrasado. Yo no, y Balinda no podía aceptar esa realidad.

Hizo una pausa y respiró profundo varias veces. Jennifer se movió y se inclinó en su propio brazo para poder mirarlo al rostro. Los ojos de él estaban cerrados.

—Háblame de Balinda.

—No conozco su historia, pero Balinda crea su propia realidad. Todos lo hacemos, pero ella solo conoce absolutos. Ella decide qué parte del mundo es real y qué parte no lo es. Si algo no es real, ella lo descarta. Manipula todo a su alrededor para crear una realidad aceptable.

Kevin dejó de hablar. Jennifer esperó durante treinta segundos antes de darle con el codo.

—Dime cómo fue ser su hijo.

—Aún no lo sé, porque soy demasiado joven, pero mamá no quiere que sea más inteligente que mi hermano. Así que decide hacerme también retrasado porque ya trató de hacer más inteligente a Bob, y fracasó.

Otra pausa. Él estaba intercambiando tiempos, metiéndose en el pasado. Jennifer sintió que el estómago se le revolvía.

—¿Cómo lo hace? ¿Te lastima?

—No. Lastimar es malo en el mundo de Balinda. Ella no me dejará salir de la casa porque el mundo afuera no es real. El único mundo real es el que ella crea dentro de la casa. Ella es la princesa. Necesita que yo lea para así poder conformar mi mente con lo que me hace leer, pero recorta historias y me hace leer solo cosas que ella decide que son reales. Tengo nueve años de edad antes de enterarme que hay animales llamados gatos porque Princesa cree que los gatos son malos. Ni siquiera sé que existe la maldad hasta que tengo once años. Solo hay real e irreal. Todo lo real es bueno y todo lo bueno viene de Princesa. No hago nada malo; solo hago cosas que no son reales. Ella hace desaparecer las cosas que no son reales privándome de ellas. Nunca me castiga; solo me ayuda.

—¿Cómo te castiga cuando haces algo que no es real?

—Me encierra en mi cuarto para que aprenda acerca del mundo real o me hace dormir para que me olvide del mundo irreal —contestó él después de titubear—. Me quita la comida y el agua. Asegura que así es como aprenden los animales, y nosotros somos los mejores animales. Recuerdo la primera vez porque me dejó confundido. Yo tenía cuatro años. Mi hermano y yo estamos actuando de sirvientes, doblando paños de cocina para Princesa. Tenemos que doblarlos una y otra vez hasta que queden perfectos. A veces nos lleva todo el día. No tenemos juguetes porque los juguetes no son reales. Bob me pregunta qué es uno más uno porque quiere darme dos paños, pero él no sabe cómo decirlo. Le digo que uno más uno es dos, y Princesa me oye. Ella me encierra en mi cuarto por dos días. Dos paños, dos días. Si

Bob no sabe sumar, entonces yo tampoco, porque no es real. Ella quiere que yo sea bobo como Bob.

Una imagen de Balinda sentaba debajo de un montón de periódicos recortados llegó a la mente de Jennifer, y le recorrió un escalofrío.

Kevin suspiró y volvió a ponerse tenso.

—Ella no me abrazaba. Incluso apenas me tocaba a menos que fuera por equivocación. A veces me quedaba sin comer durante días. Una vez toda una semana. En ocasiones no podíamos usar ropa si hacíamos cosas irreales. Ella nos privaba a los dos de cualquier pensamiento que pudiera estimular nuestras mentes. La mayoría de veces a mí, porque Bob era retrasado y no hacía muchas cosas que no fueran reales. Nada de escuela. Nada de juegos. A veces nada de conversación durante días. Algunas veces me hacía quedar en cama todo el día. Otras veces me hacía sentar en la bañera con agua fría para que no pudiera dormir toda la noche. No le podía preguntar la razón porque eso no era real. Princesa era real, y si ella decidía hacer algo, nada más era real y no se podía hablar del asunto. Así que no podíamos hacer preguntas. Ni siquiera preguntas acerca de cosas reales, porque eso cuestionaría su realidad, lo cual era irreal.

Las cosas empezaban a cobrar sentido para Jennifer. El maltrato no fue ante todo físico, ni siquiera necesariamente emocional, aunque hubo algo de lo uno y lo otro. Fue principalmente psicológico. Ella observó ascender y bajar el pecho de Kevin. Desesperadamente quiso estirar la mano hacia él. Podía ver al niño, sentado solo en una bañera de agua fría, temblando en la oscuridad, preguntándose qué sentido tenía este mundo horrible, en el que le habían lavado el cerebro para hacerle creer que era bueno.

La agente del FBI contuvo las lágrimas. *Kevin, querido Kevin, ¡lo siento mucho!* Estiró la mano y la puso en el brazo de él. ¿Quién podría hacerle cosas tan horribles a un muchachito? Había más historias explicadas en detalle que sin duda podrían llenar un libro digno de ser estudiado por universidades de toda la nación. Pero ella no quería oír más. Si solo pudiera hacer desaparecer todo. Tal vez podría detener a Slater, pero Kevin viviría con este pasado hasta el día de su muerte.

A Jennifer le pasó por la mente una absurda imagen de ella tendida al lado de él y abrazándolo suavemente.

De repente Kevin gimió y luego rió.

—Balinda es una lunática deformada y demente.

—De acuerdo —asintió ella aclarándose la garganta.

—¿Pero sabes qué?

—¿Qué?

—Hablarte de ello me hace sentir... bien. Nunca se lo había dicho a nadie.

—¿Ni siquiera a Samantha?

—Ni a ella.

Algunas veces hablar del abuso nos ayuda a tratar con él. Nuestra tendencia es ocultarlo, y eso es comprensible. Me alegra que lo hayas dicho. Nada de eso fue culpa tuya, Kevin. No es tu pecado.

Él se echó hacia atrás. Sus ojos estaban más claros.

—Tienes razón. Esa vieja cabra hizo todo lo posible por volverme retrasado.

—¿Cuándo comprendiste por primera vez que el mundo de Balinda no era el único?

—Cuando conocí a Samantha. Una noche llegó a mi ventana y me ayudó a escabullirme. Pero yo estaba atrapado, ¿sabes? Quiero decir mentalmente. Por mucho tiempo no logré aceptar que Balinda era cualquier cosa menos una princesa adorable. Cuando Samantha se fue a estudiar abogacía me rogó que me fuera con ella. O al menos a algún lugar lejos de Balinda, pero no pude salir. Yo tenía veintitrés años antes de llenarme finalmente de valor para irme. Balinda se puso como loca.

—¿Y has hecho todo esto en cinco años?

Él asintió y rió suavemente.

—Resulta que yo era muy inteligente. Me tomó solo un año obtener mis documentos de educación general, y cuatro años graduarme de la universidad.

Jennifer se dio cuenta de que lo estaba tratando como a un paciente con estas preguntas cortas y perspicaces, pero él ahora parecía desearlo.

—Fue entonces cuando decidiste convertirte en ministro —señaló ella.

—Esa es una larga historia. Supongo que debido a mi extraña crianza me fascinaba de modo increíble el tema del bien y el mal. Naturalmente me acerqué a la iglesia. Creo que la moral se convirtió en algo obsesivo. Imaginé que lo menos que podía hacer era pasar mi vida mostrando el camino a la verdadera bondad en alguna esquinita del mundo real.

—¿En contraposición a qué?

—En contraposición a la falsa realidad que todos creamos para nosotros mismos. La mía fue extrema, pero no tardé mucho en ver que casi todas las personas viven en sus propios mundos de falsas ilusiones. En realidad no muy diferentes del de Balinda.

—Observador —opinó Jennifer sonriendo—. A veces me pregunto cuáles son mis falsas ilusiones. ¿Es personal tu fe?

—No estoy seguro —contestó él encogiéndose de hombros—. Para mí la iglesia es un sistema, un vehículo. No diría que conozco personalmente a Dios, pero mi fe en él es bastante real. Sin un absoluto, un Dios moral, no puede haber verdadera moralidad. Es el argumento más obvio para la existencia de Dios.

—Me crié en el catolicismo —indicó ella—. Aprobé todos los cursos, y nunca lo entendí del todo.

—Bueno, no se lo digas al padre Bill Strong, pero yo tampoco lo entiendo.

Sentada a su lado ahora, solo minutos después de la confesión de Kevin, Jennifer tenía dificultad para ponerlo en el contexto de su juventud. Parecía muy normal.

—Esto es increíble —expresó él sacudiendo la cabeza—. Aún me cuesta creer que te acabo de contar todo eso.

—Solo necesitabas la persona adecuada —opinó ella.

Detrás de ellos se oyó el sonido de pies que corrían sobre el pavimento. Jennifer se giró a mirar. Era Galager.

—¡Jennifer!

Ella se puso de pie y sacudió la falda con la mano.

—¡Tenemos otra adivinanza! —exclamó Galager, quien tenía en la mano una hoja de bloc—. Mickales la acaba de encontrar en el limpiaparabrisas del auto de Kevin. Es Slater.

—¿Mi auto? —preguntó Kevin levantándose de un salto.

Jennifer agarró la nota. Bloc amarillo. El garabato era negro, conocido. La jarrita de leche de la refrigeradora de Kevin. Ella leyó rápidamente la nota.

$3 + 3 = 6$

Van cuatro, quedan dos. Sabes cómo me gustan los tres, Kevin. Se acaba el tiempo. Vergüenza, vergüenza, vergüenza debería darte. Bastaría con una simple confesión, pero no me estás dejando salida.

¿Quién escapa a su prisión pero aún está cautivo?

Te daré una pista: No eres tú.

6 a.m.

Kevin se agarró el cabello y se alejó.

—Está bien —dijo Jennifer, yendo hacia la calle—. Pongámonos en movimiento.

20

SAMANTHA ESTABA CANSADA. El pakistaní había insistido en que se reunieran en un restaurante mejicano a ocho kilómetros de la ciudad. La luz era muy tenue, la música estaba muy alta, y el lugar olía a cigarrillos viejos. Miró al testigo directamente a los ojos. Chris había jurado que Salman cooperaría, y lo hizo. Pero lo que tenía que decir no era exactamente lo que Sam quería oír.

—¿Cómo sabe que era una daga si usted no la vio?

—Él me lo dijo. Yo tengo el tatuaje en mi espalda, y él dijo que tuvo uno igual en la frente.

—¿Logró usted ver alguna cicatriz o decoloración que pudiera indicar que se quitó el tatuaje?

—Quizás. Llevaba el cabello sobre la frente. No importaba... él dijo que se lo había quitado y le creí.

Ya habían pasado por todo esto al menos una vez; Salman ya había descrito al hombre tatuado con sorprendente detalle. Él era sastre. Los sastres observan estas cosas, aseguró.

—Y eso fue mientras estaba en Nueva York, hace cuatro meses. ¿Y lo vio cinco o seis veces en un bar llamado Cougars en el transcurso aproximado de un mes?

—Eso es lo que he dicho. Sí. Usted podría averiguar con el dueño del bar; él también podría recordar a ese hombre.

—Así que según usted, este hombre que tuvo una daga tatuada y que se hacía llamar Slater estaba en Nueva York mientras el Asesino de las Adivinanzas mataba víctimas en Sacramento.

—Sí, sin duda. Recuerdo haber visto las noticias mientras estaba en Nueva York la misma noche después de que hablé con Slater.

Salman había manifestado suficientes detalles en la hora anterior para hacer creíble su historia. Sam había estado en Nueva York hacía cuatro meses. Ella conocía el bar al que se refirió Salman, un antro de mala muerte frecuentado por una típica mezcla de personajes desagradables. Un equipo operativo de la CIA había tendido una trampa en el antro para hacer salir a un iraní sospechoso de tener vínculos con un atentado terrorista en Egipto. El tipo tenía una buena coartada.

—Está bien —concluyó Sam volviéndose a Steve Jules, el agente que la acompañó desde la oficina de Houston—. He terminado. Gracias por su tiempo, Sr. Salman. Fue de gran valor.

—Quizás yo le podría hacer un traje —anunció él riendo—. Tengo aquí una nueva sastrería. No hay tantos sastres en Houston como en Nueva York.

—Tal vez la próxima vez que venga a Houston para escapar del calor —contestó ella sonriendo.

Salieron del bar en el auto de Steve. Esto no era lo que Sam habría querido escuchar. Es más, era de lo más horrible. ¿Y si ella tenía razón acerca del resto? *¡Ay, Dios mío! ¡Ay, Dios mío!*

Ahora solo quería una cosa: estar con Kevin. Él la necesitaba ahora más que nunca. La abatida mirada en el rostro de él mientras se alejaba hacia el aeropuerto la obsesionaba.

Su amigo de la infancia se había convertido en un hombre bastante increíble, ¿no era cierto? Atormentado por su pasado, quizás, pero logró escapar a ese horrible lugar al que llamaba hogar, y prosperó lejos. Parte de ella solo quería correr hacia él, lanzarse a sus brazos y rogarle que se casara con ella. Seguro que él tenía sus demonios; todo el mundo los tenía. Sí, él tenía una larga lucha por delante; ¿no la tenían todos? Pero él era el hombre más genuino que ella había conocido. Sus ojos brillaban con la emoción y el asombro de un chiquillo, y su mente había absorbido el mundo con asombrosa capacidad. Su progreso era casi sobrehumano.

Por otra parte, ella no se podía casar con Kevin. Su relación era demasiado valiosa para comprometerla con romance. Él también veía eso, de otro modo no habría dejado espacio para alguna atracción hacia Jennifer. Su ocasional insinuación romántica fue simple tomadura de pelo. Los dos lo sabían.

Ella suspiró.

—Difícil entrevista —expresó Steve a su lado.

Ella sacó su teléfono celular y pulsó el número de su jefe. Sería tarde, pero debía transmitirle esto.

—Creí que no habría complicaciones —afirmó ella.

Roland levantó el teléfono al cuarto timbrazo.

—Es medianoche.

—Él llegó dos horas tarde —informó Sam.

—¿Y?

—Conocía a Slater.

—¿Nuestro tipo?

—Es muy posible. Tatuajes como ese son sumamente extraños. Pero él afirma haber conocido a Slater en Nueva York.

—¿Y qué?

—Que fue hace cuatro meses. Por un período de más de un mes. El Asesino de las Adivinanzas estaba entonces en Sacramento, matando a Roy Peters.

—Así que Slater no es el Asesino de las Adivinanzas.

—Correcto.

—¿Un imitador?

—Podría ser.

—Y si Slater es el muchacho, ya no anda por ahí con el tatuaje de una daga en la frente, porque se lo hizo quitar.

—Así parece.

—Roland cubrió el teléfono y habló con alguien, quizás su esposa, a menos que él estuviera en una reunión a esas horas, lo cual era totalmente posible.

—Te quiero de vuelta en Sacramento mañana —ordenó él—. Si Slater no es el Asesino de las Adivinanzas, no es de tu incumbencia.

—Lo sé, señor. Aún me quedan tres días de permiso, ¿recuerda?

—Te mandamos llamar, ¿recuerdas?

—Porque creíamos que Slater era el Asesino de las Adivinanzas. Si no lo es, la pista se borra.

Roland reflexionó en el argumento de ella. Él no era el hombre más razonable cuando de tiempo libre se trataba. Trabajaba ochenta horas por semana y esperaba que sus subordinados hicieran lo mismo.

—Por favor, señor, regresaré a estar con Kevin. Él es prácticamente familia mía. Tres días más y volveré a la oficina. Tiene que dejarme. Además, aún hay posibilidades de que me equivoque respecto del testimonio de Salman.

—Sí, las hay.

—Aún es posible que Slater conozca al Asesino de las Adivinanzas.

—Es posible.

—Entonces déme más tiempo.

—¿Oíste lo de la biblioteca?

—Todo el mundo oyó lo de la biblioteca.

—Tres días —accedió él suspirando—. Espero verte en tu escritorio el jueves por la mañana. Y por favor, ándate con cuidado allí. Esto no es oficial. Por lo que he oído toda la escena es un manicomio. Toda agencia de la nación tiene parte en esto.

—Gracias, señor.

Roland colgó.

Sam pensó en llamar a Jennifer pero decidió que podía esperar hasta mañana. Lo único que podía decirle era que Slater no era el Asesino de las Adivinanzas. Debía asegurarse del resto antes de decir cualquier cosa que pudiera hacer a Kevin más mal que bien.

Ella ya había comprobado los vuelos de regreso. No había vuelos nocturnos, uno a las seis de la mañana y otro a las nueve. Tenía que dormir. Debería tomar el vuelo de las nueve por United. Lo tomaría desde el centro de Denver y la dejaría en Long Beach al mediodía.

III

—De acuerdo...

Kevin observó a Jennifer andar sin rumbo fijo por el suelo de la bodega. Habían retrasado los planes de contar a la policía los detalles de la bodega, y en vez de eso decidieron usar el sitio como lugar de escenificación. Jennifer dijo que esta era la única manera de mantener alejado a Milton.

—Revisemos lo que *sí* sabemos.

Los agentes Bill Galager y Brett Mickales sacaron sillas de la mesa y se quedaron mirando a Jennifer, que tenía la barbilla entre las manos. Kevin se recostó contra la pared con los brazos cruzados. No había esperanza. Estaban derrotados; no tenían pistas; estaban muertos. Habían reformulado cien ideas en las dos horas pasadas desde que descubrieron la nota de Slater.

—Sabemos que él va en aumento. Auto, autobús, edificio. Sabemos que todas sus otras amenazas hacían referencia a daño de alguna clase. Esta no. Sabemos que tenemos hasta las seis para resolver o... o no sabemos. Y conocemos la adivinanza. *¿Quién escapa a su prisión pero aún está cautivo?*

Jennifer extendió las manos.

—Están olvidando el segmento más trascendental de conocimiento —terció Kevin.

—¿Cuál es?

—El hecho de que estamos fritos.

Lo miraron como si él acabara de entrar y de ocurrírsele la idea.

—El humor es bueno —comentó Jennifer con una irónica sonrisa atravesándole el rostro.

—Personas —opinó Mickales—. Esta vez va a intentarlo con personas.

—En cada ocasión había personas.

—Pero él fue tras un auto, un bus y un edificio. Esta vez va directo tras personas.

—Secuestro —consideró Kevin.

—Lo hemos sugerido. Es una posibilidad.

—Si me lo preguntan, es la mejor —dijo Mickales; luego se puso de pie—. Encaja.

Jennifer se fue hacia la mesa, con los ojos repentinamente abiertos de par en par.

—De acuerdo, a menos que alguien tenga una idea mejor, seguiremos tras eso.

—¿Por qué secuestraría Slater a alguien? —inquirió Kevin.

—Por la misma razón por que amenazó con explotar un autobús —insistió Mickales—. Forzar una confesión.

Kevin miró al agente, súbitamente abrumado. Se habían dedicado a eso hasta la saciedad y seguían volviendo a lo mismo, lo cual era esencialmente nada. Al final siempre volvían a su confesión.

—Miren —advirtió, pudiendo sentir el calor que le subía por la columna; no debería estar haciendo esto... estaba fuera de su control—. Si yo tuviera la más leve idea de lo que este maniático querría que yo confesara, ¿creen que yo lo aguantaría?

—Tranquilo, amigo. Nadie está sugiriendo...

—¡No tengo la más mínima idea de qué se trata esta demente confesión! ¡Él está chiflado! —exclamó Kevin, dando un paso hacia ellos, consciente de que ya se había descontrolado—. Allá afuera están poniendo el grito en el cielo por la confesión de Kevin. Bueno, les di una, ¿o no? Les dije que maté a alguien cuando era niño. Pero quieren más. Quieren verdadera sangre. ¡Quieren que yo sangre en todas sus columnas de chismes! ¡Kevin, el muchacho asesino que demolió Long Beach!

Los dedos le temblaban. Ellos lo miraron en silencio.

Se pasó los dedos por el cabello.

—Amigo...

—Nadie está poniendo el grito en el cielo allá afuera —aseguró Jennifer.

—Lo siento. Solo que... no sé qué hacer. No todo esto es culpa mía.

—Debes descansar, Kevin   opinó Jennifer—. Pero si Slater está planificando secuestrar a alguien, tú podrías ser un objetivo. Sé que dijo que no eras tú, pero no estoy segura de lo que eso signifique.

Ella se volvió hacia Galager.

—Mantén la vigilancia sobre la casa, pero quiero un transmisor de radio en Kevin. Kevin, te vamos a poner un pequeño transmisor. Quiero que lo sujeten donde no lo puedan encontrar. Lo dejaremos inactivo... este tipo sabe de electrónica; podría buscar señales. Lo conectas ante cualquier cosa que te suceda. El alcance es de ochenta kilómetros más o menos. ¿Está bien?

Él asintió.

—Te llevaremos a casa —manifestó ella yendo hacia él.

Galager se dirigió a la furgoneta, que estaba estacionada en la calle. Kevin salió caminando con Jennifer. El peso de dos días sin dormir descendió sobre él; apenas podía caminar recto, y mucho menos pensar con claridad.

—Lo siento. Yo no quería que explotara.

—No es necesario que te disculpes. Solo duerme un poco.

—¿Qué vas a hacer?

Ella miró hacia el este. Los helicópteros habían descendido durante la noche.

—Él dijo que nada de policías. Podríamos poner guardia en posibles blancos, pero que sepamos está planeando un secuestro importante. O podría ser otra bomba —anunció ella, y asintió con la cabeza—. Tienes razón, estamos fritos.

Se detuvieron ante el auto.

—Significó mucho —expresó él—. Hablar contigo esta noche. Gracias.

Ella sonrió, pero sus ojos estaban cansados. ¿Cuánto tiempo había dormido en los últimos tres días? Él de repente se sintió mal por ella. Dar con Slater era más que un trabajo para ella.

—Vete a casa y duerme —dijo ella, apretándole el brazo—. Galager te seguirá a casa. Tenemos a alguien afuera. Si Slater entabla contacto —si *algo* pasa— llámame.

Kevin levantó la mirada para ver a Galager subiéndose al auto negro.

—De todos modos dudo que vaya a secuestrarme. Eso no es lo que él quiere. Estaré bien. La pregunta es: ¿A quién?

¿Y si era a Jennifer? Sam estaba en Houston.

—¿Y a ti? —preguntó él.

—¿Por qué querría secuestrarme?

Kevin se encogió de hombros.

—No es que yo tenga muchos amigos.

—Imagino que eso me convierte en una amiga. No te preocupes, puedo arreglármelas.

Para cuando Kevin terminó con la pequeña clase de Galager sobre los procedimientos operativos del transmisor y se metió a la cama había llegado y se había ido la hora tercera. Ya estaba adormecido antes de que la cabeza tocara la almohada. Cayó en un agotado sueño en menos de un minuto, derrotado por los horrores de su nueva vida.

Durante una hora o tres.

III

Slater permanece en la cerca, inmóvil en la oscuridad. Les ha dado seis horas, pero esta vez lo habrá hecho antes de las seis, antes del primer rayo de luz en el cielo. Dijo seis porque le gustan los tres, y seis es tres más tres, pero no se puede arriesgar a hacer esto a plena luz.

Nadie se ha movido en la casa desde su llegada hace treinta minutos. La primera vez que concibió el plan pensó únicamente en volar la casa con todos sus ocupantes atrapados dentro. Pero después de pensar con mucho cuidado en su objetivo final, porque eso es lo que Slater mejor hace, se decidió por este plan. Poner a esta mujer en una jaula enfurecería a la ciudad. Una cosa es preguntarse qué ciudadanos no identificados podrían ser los próximos en descubrir una bomba debajo de sus camas; es mucho más perturbador saber que la señora Sally Jane, quien vive entre las calles Stars y Stripes y compra sus comestibles en Albertsons, está encerrada en una jaula, esperando desesperadamente que Kevin Parson dé la cara.

Además, Slater nunca había secuestrado a nadie. El pensamiento hace que un escalofrío le recorra la columna vertebral. Es agradable la sensación de placer que le sube y le baja por la columna. No es aburrida como la de los adolescentes que se meten el dedo en la nariz.

Slater observa su reloj. Las 4:46. ¿Es 4:46 divisible por tres? No, pero 4:47 sí. Y eso es dentro de un minuto. Perfecto. Perfecto, perfecto, perfecto. El placer de su brillantez es tan intenso que ahora empieza a estremecerse un poco. Slater se detiene ante la cerca con perfecta disciplina, resistiendo una urgencia desesperada de correr por la casa y obligarla a salir de la cama. Él es perfectamente disciplinado y está temblando. Interesante.

Slater ha esperado demasiado tiempo. Dieciocho años. Seis veces tres. Tres veces tres más tres.

Los dos minutos avanzan muy lentamente, pero a Slater no le importa. Él nació para esto. Mira su reloj. Las 4:47. Ya no se puede quedar más. Es un minuto antes. Tres es divisible por uno. Muy cerca.

Slater camina hasta la puerta corrediza de vidrio, tira de la ganzúa con una mano enguantada, y suelta el seguro en menos de diez segundos. Su respiración se hace pesada, y se toma una pausa para tranquilizarla. Si los demás despiertan, tendrá que matarlos, y no desea meterse en eso. Quiere a la mujer.

Entra fácilmente a la cocina y deja la puerta abierta. No tienen perros o gatos. Un hijo. El marido es la única preocupación de Slater. Se queda parado en el piso de baldosa un minuto completo, adaptando la vista a la oscuridad más profunda, aspirando los olores de la casa. Los sentidos son la clave para vivir en plenitud. Sabores, vistas, olores, sentimientos, sonidos. Comer lo que desee, ver lo que pueda, tocar lo que quiera. Eso es lo que él desea que Kevin haga. Que saboree, toque y huela su verdadero ser. Esto lo destruirá. El plan es perfecto. Perfecto, perfecto, perfecto.

Slater respira profundamente, pero de modo muy lento.

Atraviesa la sala y pone la mano en la perilla de la puerta del cuarto principal. Abre sin hacer ruido. Perfecto. El cuarto está oscuro. Muy oscuro. Perfecto.

Va muy despacio hasta la cama y vigila a la mujer. La respiración de ella es más rápida que la del hombre. Está vuelta hacia él, los labios ligeramente separados, el cabello enredado sobre la almohada. Él extiende una mano y toca la sábana. Blanda y suave. Una de al menos doscientas hebras. Podría quedarse allí más de una hora y aspirar los olores de ellos sin ser visto. Pero ya viene la luz. A él no le gusta la luz.

Slater hurga en el bolsillo de la camisa y saca una nota, que deposita sobre el tocador. Para Kevin. Mete la mano en el abrigo y saca un rollo de gasa y un frasco de cloroformo. Destapa el frasco y empapa la gasa en el

líquido. El hedor le inunda las fosas nasales y contiene el aliento. Tiene que
ser bastante fuerte para anestesiarla sin que luche.

Vuelve a ponerle la tapa al frasco, lo mete al bolsillo y pone el rollo de
gasa empapada frente a la nariz de la mujer, cuidando de no tocarla. Espera
treinta segundos, hasta que el aliento de ella sea tan lento como para persua-
dirlo de que está inconsciente. Se mete la gasa en la chaqueta.

Slater se pone de rodillas, como si se inclinara ante su víctima. Un sacri-
ficio para los dioses. Levanta la sábana y desliza la mano por debajo del cuerpo femenino hasta tener los codos directamente debajo de ella. La mujer
yace relajada, como un fideo. La atrae suavemente hacia su propio pecho.
La desliza de la cama y la hunde en sus brazos. El esposo rueda media vuelta y luego se acomoda. Perfecto.

Slater se pone de pie y la saca de la casa sin molestarse en cerrar las puertas. El reloj en su auto señala 4:57 cuando él se instala detrás del volante con
la mujer respirando lentamente en el asiento trasero.

Slater pone en marcha el auto y se aleja. Pudo haber cargado a la mujer
hasta el escondite a pie y vuelto más tarde a por el auto, pero no quiere dejar
el vehículo frente a la casa más tiempo del absolutamente necesario. Él es
demasiado inteligente para eso. Piensa en que esta es la primera vez que ha
llevado un invitado al escondite. Cuando ella despierte, sus ojos serán los
primeros aparte de los de él en ver el mundo de Slater. El pensamiento le
produce un instante de pánico.

Así que, razón de más para no dejarla ir. Eso es lo que ocurrirá de todos
modos, ¿no es así? Aunque Kevin confiese, Slater siempre ha sabido que ella
tendrá que morir. Exponerse ante otro ser humano tendrá que ser temporal.
Él puede vivir con eso. Sin embargo, ¿por qué no se le había ocurrido antes
este detalle? No es una equivocación, solo un descuido. Pero los descuidos
pueden llevar a equivocaciones. Él se reprende y dobla por la calle oscura.

Slater no se molesta ahora con el sigilo. La mujer se está moviendo, así
que él le da otra sana dosis de cloroformo, saca el cuerpo del asiento trasero

y se lo echa al hombro. Corre hacia la puerta, la abre con una llave, y entra al cuartito. Cierra la puerta, busca la cadena, la jala y se enciende una bombilla en lo alto.

Una tenue luz pone al descubierto el espacio. Baja un tramo de escaleras. Otra cadena, otra bombilla. Atraviesa un túnel. Abre la segunda puerta con una segunda llave. El escondite. Hogar, dulce hogar.

De repente no parece tan malo el pensamiento de compartir su hogar por poco tiempo con otra persona. Es más, tiene su propia emoción. Aquí hay todo lo necesario. Alimento, agua, un baño, una cama, ropa, los electrodomésticos... por supuesto, ella no participará de ninguno de esos servicios.

La mujer se mueve otra vez.

Slater va hasta el cuarto que ha preparado. El vestidor albergó en otro tiempo materiales que él ha usado en sus juegos, pero lo despejó para ella. No puede arriesgarse a que ella sepa cómo detonar dinamita, ¿verdad? El cuarto tiene dos por dos metros con concreto sólido alrededor, menos en el techo, que es de madera fuertemente aislante. La puerta es de acero.

La deposita en el piso de cemento y retrocede. Ella gruñe y se vuelve hacia un lado. Muy bien.

Cierra la puerta, la tranca con un pasador y tapa con una alfombra enrollada la rendija en la parte de abajo. Apaga las luces.

21

Lunes

Por la mañana

KEVIN OYÓ EL TIMBRE mucho antes de despertar. Parecía una carcajada aguda. O un grito intermitente. Luego vino el golpeteo, unos latidos que podían ser su corazón. Pero más parecía que alguien golpeaba la puerta.

—¿Señor? —gritaba alguien, y lo llamaba señor.

Los ojos de Kevin se las arreglaron de algún modo para abrirse. Por la ventana entraba luz. ¿Dónde estaba? En casa. Su mente empezó a divagar. Tendría que levantarse finalmente e ir a clase, pero en ese momento se sentía como si le hubiera pasado por encima un rinoceronte. Cerró los ojos.

—¿Kevin? El teléfono... —volvió a oír la voz apagada.

Sus ojos se abrieron bruscamente. Slater. Su vida se había puesto patas arriba por un tipo llamado Slater que llamaba por teléfono. El teléfono estaba sonando.

Se volcó de la cama. El reloj mostraba las 7:13. Slater le había dado hasta las seis de la mañana. Corrió a la puerta del dormitorio, descorrió el cerrojo y la abrió de golpe. Allí estaba uno de los agentes que vigilaban su casa, con el teléfono inalámbrico de la cocina en la mano.

—Siento despertarlo, pero durante quince minutos su teléfono ha estado sonando y dejando de sonar. Es de un teléfono público. Jennifer nos dijo que lo despertara.

Kevin estaba en calzoncillos bóxer de rayas oscuras.

—¿Ha... ha pasado algo?

—No que yo haya oído.

—Está bien —manifestó Kevin agarrando distraídamente el teléfono—. Contestaré esta vez.

El agente titubeó, inexpresivo, y luego bajó las escaleras hacia la puerta principal. Kevin ni siquiera sabía su nombre. Él llevaba una chaqueta negra de la marina y pantalones marrones; cabello negro. Caminaba rígidamente, como si su ropa interior fuera demasiado apretada. Pero el individuo tenía un nombre, tal vez una esposa y algunos hijos. Una vida. ¿Y si Slater hubiera ido tras este hombre en vez de Kevin? ¿O tras alguien en China, desconocido para Occidente? En realidad, ¿cuántos hombres y mujeres estaban enfrentando sus propios Slater en todo el mundo? Ese era un pensamiento incómodo, de pie allí en lo alto de las escaleras, observando al agente salir por la puerta delantera.

Kevin regresó al dormitorio. Tenía que llamar a Jennifer. Las seis ya habían pasado... algo debió de haber sucedido.

De pronto sonó el teléfono. Levantó el auricular.

—¿Aló?

—¿Kevin?

Era Eugene. Al instante Kevin se sintió paralizado. El sonido de esa voz. Ellos no tenían un teléfono en la casa. Lo estaba llamando desde un teléfono público.

—Sí.

—¡Gracias a Dios! Gracias a Dios, muchacho. ¡No sé qué hacer! Simplemente no sé lo que debería hacer...

Podrías empezar por ahogarte.

—¿Qué pasa?

—No estoy seguro. Solo que Princesa no está en casa. Desperté y no estaba. Ella nunca sale sin decírmelo. Pensé que tal vez había salido a conseguir comida para perros porque la tiramos, tú sabes, pero luego recordé que quemamos al perro y...

—Cállate, Eugene. Por favor, cállate y trata por una vez de tener algún sentido. Su nombre es Balinda. Así que Balinda salió sin decírtelo. Estoy seguro de que volverá. Puedes vivir sin ella por algunas horas, ¿o no?

—Ella no suele hacer esto. ¡Tengo un mal presentimiento, Kevin! Y ahora Bob está todo preocupado. Se la pasa buscando en los cuartos y llamando a Princesa. Tienes que venir...

—Olvídalo. Llama a la policía, si te preocupa tanto.

—¡Princesa no permitiría eso! Tú sabes...

Él siguió hablando pero de repente Kevin ya no escuchaba. Su mente se había convertido en una piedra. ¿Y si Slater hubiera secuestrado a Balinda? ¿Y si la vieja arpía se hubiera ido de veras?

¿Pero por qué se llevaría Slater a Balinda?

Porque, te guste o no, ella es tu madre, Kevin. La necesitas. Quieres que ella sea tu madre.

Un sudor frío le brotó en las sienes y no estaba seguro de por qué. ¡Debía llamar a Jennifer! ¿Dónde estaba Samantha? Tal vez Jennifer sabía de ella.

—Te llamaré después —expresó, interrumpiendo la perorata de Eugene.

—¡No puedes llamarme! ¡Tengo que ir a casa!

—Entonces ve a casa.

Kevin colgó. ¿Dónde estaba el número de Jennifer? Bajó las escaleras, aún en sus bóxeres, agarró del poyo la tarjeta de ella con manos temblorosas y marcó un número.

—Buenos días, Kevin. Me sorprende que no estés durmiendo.

—¿Cómo supiste que era yo?

—Identificador de llamadas. Estás llamando por el teléfono de tu casa.

—¿Has oído algo?

—Todavía no. Acabo de hablar por teléfono con Samantha. Parece que estábamos equivocados en cuanto a que Slater es el Asesino de las Adivinanzas.

—Podríamos tener un problema, Jennifer. Acabo de recibir una llamada de Eugene. Asegura que Balinda ha desaparecido.

Jennifer no contestó.

—Solo estaba pensando, ¿crees que Slater pudo haber...?

—¡Balinda! Eso es. ¡Tiene perfecto sentido!

—¿Lo tiene?

—Quédate allí. Pasaré por ti en diez minutos.

—¿Qué? ¿Adónde vamos?

—A la Calle Baker —contestó ella después de titubear.

—¡No, no puedo! De veras, Jennifer, no creo que pueda entrar allí de este modo.

—¿No lo ves? ¡Esta podría ser la oportunidad que necesitamos! Si él se la llevó, entonces Slater está vinculado a Balinda y ella está vinculada a la casa. Sé que esto podría ser difícil, pero te necesito.

—No lo sabes.

—No podemos arriesgarnos a que me equivoque.

—¿Por qué no vas sola?

—Porque tú eres el único que sabe cómo vencerlo. Si Slater se llevó a Balinda, entonces sabemos que todo este asunto nos lleva a la casa. Al pasado. Tiene que haber una clave para todo esto, y dudo que yo sea quien la encuentre.

Él sabía de qué estaba hablando ella, y le pareció más psicología barata que realidad. Pero podría tener razón.

—¿Kevin? Estaré allí contigo. Es solo papel y cartón; eso es todo lo que es. Ayer estuve allí, ¿recuerdas? Y Balinda se esfumó. ¿Diez minutos?

Balinda se esfumó. Bob no era el problema... él era una víctima en este desorden. Eugene era solo un viejo tonto sin Balinda. La bruja había desaparecido.

—De acuerdo.

III

La casa blanca apareció tan inquietante como siempre. Él miró a través del parabrisas, sintiéndose tonto al lado de Jennifer. Ella estaba observándolo, conociéndolo. Se sintió desnudo.

Balinda no estaba en la casa, a menos que hubiera regresado. De ser así, él no entraría. Tal vez Jennifer quería que lo hiciera. Ella parecía muy convencida de que en esto había más de lo que él le dijo, pero con toda sinceridad a él no se le ocurría nada. Slater era el muchacho, y el muchacho no tenía nada que ver con la casa.

—¿Cuándo viene Sam? —preguntó él, intentando entretenerla.

—Informó que en torno a mediodía, pero que aún debía cumplir con algunas misiones.

—Me pregunto por qué no me llamó.

—Le dije que estabas durmiendo. Ella prometió llamarte tan pronto como pudiera —contestó Jennifer y miró hacia la casa—. No le contaste a Sam respecto del encierro del muchacho en el sótano... ¿cuánto sabe Sam en realidad acerca de tu infancia, Kevin? Ustedes dos se han conocido durante años.

—No me gusta hablar de eso. ¿Por qué?

—Hay algo que a Sam le molesta. No me lo diría, pero quiere reunirse esta misma tarde. Está convencida que Slater no es el Asesino de las Adivinanzas. Eso puedo aceptarlo, pero hay más. Ella sabe algo más —afirmó Jennifer, y luego golpeó el volante—. ¿Por qué siempre me siento como si fuera la última en saber lo que está pasando aquí?

Kevin miró la casa.

—Tuve que hablarle a Milton al respecto —mencionó ella suspirando—. Quiere hablar contigo esta mañana.

—¿Qué le dijiste?

—Dije que él tendría que plantearle el asunto al jefe de la oficina. Todavía tenemos jurisdicción oficial. Los demás siguen realizando sus investigaciones, pero todo pasa a través de nosotros. Me pone los pelos de punta solo pensar que él te entreviste.

—Está bien, vamos —opinó Kevin, distraído.

Esto también lo superarían. Jennifer nunca podría saber lo mejor que él se sentía teniéndola aquí. Por otra parte, ella era una experta en psicología... probablemente entendería. Él abrió su puerta.

—Kevin, necesito que sepas algo —le advirtió Jennifer poniéndole la mano en el brazo—. Si descubrimos que Slater se llevó a Balinda, no hay manera de que podamos ocultárselo a los medios de comunicación. Ellos querrán saber más. Hasta pueden ser impertinentes.

—Entonces la prensa analizará minuciosamente toda mi vida.

—Más o menos. Hasta aquí he hecho lo posible...

—Eso es lo que Slater quiere. Por eso se la llevó. Es su manera de ponerme al descubierto —opinó Kevin agachando la cabeza y despeinándose.

—Lo siento.

—Enfrentemos esto de una vez por todas —indicó Kevin saliendo del auto y cerrando de un golpe la puerta.

Al atravesar la calle y subir los escalones frente a la puerta de la casa, Kevin tomó una firme decisión. Bajo ninguna circunstancia lloriquearía ni mostraría ninguna otra emoción frente a Jennifer. Ya se estaba apoyando demasiado en ella. Lo que menos necesitaba ella era un tipo emocionalmente desquiciado. Entraría, le daría a Bob un abrazo, golpearía con el puño a Eugene, haría su rutina de «estoy buscando la clave hacia Slater», y saldría sin inmutarse demasiado.

Sus pies atravesaron el umbral por primera vez en cinco años. El temblor le comenzó en los dedos; se le extendió a las rodillas antes que la puerta se cerrara detrás de él.

—No sé —manifestó Eugene dejándolos entrar—. Sencillamente no sé dónde pudo haber ido. ¡A esta hora ya debería haber regresado!

Bobby permaneció al final del pasillo, sonriendo radiantemente. Empezó a aplaudir y a saltar sin despegarse del suelo. A Kevin se le hizo un nudo en la garganta del tamaño de una roca. ¿Qué le había hecho él a Bob? Lo había abandonado ante Princesa. Toda la vida Kevin recibió castigos en parte debido a él, pero eso no hacía culpable a Bob.

—¡Kevin, Kevin, Kevin! ¿Viniste a verme?

—Sí. Lo siento, Bob. Lo siento — contestó corriendo hacia su hermano y abrazándolo con fuerza; ya le estaban brotando lágrimas—. ¿Estás bien?

Eugene observaba tontamente; Jennifer arrugó la frente.

—Sí, Kevin. Estoy muy bien.

No parecía muy preocupado por la desaparición de la vieja arpía.

—Princesa se fue —comunicó, y de pronto desapareció la sonrisa.

—¿Por qué no me muestra su dormitorio? —le preguntó Jennifer a Eugene.

—Oh, oh, oh, Dios mío —contestó él, yendo a la izquierda—. No sé qué voy a hacer sin Princesa.

Kevin lo dejó alejarse.

—Bob, ¿me podrías mostrar tu cuarto?

Bob se iluminó y saltó por el estrecho pasadizo entre las pilas de periódicos.

—¿Quieres ver mi cuarto?

Kevin caminó por el pasillo con piernas entumecidas. Este mundo del que había escapado era surrealista. Un número de *Time* sobresalía de la pila a su izquierda. El rostro de la portada lo habían reemplazado por una imagen sonriente de Muhammad Alí. Solo Dios, el diablo y Balinda sabían la razón.

Bob entró de prisa a su cuarto; agarró algo del suelo. Era una antigua y destartalada Game Boy, versión monocromo. Bob tenía un juguete. Balinda se había suavizado en su vejez. ¿O se debió a la ida de Kevin?

—¡Es una computadora! —exclamó Bob.

—Linda. Me gusta —aprobó Kevin mirando dentro del cuarto—. ¿Lees todavía historias que Bal... Princesa te da para que leas?

—Sí. Y me gustan mucho.

—Eso es bueno, Bob. ¿Te hace ella... dormir durante el día?

—No por mucho tiempo. Pero a veces no me deja comer. Dice que estoy muy gordo.

El cuarto de Bob se veía exactamente como era hace cinco años. Kevin regresó al pasillo y abrió de un empujón la puerta de su antiguo cuarto.

No había cambiado. Surrealista. Kevin apretó la mandíbula. No llegó la inundación de emociones que esperaba. La ventana aún estaba atornillada y los estantes todavía estaban llenos de falsos libros. La cama en que pasó la mitad de su infancia aún estaba cubierta con la misma cobija. Era como si Balinda estuviera esperando que él regresara. O quizás su salida no calzaba dentro de la realidad de ella, así que se negaba a aceptarla. Con su mente nunca se sabe qué pensar.

No había claves aquí hacia Slater.

El lamento de Eugene se oyó por toda la casa. Bob se volvió y corrió hacia el sonido. Así que era cierto.

Kevin regresó a la sala, haciendo caso omiso de los lloriqueos del dormitorio trasero. Debería llevar una antorcha a este lugar. Quemar el nido de ratas. Agregar un poco más de cenizas al patio. La escalera hacia el sótano aún estaba invadida con una montaña de libros y revistas, pilas que no se habían tocado en años.

Jennifer salió del dormitorio principal.

—Él se la llevó.

—Eso tengo entendido.

—Dejó una nota.

Ella le pasó un papelito azul. Había tres palabras garabateadas en la escritura conocida.

Da la cara, asqueroso.

—¿O qué? —preguntó él—. ¿La tirarás a la laguna?

Kevin miró las palabras, entumecido por cuatro días de horror. A parte de él no le importaba, parte sentía pena por la vieja arpía. De cualquier modo, todos sus secretos más profundos estarían sobre el tapete para que el mundo escarbase en ellos. Ese era el punto. Kevin no estaba seguro de cuánto le importaba ya.

—¿Nos podemos ir ya?

—¿Terminaste?

—Sí.

—El Ministerio de Salud va a pasarlo en grande una vez que esto se conozca.

—Deberían quemarlo.

—Eso es lo que yo estaba pensando —concordó ella; sus ojos se fijaron en los de él.

—¿Te sientes bien?

—Me siento... confundido.

—Para el resto del mundo, ella es tu madre. Se podrían preguntar por qué no parece importarte. Ella podrá ser una bruja, pero aún es humana. Solo Dios sabe qué le hará él.

Las emociones le venían del interior, inesperadas y deprisa. Súbitamente se sintió sofocado en el espacio pequeño y oscuro. Ella era su madre, ¿verdad? Y a él le horrorizaba incluso el hecho de *pensar* en ella como una madre, porque en realidad la odiaba más de lo que odiaba a Slater. A menos que ellos fueran uno y el mismo, y ella misma se hubiera secuestrado.

Una mezcla confusa de repugnancia y tristeza inundó a Kevin. Se estaba desmoronando. Los ojos se le llenaron de lágrimas y se le arrugó el rostro.

Kevin se volvió hacia la puerta. Sintió las miradas de ellos en la espalda. *Mamita*. Fuego le quemaba la garganta; una lágrima brotó de su ojo izquierdo.

Al menos ellos no podían verlo. No permitiría que nadie viera esto. Odiaba a Balinda y estaba llorando por ella, y odiaba estar llorando por ella.

Era demasiado. Kevin se apresuró a la puerta, haciendo más ruido del que quería, y dejó escapar un sollozo. Esperaba que Jennifer no lo oyera; no quería que ella lo viera actuando de este modo. Él solo era un muchacho perdido que lloraba como un muchacho perdido, y que en realidad todo lo que deseaba era que mami lo abrazara. Que lo abrazara quien nunca lo abrazó.

—¿Kevin? —exclamó Jennifer corriendo tras él.

Él solo quería que Princesa lo abrazara.

22

L AS PREGUNTAS HABÍAN FASTIDIADO a Samantha toda la noche.
El escenario calzaba como un guante en alguna mano invisible; la pregunta era: ¿Qué mano? ¿Quién era Slater?

Ella había hablado con Jennifer acerca de mantenerse despiertos y había oído de la nota sobre el parabrisas de Kevin. ¡Debió haber tomado un vuelo más temprano! Jennifer sospechaba secuestro, pero hasta las siete de esta mañana no había habido evidencia de juego sucio.

Sam le habló a Jennifer sobre Salman. Si el pakistaní Salman había conocido de veras a Slater en Nueva York, entonces quienquiera que el FBI hubiera localizado con un tatuaje no podría ser Slater, porque el de Slater se lo había quitado. Además, Slater no podía ser el Asesino de las Adivinanzas; él había estado en Nueva York en el momento del asesinato de Roy. Jennifer no había estado lista para aceptar de plano la conclusión de Sam, pero los dos casos tenían algunas disparidades importantes que obviamente pesaban en su mente. Se refería a los objetivos. Estaba empezando a sospechar que el Asesino de las Adivinanzas y Slater no tenían las mismas motivaciones.

En cuanto al tatuaje, lo sabrían en algunas horas.

El vuelo de Sam aterrizó en el aeropuerto de Los Ángeles a las 12:35. Ella alquiló un auto y se dirigió al sur hacia Long Beach. El tráfico en la 405 era tan pesado como el de un fin de semana. Llamó a Jennifer, quien contestó al primer timbrazo.

—Hola, Jennifer, soy Sam. ¿Hubo algo?

—En realidad, sí. El tatuaje no lleva a nada. Nuestro hombre trabaja seis meses al año en una torre de perforación petrolera. Lo han visto en una en las últimas tres semanas.

—Tiene sentido. ¿Alguna noticia de un secuestro?

Jennifer titubeó y Sam se enderezó.

—Balinda fue sacada de su casa anoche —contestó Jennifer.

—¿Balinda Parson? —preguntó Sam con el pulso paralizado.

—La misma. No hay contacto, ni pistas, nada más que una nota dejada con la escritura de Slater: «Da la cara, asqueroso». Kevin se lo tomó muy mal.

La mente de Sam ya estaba dando vueltas. ¡Desde luego! Secuestrar a Balinda haría que la prensa pusiera su atención sobre la familia de Kevin. Su pasado.

—¿Lo saben los medios de comunicación?

—Sí. Pero los estamos alejando de la Calle Baker afirmando que esto podría provocar a Slater. Hay cobertura total de este asunto. Pasé las últimas cuatro horas manejando las preocupaciones institucionales. La burocracia es tanta que me vuelve loca. Milton está enfadado, la ATF quiere las evidencias de Quántico... es un desastre. Mientras tanto estamos acabados.

Jennifer parecía cansada. Sam frenó y se detuvo detrás de una camioneta que lanzaba nubes de humo.

—¿Cómo está él?

—¿Kevin? Está desconectado del mundo. Lo dejé en su casa hace como dos horas, durmiendo. Dios sabe que todos necesitamos un poco de descanso.

Sam giró alrededor de la camioneta.

—Tengo algunas ideas, Jennifer. ¿Hay posibilidades de reunirnos pronto?

—¿De qué se trata?

—No... no puedo explicarlo ahora mismo.

—Ven a la estación. A menos que pase algo, estaré aquí.

—De acuerdo. Pero primero tengo que buscar algo.

—Si tienes información que guarde relación con la investigación, espero que me la des. Por favor, Sam, puedo usar toda la ayuda que logre conseguir aquí.

—Te prometo que llamaré en el momento en que sepa algo.

—Sam. Por favor, ¿qué hay en tu mente?

—Te llamaré —concluyó Sam y colgó.

Sin evidencias sus temores tendrían que seguir siendo la paranoia de una amiga íntima, desesperada por respuestas. ¿Y si ella tenía razón? Que Dios les ayude. Que Dios ayude a Kevin.

Sam siguió conduciendo al sur, marcando los hechos. Slater había estado en Nueva York en la misma época en que ella había estado allí. Slater la conocía, un pequeño detalle que ella había ocultado a la CBI. Conociendo a Roland, él la habría sacado del caso.

Slater estaba obsesionado con el pasado de Kevin; Slater era el muchacho; Sam nunca había visto al muchacho; todas las adivinanzas tenían que ver con opuestos; todas exigían una confesión. Slater estaba tratando de obligar a Kevin a volver a su pasado. ¿Quién era Slater?

Un escalofrío le bajó por los brazos.

Samantha se acercó a la casa de Kevin por el occidente, estacionó a dos cuadras y continuó a pie, cuidando de mantener cercas de patios entre ella y el auto negro estacionado en la calle. Tenía que hacerlo sin causar un alboroto, y lo que menos quería era despertar a Kevin si estaba dormido.

El terror le crecía en el pecho a medida que se acercaba. La idea de que Kevin pudiera en realidad ser Slater se negaba a salir de su mente cansada.

Ella debió esperar a que el agente en la calle girara la cabeza para atravesar la cerca del vecino hacia el patio de Kevin. Corrió hacia la puerta corrediza de vidrio y se arrodilló hasta que la cerca le tapara la cabeza de la línea visual del auto. Operando rápidamente sobre su cabeza, insertó en la cerradura una delgada ganzúa y la movió con tanta precisión como le permitía el incómodo ángulo. El seguro se liberó y ella husmeó por encima del pestillo; se limpió una gota de sudor de la mejilla, volvió a mirar hacia el auto negro, abrió unos treinta centímetros la puerta corrediza de vidrio, y pasó a través de las persianas cerradas. Se echó hacia atrás y cerró la puerta.

Si la hubieran visto, ya estarían en movimiento. No la vieron.

Sam miró la casa. Un póster de viaje de sesenta centímetros por ciento veinte de una nativa en bikini caminando por una playa blanca decía que Nueva Zelanda prometía el paraíso. *Querido Kevin, tienes tanto amor. Yo debería haber sabido cuánto mal estabas recibiendo, cuando éramos niños. ¿Por qué me lo ocultaste? ¿Por qué no me llamaste?*

El silencio de la casa la rodeó; se veía muy pacífica, muy tranquila, adormecida mientras el mundo se desmoronaba. Sam fue hacia las escaleras y las subió en puntillas. El dormitorio de Kevin estaba a la izquierda. Ella abrió la puerta, lo vio sobre la cama, y fue hacia él en silencio.

Kevin yacía tumbado sobre su estómago, los brazos sobre la cabeza, como si se estuviera rindiendo a algún enemigo desconocido más allá del colchón. La cabeza descansaba de lado, frente a ella, la mejilla más baja fruncida, la boca cerrada. Su rostro no mostraba rendición, solo sueño. Profundo, profundo, dulce sueño.

Estaba vestido con ropa de calle; sus Reebok color habano estaban en el piso, tocando el cubrecamas.

Sam se preguntó por un momento si Jennifer se habría quedado con él hasta que se quedó dormido. ¿Lo había visto así? ¿A este tierno muchacho de ella? ¿A este hombre asombroso que soportaba el peso de cien mundos en sus hombros? ¿Su campcón que había matado al malvado muchacho en la Calle Baker?

¿Qué veía Jennifer al mirarlo? *Ella ve lo mismo que tú, Sam. Ella ve a Kevin, y lo menos que puede hacer es amarlo como lo amas.*

Sam alargó la mano, tentada a acariciarle la mejilla. *No, no como lo amo yo. Nadie puede amarlo como yo lo amo. Daría mi vida por este hombre.* Ella recogió la mano. Una lágrima le bajó por la mejilla derecha. *Ah, cuánto te amo, querido Kevin. Verte estos últimos tres días me ha recordado cuán desesperadamente te amo. Por favor, dime que matarás a este dragón. Lo haremos, Kevin. Juntos mataremos a esta bestia, mi caballero.*

La referencia al psicodrama de la infancia la inundó de fervor. Se volvió y se dirigió al clóset. No estaba segura de lo que buscaba. Algo que Slater hubiera dejado. Algo que no viera el FBI por no creer que perteneciera a Slater.

Kevin había ordenado nítidamente su ropa. Pantalones y camisas de vestir colgaban en una fila, *jeans* y pantalones *sport* doblados y apilados, los zapatos en un anaquel. Los trajes del seminario a la derecha, trajes informales a la izquierda. Sonrió y pasó los dedos por los pantalones. Olió las camisas. Guardaban su aroma. Asombra cómo ella lo reconoció después de tantos años. Él aún era un muchacho. *Un hombre, Sam. Un hombre.*

Sam escudriñó el clóset y luego se fue al resto del cuarto, caminando por él, cuidando de no hacer ningún sonido. A no ser por la espalda que subía y bajaba al respirar, Kevin no se movía. Sam no encontró nada.

El baño no mostró nada mejor, y el espíritu de Sam se relajó. No quería hallar nada.

Su estudio. Sam cerró la puerta y se sentó en el escritorio. Pasó un dedo sobre los libros: *Introducción a la filosofía. Sociología de la religión. Hermenéutica revelada.* Dos docenas de otros títulos. Él estaba en su primer semestre en el instituto de teología pero había comprado suficientes textos para dos años, fácilmente.

En el piso al lado del escritorio Sam vio un montoncito de trabajos, los cuales recogió. Kevin había titulado a un estudio «Las verdaderas naturalezas del hombre». Él sí que era un hombre de verdad.

Por favor, Sam, dejemos las tonterías románticas y hagamos lo que vinimos a hacer.

El ruido no la preocupaba mucho; había dos puertas entre ella y Kevin. Inspeccionó los cajones y sacó los libros uno por uno. Aquí es donde Slater dejaría una pista. Este era el cuarto de la mente. Él estaba obsesionado con números y juegos mentales. La mente. En alguna parte, en algún lugar.

Había un montón de tarjetas de presentación, con un papelito con el número de Sam encima, junto a una calculadora que parecía recién sacada de la caja, quizás sin uso. La primera tarjeta pertenecía al doctor en filosofía John Francis, decano académico del Instituto de Teología del Pacífico Sur. Kevin había hablado mucho de ese hombre. Seguro que Jennifer ya lo había entrevistado.

¿Y si no lo había hecho? Los últimos cuatro días pasaron de prisa sin tiempo para procedimientos normales o para una investigación a fondo. Sam levantó el teléfono y marcó el número en la tarjeta. Una recepcionista con voz nasal le preguntó si quería dejar un mensaje. No, gracias. Colgó, dio vuelta a la tarjeta, y vio que Kevin había escrito otro número con el mismo prefijo. Lo marcó.

—Hola, este es John.

—¿Aló, Dr. John Francis?

—Sí, ¿quién habla?

—Samantha Sheer de la Oficina Californiana de Investigación. Estoy trabajando con una tal agente Jennifer Peters en el caso Kevin Parson. ¿La conoce usted?

—Por supuesto. La agente Peters estuvo aquí ayer por la mañana.

—Kevin habla mucho de usted —señaló Sam—. Usted tiene un doctorado en psicología, ¿no es cierto?

—Correcto.

—¿Cuál es su evaluación de Kevin?

—Eso es como preguntar qué animales viven en el mar. Kevin es un hombre maravilloso. No puedo decir que haya alguien más con quien quiera intercambiar mi ingenio. Extraordinario... genuino.

—Genuino. Sí, él es genuino. Casi transparente. Por lo cual es extraño que no pueda recordar este pecado que Slater exige que confiese, ¿no cree usted? Me estoy preguntando si hay algo a lo que se haya dedicado en estas últimas semanas? ¿Algunos temas, proyectos, artículos?

—En realidad, sí. Él estaba muy interesado en las naturalezas del hombre. Se podría decir que lo absorbía el tema.

Sam levantó el borrador del artículo.

—Las verdaderas naturalezas del hombre —expresó ella—. ¿Y cuáles son las naturalezas del hombre? ¿O cuáles diría Kevin que son las naturalezas del hombre?

—Sí, bueno, ese es el misterio, ¿no es verdad? No estoy seguro de poder decirle lo que diría Kevin. Él me dijo que tenía un nuevo modelo, pero quería presentarlo conjuntamente en su ponencia.

—¿Y cuándo debe entregar este trabajo?

—Tiene programado entregarlo este miércoles.

—¿Para qué clase?

—Introducción a la moral.

—Una pregunta más, doctor, y me despediré. Usted es un hombre religioso con formación en psicología; ¿diría usted que las naturalezas del hombre son principalmente espirituales o psicológicas?

—Sé que Freud se revolcaría en su tumba, pero en mi mente no hay duda. El hombre es principalmente un ser espiritual.

—¿Y Kevin estaría de acuerdo con eso?

—Sí, seguro que sí.

—Gracias por su tiempo, doctor. Usted parece un hombre razonable.

—Me pagan para serlo; y lo intento —contestó él riendo—. No dude en llamar para cualquier otra cosa.

Sam colgó el teléfono. Moral. Escudriñó el documento y vio que difícilmente era más que la recitación de varias teorías sobre las naturalezas del hombre. Terminaba con un nuevo encabezado: «Las verdaderas naturalezas». Ella depositó las páginas. ¿Dónde guardaba Kevin sus notas sobre las naturalezas del hombre?

Fue hacia el estante y alcanzó un libro gris titulado *Moralidad redefinida*. Estaba bastante usado, raído en los bordes, las páginas amarillentas. Levantó la portada y vio que era un libro de la biblioteca. *Copyright* 1953.

Sam hojeó el libro, pero no había notas. Estaba a punto de dejarlo cuando se abrió la portada posterior. Varias hojas sueltas de papel blanco cayeron al suelo. En la parte superior decía con letra de Kevin: *Las verdaderas naturalezas del hombre, ensayo*.

Samantha recogió las páginas y se sentó en el escritorio. Solo eran notas. Tres páginas de notas. Las estudió, un simple bosquejo con títulos que cuadraban con el tema. Resúmenes.

Aprendemos mientras vivimos, y vivimos lo que aprendemos, pero no muy bien.

¿Cómo puede una naturaleza estar muerta y sin embargo vivir? Él está muerto en la luz, pero florece en la oscuridad.

Si el bien y el mal pudieran hablar entre sí, ¿qué se dirían?

Todos ellos son hipócritas, que viven en la luz pero se ocultan en la oscuridad.

Inteligente. Pero aquí no había nada que Slater hubiera...

Sam se quedó inmóvil. Allí al final de la página cuatro, tres cortas palabras.

YO SOY YO.

Sam reconoció inmediatamente la escritura. ¡Slater! «Yo soy yo».

—¡Dios mío!

Sam colocó las páginas en el escritorio de Kevin con mano temblorosa. Comenzó a sentir pánico.

No. Detente. *¿Qué significa «yo soy yo», Sam? Significa que Slater es Slater. Slater entró aquí a hurtadillas y escribió esto. Eso solo prueba que Slater tiene la nariz metida en cada parte de la vida de Kevin.*

Si el bien y el mal pudieran hablar entre sí, ¿qué se dirían?

¿Cómo hablaban entonces Kevin y Slater entre sí? El FBI tenía una grabación. ¿Cómo, cómo? A menos...

Un segundo celular. ¡Está usando otro teléfono celular!

Sam corrió al cuarto de Kevin. *Dios mío, ¡ojalá me equivoque!* Él no se había movido. Ella se acercó sigilosamente. ¿Dónde guardaría los teléfonos? El que Slater le había dejado estaba siempre en su bolsillo derecho.

Solo había un modo de hacer esto. Rápidamente, antes de despertarlo. Sam le deslizó la mano en el bolsillo derecho. Llevaba pantalones *sport*, sueltos, pero su peso le presionó la mano contra el colchón. Ella tocó el teléfono, sintió el dispositivo de grabación en la parte de atrás. El de Slater.

Sam rodeó la cama, arrastrándose para tener mejor acceso, y deslizó la mano dentro del bolsillo izquierdo de él. Kevin gruñó y rodó de lado, frente a ella. Ella se quedó quieta hasta que el aliento del hombre volvió a un profundo ritmo lento, y trató de nuevo, esta vez con su bolsillo izquierdo a la vista.

Sus dedos sintieron plástico. Sam sabía que tenía razón, pero de todos modos lo sacó. Un teléfono celular, idéntico al que Slater le había dejado a Kevin, solo que era negro en vez de gris. Lo desplegó y lo hizo avanzar por el registro de llamadas. Las llamadas eran al otro teléfono celular. Una al teléfono del cuarto del hotel. Dos al teléfono de la casa de Kevin.

Este era el teléfono que Slater había usado. Para hablar, para detonar las bombas. La mente de Sam estaba a punto de estallar. No podía haber duda al respecto.

Ellos lo crucificarían.

23

SAM SE BAJÓ DE LA CAMA, cerró la puerta de Kevin, y bajó las gradas. Agarró en su mano izquierda el teléfono que Slater había usado para hacer sus llamadas... de momento dejaría de hacer esas llamadas, al menos desde este teléfono. No se molestó en ser discreta en su salida sino que salió directo por detrás, llegó a la calle y corrió hacia su auto.

Yo, Slater, soy yo, Kevin. Y ese había sido el mayor temor de Samantha. Que ese amigo suyo de la infancia tuviera un trastorno de personalidad múltiple como ella le sugirió ayer a Jennifer, asunto que Sam rechazó al instante porque Kevin estaba en el cuarto cuando Slater llamó. Pero al intentar dormir anoche recordó que Slater no la *llamó* mientras Kevin estaba en el cuarto. El teléfono solo sonó mientras él estaba en el cuarto. Kevin estaba en el pasillo antes de que ella se levantara y oyera a Slater. Kevin pudo simplemente haber pulsado en su bolsillo el botón de llamar y luego pudo haber hablado a Sam desde el pasillo. ¿Podían las personalidades múltiples funcionar de ese modo?

Sam estaba con Kevin en el auto cuando Slater llamó, exactamente antes de que explotara el autobús. Pero ella no tenía prueba de que entonces Slater estuviera en realidad en la línea. No tenía grabación de esa llamada.

Era absurdo. ¡Era imposible! Pero por más que intentara indagar en noches de insomnio, Sam no podía contar con una sola situación clara que probara necesariamente que ellos no eran el mismo hombre. Ni una.

¡Mera conjetura! ¡Tenía que ser coincidencia!

Ahora esto.

Si el bien y el mal pudieran hablar entre sí, ¿qué se dirían?

Sam llegó al auto, con un nudo en el estómago. Esto quizás no sea suficiente. Antes que nada ella había sido irresponsable al sugerir la posibilidad a Jennifer. El hombre del que crees estar enamorada es un demente. Lo había dicho con tanta tranquilidad por la simple razón de que ni ella misma lo creía; solo estaba haciendo aquello para lo que la entrenaron. Pero esto... esto era un asunto totalmente distinto.

¡Kevin *no* era un demente! Simplemente representaba un psicodrama, como había aprendido de Balinda durante tantos años. Se había dividido en una personalidad divergente cuando empezó a comprender la verdadera maldad. El muchacho. ¡Él había sido el muchacho! Solo que él no sabía que era el muchacho. Para el Kevin de once años, el muchacho era una persona malvada a quien se debía matar. Así que lo mató. Pero el muchacho no murió. Slater simplemente permaneció inactivo hasta ahora, cuando este artículo sobre las naturalezas del hombre lo hizo resurgir de algún modo.

Sam aún podría estar equivocada. En verdaderos casos de desórdenes de personalidad múltiple los sujetos casi nunca eran conscientes de sus personalidades alternas. Slater no sabría que era Kevin; Kevin no sabría que era Slater. En realidad cada uno *no* era el otro. Físicamente sí, pero no de otra manera. Slater podría estar vivo ahora mientras Kevin dormía, tramando matar a Balinda, sin que Kevin lo supiera. Algunas cosas que Slater hizo solo serían imaginadas; otras, como las bombas y el secuestro, serían representadas.

Ella lanzó el teléfono de Kevin en el asiento y pulsó en el suyo el número telefónico de Jennifer.

—Jenn...

—¡Debo verte! Ahora. ¿Dónde estás?

—¿Sam? Estoy en el departamento de policía. ¿Qué pasa?

—¿Ya te dieron los informes de laboratorio sobre las huellas de zapatos y las grabaciones?

—No. ¿Por qué? ¿Dónde estás?

—Acabo de estar en casa de Kevin y voy a reunirme contigo —informó Sam y se puso en camino por Willow.

—¿Cómo está Kevin?

—Está dormido —comunicó lentamente Sam dando antes una profunda respiración—. Le encontré un segundo teléfono, Jennifer. Es el teléfono que se usó para llamar al celular con el dispositivo de grabación. No sé cómo decir esto. Creo que Kevin es Slater.

—Eso es... Creí que ya habíamos hablado de esto. Él estaba en el cuarto cuando Slater...

—Escucha, Jennifer, he pensado en esto desde cien ángulos diferentes en las últimas doce horas. No estoy diciendo que pueda probarlo; Dios sabe que no deseo que sea cierto, pero si lo es, ¡necesita ayuda! Te necesita. Y él es el único que puede llevarnos a Balinda. Kevin no lo sabrá, pero Slater sí.

—Por favor, Sam, esto es una locura. ¿Cómo pudo haber llevado esto a cabo? Hemos tenido personas en la casa. ¡Lo hemos estado escuchando allá adentro! ¿Cómo salió para secuestrar a Balinda?

—Es su casa; él sabe cómo salir sin que tus muchachos se den cuenta. ¿Dónde estuvo entre las tres y las cinco de la mañana?

—Durmiendo...

—Kevin pudo haber creído que estaba durmiendo, ¿pero dormía? No creo que él haya dormido seis horas en los últimos cuatro días. Analízalo. No ha recibido ninguna llamada telefónica mientras tú estabas escuchando, al menos no en la casa. Ojalá me equivoque, de veras, pero no creo que encuentres una discrepancia. Es demasiado inteligente. Pero quiere que se sepa la verdad. De modo consciente o subconsciente, no lo sé, pero se está descuidando. Él quiere que el mundo lo sepa. Esa es la respuesta a la adivinanza.

—*¿Qué cae pero no se rompe? ¿Qué rompe pero no se cae? ¿Qué cae pero no se rompe? ¿Qué rompe pero no se cae?* Noche y día —señaló Jennifer—. Opuestos. Kevin.

—Kevin. *Kevin* era el muchacho; por eso nunca vi al muchacho cuando éramos niños. Él estaba en el sótano de esa bodega, pero solo él, no un segundo muchacho. Él se golpeó. Revisa el tipo de sangre. La confesión que Slater quiere no es que Kevin trató de matar al muchacho sino que él *era* el muchacho. Que Kevin es Slater.

—Yo soy mi pecado —comentó Jennifer distraídamente; había temblor en su voz.

—¿Qué?

—Algo que él dijo anoche.

—Te veré allí en diez minutos —notificó Sam—. No dejes que Kevin salga de la casa.

—¿Pero solo Slater sabe dónde tiene a Balinda? ¿Kevin no lo sabe?

—Eso es lo que creo.

—Entonces necesitamos que Slater encuentre a Balinda. Pero si enviamos la señal equivocada, Slater podría desaparecer; y si lo hace y Kevin no sabe dónde está Balinda, podríamos tener nuestra primera víctima real en este caso. Aunque pusiéramos a Kevin en una celda, ella podría morir de hambre —expresó Jennifer, y súbitamente se puso frenética—. Él no es el Asesino de las Adivinanzas; aún no ha matado a nadie. No podemos dejar que eso ocurra.

—¿Lo dejamos salir entonces?

—No. No, no lo sé, pero tenemos que manejar esto con guantes de seda.

—Estaré allí —insistió Sam—. Tú asegúrate de que Kevin no salga de esa casa.

III

El sonido de la puerta de su dormitorio al cerrarse despertó a Kevin. Eran las tres. Había dormido más de cuatro horas. Jennifer había insistido en que no lo molestaran a menos que fuera absolutamente necesario. ¿Por qué entonces habían estado en su casa?

A menos que no fueran *ellos*. A menos que fuera alguien más. ¡Alguien como Slater!

Bajó de la cama, caminó en puntillas hacia la puerta, la abrió. Alguien estaba abriendo la puerta corrediza hacia el patio trasero! *Solo pregunta quién es, Kevin. Es el FBI, eso es todo.*

¿Pero y si no lo era?

—¿Hola?

Nada.

—¿Hay alguien aquí? —llamó, más fuerte esta vez.

Silencio.

Kevin bajó las escaleras y entró cuidadosamente en la sala. Corrió a la ventana y miró hacia fuera. El conocido Lincoln estaba inmóvil a media cuadra calle abajo.

Algo iba mal. Algo había sucedido. Fue al teléfono de la cocina e instintivamente sintió el teléfono celular en su bolsillo derecho. Seguía allí. Pero algo no concordaba. ¿Qué?

De pronto el teléfono celular vibró contra su pierna y él saltó. Metió la mano en el bolsillo y sacó el celular plateado. El otro teléfono, el VTech más grande, estaba en su mano izquierda. Por un momento los miró, confundido. ¿Descolgué? Demasiados teléfonos, su mente le debe estar engañando.

El celular vibró como loco. ¡Contéstalo!

—¿Aló?

—¿Quién se cree mariposa pero en realidad es un gusano? —le rechinó la voz de Slater en la oreja.

El aliento de Kevin empañó el teléfono.

—Eres patético, Kevin. ¿Conoces ya esta obvia realidad, o voy a tener que apalearte? —preguntó Slater respirando pesadamente—. Tengo aquí a alguien que quiere abrazarte y por nada del mundo logro entender la razón.

El rostro de Kevin se enrojeció; sintió la garganta como si la apretara una prensa. No podía hablar.

—¿Cuánto tiempo esperas que yo participe en este juego de la pulga, Kevin? Evidentemente eres demasiado burro para las adivinanzas, así que he decidido subir la apuesta inicial. Sé el conflicto de sentimientos que tienes respecto de mami, pero por ahora considero que no sientes tal conflicto acerca de mí. Es más, me odias, ¿no es así, Kevin? Deberías... He destruido tu vida.

—¡Basta! —gritó Kevin.

—¿Basta? ¿Basta? ¿Es eso todo lo que puedes lograr? Eres el único con el poder para detener algo. Pero no creo que tengas las agallas. Eres tan gallina como los demás; no has dejado dudas al respecto. Por tanto, he aquí el nuevo trato, Kevin. *Tú* vienes y me detienes. Frente a frente, hombre a hombre. Esta es tu gran oportunidad de liquidar a Slater con esa cerbatana que obtuviste de modo ilegal. Encuéntrame.

—¡Enfréntate a mí, cobarde! ¡Sal y enfréntate! —gritó Kevin.

—¿Cobarde? Estoy petrificado. Apenas puedo moverme, mucho menos enfrentarme a ti —se burló Slater, luego hizo una pausa—. ¿Te lo debo cincelar en la frente? ¡Encuéntra*me*! ¡Encuéntrame, encuéntrame! El juego termina en seis horas, Kevin. Entonces la mataré. O das la cara o le corto la garganta. ¿Estás adecuadamente motivado ahora?

El detalle de las seis horas apenas se le quedó. Slater quería enfrentarse a él. Kevin giró sobre sus pies. En realidad deseaba enfrentarse a él. ¿Pero dónde?

—¿Cómo?

—Tú sabes cómo. Está oscuro aquí abajo. Solo, Kevin. Totalmente solo, como tiene que ser.

Clic.

Por un interminable momento Kevin se quedó pegado al linóleo del piso. La sangre le latía en las sienes. El teléfono VTech negro temblaba en su mano izquierda. Él rugió y lo estrelló en el poyo con todas sus fuerzas. El plástico negro se astilló y se esparció.

Kevin se metió el teléfono celular en el bolsillo, dio media vuelta y subió corriendo las escaleras. Había escondido la pistola debajo del colchón. Quedaban tres balas. Dos días antes le habría aterrado la idea de ir tras Slater; ahora esta idea lo consumía.

Está oscuro aquí abajo.

Metió la mano debajo del colchón, sacó la pistola y la puso detrás del cinturón. Oscuro. Abajo. *Tengo algunas ideas de oscuro y abajo, ¿no es así? ¿Dónde esconden los gusanos sus repugnantes secretitos? Él sabía, ¡él sabía!* ¿Por qué no había pensado antes en esto? Tenía que salir sin ser visto y tenía que ir solo. Ahora esto era entre Slater y él. Uno a uno, hombre a hombre.

El auto del FBI aún estaba en alguna parte en la calle. Kevin salió por detrás y corrió hacia el este, el camino opuesto. Una cuadra y luego cortó al sur. Ellos sabrían que él había salido. Es más, debido a la vigilancia de la casa habrían grabado la última llamada que le hizo Slater. ¿Y si venían tras él? Debía decirle a Jennifer que no se acercara. Usaría el teléfono celular, pero la llamada debía ser corta, o ellos triangularían su posición.

Si *oscuro* y *abajo* era donde él creía... Kevin rechinó los dientes y gruñó. El hombre era un pervertido. Y mataría a Balinda... las amenazas vanas no eran parte de su carácter.

¿Y si el FBI enviaba helicópteros? Giró al oeste y caminó junto a una línea de árboles en la acera. La pistola sobresalía en su espalda.

Empezó a correr.

III

—¡Ahora! Necesito algunos hechos ahora, no en diez minutos —exclamó bruscamente Jennifer.

Los informes llegaban normalmente de Quántico en intervalos establecidos por los agentes encargados. El próximo segmento de informes llegaría en diez minutos, le había explicado Galager.

—Llamaré, pero ellos solo han tenido las evidencias unas pocas horas. Este asunto puede tomar hasta una semana.

—¡No tenemos una semana! ¿Saben ellos lo que está sucediendo aquí? Diles que enciendan la televisión, ¡por Dios!

Galager inclinó la cabeza y salió.

El mundo de Jennifer se le había derrumbado con la llamada de Sam dos minutos atrás. No quería aceptar la posibilidad de que Kevin pudiera haber volado el autobús o la biblioteca.

Desde su esquina en la estación Jennifer lograba ver la salida a través de un mar de escritorios. Milton salió a empujones de su oficina, agarró el abrigo y se dirigió a la puerta. ¿Adónde iba? Él se detuvo, miró hacia atrás, y Jennifer instintivamente giró la cabeza para evitar el contacto visual. Cuando ella volvió a mirar, él se había ido. Una ira inexplicable le recorrió la mente. Pero en realidad nada de esto era culpa de Milton. Él simplemente estaba haciendo su trabajo. Seguro que le gustaban las cámaras, pero podría decirse que tenía responsabilidades con el público. Ella estaba enfocando su frustración y su ira en él sin causa adecuada; aunque era consciente de esto, no parecía calmarla.

No era Kevin, se recordó. Aunque Kevin fuera Slater, lo cual no estaba demostrado, el Kevin que ella conocía era incapaz de volar nada. Un jurado le daría una mirada a su pasado y estaría de acuerdo. Si Slater era Kevin, entonces era parte de una personalidad fracturada, no Kevin mismo.

Un pensamiento la sacudió, y se detuvo. ¿Podría estar Slater inculpando a Kevin? ¿Qué mejor manera de arrastrar a un hombre que incriminarlo como el lunático que trató de volar por los aires Long Beach? Se sentó detrás del escritorio, agarró un bloc y apuntó.

Slater es el muchacho; quiere venganza; aterroriza a Kevin y luego convence al mundo de que él es Kevin, aterrorizándose a sí mismo porque es Slater. Kevin está arruinado y Slater escapa. Esto levantaría el obstáculo para los crímenes perfectos.

¿Pero cómo podría Slater lograr eso? Sam había encontrado *dos* teléfonos. ¿Por qué estaría Kevin cargando dos teléfonos sin saberlo? ¿Y cómo podían los números a los que Slater llamaba estar en ese segundo teléfono? Un transmisor electrónico que duplicaba los números para hacer parecer que el teléfono se había usado. Posible. ¿Y cómo pudo Slater haber colocado el teléfono en el bolsillo de Kevin sin que este lo supiera? Debió ser mientras Kevin dormía, esta mañana. ¿Quién tuvo acceso a Kevin...?

Su teléfono sonó y ella lo levantó sin pensar.

—Jennifer.

—Soy Claude, vigilancia. Tenemos una situación en la casa. Alguien acaba de llamar a Kevin.

¿Quién? preguntó Jennifer poniéndose de pie, echando la silla hacia atrás.

Estática.

—Slater. Estamos seguros. Pero eso no es todo.

—Espera. ¿Tienes la grabación del teléfono celular de Kevin?

—No, tenemos una grabación del interior de la casa. Alguien que parecía Slater llamó a Kevin desde el *interior* de la casa de Kevin. Yo... este, sé que parece extraño, pero tenemos ambas voces dentro de la casa. Le estoy enviando la grabación ahora mismo. Él amenazó con matar a la mujer en seis horas y sugirió que Kevin se encontrara con él.

—¿Dijo dónde?

—No. Dijo que Kevin sabía dónde. Dijo que estaba oscuro aquí abajo, eso es todo.

—¿Habló usted con Kevin?

—Decidimos entrar al lugar —informó él e hizo una pausa—. Kevin se había ido.

—¿Lo dejó usted *salir*? —preguntó Jennifer dejándose caer en la silla.

—Su auto aún está en el garaje —contestó Claude con voz nerviosa.

Ella cerró los ojos y tomó aliento para calmarse. ¿Ahora qué?

—Quiero ese casete aquí ahora. Disponga una búsqueda en círculos concéntricos. Él va a pie.

Ella depositó el teléfono en la mesa y apretó los dedos para calmar un fuerte temblor. Sus nervios estaban a punto de estallar. Cuatro días, ¿y cuántas horas de sueño? ¿Doce, catorce horas? El caso acababa de pasar de terrible a desesperado. Él iba a matar a Balinda. Inevitable. ¿*Quién* iba a matar a Balinda? ¿Slater? ¿Kevin?

—¿Señorita?

Ella levantó la mirada para ver en la puerta a uno de los detectives de Milton.

—Tengo una llamada para usted. Él dice que intentó comunicarse por su línea personal pero no pudo. No dio su nombre.

Ella asintió señalando su teléfono de escritorio.

—Pásela.

La llamada fue transferida y ella contestó.

—Peters.

—¿Jennifer?

Era Kevin. Jennifer estaba demasiado asombrada para responder.

—¿Aló?

—¿Dónde estás?

—Lo siento, Jennifer. Voy tras él. Pero tengo que hacer esto solo. Si me sigues, él la matará. Estás grabando la casa, ¿correcto? Escucha el casete.

No puedo hablar ahora, porque ellos me encontrarán, pero quiero que lo sepas.

Él parecía desesperado.

—Kevin, no tienes que hacer esto. Dime dónde estás.

—*Tengo* que hacerlo. Escucha el casete. No es lo que crees. Slater me está haciendo esto. No te molestes en llamarme; voy a tirar este teléfono —concluyó él y cerró abruptamente la comunicación.

—¿Kevin?

Jennifer depositó con fuerza el auricular en su base. Se pasó los dedos por el cabello y volvió a levantar el teléfono. Marcó el número de Samantha.

—¿Aló?

—Kevin se fue, Sam —comenzó diciendo Jennifer—. Acababa de recibir una llamada de Slater amenazando con matar a Balinda en seis horas. Acosó a Kevin para que se reuniera con él, dijo que sabía dónde y que estaba oscuro. Hasta donde sé, eso es todo. El casete viene en camino.

—¿Va a pie? ¿Cómo lo dejaron salir caminando?

—No sé. El hecho es que ahora tenemos muy poco margen de tiempo y hemos perdido el contacto.

—El celular de Slater...

—Dijo que se iba a deshacer de él.

—Regresaré —opinó Sam—. No puede estar muy lejos.

—Suponiendo que tengas razón acerca de Kevin, Slater está llevándolo a un lugar que los dos deben conocer desde su infancia. ¿Alguna idea?

—¿La bodega? —preguntó Sam después de titubear.

—Lo comprobaremos, pero es demasiado evidente.

—Déjame pensar. Si tenemos suerte, lo agarramos. Concentra la búsqueda en el oeste... más cerca de la Calle Baker.

—Existe otra posibilidad, Sam; sé que podría parecer forzada, ¿pero y si Slater está incriminando a Kevin? —preguntó Jennifer, y no recibió respuesta, entonces continuó—. La labor forense nos permitirá verlo mejor, pero pudieron haber plantado el teléfono y duplicado el registro de la llamada por transmisión. El objetivo encaja: Kevin está vinculado a un psicópata que lo ha aterrorizado, él queda arruinado y Slater queda libre. Rencilla de la infancia vengada.

—Qué complicada telaraña hemos tejido —opinó Sam tranquilamente—. Consigue la información de las grabaciones; esperemos que nos diga más.

—Estoy trabajando en eso.

Galager entró y se sentó, archivo en mano. Jennifer se puso de pie.

—Llámame si se te ocurre algo.

—Una última cosa —añadió Sam—. Hablé con el Dr. John Francis y mencionó que ya te habías comunicado con él, pero tal vez quieras analizar esto con él. Conoce bien a Kevin y está en tu campo. Solo es una idea.

—Gracias, lo haré.

Ella bajó el teléfono. Galager estaba de espaldas.

—¿Bien?

—Como dije, aún no está hecho; pero tengo algo. ¿Alguna vez oyó de un afinador sísmico?

—¿Un qué?

—Afinador sísmico. Un aparato que altera patrones de voces.

—De acuerdo.

—Bueno, puedo grabar mi voz y programar este aparato para que corresponda a la suya.

—¿De veras? La muestra que les enviamos de la voz de Kevin no se parece en nada a la de Slater... ¿qué pretende demostrar?

—Hablé con Carl Riggs en el laboratorio. Él dice que aunque determinen que la voz de Slater y la de Kevin tienen los mismos patrones vocales, alguien que sabía lo que ellos estaban haciendo podría elaborar el efecto con un afinador sísmico.

—No entiendo. ¿Qué implica esto, Galager? —cuestionó Jennifer; su frustración ya se estaba desbordando.

—Implica que Slater pudo haber alterado su voz para hacerla parecer un derivado de la voz de Kevin. Pudo haber obtenido una muestra de la voz de Kevin, descomponerla electrónicamente, y luego reproducir sus patrones vocales en una gama distinta y con diferentes inflexiones. En otras palabras, pudo estar hablando a través de una caja que lo hace parecer que él es Kevin tratando de no ser Kevin. ¿Me explico?

—Sabiendo que analizaríamos la grabación y concluiríamos que las dos voces eran de Kevin —contestó ella parpadeando.

—Correcto. Aunque no lo son.

—Como si quisiera culpar a Kevin.

—Una posibilidad. Riggs dijo que hay un caso abierto en Florida en que la esposa de un tipo fue secuestrada por una recompensa de un millón de dólares. La comunidad se unió en una colecta para recoger el dinero. Pero resulta que la voz del secuestrador era una grabación de la del marido, manipulada por un afinador sísmico. Él evidentemente secuestró a su propia esposa. El juicio se realizará el mes entrante.

—Yo no sabía que existiera eso del afinador sísmico.

—Yo tampoco lo había hasta hace un año —informó Galager poniéndose de pie—. De todos modos, aunque ambas representaciones de voz correspondieran a la de Kevin, no sabremos si las dos son reales hasta que descartemos el uso de un afinador sísmico. Riggs no tendrá el informe de la voz hasta mañana. Están trabajando en él, pero eso lleva tiempo.

—¿Y las huellas de zapatos?

—Deberían tenerlo esta tarde, pero él tampoco cree que nos sean de ayuda. No son suficientemente características.

—¿Así que me está diciendo que nada de esto importa?

—Le estoy diciendo que nada de esto podría importar. En resumen.

Él salió y Jennifer se hundió en su silla. Milton. Ahora tendría que depender de él. Necesitaba que toda patrulla policial disponible en la ciudad se uniera a la búsqueda de Kevin. Además necesitaba que la búsqueda se llevara a cabo sin riesgo de que la prensa lo supiera.

Jennifer cerró los ojos. En realidad, nada de eso importaba. Lo que importaba era el hecho de que Kevin estaba perdido. El muchacho estaba perdido.

De repente quiso llorar.

24

KEVIN SE MANTUVO POR LAS CALLES SECUNDARIAS, corriendo de manera tan natural como podía a pesar de los fuertes latidos en la cabeza.

Cuando se acercaban autos o transeúntes, él cambiaba de dirección o atravesaba la calle. Al menos bajaba la cabeza. Si pudiera permitirse el lujo de una ruta directa, la carrera a través de la ciudad sería la mitad de lo que era por todas esas calles laterales.

Pero Slater había dicho solo, lo cual significaba evitar las autoridades a todo costo. Esta vez Jennifer sacaría la fuerza policial. Estaría desesperada por encontrarlo antes de que hallara a Slater porque sabía que Kevin no tenía la más mínima posibilidad contra Slater.

Kevin también lo sabía.

Él corría con el pavor de saber que no había forma de enfrentar a Slater y sobrevivir. Balinda moriría; él moriría. Pero no le quedaba alternativa. Aunque creyó haberse liberado, en realidad llevaba veinte años desplomado en esa mazmorra del pasado. Se acabó. Desafiaría a Slater de frente, o moriría en este último esfuerzo desesperado por alcanzar la libertad.

¿Y Jennifer? ¿Y Sam? Las perdería, ¿no es así? Las mejores cosas de su vida —las únicas que importaban ahora— se las arrancaría Slater. Y si esta vez encontraba una manera de escapar de Slater, el hombre regresaría para cazarlo otra vez. No, debía terminar esto de una vez por todas. Tenía que matar o morir.

Kevin buscó valor en su interior y corrió por vecindarios residenciales sin vigilancia. Había helicópteros cruzando el cielo. No podía diferenciar rápidamente los policiales de los demás, así que se escondía de todos ellos, lo cual hacía aun más lento su avance. Once autos patrulla cruzaron su camino, obligándolo en cada caso a alterar la dirección. Llevaba una hora corriendo y aún estaba a mitad de camino. Gruñó y siguió adelante. La hora se extendió a dos. Con cada paso aumentaba su determinación hasta que casi podía saborear su amargura hacia Slater, el sabor cobrizo de la sangre en su lengua seca.

La zona de bodegas apareció ante Kevin sin previo aviso. Dejó de correr y siguió caminando. La húmeda camisa se le pegaba al torso. Estaba cerca. El corazón empezó a palpitarle con más fuerza, ahora por los nervios y por el esfuerzo.

Cinco de la tarde. Slater le había dado seis horas. Tres más tres. Las últimas horas en este juego morboso del números tres. Para ahora toda la ciudad sería una desesperada búsqueda por encontrar a Balinda antes de la hora límite, las nueve en punto. El FBI habría escuchado a los vigilantes de la casa y, con Sam, estarían todos golpeándose el cráneo contra la pared tratando de descifrar el enigmático mensaje de Slater. *Lo sabrás, Kevin. Está oscuro aquí abajo.*

¿Lo imaginará Sam? Él nunca le habló del lugar.

Kevin atravesó los rieles de ferrocarril y se metió en un sendero aislado de árboles aquí en las afueras de la ciudad. Cerca. Muy cerca.

Vas a morir, Kevin. Sintió la piel como un alfiletero. Se detuvo y miró alrededor. El ruido de la ciudad se oía distante. Las aves piaban. Una lagartija se escurrió entre hojas secas a su derecha, se detuvo, estiró un ojo saltón para mirarlo, y luego se lanzó como una flecha por las rocas.

Kevin siguió adelante. ¿Y si estaba equivocado? Pudo haber sido la bodega donde había atrapado al muchacho, por supuesto... eso era oscuro y estaba abajo. Pero Slater no sería tan obvio. De todos modos, aquello estaría plagado de policías. No, tenía que ser aquí.

Alcanzó a ver a través de los árboles el antiguo cobertizo para herramientas, y se detuvo. La poca pintura que quedaba estaba descascarada y se había puesto gris con los años. De pronto Kevin no se sintió seguro de poder cumplir. Era probable que en este mismo instante Slater estuviera escondido detrás de uno de los árboles, observando. ¿Y si corría y Slater salía de su escondite y le disparaba? No podía pedir ayuda... había arrojado el celular en un callejón detrás de un 7-Eleven ocho kilómetros al este.

No importaba. Tenía que hacerlo. Llevaba la pistola metida en el vientre, donde se la puso cuando le hizo una magulladura en la espalda. La tocó a través de la camisa. ¿Debería sacarla ya?

Sacó la pistola del cinturón y siguió adelante. La casucha parecía tranquila, apenas más que cualquier otra casa. Respirando deliberadamente por la nariz, Kevin se acercó a la puerta trasera, sin apartar la vista de las tablas, de las rendijas entre ellas, buscando una señal de movimiento. Nada.

Vas a morir allá adentro, Kevin.

Llegó a la puerta; por un instante permaneció allí, temblando fuertemente. A su derecha se veían profundas marcas de llantas en la tierra blanda. Un enmohecido candado Master Lock colgaba del pasador, destrabado. Abierto. Nunca se había abierto.

Sacó el candado del pasador y lo puso en la tierra. Colocó la mano en la manija y tiró de ella suavemente. La puerta chirrió. Él se detuvo. Una pequeña brecha mostró la extrema oscuridad interior.

Dios mío, ¿qué estoy haciendo? Dame fuerzas. ¿Seguía la luz sin funcionar?

Kevin abrió la puerta. El cobertizo estaba vacío. *Gracias Dios.*

Viniste a encontrarlo, ¿y ahora le agradeces a Dios que no esté aquí?

Pero de estar aquí, estaría debajo de la trampilla, escaleras abajo, por el túnel. Allá es donde está «oscuro aquí abajo», ¿no es así?

Kevin entró y tiró de una cadena que colgaba de una simple bombilla; esta brilló tenuemente, como una débil lámpara de sala. Cerró la puerta. Le llevó cinco minutos completos, temblando en la tenue luz amarilla, reunir suficiente valor para abrir la trampilla.

Los peldaños de madera descendían a la oscuridad. Había huellas en los peldaños.

Kevin tragó saliva.

III

Una atmósfera de fatalidad se había asentado sobre el salón de conferencias y las dos oficinas contiguas de la jefatura de policía de Long Beach, donde Jennifer y los demás agentes del FBI habían trabajado febrilmente en los cuatro días anteriores.

Dos horas de metódica búsqueda, tanto por tierra como por aire, no habían revelado nada. Si el lugar *oscuro aquí abajo* de Slater era el sótano de la bodega, él habría entrado para encontrar a dos policías uniformados con armas desenfundadas. Sam había llamado dos veces, la última después de renunciar a la búsqueda por tierra. Ella quería comprobar dentro de algo que no explicó más detalladamente. Aseguró que volvería a llamar. De eso hacía ya una hora.

Ya había llegado el informe forense sobre las huellas de zapatos... nada concluyente. Jennifer rememoró cada detalle de los últimos cuatro días, buscando claves de cuál de las dos nuevas teorías se mantenía en pie. O Kevin era Slater, o Slater incriminaba a Kevin dejando evidencias para que pareciera que este era Slater.

Si Kevin era en realidad Slater, entonces al menos tenían a su hombre. No más juegos para Slater. No más víctimas. A menos que Slater matara a Kevin, lo cual equivaldría a suicidio. O a menos que Slater matara a Balinda. Entonces tendrían dos cadáveres en un lugar que «está oscuro aquí abajo». Aunque Slater no matara a Balinda, Kevin tendría que vivir por el resto de su vida con lo que hizo Slater. El pensamiento le produjo un nudo en la garganta a Jennifer.

Si Slater fuera otra persona, Kevin simplemente sería la pobre víctima de una horrible intriga. A no ser que fuera asesinado por Slater, en cuyo caso habría sido víctima de una horrible intriga.

El reloj seguía marcando las 5:30. Jennifer agarró el teléfono celular y llamó a Sam.

—Sam, estamos acabados aquí. No tenemos nada. Las huellas de zapatos no han aportado nada concluyente. Dime por favor que tienes algo.

—Justo te iba a llamar. ¿Ya hablaste con John Francis?

—No. ¿Por qué?

—Estuve en la casa de Kevin indagando sus escritos, artículos, libros, algo donde pudiera haber hecho referencia a su pasado, una clave a un lugar que está oscuro. Yo sabía que Kevin era inteligente, pero nunca esperaría esto... alucinante. Ninguna referencia obvia a Slater o a algo que ni siquiera insinúe personalidades múltiples.

—Lo cual podría apoyar nuestra teoría de que fue incriminado —opinó Jennifer.

—Quizás. Pero encontré esto en un diario habitual que guarda en su computadora. Escucha. Escrito hace dos semanas.

«El problema con la mayoría de los mejores pensadores es que disocian su razonamiento de la espiritualidad, como si los dos existieran en realidades separadas. No es así. Es una falsa dicotomía. Nadie lo entiende mejor que el Dr. John Francis. Siento que puedo confiar en él. Solo él me comprende. Hoy le hablé del secreto. Extraño a Samantha. Ella llamó...»

—Sigue hablando de mí —continuó Sam—. El hecho es que creo que el Dr. John Francis podría saber más de lo que él quizás se dé cuenta.

—El *secreto* —consideró Jennifer—. Podría ser una referencia a algo que nunca te contó. Un lugar que conoció de niño.

—Quiero hablar con él, Jennifer.

Este era el único rayo de luz que Jennifer había visto en dos horas.

—¿Tienes su dirección?

—Sí.

—Te veré allá en veinte minutos —le manifestó Jennifer agarrando su abrigo.

III

Descender al refugio antiaéreo y al túnel hizo escurrir un galón de sudor de las glándulas de Kevin. La puerta al fondo del hueco de la escalera dentro del sótano estaba abierta de par en par. Kevin se inclinó hacia delante y echó una mirada dentro del salón por primera vez en veinte años, con los pies entumecidos.

Apareció un piso negro brillante con remiendos de concreto. Una refrigeradora a la derecha, al lado un horno blanco y un fregadero. Un escritorio de metal a la izquierda, lleno de sistemas electrónicos. Cajas de dinamita, un archivador, un espejo. Dos puertas que llevaban... a alguna parte.

Kevin sostuvo la pistola con las dos manos, jadeando. El sudor le picaba los ojos. ¡Esto era! Tenía que ser. ¡Pero el cuarto estaba vacío! ¿Dónde estaba Slater?

Algo dio contra la puerta a su derecha y Kevin movió la pistola hacia allí. Habían enrollado y metido alfombra gris dentro de la grieta en su base.

Tas, tas, tas. Un llanto apagado.

El cuerpo de Kevin se puso rígido.

—¿Hay alguien ahí? —preguntó; apenas pudo hacer salir las palabras.

—¡Por favooor!

Balinda. El cuarto empezó a moverse. Él puso un pie adelante y se afirmó. Frenético, volvió a inspeccionar el salón. ¿Dónde estaba Slater?

—Por favooor, por favor.

Ella se oía como un ratón. Kevin dio otro paso; luego otro, con la pistola insegura delante de él.

—No quiero morir —lloraba la voz—. Por favor, por favor, haré cualquier cosa.

—¿Balinda? —preguntó la voz entrecortada de Kevin.

El sonido cesó. Se hizo un marcado silencio.

Kevin luchaba por respirar. Slater había dejado aquí a Balinda para que él la encontrara. Él quería que Kevin salvara a su mamá, porque eso es lo que los niñitos hacen por sus mamás. Él la había abandonado, y ahora la rescataría para compensar el horrible pecado. El mundo de Kevin empezó a girar.

—¿Kevin? —gimoteó la voz—. ¿Kevin?

—¿Mamá?

Algo raspó el concreto detrás de Kevin. Él se dio vuelta, con la pistola extendida.

Un hombre salió de las negras sombras, con expresión sarcástica. Cabello rubio. *Sin camisa*. Pantalones *beige*. Zapatos tenis blancos. *Sin camisa*. Un tatuaje de un corazón sobre el pecho izquierdo con la palabra *Mamá* escrita en negro. Agarraba a su costado una enorme pistola plateada. *Sin camisa*. Su torso desnudo le pareció obsceno a Kevin. Slater, en persona.

—Hola, Kevin —saludó Slater—. Me alegro de que nos hayas encontrado.

Se acercó por la derecha de Kevin.

Kevin lo siguió con la pistola, el dedo tenso. *¡Hazlo! Dispara. Aprieta el gatillo.*

—Yo no dispararía aún, Kevin. No hasta que te diga cómo puedes salvar a mamita. Porque juro que si me matas ahora, ella es carne muerta. ¿Quieres que mami sea carne muerta? —preguntó Slater mientras sonreía y se movía alrededor lentamente, con la pistola aún en el costado—. Bueno, sí, supongo que podrías querer que mami sea carne muerta. Eso sería comprensible.

Un puño golpeó la puerta.

—¡Kevin! ¡Ayúdame! —lloriqueó la voz apagada de Balinda.

—¡Cállate, bruja! —gritó Slater, con el rostro enrojecido; se contuvo y sonrió—. Dile que no es real, Kevin. Que la oscuridad no es en realidad oscura. Dile que si ella es buena chica, la dejarás salir. ¿No es eso lo que ella te decía?

—¿Cómo me conoce usted? —preguntó Kevin con voz quebrada.

—¿No me reconoces?

Slater se despejó la frente con la mano izquierda.

—Me hice quitar el tatuaje.

Él era el muchacho, pero Kevin ya sabía eso.

—Pero... ¿cómo sabe usted acerca de Balinda? ¿Qué está haciendo?

—Todavía no lo entiendes, ¿verdad? —inquirió Slater acercándose a la puerta que Balinda golpeaba—. Cuatro días de pistas claras como el cristal y sigues tan estúpido como pareces. ¿Sabes cuánto tiempo he esperado por esto? ¿Humm? ¿Cuánto lo he planeado? Es brillante. Aunque creas que lo sabes, no es así. Nadie lo sabrá. Nunca. Esa es la belleza de esto.

Slater rió tontamente. El rostro se le movió.

—Arroja la pistola —ordenó Kevin.

Él tenía que saber lo que Slater quería decir. Deseaba dispararle. Anhelaba atravesarle la frente con un pedazo de plomo, pero quiso saber qué estaba diciendo Slater.

—Arroja la pistola.

Slater estiró la mano hacia el pomo de la puerta, lo giró, y abrió la puerta. Balinda yacía en el suelo, con las manos atadas a la espalda, los pies contra la puerta. Slater apuntó con calma su pistola al rostro pálido y afligido de ella.

—Lo siento, Kevin —notificó Slater—. Lánzame la cerbatana, o le disparo a mami.

¿Qué? Kevin sintió que el rostro se le llenaba de calor. Aún podía disparar y Slater estaría muerto antes de que pudiera matar a Balinda.

—¡Arrójala! —ordenó Slater—. Tengo este gatillo amarrado a un hilo. Tú que me disparas y mi dedo que aprieta el gatillo y ella muere.

Balinda comenzó a llorar.

—Kevin... cariño...

—¡Ahora! ¡Ahora, ahora, ahora!

Kevin bajó lentamente la pistola.

—Sé cuánto cariño le tienes, pero cuando digo arrójala, quiero decir arrójala de veras. ¡Ahora!

Kevin dejó caer la pistola y retrocedió, aterrado.

Slater cerró de golpe la puerta de Balinda, dio un paso adelante y recogió la pistola.

—Buen muchacho. Mami estará orgullosa de ti.

Se metió la pistola de Kevin en su propio cinturón, se dirigió hacia la puerta del hueco de la escalera, y la cerró.

—Allí.

—¿Kevin? —rogó otra vez Balinda golpeando la puerta con los pies—. Por favooor...

—¡Ahhh! —gritó Slater y corrió a la puerta; la pateó con tanta fuerza como para abollar el acero—. ¡Cállate! ¡Un ruido más y te graparé la boca!

Slater se apartó, jadeando. Balinda se calló.

—¿No odias a estas mujeres que no saben cómo mantener el pico cerrado? —preguntó Slater, y giró—. Bueno, ¿dónde estábamos?

Una extraña resolución le llegó a Kevin. Después de todo iba a morir aquí abajo. En realidad no tenía nada que perder. El desquiciado muchacho se había convertido en un monstruo patético. Slater los mataría a él y a Balinda sin el menor remordimiento.

—Estás enfermo —lo tuteó Kevin.

—He aquí un novedoso pensamiento. En realidad tú eres el enfermo. Eso es lo que ellos sospechan ahora y, créeme, para cuando yo haya acabado aquí ellos no tendrían ningún motivo para creer algo distinto.

—Te equivocas. Ya has probado tu demencia. Has destrozado esta ciudad y ahora secuestraste a una inocente...

—¿Inocente? Lo veo difícil, pero ese no es el punto. El hecho es que *tú* la secuestraste —acusó Slater riendo ampliamente.

—No eres muy sensato que digamos.

—Por supuesto que no. No estoy siendo sensato para ti porque no piensas. Tanto tú como yo sabemos que yo hice esas cosas horribles. Que Slater llamó a Kevin, y Slater explotó el autobús, y que Slater mantiene a la vieja bruja en una caja de concreto. El problema es que ellos creen que Kevin es

Slater. Y si aún no lo creen, pronto lo creerán. Kevin es Slater porque Kevin está loco —expresó Slater y entonces rió—. Ese es el plan, asqueroso.

Kevin solo miró, con la mente entumecida.

—Eso... eso no es posible —balbuceó.

—En realidad sí. Por eso es que funciona. No crees que yo planearía algo poco convincente, ¿o sí?

—¿Cómo podría yo ser tú?

—Trastorno de personalidad múltiple. TPM. Tú eres yo sin siquiera saber que lo eres.

Kevin movió la cabeza de lado a lado.

—En realidad eres demasiado estúpido para creer que Jennifer...

—Sam lo cree.

Slater fue hasta el escritorio y tocó una caja negra que parecía un contestador automático. Él había bajado la pistola en su costado, y Kevin se preguntó si podría abalanzársele antes de que tuviera la oportunidad de levantarla y disparar.

—Ella encontró en tu bolsillo el teléfono celular que yo usaba... eso ya basta para la mayoría de jurados. Pero encontrarán más. Las grabaciones, por ejemplo. Ellas mostrarán que mi voz es en realidad tu voz, manipulada para parecer un terrible asesino llamado Slater.

Slater fingió horror y se estremeció.

—Uuuu... espeluznante, ¿no crees?

—¡Hay mil puntos débiles! Nunca te saldrás con la tuya.

—¡No hay puntos débiles! —exclamó bruscamente Slater; luego volvió a reír—. Y ya me *estoy* saliendo con la mía.

Levantó una foto. Era una fotografía de Sam, tomada a distancia con teleobjetivo.

—Es realmente hermosa —añadió, concentrado en la imagen por un momento.

Estiró la mano y arrancó un enorme lienzo negro que colgaba de la pared. Detrás se habían fijado cincuenta o sesenta fotos al concreto.

Todas eran de Samantha.

Kevin parpadeó y dio un paso adelante.

—Retrocede —ordenó Slater levantando la pistola.

Fotos de Sam en la calle, Nueva York, Sacramento, a través de una ventana, en su dormitorio... Kevin sintió un calor que le bajaba por el cuello.

—¿Qué estás haciendo?

—Una vez quise matarla —contestó Slater, y luego enfrentó lentamente a Kevin, con los ojos hundidos—. Pero tú ya lo sabes. Tú la querías, así que trataste entonces de matarme.

Los labios de Slater comenzaron a temblar y el aliento le llegaba en cortos y rápidos intervalos.

—Bueno, ahora *voy* a matarla. Y voy a mostrarle al mundo quién eres de veras —amenazó inclinándose hacia delante y tocándole el pecho a Kevin con el cañón de la pistola—. En tu profundo interior no eres diferente a mí. Si me hubieras conocido antes de conocer a Samantha los dos habríamos estado en su ventana, lamiendo el vidrio. Lo sé, porque una vez fui exactamente igual que tú.

—¿Es de esto de lo que se trata? —preguntó Kevin—. ¿Un celoso colegial regresa para masacrar al muchacho de la casa de enfrente? ¡Eres patético!

—¡Y tú también! Eres un enfermo como el resto de ellos —exclamó Slater, luego lanzó en el cemento un escupitajo que cayó con un chasquido—. ¡Me produces náuseas!

Slater dio dos pasos adelante y golpeó con la pistola a Kevin en la mejilla. Le subió un dolor por la mandíbula.

—Debería terminar esto ahora mismo. ¡Tú y todos los fanáticos que fingen ser un encanto los domingos! Quizás no seas yo pero en realidad lo eres, babosa.

El cuerpo de Slater se estrechó contra el de Kevin.

La mente de Kevin empezó a paralizarse. *Vas a morir, Kevin.*

III

Slater lucha con una urgencia desesperada de apretar el gatillo. Sabe que no puede hacerlo. Este no es el plan. No de este modo. No todavía.

Mira los ojos redondos de Kevin. Siente en sus fosas nasales olor a miedo y sudor. Impulsivamente saca la lengua y la presiona firmemente contra la mandíbula de Kevin. La recorre desde la mejilla hasta la sien, como si estuviera lamiendo un cono de helado. Salado. Amargo. Enfermo, enfermo, enfermo.

Slater empuja a Kevin y retrocede.

—¿Sabes qué saboreo? Saboreo a Slater. Voy a matarla, Kevin. Voy a matar a las dos. Pero eso no es lo que el mundo creerá. Van a creer que lo hiciste tú.

Kevin se endereza y lo mira. El hombre tiene más agallas de lo que Slater juzgó. Basta con que venga aquí, es lo que tanto había imaginado. Pero no podía olvidar que este hombre también lo encerró una vez en ese sótano, cuando aún era un niño. Se podrían parecer mucho más de lo que Slater se da cuenta.

—Bueno, calmémonos, ¿de acuerdo? —indicó Slater respirando hondo—. Tengo un nuevo juego que me gustaría jugar.

—Yo no voy a participar en ningún juego más —repuso Kevin.

—Sí, lo harás. Participas en más juegos o tajo a mami, un dedo tras otro.

Kevin mira la puerta donde está la anciana.

—Y si todavía no estamos adecuadamente motivados, empezaré en *tus* dedos. ¿Aún seguimos estando muy gallitos?

Kevin solamente lo observa. Al menos no está gimoteando y lloriqueando como la vieja arpía.

—Seamos realistas, Kevin. Viniste aquí con una cosa en tu mente. Querías matar. Matar, matar, matar. Esa es otra manera en que tú y yo nos

parecemos —expresa Slater y se encoge de hombros—. Es cierto, el objeto de tu sed de sangre soy yo, pero cuando eliminas todas las apariencias, se
trata del mismo instinto. La mayoría de seres humanos son en realidad asesinos. Pero no te traje aquí para sermonear. Te traje aquí para matar. Te voy
a conceder tu deseo. Viniste aquí a matarme, pero eso no va con mi gusto,
así que he decidido echar algunas cosas a suertes.

Kevin no se estremece.

—Ya tenemos una, pero necesitamos la otra.

Slater mira la pared, las series de fotos. Es en parte la belleza de ella la
que él odia tanto. Por eso mantiene cubiertas las fotografías. Para las nueve
de la noche estará muerta.

—Mátame —pide Kevin—. Te odio.

Él pronuncia las últimas palabras con tal desprecio que Slater siente un
poco de sobresalto.

Pero Slater no muestra sobresalto. Muestra ira y odio, pero no sobresalto, porque sobresalto es debilidad.

—Muy valiente. Muy noble. ¿Cómo podría negarme a tan sincera solicitud? Ya te puedes considerar muerto. Todos morimos; la tuya será una muerte en vida hasta que estires la pata. Mientras tanto debemos atraer a nuestra
segunda víctima. Ella volará a tu rescate. Su caballero está en peligro.

—Te desprecio.

—¡Me ayudarás o mami comenzará a gritar! —exclama Slater.

Kevin lo mira y luego cierra lentamente los ojos.

—Solo una simple llamada, Kevin. Yo la haría, pero en realidad necesito que ella oiga tu voz.

Kevin sacude la cabeza y está a punto de hablar, pero Slater no quiere
oírlo. Da un paso adelante y asienta violentamente la pistola contra el costado de la cabeza de Kevin.

—La mataré, ¡pequeño mocoso pervertido!

Del rostro de Kevin mana sangre. Esto entusiasma a Slater.

El rostro de Kevin se contrae y empieza a llorar. Mejor, mucho mejor. Lentamente se le doblan las rodillas, y por primera vez desde que su rival entró al cuarto, Slater sabe que ganará.

III

Samantha aceleró por Long Beach. Secreto. ¿Qué secreto? Kevin le ocultó su trato con Slater como el muchacho y mantuvo silencio acerca de la vida en su hogar, pero la anotación en el diario debía de ser algo más. Algo que el profesor sabía.

Ella estaba a una cuadra de distancia cuando sonó su teléfono celular. No se imaginaba cómo se las arreglarían los investigadores antes de la llegada de la tecnología celular. Por otra parte, los criminales también se beneficiaron. Desde luego Slater.

—Sam.

—Soy Kevin.

—¡Kevin!

—...nadie más. ¿Entiendes?

La voz de él se oía monótona... horrible. Estaba leyendo, obligado. Sam viró a la izquierda, haciendo caso omiso a un bocinazo detrás.

—Kevin, si estás con Slater sigue hablando y no tosas. Si no lo estás, tose. Sí, entiendo —contestó ella.

En realidad a ella se le había olvidado lo que supuestamente debía entender. Y rápidamente pensó en pedirle que lo repitiera, pero eso podría ponerlo en peligro.

Kevin no tosió.

—Estamos jugando un nuevo juego —anunció él—. Este juego es para ti, Sam. Si logras encontrarnos antes de las nueve, él nos liberará a mamá y a mí.

Su voz titubeó. Ella oyó una voz apagada en el fondo. Slater.

—Te daré la primera clave. Si la encuentras, habrá otra. No debe haber autoridades involucradas, incluyendo a esa chica, Jennifer.

Slater reía en el fondo. De pronto su voz llenó el teléfono, fuerte e impaciente.

—Primera clave: *¿Quién ama lo que ve, pero odia lo que ama?* Quizás encuentres una clave en la casa de él; quizás no. Corre al rescate, princesa.

Se cortó la comunicación.

—¿Slater? ¡Kevin! —exclamó Sam, y lanzó el teléfono contra el parabrisas . ¡Ahhh!

¿Quién ama lo que ve, pero odia lo que ama? Su mente estaba en blanco. Las 6:27. Menos de tres horas. Ella debía regresar a la casa de Kevin. Las respuestas tenían que estar en sus escritos. En su diario. ¡En alguna parte!

Sam hizo un rápido y ruidoso giro en U y se dirigió otra vez al norte. ¿Qué posibilidades había de que Slater hubiera hallado un modo de escuchar sus llamadas telefónicas? Si él sabía tanto de sistemas electrónicos para lograr incriminar a Kevin, sabía más que ella. Que no hubiera autoridades involucradas, había ordenado.

Sam se agachó a recoger el celular del piso y viró de tan mal modo que se obligó a un segundo intento. Agarró el teléfono, intentó torpemente ajustar la batería, que se había aflojado. Lo puso en marcha. Remarcar.

III

—Gracias otra vez por su tiempo, Dr. Francis. Como le expliqué por teléfono...

—Sí, sí, por supuesto —interrumpió el profesor haciéndole señas de que entrara—. Entre, por favor, querida. Créame, haré cualquier cosa que pueda por ese muchacho.

Jennifer hizo una pausa.

—¿Entiende por qué estoy aquí? Parece que usted conoce más acerca de Kevin de lo que sugirió en un principio. Al menos Kevin lo cree así.

—Lo conozco mejor que la mayoría, sí. Pero nada que no le haya dicho a usted.

—Eso es lo que vamos a averiguar. Con su ayuda —afirmó ella entrando a la casa—. Se nos acaba el tiempo, profesor. Si usted no nos puede ayudar, temo que nadie más podrá hacerlo. Usted habló hoy temprano con Samantha Sheer de la CBI; ella estará aquí pronto.

Su celular sonó y ella lo extrajo de la cintura.

—Discúlpeme.

Era Sam. Ella había oído de Kevin. Jennifer instintivamente se volvió hacia la puerta y escuchó mientras Sam contaba los detalles.

—¿Así que estás *regresando* a la casa?

—Sí. Revisa la pista con el Dr. Francis. *¿Quién ama lo que ve, pero odia lo que ama?* ¿Lo tienes? Revisa *todo* con él. Él tiene que saber algo.

—Tengo que reportar esto.

—Slater dijo que no hubiera policías, y te mencionó por tu nombre. No estarás fuera del circuito cerrado. Solo quédate donde estás. No informes a Milton. Déjame trabajar sola; eso es todo lo que te pido. Si piensas en algo, llámame. Pero esto es ahora entre nosotros. Kevin, Slater y yo. Por favor, Jennifer.

Jennifer titubeó.

—Está bien. Te daré una hora. Entonces llamo, ¿entiendes? Me mantendré aquí.

—Te llamaré.

—Una hora —advirtió Jennifer y cerró el celular.

—¿Algo va mal? —preguntó el Dr. Francis.

—Todo va mal, doctor.

25

¿Quién ama lo que ve, pero odia lo que ama? —preguntó el Dr. Francis—. Cada hombre, cada mujer, cada niño que entra en la edad de ser responsable.

—A él le gusta el helado, pero odia la grasa que se le acumula en la cintura —concordó Jennifer.

—Sí. Ella ama al hombre equivocado, pero odia lo que él significa en su vida. El dilema se remonta a Eva y al fruto en el jardín. Pecado.

—No veo cómo nos ayuda eso —comentó Jennifer—. La referencia tiene que ser personal, algo que solo Sam o Kevin podrían saber. Algo que ellos tres supieron cuando eran niños.

—¿Tres niños? ¿O dos? Sam y Kevin, ¿quién tenía el *alter ego*... el muchacho? —inquirió el Dr. Francis mientras se sentaba en una silla reclinable de cuero y se inclinaba hacia delante—. Cuénteme todo. Desde el principio. El tiempo pasa.

Él escuchó, los ojos le chispeaban, y solo delataba su ansiedad por los aprietos de Kevin con un ocasional fruncimiento de ceño. En muchos sentidos Jennifer le recordaba a Kevin, íntegra hasta los huesos y muy inteligente. Era la primera vez en los últimos cuatro días que ella se había expresado en voz alta y con tantas minucias con alguien que no fuera Galager. La primera llamada, la bomba en el auto, la segunda llamada con respecto a la perrera. Luego el autobús, la huida de Kevin con Sam a Palos Verdes, la bodega, la biblioteca, el secuestro, y ahora esta amenaza de muerte.

Jennifer lo contó todo de una vez, interrumpiéndose solo por las insistencias del Dr. Francis en más detalles. Él era un pensador, entre los mejores, y parecía que le gustaba actuar de detective. Como a la mayoría de personas. Sus preguntas eran perspicaces. ¿Cómo sabe usted que Kevin estaba dentro de la casa cuando se hizo la segunda llamada? ¿Existe alguna manera de interceptar una señal láser? Todas las preguntas ayudaban a pensar que Kevin podría ser lógicamente Slater.

Veinte minutos y Sam aún no había llamado. Jennifer se puso de pie y caminó de un lado al otro, con la mano en la barbilla.

—No puedo creer que haya pasado esto. Kevin está allá afuera en alguna parte en la oscuridad con un demente, y nosotros estamos... —Jennifer hizo una pausa y se pasó la mano por el cabello—. Así ha sido desde que llegué aquí. Slater siempre está un paso adelante, y nosotros estamos correteando como un montón de micos de juguete.

—Usted me recuerda a Kevin cuando hace eso.

Él estaba mirándole las manos, aún en el cabello.

—Así que ahora también soy Kevin —asintió Jennifer sentándose en el sofá y suspirando.

—Difícilmente —se burló él—. Pero estoy de acuerdo en que la pregunta principal es quién, no qué. ¿Quién es Kevin? En realidad.

—¿Y?

El Dr. Francis se inclinó hacia delante.

—Trastorno de personalidad múltiple. En esta época se refiere a un trastorno de disociación de identidad, ¿no es así? Donde dos o más personalidades habitan en un solo cuerpo. Como usted sabe, no todo el mundo reconoce algo así. Algunos espiritualizan el fenómeno... posesión demoníaca.

Otros lo descartan rotundamente o creen que es algo muy común, incluso un don.

—¿Y usted?

—Aunque creo en fuerzas espirituales y hasta en posesión demoníaca, puedo asegurarle que Kevin no está poseído. He pasado muchas horas con el muchacho, y mi propio espíritu no es tan insensible. La realidad es que todos experimentamos algún nivel de disociación, más aún con la edad. De repente olvidamos por qué entramos al baño. O tenemos una extraña sensación de haber estado antes en algún sitio. Imaginaciones, hipnosis directa, incluso meterse en un libro o una película. Todas esas formas de disociación que son totalmente naturales.

—Muy diferente de la forma de disociación que se necesitaría para que Kevin fuera Slater —opinó Jennifer—. Como usted dijo, ha pasado tiempo con él, y yo también. Kevin no tiene ni rastro de Slater en él. Si las dos personalidades comparten el mismo cuerpo, son totalmente inconscientes una de la otra.

—*Si*. Esa es la palabra operativa aquí. Si Kevin también es Slater. Francamente, tiene más sentido su teoría de que Slater estaría incriminando a Kevin. Pero... —el Dr. Francis hizo una pausa, se puso de pie, caminó hasta la chimenea y volvió—. Pero supongamos por un momento que Kevin es Slater. Que hubiera un niño, un muchacho, quien desde muy joven fue separado del mundo real.

—Kevin.

—Sí. ¿Qué podría aprender ese niño?

—Aprendería cualquier cosa que le enseñaran sus alrededores: el ambiente que pudiera tocar, saborear, oír, oler, ver. Si estuviera solo en una isla habría creído que el mundo era un pedazo pequeño de tierra flotando en el agua, y se preguntaría por qué no tiene pelaje como el resto de sus compañeros de juego. Como Tarzán.

—Sí, pero nuestro niño no creció en una isla sino en un mundo de realidades cambiantes; un mundo en que las realidades solo son en verdad trozos cortados de papel. No hay absolutos. No hay mal y, por extensión, no hay bien. Todo es aparente, y únicamente es real lo que usted decide que es real. La vida es solo una sarta de aventuras actuadas.

El Dr. Francis levantó la mano hasta la barba y mesó ligeramente los pelos canosos.

—Pero *hay* un absoluto. Existe el bien y existe el mal. El muchacho siente un vacío en el alma. Anhela comprender esos absolutos: bien y mal. Lo han maltratado mentalmente en las maneras más agobiantes, haciendo que su mente se separe en realidades disociadas. Se convierte en un maestro de la actuación y finalmente, cuando tiene suficiente edad para entender el mal, crea subconscientemente una personalidad que representa la otra parte; porque eso es lo que ha aprendido a hacer.

—El muchacho. Slater.

—Una personificación andante y viva de la naturaleza dual del hombre. Las naturalezas del hombre podrían estar representándose a través de las personalidades que él ha creado. Esto se deduce, ¿verdad?

—Suponiendo que un hombre tenga más de una naturaleza. También podría ser una simple fisura... disociación común.

—El hombre tiene más de una naturaleza —continuó el profesor—. La «vieja naturaleza», que es nuestra carne, y la huella dactilar de Dios, el bien.

—¿Y para aquellos que no necesariamente creemos en el espíritu de Dios? ¿Los que no somos religiosos?

—Las naturalezas internas de un individuo no tienen nada que ver con religión. Son espirituales, no religiosas. Dos naturalezas en lucha. El bien y el mal. Son lo bueno que deberíamos hacer pero que no hacemos, y son lo que no deberíamos hacer, pero lo hacemos. El apóstol Pablo. Romanos capítulo siete. Creo que la capacidad para el bien y el mal aún está dentro de toda persona desde que nace. El espíritu de Dios puede regenerar al hombre, pero es del espíritu humano del que estoy hablando aquí. No de una naturaleza separada, aunque yo diría que la lucha entre el bien y el mal es desastrosa sin la intervención divina. Quizás se refiera usted a eso cuando habla de «religiosos», aunque en realidad la religión también tiene poco que ver con la intervención divina.

Él ofreció una rápida sonrisa. Por segunda vez en esos días estaba tentándola a que descubriera la fe de él. Sin embargo, ahora ella no tenía tiempo.

—Así que usted cree que Kevin, cuando era niño, simplemente luchaba porque tuviera sentido el conflicto de su interior, entre lo básico del bien y el mal. Él trató con eso del modo en que aprendió a tratar con toda realidad. Crea papeles para cada persona y los representa sin saber que está haciéndolo.

—Sí, eso es exactamente lo que estoy pensando —contestó el profesor, levantándose y yendo hacia la derecha—. Es posible. Totalmente posible. Ni siquiera podría ser el clásico trastorno de disociación de identidad. Se podría tratar de trastorno de estrés postraumático, el cual es aun más probable para esta clase de actuación inconsciente de roles.

—Suponiendo que Kevin sea Slater.

—Sí, suponiendo que Kevin sea Slater.

III

Sam se concentró en el diario de Kevin, buscando con desesperación una clave para la adivinanza. *¿Quién ama lo que ve, pero odia lo que ama?* Como no se le ocurrió respuesta, se puso a hojearle las notas de clases.

La respuesta más obvia era la humanidad, desde luego. La humanidad mira, ve y ama, y luego odia. La historia de la humanidad en una frase. No tanto como el «pienso, luego existo» de Descartes, pero bastante evidente.

¿Quién ama lo que ve, pero odia lo que ama? ¿Quién, quién? ¿Slater? Slater era ese quién. A pesar de la teoría de Jennifer, Kevin tenía que ser Slater. De ser así, Slater era el que odiaba de los dos.

Sam suspiró. Algo común a los tres provocaba esta adivinanza. ¿Pero qué? Ella solo tenía dos horas para ganar este juego demente. Y aunque los encontrara, estaba claro que Slater no los dejaría ir a todos. Alguien moriría en las próximas dos horas. Kevin la salvó una vez del asesino; arriesgó su vida. Ahora era el turno de ella.

Las 6:59. Y esta adivinanza solo era la primera clave.

Sam masculló entre sus apretados dientes.

—¡Vamos, Kevin! Dime algo.

III

—Entonces Slater es el muchacho que acechaba a Sam, pero en realidad es el *alter ego* maligno de Kevin —opinó Jennifer.

—Y a Kevin no le gusta el chico malo, así que lo mata —añadió el profesor.

—¿Pero no es eso malo? ¿Matar?

—Dios mató a algunos hombres en su época. Lea el Antiguo Testamento. Kevin trata de matar al muchacho porque este amenaza con matar a su amiga de la infancia.

—Pero el muchacho es en realidad Kevin. ¿Habría Kevin por tanto matado a Samantha si no hubiera tratado con el muchacho?

—Imagíneselo... una personalidad que encarna únicamente el mal sería como un monstruo. Slater, el mal en Kevin, ve que Samantha prefirió a Kevin por sobre él. Slater decide que debe matar a Sam.

—Y ahora ese monstruo revive y acecha a Kevin —amplía Jennifer—. Según esta perspectiva suya.

—Ese monstruo nunca murió. Eso requeriría que Kevin fuera capaz de hacerlo por su cuenta. Muerte del viejo yo —expresó el Dr. Francis, hizo una pausa y luego continuó—. Al madurar, Kevin reconoció la locura de Balinda, pero no reconoció su propia naturaleza dual. No obstante, salió triunfalmente de su pasado, dejó la casa y abrazó el mundo real.

—Hasta que los tres meses de seminario y las discusiones de su única obsesión, las naturalezas del hombre, finalmente volvieron a sacar a Slater a la superficie —concluyó Jennifer.

—Es posible —concordó el profesor arqueando una ceja.

Como teoría clínica, las posibilidades eran interesantes, pero Jennifer estaba teniendo dificultades para aceptarlas como una realidad. En el estudio de la mente abundaban las teorías: parecía surgir una nueva cada mes. Esta era una teoría. Y el tiempo pasaba mientras posiblemente el verdadero Kevin estaba sentado a punta de pistola ante Slater, orando con desesperación por que alguien cruzara las puertas y lo salvase.

—¿Pero y el juego? ¿Por qué las adivinanzas?

—No lo sé —reconoció él, sus ojos le brillaron juguetonamente—. Quizás todo el asunto fue en realidad idea de Kevin.

—No comprendo.

—El mal sobrevive solo en la oscuridad. Esto tampoco es religioso, por cierto. La manera más sencilla de tratar con el mal es obligarlo a la luz de la verdad. Exponer su secreto. El sol sobre el vampiro. El pecado se desarrolla con fuerza en la mazmorra, pero se marchita muy rápidamente al ponerlo al descubierto para que todos lo vean. En realidad esa era una de las mayores quejas de Kevin respecto de la iglesia. Que todo el mundo esconde su mal. Su pecado. Pastores, diáconos, obispos... ellos perpetúan la misma naturaleza que están destruyendo, encubriéndola. Solo se permitió la confesión, pero en secreto.

—Ahora usted parece un escéptico.

—Soy escéptico de los sistemas religiosos, no de la fe. Algún día estaré encantado de analizar con usted la diferencia.

—¿Cómo implica esto que las adivinanzas sean idea de Kevin?

—Quizás de modo subconsciente Kevin sabe que Slater aún acecha. ¿Qué mejor manera de destruirlo que sacarlo a la luz? Kevin no le estaría dejando salida a Slater, obligándolo a revelarse. ¡Ja! Se lo digo, ¡Kevin es tan auténtico que puede concebir un plan como ese! Slater cree tener a Kevin donde lo quiere obligándolo a confesar, cuando es la misma confesión la que destruirá a Slater, ¡no a Kevin! Es como la cruz de nuevo.

—Ya puedo oír el juicio —comentó Jennifer sobándose las sienes—. Todo esto implica que Slater no está tendiendo una trampa a Kevin.

—Sí. Pero de igual modo hemos reconstruido el esquema de Kevin. Al menos la lógica de este esquema —juzgó el Dr. Francis sentándose y mirándola, entrelazando los dedos en forma de tienda de indios—. ¡Válgame Dios! Usted vino aquí para averiguar quién es en realidad Kevin. Creo que acabo de encontrarlo, querida.

—Dígame, ¿quién es Kevin?

—Kevin es todo hombre; y mujer. Él es usted; él soy yo; él es la mujer que usa sombrero amarillo y se sienta en la tercera fila todos los domingos. Kevin encarna la personificación de las naturalezas de la humanidad.

—Por favor, usted no puede querer decir que todo el mundo es un Slater.

—No, solo aquellos que hacen lo que Slater hace. Solo quienes odian. ¿Odia usted, Jennifer? ¿Chismea?

III

¿Quién ama lo que ve, pero odia lo que ama? Sam descubrió su simplicidad mientras andaba de un lado al otro por la sala de Kevin, mirando los pósteres de viaje. Las ventanas al mundo. ¡No era *quién* sino lo que ha *visto*!

¿A quién había *visto*? Slater la había visto y la deseaba. ¿Pero dónde la había visto?

La ventana. ¡La ventana de Sam! El muchacho. Slater la había observado desde la ventana, y había visto lo que quería con desesperación pero no podía tener.

Y él la odiaba.

¡La respuesta a la adivinanza era la ventana de ella!

Sam se quedó quieta, pasmada, luego corrió hacia su auto. Encendió el motor y se fue rugiendo por la calle. Eran las 7:23.

Sam pulsó el número de celular de Jennifer.

—Soy...

¡Creo que lo tengo! ¡Voy para allá!

—¿Qué es? —exigió saber Jennifer.

Sam titubeó.

—Esto es cosa mía...

—Solo dime dónde, ¡por amor de Dios! Sé que es cosa tuya, ¡pero aquí se está acabando el tiempo!

—La ventana.

—¿La ventana de Kevin?

—Mi ventana. Allí es donde Slater me vio. Allí es donde me odió —indicó Sam mirando por el espejo retrovisor; despejado—. Necesito más tiempo, Jennifer. Si Slater llega a tener indicio de que hay alguien más fisgoneando en esto, podría apretar el gatillo. Lo sabes.

No hubo respuesta.

—Por favor, Jennifer, no hay alternativa.

—Podríamos tener una docena de las mejores mentes en esto.

—Entonces consíguelas. Pero a nadie de la investigación y, sin duda alguna, nadie de la localidad. No podemos arriesgar una filtración. Además, nadie va a conocer estas adivinanzas como yo. Esto trata de mí.

Silencio.

—Jennifer...

—Apúrate, Samantha.

—Voy a cien kilómetros por hora en una vía de cincuenta y cinco —concluyó Sam y colgó.

Espera, Kevin. No hagas algo estúpido. Espérame. Estoy en camino. Juro que estoy en camino.

26

SEA IMAGINARIO O REAL, EL MUCHACHO sabe que Sam y él
quieren que ella acuda —comentó el Dr. Francis cuando Jennifer cerró
el teléfono—. Él la está atrayendo. Lo ve usted, ¿verdad? Las adivinanzas
solo son para continuar el juego.

—¿Y si Sam los encuentra primero? —preguntó Jennifer después de suspirar—. Él los matará a todos y yo no tendré nada.

—¿Qué puede hacer usted?

—Algo. ¡Cualquier cosa! Si no puedo salvarlo, entonces tengo que reportar esto.

—Entonces repórtelo. ¿Pero qué puede hacer ninguno de sus colegas?

Él tenía razón, por supuesto, pero la idea de sentarse aquí en su sala a
discutir las naturalezas del hombre era... ¡imposible! A Roy lo mató el Asesino de las Adivinanzas en circunstancias parecidas. Quizás Slater no era el
mismo hombre que mató a Roy, pero representaba la misma clase de sujeto.
A menos que Kevin fuera Slater.

¿Vivía Slater en ella? ¿Odias, Jennifer? ¿A Milton?

—Tal vez lo más que usted puede hacer es tratar de entender, de modo
que si se presenta la oportunidad esté mejor equipada —afirmó el profesor—. Sé lo frustrante que puede ser, pero ahora depende de Sam. Ella

parece alguien que puede desenvolverse. Si estoy en lo cierto, Kevin la necesitará.

—¿Cómo?

—Si Kevin es Slater estará incapacitado para vencer solo a Slater.

Jennifer lo miró y se preguntó qué películas había visto.

—Está bien, profesor. Aún no sabemos si Kevin es Slater o no. Las teorías son buenas, pero ensayemos la logística —expresó ella mientras sacaba su libreta y cruzaba las piernas—. Pregunta: Desde una perspectiva puramente lógica y evidente, ¿podría una personá haber hecho lo que sabemos que ha sucedido?

Jennifer abrió la libreta en la lista que había hecho dos horas antes, después de la llamada de Sam insinuando por segunda vez que Kevin era Slater. Marcó con el lápiz la primera anotación.

—Kevin recibe una llamada en su auto.

—Aunque usted dijo que no hay evidencia de esa primera llamada, ¿de acuerdo? El teléfono celular se quemó. Toda la llamada pudo haber estado en la mente de Kevin, dos voces hablando. Igual que con cualquier conversación no grabada que él tuviera con Slater.

Ella asintió.

—Número dos. El auto salta por los aires tres minutos después de la llamada, después de que Kevin hubo escapado.

—La personalidad que es Slater lleva un sofisticado teléfono celular en su bolsillo... el bolsillo de Kevin. Este aparato es con seguridad teléfono y transmisor. Después de la conversación imaginaria en que le dio tres minutos, la personalidad Slater detona una bomba que ha colocado en el maletero. Esta explota, como había planeado. Él detona todas las bombas de manera similar.

—El segundo teléfono que Sam encontró.

—Se entiende —asintió el Dr. Francis.

—¿Dónde fabrica estos explosivos la personalidad Slater? No hallamos nada —comentó Jennifer para sí, pero quería escuchar al profesor.

Él sonrió.

—Quizás cuando haya dejado de actuar de erudito solicite un trabajo en el FBI.

—Estoy segura de que lo recibiríamos. Entender de religión es en estos días un decisivo criterio de reclutamiento.

—Es evidente que Slater tiene su escondite. Probablemente el lugar donde escondió a Balinda. Kevin hace como Slater frecuentes viajes a este sitio, totalmente inconsciente. En medio de la noche, o después de clases. No recuerda nada de ellos porque es la personalidad Slater, no Kevin, quien en realidad los hace.

—Y su conocimiento de electrónica. Slater aprende, pero no Kevin.

—Así parecería.

Jennifer miró la lista.

—Pero lo de la bodega es diferente porque él llama al teléfono del cuarto y habla con Samantha. Es la primera vez que lo grabamos.

—Usted dijo que el teléfono sonó mientras él estaba en el cuarto, pero que Slater no habló hasta que Kevin salió. Él mete la mano en el bolsillo y presiona el botón de enviar con un número que ya había marcado. Empieza a hablar tan pronto como está en el pasillo.

—Parece exagerado, ¿no cree? No veo a Slater como un James Bond.

—No, es probable que haya cometido sus equivocaciones. Solo que ustedes no han tenido tiempo de descubrirlas. Hasta donde usted sabe, la grabación confirmará eso. Solo estamos reconstruyendo una perspectiva posible basándonos en lo que sabemos.

—Entonces podemos suponer que él colocó de alguna manera la bomba en la biblioteca la noche anterior, mientras supuestamente estaba en Palos Verdes con Samantha. Tal vez salió en la noche o algo así. La biblioteca no es exactamente una instalación de alta seguridad. Él, refiriéndome a Slater, lo hizo todo mientras no lo vigilábamos o usando el teléfono celular por control remoto.

—Si es que Kevin es Slater —intervino el profesor.

Ella frunció el ceño. El panorama era verosímil. Demasiado verosímil para su propio consuelo. De confirmarse esto, los periódicos científicos estarían años escribiendo acerca de Kevin.

—¿Y el Asesino de las Adivinanzas? —cuestionó ella.

—Como usted dijo antes. Alguien a quien Slater copió para quitarse de encima las autoridades. ¿Cómo lo llama usted... un imitador? Solo han pasado cuatro días. Hasta las ruedas del FBI solo pueden rodar a esa velocidad. Perpetuar la doble vida más allá de una semana podría ser imposible. Cuatro días es todo lo que evidentemente necesitaba.

Jennifer cerró la libreta. Había un montón más de anotaciones, pero con una mirada vio que no eran tan excepcionales. Lo que necesitaban en realidad era el análisis de dos grabaciones del teléfono celular de Kevin. La segunda llamada era la que le interesaba a ella. Si esta teoría se mantenía en pie, la misma persona había hecho y recibido la llamada que les habían enviado cuando corrían hacia la biblioteca. No la pudo haber imaginado Kevin porque estaba grabada.

—Este es un camino demasiado complicado —expresó ella suspirando—. Aquí hay algo que no calza y que podría clarificar mucho todo esto.

—Tal vez así sea —concordó el profesor pasándose los dedos por el mentón barbado—. ¿Confía usted en su intuición muy a menudo, Jennifer?

—Todo el día. La intuición lleva a las evidencias, las cuales conducen a respuestas. Es lo que nos lleva a hacer las preguntas correctas.

—Humm. ¿Y cuál es su intuición respecto de Kevin?

—Que él es inocente, de cualquier modo —contestó ella después de cavilar por unos instantes—. Que es un hombre excepcional. Que no es nada como Slater.

La ceja de él se arqueó.

—¿Esto después de cuatro días? Me llevó un mes concluir lo mismo.

—Cuatro días de infierno le dirán mucho acerca de un hombre, profesor.

—«Aun si voy por valles tenebrosos, no temo peligro alguno».

—Si él es Slater, ¿cree usted que Kevin estará asustado? —preguntó ella.

—Creo que está muerto de miedo.

III

La Calle Baker estaba oscura y tranquila, envuelta en la inmensa línea de olmos que se erguían como centinelas. El viaje le había cortado veintiún minutos al reloj, gracias a un accidente en Willow. Las 7:46. Sam pasó la antigua casa de Kevin... detrás de las persianas brillaba luz donde Eugene y Bob aún podrían estar llorando. Por hoy Jennifer había logrado mantener a raya a la prensa, pero eso no duraría. Para mañana probablemente habría un par de furgonetas estacionadas en el frente exterior, esperando poder captar una instantánea de las locuras del interior.

¿Quién ama lo que ve? Sam disminuyó la velocidad del auto hasta avanzar muy lentamente y se acercó a su antigua casa. Una luz de porche resplandecía fuertemente. Los setos eran irregulares, no nítidamente cortados como los había mantenido su padre años antes. Ella ya había decidido que no molestaría a los residentes. Logró pensar en una explicación decente de por qué deseaba fisgonear en el dormitorio, sin causar alarma. Esperaba que no tuvieran perro.

Sam estacionó el auto al otro lado de la calle y pasó la casa, luego entró al jardín vecino. Rodeó la casa y se encaminó por la misma cerca por la que Kevin y ella se habían escabullido centenares de veces. Era improbable que las tablas aún estuvieran sueltas.

Ella corrió agachada a lo largo de la cerca hacia el costado oriental del patio, donde estaba su antiguo dormitorio. Un perro ladró varias casas más allá. *Cálmate, Spot, solo estoy dando una miradita.* Exactamente como Slater solía espiar. La vida se había vuelto un círculo.

Sam asomó la cabeza por sobre la cerca. La ventana era opaca, levemente oscurecida por los mismos arbustos por los que había correteado cuando era niña. ¿Desocupada? Ningún perro que ella pudiera ver. No se movieron las tablas por las que antes se deslizaba. Saltarla... no había otra manera.

Sam agarró la cerca con las dos manos y saltó fácilmente. Un entrenador de la facultad de derecho le había dicho que tenía físico de gimnasta. Pero no empiezas a practicar gimnasia a los veinte años y esperas estar en los olímpicos. Ella había optado por clases de danza.

El césped estaba húmedo por un riego reciente. Corrió hacia la ventana y se arrodilló en el seto. ¿Qué estaba buscando? Otra pista. Quizás una adivinanza, garabateada en la tierra. Una nota pegada al ladrillo.

Se deslizó detrás de los arbustos y tanteó la pared. El húmedo olor del polvo le inundó la nariz. ¿Cuánto tiempo había pasado desde que alguien hubiera trepado por esta ventana? Levantó la cabeza y vio que la ventana no solo estaba oscura sino que habían pintado de negro el interior.

Se le detuvo el pulso. ¿Vivía aquí Slater? ¿Había hecho morada en su antigua casa? *No te puedo tener, por tanto tomaré tu casa.* Por un momento solo miró la ventana, despreocupada. Alguien rió adentro. Un hombre. Luego una mujer, a carcajadas.

No, probablemente habían convertido el dormitorio en un cuarto oscuro o algo parecido. Aficionados a la fotografía. Exhaló y reanudó su investigación. El tiempo transcurría.

Sam sintió el alféizar, pero no había nada que pudiera sentir o ver. La tierra a sus pies era oscura, así que se arrodilló y tanteó en el suelo. Sus dedos pasaron sobre algunas piedras... él pudo haber escrito un mensaje en una piedra. Ella las levantó hacia un poco de luz que llegaba de las bodegas al otro lado de la calle. Nada. Dejó caer las piedras y se volvió a levantar.

¿Se había equivocado respecto de la ventana? Allí había un mensaje; ¡tenía que haberlo! La esfera verde en el reloj resplandecía, 7:58. Sam sintió las primeras convulsiones de pánico picándole la columna vertebral. Si se había equivocado respecto de la ventana tendría que empezar de nuevo... habrían perdido el juego.

Quizás no debería estar buscando un mensaje escrito.

Gruñó y retrocedió al césped, sin cuidarse ahora de que la vieran. Iba con pantalones negros y blusa roja, colores oscuros que no se verían fácilmente desde la calle. El tiempo se estaba acabando.

Sam caminó hasta la cerca y se puso frente a la ventana. Muy bien, ¿hay algo en los arbustos? ¿Una flecha? Una tonta ocurrencia de película. Siguió la línea del techo. ¿Señalaba a alguna parte? Había ventanas del segundo piso por encima de esta de abajo, formando un triángulo. Una flecha.

¡Basta de flechas, Sam! Buscamos algo que no se pueda confundir. No algo astuto sacado de un misterio de Nancy Drew. ¿Qué ha cambiado aquí? ¿Qué se ha alterado para hacer una declaración? ¿Qué hay que se haya alterado y que podría ser una declaración?

La ventana. La ventana está pintada de negro, porque ahora es un cuarto oscuro o algo así. En realidad ya no es una ventana. Es un vidrio negro. Sin luz.

Está oscuro aquí, Kevin.

Sam lanzó un pequeño grito y de inmediato lo contuvo. ¡Eso era! *No* había ventana. ¿Qué solía tener luz pero ya no? ¿Qué no tenía ventana?

Ella palpó su pistola. *Está bien, piensa. Una hora.* Si tenía razón, no necesitaba cinco minutos, mucho menos sesenta, para encontrar a Kevin.

—¿Y cómo se libera un hombre o una mujer de esta espantosa naturaleza? —preguntó Jennifer.

—Matándola. Pero para matarla debe verla. Por eso la luz.

—Así de sencillo, ¿eh? —expresó ella haciendo chasquear los dedos.

—En resumidas cuentas, no. Se necesita una dosis diaria de muerte. En realidad el más grande aliado del mal es la oscuridad. Ese es mi punto. No importa qué fe tenga usted o qué afirme creer, sea que vaya a la iglesia todos los domingos o que ore a Dios cinco veces al día. Si mantiene oculta la naturaleza perversa, como hace la mayoría, esta florece.

—¿Y Kevin?

—¿Kevin? No sé respecto de Kevin. Si él es Slater, supongo que uno debería matar a Slater del modo en que mata la vieja naturaleza. Pero él no lo puede hacer solo. Ni siquiera sabría cómo matarlo. Él no puede tratar solo con el mal.

III

Kevin nunca le había mostrado el interior del antiguo cobertizo porque dijo que era oscuro por dentro. Pero él no solo dijo dentro, dijo allá *abajo*. Ella recordó eso ahora. Nadie usaba la inservible casucha antigua en el extremo del césped. El antiguo refugio antibombas convertido en cobertizo al borde del montón de ceniza.

La ventana que en realidad no era una ventana tenía que ser la ventana de Kevin. En la mente de Slater podría haber usado otra adivinanza: *¿Qué crees que es una ventana pero en realidad no lo es?* Opuestos. Cuando era niño, Kevin pensaba que escapaba de su mundo tortuoso a través de su ventana, pero no era así.

El viejo cobertizo al extremo del césped de Kevin era el único lugar que Sam sabía que contaba con uno de esos sótanos. Estaba oscuro allá abajo y no había ventanas, y ella sabía bien que Slater estaba abajo con Balinda en ese refugio antibombas.

Sam mantuvo a su lado la nueve milímetros y corrió hacia la casucha, se inclinó, con la mirada fija en el costado de madera. La puerta siempre había estado asegurada y trancada con un enorme candado mohoso. ¿Y si aún lo estaba?

Debería llamar a Jennifer, pero allí está el problema. ¿Qué podía hacer Jennifer? ¿Realizar una redada alrededor de la casa? Slater haría lo peor. Por otra parte, ¿qué podría hacer *Sam*? ¿Entrar tan campante y confiscar todas las armas de fuego obtenidas ilegalmente, poner esposas, y meter al asqueroso individuo en la cárcel del condado?

Al menos tenía que confirmar.

Sam dobló las rodillas ante la puerta, respirando pesadamente, agarrando la pistola con las dos manos. El seguro estaba desconectado.

Recuerda, naciste para esto, Sam.

Sam puso el cañón de la pistola debajo de la puerta y tiró de ella, usando la mira como gancho. La puerta se abrió con un chirrido. Una tenue luz brillaba adentro. Abrió del todo la puerta y metió el arma, manteniéndose tras la protección del marco. Al abrirse la puerta se revelaron lentamente las formas de estantes y de una carretilla. Un cuadrado en el piso. La trampilla.

¿Qué profundidad tenía el refugio? Debía haber escaleras.

Sam entró, primero un pie y luego el otro. Ahora pudo ver que la trampilla estaba abierta. Avanzó hasta el oscuro hueco y miró hacia abajo. Una luz débil, muy débil, a la derecha. Retrocedió. Tal vez lo más prudente sería llamar a Jennifer. Solo a Jennifer.

Las 8:15. Aún tenían cuarenta y cinco minutos. ¿Pero y si esperaba a Jennifer y este *no era* el lugar? Eso les dejaría menos de media hora para encontrar a Slater. No, debía verificar. Verificar, verificar.

Vamos, naciste para esto, Sam.

Sam se puso la pistola en la cintura, se arrodilló, se sujetó en los bordes de la abertura, y movió de lado a lado una pierna en el hueco. Estiró el pie, halló un escalón. Se afirmó en las escaleras y luego se echó hacia atrás. Los zapatos podrían hacer mucho ruido. Se los quitó y se volvió a afincar en las escaleras.

Vamos, naciste para esto, Sam.

Había nueve peldaños; Samantha los contó. Nunca se sabía si tendría que retroceder a toda velocidad. Le podría venir muy bien saber cuándo agacharse para evitar un choque de frente con el techo y cuándo girar a la derecha para salir de la casucha. Sam se decía estas cosas para tranquilizar sus nervios, porque cualquier cosa en el pavoroso silencio era mejor que enfrentar la seguridad de que se estaba dirigiendo hacia la muerte.

Entraba luz por una rendija bajo una puerta al final del túnel de concreto. ¡El túnel llevaba a un sótano debajo de la casa de Kevin! Sam sabía que algunos de estos refugios antibombas se conectaban a las casas, pero nunca se había imaginado tan complicado montaje debajo de la de Kevin. Ni siquiera había sabido que *hubiera* un sótano en su casa. ¿No había un camino desde el sótano hacia la planta principal? Jennifer había estado en la casa, pero no dijo nada acerca de un sótano.

Sam sacó la pistola y bajó en puntillas por el hueco.

—Cállate —sonó apagada la voz de Slater detrás de la puerta.

Sam se detuvo. Verificó. Nunca confundiría esa voz. Slater estaba detrás de esa puerta. ¿Y Kevin?

La puerta estaba bien aislada; ellos no la oirían. Sam fue hasta la puerta, con la nueve milímetros levantada hasta el oído. Extendió la mano hacia el pomo y aplicó presión despacio. En realidad no planeaba entrar de sopetón, ni siquiera entrar, pero debía conocer algunos detalles. Para empezar, si la puerta estaba trancada. La perilla se negó a girar.

Sam retrocedió un paso y consideró sus opciones. ¿Qué esperaba Slater que ella hiciera, llamar? Lo haría de ser necesario, ¿verdad? Solo había una manera de salvar a este hombre, y estaba al otro lado de esa puerta. Se tendió boca abajo y presionó el ojo izquierdo debajo de la rendija de la puerta. A la derecha, zapatos tenis caminaban lentamente hacia ella. Contuvo el aliento.

—Definitivamente el tiempo se está reduciendo —comentó Slater; los pies eran de él, zapatos tenis blancos que ella no reconoció—. No oigo que tu amante derribe la puerta.

—Sam es más inteligente que usted —contestó Kevin.

Los zapatos tenis se detuvieron.

Sam movió el ojo a la izquierda, de donde había venido la voz. Vio sus pies, los zapatos de Kevin, los Reebok color habano que ella había visto debajo de la cama de él unas horas atrás. Dos voces, dos hombres.

Sam se arrastró hacia atrás. Kevin y Slater no eran la misma persona. ¡Ella se había equivocado!

Volvió a acercarse y a mirar, respirando ahora demasiado alto pero sin importarle. Allí estaban ellos, dos pares de pies. Uno a su derecha, blanco, y uno a su izquierda, marrón claro. Kevin golpeaba nerviosamente el suelo con un pie. Slater se alejaba.

¡Tenía que hablar con Jennifer! En caso de que algo le ocurriera debía hacer saber a Jennifer quién estaba detrás de esa puerta.

Sam se deslizó hacia atrás y se levantó. Se fue hasta el fondo del pasillo. Subir las escaleras podría ser sensato, pero a esta distancia no había manera de que Slater pudiera oír. Sacó su teléfono y pulsó la tecla de volver a marcar.

—¿Jennifer?

—¡Sam! ¿Qué pasa?

—Shh, shh, shh. No puedo hablar —susurró Sam—. Los encontré.

Un timbre apenas audible rasgó el silencio, como si le hubieran descargado un tiro demasiado cerca del oído en la última media hora.

Jennifer parecía incrédula.

—¿Encontraste... encontraste a Kevin? ¿Lo localizaste de veras? ¿Dónde?

—Escúchame, Jennifer. Kevin no es Slater. ¿Me oyes? Me equivoqué. ¡Tiene que ser una trampa!

—¿Dónde estás? —exigió saber Jennifer.

—Estoy aquí, afuera.

—¿Estás absolutamente segura de que Kevin no es Slater? ¿Cómo...?

—¡Escúchame! —susurró Sam con dureza, y volvió la mirada hacia la puerta—. Los acabo de ver; por eso lo sé.

—¡Tienes que decirme dónde estás!

—No. Todavía no. Tengo que pensar esto muy bien. Él dijo que sin policías. Te llamaré.

Colgó antes de que perdiera el valor y metió el teléfono en el bolsillo.

¿Por qué no informó a Jennifer de todo? ¿Qué podía hacer ella que Jennifer no pudiera hacer? Solo Slater sabía la respuesta. El muchacho que ella nunca había visto. Hasta hoy. *Kevin, querido Kevin, lo siento*.

Una ráfaga de luz entró repentinamente en el túnel. Sam giró sobre sí. La puerta estaba abierta. Slater estaba en el marco de la puerta, el pecho descubierto, sonriendo, pistola en mano.

—Hola, Samantha. Me estaba preocupando. Qué bueno que nos encontraste.

27

L A PRIMERA REACCIÓN DE SAM FUE HUIR. Escaleras arriba, agachada, hacia la izquierda, al descubierto. Regresar con un lanzallamas y quemar a Slater. Su segunda reacción fue atacarlo. Le sorprendió la ira que fluyó a su mente al verlo iluminado de espaldas. Sintió su pistola en la cintura y la agarró.

—No seas tan previsible, Sam. Kevin cree que eres más lista que yo. ¿Lo oíste decir eso? Demuéstralo, querida —desafió él levantando el arma y apuntando hacia el interior a la derecha—. Ven aquí y pruébamelo, o remataré al chico aquí mismo.

Sam titubeó. Slater seguía con su sonrisa de bravucón. Ella caminó por el pasillo. *Naciste para esto, Sam. Naciste para esto.*

Slater retrocedió, manteniendo su pistola apuntada a su derecha. Ella traspasó la puerta de acero. Una sola bombilla iluminaba el sótano. Sombras negras y grises. Siniestro. Kevin estaba frente a una pared de fotos, con el rostro lívido. Fotos de ella. Él dio un paso hacia ella.

—No tan rápido —expresó bruscamente Slater—. Sé lo mucho que quieres volver a ser el héroe, muchacho, pero no esta vez. Saca la pistola lentamente, Samantha. Deslízala hacia mí.

No había ni un rastro de duda en el rostro de Slater. Los tenía precisamente donde había querido.

Sam deslizó la pistola por el concreto, y Slater la levantó. Él fue hasta la puerta, la cerró, y se puso frente a ellos. Al ver la sonrisita del tipo, a Sam se le ocurrió que había cometido una especie de suicidio. Había entrado voluntariamente a la guarida, y acababa de darle la pistola al dragón.

Naciste para esto, Sam. ¿Naciste para qué? Naciste para morir.

Ella le dio la espalda con resolución. *No, nací para Kevin.* Ella lo miró, haciendo caso omiso de Slater, quien permanecía ahora detrás de ella.

—¿Estás bien?

La mirada de Kevin le subió por los hombros hasta fijarse en la de ella. Rastros de sudor le brillaban en el rostro. El pobre hombre estaba aterrado.

—La verdad es que no.

—Está bien, Kevin —le aseguró ella, sonriendo—. Te lo prometo, todo saldrá bien.

—En realidad nada saldrá bien, Kevin —objetó Slater, caminando con brío a la derecha de Sam.

Él no era el monstruo que Samantha había imaginado. No tenía cuernos, ni dientes amarillos, ni rostro cicatrizado. Parecía un deportista con cabello rubio corto, pantalones marrones ajustados, el torso como de un gimnasta. Un gran tatuaje de un corazón rojo le marcaba el pecho. Ella pudo haber encontrado a este hombre una docena de veces sin haberlo notado. Solamente los ojos lo delataban. Eran ojos grises claros y profundos, como los de un lobo. Si los ojos de Kevin la consumían, los de Slater eran de los que le repelían. Hasta reía como un lobo.

—No estoy seguro de que ustedes sean conscientes de lo que tenemos aquí, pero por lo que veo, los dos están metidos en un tremendo lío —afirmó Slater—. Y Kevin está hecho una furia. Hizo tres llamadas a su amiga del FBI, y yo simplemente me puse cómodo y dejé que las hiciera. ¿Por qué?

Porque sé lo desesperada que es su situación, aunque él no lo sepa. Nadie puede ayudarle. Ni tú, querida Samantha.

—Si usted quiere matar a Kevin pudo haberlo hecho en una docena de ocasiones —dijo Sam—. Entonces, ¿cuál *es* su juego? ¿Qué espera lograr con todas estas tonterías?

—También te pude haber matado a ti, cariño. Cien veces. Pero de este modo es mucho más divertido. Estamos todos juntos como una pequeña familia feliz. Mami está en el clóset, Kevin finalmente regresó a casa, y ahora su noviecita ha venido a salvarlo del terrible muchacho que vive calle abajo. Casi como los viejos tiempos. Incluso vamos a dejar que Kevin vuelva a matar.

Slater hizo una mueca bajando los labios.

—Solo que esta vez no va tras de mí. Esta vez te va a meter una bala en la cabeza.

Sam lo asimiló y miró a Kevin. Él parecía muy débil a la luz amarilla. Asustado. Slater iba a obligarlo a matar. A ella. Ahora todo tenía perfecto sentido, aunque ella no sabía con exactitud qué tenía Slater en mente.

Sorprendentemente, Sam no sentía miedo. Es más, se sintió de algún modo animada, hasta confiada. *Quizás así es como te sientes justo antes de morir.*

—Bueno. Después de todo él es el muchacho —le dijo Sam a Kevin; los dos hombres la estaban mirando—. ¿Cómo un hombre fornido, fuerte y apuesto como este llega a estar tan celoso de ti, Kevin? Piénsalo. ¿Cómo podría un tipo tan poderoso e inteligente dejar que se le meta tanta locura por otro? Respuesta: Porque debajo de ese tatuaje rojo, grande y vivo, y de todos esos músculos sobresalientes, solo es una insignificante rata patética que nunca ha podido hacer un amigo, mucho menos conquistar a una chica.

Slater la miró.

—Tendré en cuenta el aprieto en que te encuentras y perdonaré el resto de tus insultos desesperados, pero no creo que *celoso* sea la palabra correcta, Samantha. No estoy celoso de este pedazo de carne.

—Entonces disculpe la mala elección del término —le contestó enfrentándosele lentamente, con una furia audaz e inexplicable—. Usted no está loco de celos; le alegra el dulce vínculo de amor que Kevin y yo hemos tenido siempre. El hecho de que si lo hubiera atrapado merodeando y lamiendo mi ventana yo le hubiera estampado un desatascador de tuberías en la cara no le molesta, ¿no es así?

La boca de él era una línea delgada y derecha. Parpadeó. Otra vez.

—El hecho es que *yo escogí a Kevin* —continuó Sam—. Y que Kevin me escogió, y ninguno de los dos quiere tener nada que ver con usted. Usted no puede aceptar eso. Lo vuelve loco. Hace que se ponga furioso.

—¿Y Kevin no se pone furioso? —preguntó Slater con el rostro alterado.

Se hizo silencio. Balinda estaba en el clóset. Un reloj en la pared mostraba las 8:35. Sam debió haberle dicho a Jennifer dónde estaban. Su celular aún estaba en el bolsillo, y no creía que Slater lo supiera. ¿Podría llamar a Jennifer? Si pudiera deslizar la mano en el bolsillo y presionar dos veces el botón de enviar se marcaría automáticamente el último número. Jennifer los escucharía. Un cosquilleo le recorrió por los dedos.

—¿Crees de veras que Kevin es diferente de mí? —inquirió Slater agitando las pistolas distraídamente—. ¿Crees de verdad que este pequeño asqueroso no quiere exactamente lo mismo que yo? Él matará, morirá y pasará el resto de su vida fingiendo que no, igual que todos los demás. ¿Es eso ser mejor que yo? ¡Al menos yo soy sincero respecto de quién soy!

—¿Y quién es usted, Slater? Usted es el diablo. Usted es la enfermedad de este mundo. Usted es vil y es repugnante. Vamos, díganos. Sea honesto...

—¡Cállate! —gritó Slater—. ¡Cierra tu asquerosa bocota! Este trocito de basura se sienta en las bancas todos los domingos, jurando a Dios que no seguirá cometiendo sus pecaditos secretos cuando sabe tan bien como yo que los cometerá. Lo sabemos porque ha hecho esa promesa mil veces y la ha roto cada vez. Es un mentiroso.

A Slater le salía baba por los labios.

—¡*Esa es* la verdad! —exclamó.

—Él no se parece en nada a usted —contraatacó Sam—. ¿Lo ve? Es una víctima aterrorizada a quien usted ha tratado desesperadamente de hacer papilla. ¿Se ve usted? Usted es un monstruo asqueroso que azota a todo el que amenaza con hacerlo papilla. ¿Me ve a mí? No estoy aterrada ni le tengo miedo, porque lo veo a usted, lo veo a él, y no veo nada en común. Por favor, no sea tan baboso.

Slater la miró con los labios abiertos, asombrado. Sam lo había presionado más allá de sí mismo con la simple verdad, y él ya se estaba retorciendo por dentro. Ella metió los dedos en sus bolsillos y confiadamente dejó enganchados los pulgares.

—¿Dónde crían a los de su clase, Slater? ¿Es esa una máscara que está usando? Usted parece muy normal, pero tengo la inquebrantable sospecha de que si le estiro la oreja se viene al suelo toda la máscara y...

Un disparo atravesó el salón y Samantha se estremeció. Slater había disparado la pistola. Se oyó un gemido ahogado a través de la puerta. Balinda. A Sam se le aceleró el pulso. Slater estaba de pie sin estremecerse, con la pistola extendida hacia el suelo, donde su bala había astillado un pedazo de concreto.

—Ese agujero debajo de tu nariz me está empezando a molestar —advirtió él—. Quizás deberías pensar en cerrarlo.

—O quizás usted debería pensar en hacerse un agujero en la cabeza —contestó Sam.

—Tienes más agallas de las que me había imaginado —reconvino él mientras se dibujaba lentamente una sonrisa en los labios—. En realidad debí haber roto tu ventana esa noche.

—Usted está desquiciado.

—Cómo me encanta lastimar a niñitas como tú.

—Usted me da asco, mucho asco.

—Mantén las manos donde pueda verlas.

Lo había notado. Ella sacó las manos de los bolsillos y le devolvió la mirada. No se echó atrás.

—¡Basta! —exclamó Kevin.

Sam se volvió a mirarlo. Kevin miraba con el ceño fruncido a Slater, cuyo rostro estaba colorado y temblando.

—¡Siempre la he amado! ¿Por qué no lo acepta sin más? ¿Por qué se ha ocultado todos estos años? ¿Por qué no busca otro pobre imbécil y nos deja tranquilos?

—Porque ninguno de ellos me interesa como tú, Kevin. Te odio más de lo que me odio, y eso, cara de asco, es más interesante.

III

Slater parece confiado, pero nunca se ha sentido tan intranquilo en toda su vida. Ha menospreciado la fortaleza de la chica. Si su plan depende de doblegarle la voluntad tendrá que tener en cuenta algunos desafíos importantes. Por suerte, Kevin es más flexible. Él será quien dispare el gatillo.

¿Qué tiene ella de raro? Su valor. Su inflexible convicción. ¡Su arrogancia! Ella ama de veras al idiota, y hace ostentación de ese amor. Es más, ella es todo amor, y Slater la odia por eso. Veinte años atrás él la había visto sonreír, peinarse el cabello, dar brincos en su cama como una chiquilla; la había visto andando de un lado a otro, encerrando criminales en Nueva York, como alguna especie de súper heroína del celuloide. Feliz, feliz y elegante.

Le da asco. La mirada de desdén en sus ojos le da ahora un poco de consuelo... nace del amor de ella por el gusano que está a su derecha. De ahí entonces que haya mucha razón para que Kevin le meta una bala en medio de esa
hermosa frente blanca.

Mira el reloj. Diecinueve minutos. Debería olvidar el tiempo y hacerlo
ya. Un sabor amargo le llega a la parte trasera de la lengua. El dulce sabor de
la muerte. ¡Debería hacerlo!

Pero Slater es un hombre paciente, la más sobresaliente de todas las dis-
ciplinas. Esperará, porque su poder está en esperar.

El juego se acaba en la última prueba. La última sorpresita.

Slater siente que una oleada de confianza le recorre los huesos. Se ríe.
Pero no se siente como para reír. Se siente como para volver a disparar.

Di lo que quieras ahora, muchachita. Veremos a quién escoge Kevin.

III

Kevin observó a Slater, lo oyó reírse, y supo con horrible seguridad que
la situación iba a empeorar.

No podía creer que Sam entrara de veras y le entregara la pistola de ese
modo. ¿No sabía ella que Slater la iba a matar? Ese era su único propósito.
Slater quería muerta a Sam, y quería que Kevin la matara. Kevin se nega-
ría, desde luego, y entonces Slater sencillamente la mataría y encontraría un
modo de inculpar a Kevin. De cualquier modo sus vidas no volverían a ser
iguales.

Miró a Sam y vio que lo estaba observando. Ella le guiñó lentamente
un ojo.

—Ánimo, Kevin. Valor, mi caballero.

—¡Silencio! —gritó Slater—. ¡Nada de comentarios! ¿Mi caballero?
¿Estás tratando de hacerme vomitar? *¿Mi caballero?* ¡Qué ridículo!

Ellos lo miraron. Se estaba ensimismando en este juego.

—¿Debemos comenzar con la fiesta? —inquirió Slater.

Se metió la pistola de Samantha en la cintura, dio dos zancadas hacia la puerta de Balinda, le quitó el cerrojo, y la abrió. Balinda se aplastó contra una pared, paralizada y con los ojos abiertos de par en par. Manchas negras le cubrían los encajes del camisón. Sin maquillaje, su rostro parecía normal para una mujer en sus cincuenta. Ella lloriqueaba, y Kevin sintió que una punzada de pesar le atravesaba el pecho.

Slater se inclinó y la levantó. Balinda salió del espacio a tropezones, temblándole los labios, chillando de terror.

Slater la empujó contra el escritorio.

—¡Siéntate! —le gritó, señalando la silla.

Balinda se dejó caer en el asiento. Slater apuntó a Sam con su pistola.

—Levanta las manos donde yo pueda verlas.

Ella levantó las manos de la cintura. Manteniendo su pistola apuntada hacia Sam, Slater sacó del cajón del escritorio un rollo de cinta adhesiva gris, rasgó con los dientes un trozo como de veinte centímetros, y lo estampó sobre la boca de Balinda.

—Mantente callada —musitó.

Ella ni pareció oír. Él le levantó el rostro.

—¡Mantente callada! —le gritó.

Ella se estremeció y él rió.

Slater sacó la segunda pistola de su pantalón y se puso frente a ellos. Amartilló las pistolas, las levantó hasta sus hombros. El sudor le cubría el pecho blanco como aceite. Sonrió, bajó los brazos, e hizo girar ambas pistolas como un pistolero.

—He pensado mucho tiempo en este momento —explicó Slater—. Los instantes realmente grandiosos en la vida no son tan inspiradores como ustedes los imaginan... estoy seguro de que para ahora ya lo han imaginado. Lo que sucederá en los minutos siguientes ha dado tantas vueltas en mi mente que les juro que ha dejado un surco de un centímetro de profundidad. He disfrutado mucho los pensamientos; nada se le puede comparar. Ese es el inconveniente de soñar. Pero vale la pena. Ahora voy a hacer que suceda, y por supuesto que trataré de hacerlo lo más interesante posible.

Hizo girar otra vez las pistolas, la izquierda, luego la derecha.

—¿Les consta que he practicado?

Kevin miró a Sam, quien estaba a metro y medio de Slater, mirando al demente con serena irritación. ¿Qué pasaba por su mente? Slater había cambiado su enfoque hacia Sam en el momento en que ella entró. Con Kevin, Slater no mostraba miedo, pero ahora frente a Sam intentaba ocultar su temor de que surgiera miedo, ¿no es así? En realidad estaba asustado. Sam simplemente lo miraba, sin dejarse intimidar, con las manos relajadas en las caderas.

El corazón de Kevin parecía a punto de estallar. Sam era la verdadera salvadora, siempre lo había sido. Él no era el caballero; lo era ella. *Querida Sam, te amo mucho. Siempre te he amado.*

Este era el fin; él lo sabía. Esta vez no se podían salvar el uno al otro. ¿Le había dicho él cuánto la amaba de verdad? No con amor romántico sino con algo mucho más fuerte. Como una necesidad desesperada. La necesidad de sobrevivir. La amaba del modo en que amaba su propia vida.

Kevin parpadeó. ¡Tenía que decirle cuán preciosa era para él!

—El juego es sencillo —expresó Slater—. No hay por qué confundir a la gente común. Una de dos personas morirá.

Miró el reloj.

—Diecisiete minutos a partir de ahora. La vieja —dictaminó Slater mientras ponía una de las pistolas en la sien de Balinda—, quien evidentemente ha confundido la vida con un anuncio comercial de cereales. La verdad es que eso me gusta de ella. Si hay que fingir, mejor hacerlo del todo ¿no?

Sonrió y lentamente apuntó la otra pistola hacia Samantha.

—O la joven y brillante doncella.

Los dos brazos estaban ahora totalmente extendidos en ángulo recto, uno hacia Balinda y el otro hacia Sam.

—Nuestro verdugo será Kevin. Quiero que empieces a pensar a qué chica matarás, Kevin. No matar no es una opción; eso arruinaría la diversión. Debes elegir una.

—No lo haré —contestó Kevin.

Slater inclinó la pistola y le disparó en el pie.

Kevin gritó. El dolor era punzante en la planta, y luego le subió a la espinilla; le dieron náuseas. Su pie derecho tenía un agujero rojo en el Reebok y estaba temblando. El horizonte de Kevin se inclinó.

—Lo harás —aseguró Slater soplando humo imaginario del cañón—. Te lo prometo, Kevin. Te aseguro que lo harás.

Sam corrió hacia Kevin y agarró el cuerpo inclinado. Él dejó que ella lo sostuviera y ajustó el peso de su cuerpo a su pie izquierdo.

Sam giró bruscamente la cabeza hacia Slater.

—Usted es un demente... ¡No tenía necesidad de hacer eso!

—Un agujero en el pie, un hoyo en la cabeza; veremos quién termina muerto.

—Te amo, Sam —manifestó Kevin suavemente, haciendo caso omiso del dolor—. Pase lo que pase, quiero que sepas cuán perdido estoy sin ti.

III

—¡Me dan ganas de *estrangularla*! —exclamó Jennifer caminando sin rumbo.

—Llámela —opinó el Dr. Francis.

—¿Y arriesgarme a ponerla en peligro? ¿Qué pasaría si ella estuviera frente a la puerta de él y sonara el celular? No puedo hacer eso.

Él asintió.

—Algo no encaja.

—Yo me había convencido firmemente de que Kevin era Slater —opinó ella agarrando su teléfono.

—Y no lo es.

—A menos que...

Su teléfono tintineó. Los dos lo miraron. Jennifer lo desplegó.

—¿Aló?

—Tenemos el informe de Riggs —comunicó Galager.

Pero Jennifer ya sabía que Slater y Kevin no eran la misma persona.

— Un poco tarde. Ya lo sabemos. ¿Algo más?

—No. Solo eso.

—Tenemos un problema, Bill —anunció ella suspirando—. ¿Cómo estáis de ánimo por allá?

—Mal. Desesperados y desorientados. El director acaba de preguntar por usted a gritos. El gobernador le está tirando de las orejas. Espere una llamada en cualquier momento. Ellos quieren saber.

—¿Saber qué? No sabemos dónde tiene escondida a Balinda. Solo nos quedan unos minutos y no tenemos la más mínima idea de adónde se la llevó. Diles eso.

Galager no respondió al instante.

—Si le sirve de consuelo, Jennifer, creo que él es inocente. El hombre con el que hablé no era un asesino.

—Por supuesto que no es un asesino —contestó Jennifer bruscamente—. ¿Qué quiere usted decir? Por supuesto...

Ella se volvió al profesor, cuyos ojos estaban fijos en ella.

—¿Qué dice el informe?

—Creí que usted dijo que lo sabía. Las voces en la grabación son de la misma persona.

—¿El afinador sísmico...?

—No. La misma persona. A juicio de Riggs, si la grabación es entre Kevin y Slater, entonces Kevin es Slater. Hay un eco en el fondo que apenas aparece en la segunda cinta. Las dos voces son del mismo salón. La conjetura de Riggs es que él está usando dos teléfonos celulares y que la grabación registra un eco casi imperceptible que es la reproducción de lo que está diciendo en el otro teléfono.

—Pero... ¡eso es imposible!

—Creí que esa era la teoría principal...

—Pero Sam está con ellos, y nos llamó. ¡Kevin no es Slater!

—¿Y qué le hace creer que puede confiar en Sam? Si ella está con ellos, ¿no le dijo dónde están? Yo confiaría en Riggs.

Jennifer se quedó paralizada de terror. ¿Era eso posible?

—Me tengo que ir.

—Jennifer, ¿qué hago...?

—Le devolveré la llamada —expresó ella, dobló el teléfono y miró al profesor, estupefacta.

—A menos que Sam *no* los viera a los dos.

—¿Se reunió usted alguna vez con Sam? —inquirió el Dr. Francis—. ¿La vio en realidad con sus propios ojos?

—No, no la vi —contestó Jennifer después de pensar por unos instantes—. Sin embargo... hablé con ella. Muchas veces.

—Como yo. Pero su voz no era tan aguda que sonara necesariamente femenina.

—¿Pudo... él hacer eso? —titubeó Jennifer, luchando por entender, tratando de averiguar algo, cualquier hecho de Sam que contradijera esa idea. No le vino nada en ese momento a la mente—. Se han documentado casos de más de dos personalidades.

—¿Y si Slater no es el único que es Kevin? ¿Y si Samantha es también Kevin?

—¡Tres! Tres personalidades en una.

28

SAMANTHA OBSERVÓ EL SEGUNDERO que se movía implacablemente en su lento arco. Kevin sentado en el suelo, con las manos en la cabeza, angustiado. Balinda desplomada en su silla a metro y medio a su izquierda, la boca tapada con cinta gris, mirando a Kevin con ojos parpadeantes. ¿Qué diría la tía de Kevin si pudiera hablar ahora? *¡Lo siento, Kevin! ¡Te pido perdón! ¡No seas cobarde, Kevin! ¡Levántate y patea a ese hombre donde lo recuerde siempre!*

Balinda no miraba a Slater. Era como si él no existiera. O como si ella no soportara mirarlo. En realidad, la mujer tampoco miraba a Sam. Su atención se reducía a Kevin y solo a Kevin.

Sam cerró los ojos. *Fácil, muchacha. Tú puedes hacerlo.*

Pero con toda sinceridad ella ya no opinaba que pudiera hacer esto ni cualquier otra cosa. Slater tenía dos pistolas y una gran sonrisa. Ella solo tenía su teléfono celular.

—Ah, ah, ah, las manos donde pueda verlas, cariño.

III

Jennifer se pasó las manos por el cabello.

—¡Esto es una locura!

La cabeza le dolía y el tiempo se acababa. *¡Piensa!*

—¡Ella siempre desaparecía! Ella... él pudo haberlo inventado todo. La CBI, el equipo operativo, la entrevista con el pakistaní, ¡todo! Todas esas eran cosas que pudo haber creado en su mente basándose en la información que Kevin ya tenía.

—O que Kevin simplemente fabricó —añadió el Dr. Francis—. Kevin concluye que Slater no puede ser el Asesino de las Adivinanzas porque en lo profundo de su subconsciente sabe que *él* es Slater. Sam, su *alter ego*, concluye lo mismo. Ella está tratando de liberar a Kevin sin saber que *es* él.

—¡Ella estaba siempre sugiriendo que había alguien adentro! ¡Había... Kevin! Él estaba adentro. ¡Y ella fue la primera en concluir que Kevin era Slater!

—Y para Kevin, tanto Slater como Samantha son tan reales como usted y yo.

Ahora cada uno estaba repasando las palabras del otro, relacionando puntos que formaban una imagen perfecta.

¿O no?

Jennifer sacudió la cabeza.

—Pero acabo de hablar con Sam y ella vio a Kevin y Slater mientras estaba *fuera* de la puerta. ¿Está usted diciendo que en realidad hablé con Kevin, y que él simplemente se imaginaba que era Samantha acercándose con sigilo a él y a Slater?

—Es posible —respondió animado el profesor—. Usted ha leído los casos de estudio. Si Kevin está dividido de veras, Sam tendría su propia personalidad. Todo lo que ella ha hecho se ha realizado por completo en la mente de Kevin, pero para los dos ha sido completamente real.

—Así que en realidad acabo de hablar con Kevin.

—No, era Sam. Sam es distinta de Kevin en su mente.

—Pero físicamente era Kevin.

—Suponiendo que ella es él, sí.

—¿Y por qué no lo detuvo Slater? Si es que Slater también estaba allí. Kevin levanta el teléfono y me llama, y en su mente es en realidad Samantha, al otro lado de la puerta. Tiene sentido. Pero Slater también está allí. ¿Por qué no detiene la llamada telefónica?

—No lo sé —contestó el profesor, girando con la mano en la barbilla—. Es de suponer que detendría a Kevin. Así que podríamos estar equivocados.

Jennifer se frotó las sienes.

—Pero si todos ellos *son* Kevin, esto significaría que nunca tuvo una amiga de la infancia llamada Samantha. La creó como un escape para llenar el vacío en su vida. Luego creó a Slater, y cuando descubrió que Slater odiaba a Sam trató de matar a Slater. Ahora tanto Slater como Sam han vuelto —opinó Jennifer y luego giró—. ¡Pero su padre era un policía! Él vivía en la tercera casa más allá de la de Kevin.

—Kevin pudo haber sabido que un policía llamado Sheer vivía en esa casa y simplemente levantó sobre eso la realidad de Samantha. ¿Sabe usted si el oficial Sheer tuvo siquiera una hija llamada Samantha?

—No lo comprobé —respondió Jennifer caminando de lado a lado, explorando a través de la ola de pensamientos—. Tiene sentido, ¿no es verdad? Balinda no permitiría que Kevin tuviera un buena amiga, así que él fabricó una. La representó.

—Eso es lo que Kevin pudo haber querido decir cuando me contó que tenía un nuevo modelo para las naturalezas del hombre —recordó el Dr. Francis—. Las tres naturalezas del hombre. El bien, el mal, ¡y el hombre que lucha en medio! «No hago el bien que quiero, sino el mal que no quiero». ¡Hay en realidad tres naturalezas! Una, *el bien*. Dos, *el mal*, ¡Y tres, *yo*!

—La lucha entre el bien y el mal, encarnada en un hombre que está representando tanto el bien como el mal y sin embargo también es él mismo. Kevin Parson.

—El chico noble. Todo ser humano.

Se miraron uno al otro, paralizados por lo absurdo de todo eso.

—Es una posibilidad —recordó el profesor.

—Casi tiene perfecto sentido —concordó Jennifer y miró su reloj—. Y casi se nos acaba el tiempo.

—Entonces tenemos que decírselo a ella —concluyó el Dr. Francis yendo hacia la cocina—. Si Sam es Kevin, ¡entonces hay que decírselo! ¡A *él* hay que decírselo! Él no puede tratar con esto por su cuenta. ¡Nadie puede tratar con el mal por sí solo!

—¿Llamar a Sam y decirle que ella es Kevin?

—¡Sí! ¡Sam es la única que puede salvarlo ahora! Pero ella es impotente sin usted.

—¿Y si estamos equivocados? —preguntó Jennifer tomando una profunda bocanada de aire—. ¿Cómo se lo digo sin que parezca ridículo? ¿Perdóname, Sam, pero no eres una persona de verdad; solo eres una parte de Kevin?

—Sí. Dígaselo como si supiéramos que es una realidad, y dígaselo rápidamente. Slater podría tratar de impedir la llamada. ¿Cuánto tiempo?

—Diez minutos.

III

—Esto va a ser delicioso, Samantha —expresó Slater, golpeando los dos cañones de las pistolas como dos palillos de tambor; luego tembló—. Me estoy empezando a estremecer.

El teléfono era la única esperanza de Sam, pero Slater estuvo insistiendo en que mantuviera las manos donde él pudiera verlas. Si él supiera del teléfono habría insistido en que lo entregara. De cualquier modo, se veía como una arruga más en el pliegue de sus pantalones. Ella había reflexionado en una docena de posibilidades más, pero ninguna parecía viable. Habría un modo... siempre hay una manera de que el bien triunfe sobre el mal. Aunque Slater la matara...

El sonido de un pitido cortó el silencio. ¡Su celular!

Slater giró, fulminando con la mirada. Ella actuó rápidamente, antes de que él pudiera reaccionar. Lo sacó del bolsillo y lo desplegó.

—¿Aló?

—Sam, escúchame. Sé que esto te parece imposible, pero eres una de las personalidades de Kevin. Tanto tú como Slater, ¿me oyes? Por eso puedes verlos a los dos. Tú... nosotros... tenemos que salvar a Kevin. Dime dónde estás, por favor, Sam.

Sintió una convulsión enloquecida en su mente. ¿Qué había dicho Jennifer? Ella era una de las personalidades...

—¿Qué... qué crees que estás haciendo? —exigió Slater

—Tú me viste en el coche, cuando la explosión del autobús —titubeó Sam—. Me saludaste con la mano.

—¿El autobús? Vi a Kevin. Le agité la mano a Kevin. Tú... ya te habías ido al aeropuerto. Escúchame...

Sam ya no oyó más. Slater se había recuperado de su impresión y corrió hacia ella.

—Debajo del tornillo —dijo Sam.

Slater golpeó a Sam con la mano en un costado de su cabeza. El teléfono celular le pegó en la oreja y rodó ruidosamente por el concreto. Por instinto, ella trató de alcanzarlo, pero Slater fue mucho más rápido; le dio un golpe en el brazo, recogió el celular y lo lanzó al otro lado del salón. El teléfono rebotó en el suelo y se hizo añicos contra la pared.

Slater se volvió hacia ella y le puso una pistola debajo de la barbilla.

—¿Debajo del tornillo? ¿Qué significa eso, pequeña traidora asquerosa?

Sam sentía dolor en su mente. *Tú eres una de sus personalidades*, ¿no es eso lo que Jennifer había dicho? *¿Soy una de las personalidades de Kevin? ¡Eso es imposible!*

—¡Dímelo! —gritó Slater—. Dímelo o juro que yo mismo te haré el hoyo en la cabeza.

—¿Y renunciar al placer de ver a Kevin hacerlo? —preguntó Sam.

Slater la miró por un momento, fulminándola con la mirada. Movió bruscamente la pistola y sonrió.

—Tienes razón. No importa de todos modos; ellos no tienen tiempo.

III

—¿Era ella? —preguntó el Dr. Francis.

—Sam. La llamada fue interrumpida. No me pareció Kevin. Ella dijo que me vio en el autobús, pero yo no la vi —confesó Jennifer tragando saliva—. Espero que no hayamos acabado de meter una bala en la cabeza de Sam.

El Dr. Francis se sentó lentamente.

—Ella me dijo que se encontraban debajo del tornillo —dijo Jennifer.

—¿El tornillo?

Jennifer giró hacia él.

—El tornillo que mantenía cerrada la ventana de Kevin. Debajo de la ventana, debajo de la casa. Hay...

¿Podría ser tan cerca, justo debajo de sus narices?

—Hay un hueco de escalera en la casa, obstruido ahora con montones de papel de periódico, pero lleva a un sótano —informó ella.

—Debajo de la casa.

—¡Kevin tiene a Balinda en el sótano de su casa! ¡Debe de haber otra manera de entrar! —exclamó Jennifer y corrió hacia la puerta—. ¡Vamos!

—¿Yo?

—¡Sí, usted! Usted lo conoce mejor que nadie.

—Aunque los encontremos, ¿qué podemos hacer? —preguntó el profesor agarrando su abrigo y corriendo tras ella.

—No sé, pero no me voy a quedar esperando. Usted dijo que él no puede hacer esto sin ayuda. Dios, danos esa ayuda.

—¿Cuánto tiempo?

—Nueve minutos.

—¡Mi auto! Yo conduciré —determinó el profesor y viró hacia el Porsche en la entrada.

III

Samantha nunca se había sentido tan trastornada por una misión. ¿Cuál era la misión ahora? Salvar de Slater a Kevin.

Volvió a pensar en sus años en la universidad, en su formación para hacer respetar la ley, en Nueva York. Todo era enmarañado. Anchos trazos de realidad sin detalle. No era la clase de detalle que aparecía de inmediato cuando su mente vagaba en el pasado, como una niña, escabulléndose con Kevin. No los detalles concretos que le inundaban la mente al pensar en los cuatro días anteriores. Incluso su investigación del Asesino de las Adivinanzas ahora parecía lejana, como algo que había leído, no como si hubiese participado realmente.

Si Jennifer tenía razón, ella era en realidad Kevin. Pero eso era imposible porque Kevin estaba sentado en el suelo a tres metros de distancia, estremeciéndose, profundamente retraído, sosteniendo un pie enrojecido y sangrando por la oreja izquierda.

Sangrando por la oreja. Ella dio un paso adelante para ver mejor la oreja de Kevin. El teléfono celular de ella estaba destrozado a doce metros sobre el concreto, donde Slater lo había lanzado. Eso era bastante real. ¿Sería posible que ella fuese una creación de Kevin? Se miró las manos. Parecían igualmente reales, pero ella sabía cómo funcionaba la mente. También sabía que Kevin era un candidato excelente para personalidad múltiple. Balinda le había enseñado desde el principio a disociar. Si Kevin era Slater, como

Jennifer insistía, ¿entonces por qué no podía *ella* también serlo? Y Sam podía ver a Slater porque ella estaba allí, en la mente de Kevin, donde Slater vivía. Pero Balinda era real...

Sam caminó hasta donde estaba Balinda. Si Jennifer tenía razón, solo había dos cuerpos aquí: el de Kevin y el de Balinda. Sam y Slater eran solo personalidades en la imaginación de Kevin.

—¿Qué pasa contigo? —preguntó bruscamente Slater—. ¡Atrás!

Sam se volvió para enfrentar al hombre. Apuntaba con el cañón de su arma a la rodilla de Sam. Si solo estaba en la mente de ella, ¿tenía de veras la pistola? ¿O era Kevin, y a ella le parecía Slater?

Slater sonrió malvadamente. El sudor le humedecía el rostro. Miró el reloj detrás de ella.

—Cuatro minutos, Samantha. Tienes cuatro minutos de vida. Si Kevin decide matar a su madre y no a ti, entonces yo mismo te voy a liquidar. Acabo de decidirlo y suena muy bien. ¿Qué te parece a ti?

—¿Por qué Kevin sangra por una oreja, Slater? Usted me golpeó en la oreja, ¿pero lo golpeó a él en la oreja?

La mirada de Slater fue hacia Kevin y volvió.

—Me encanta. Esta es la parte en que la lista agente hace juegos mentales en un esfuerzo final por confundir al malvado asaltante. Me encanta de veras. Evita el anzuelo, preciosa.

Sam no le hizo caso. En vez de eso estiró la mano y pellizcó a Balinda en el rostro. La mujer apretó los ojos y lanzó un chillido. Un trueno retumbó en el salón; un dolor candente chamuscó el muslo de Sam. Slater le había disparado.

Sam lanzó un grito ahogado y se agarró el muslo. La sangre se extendió por sus pantalones negros. La cabeza le daba vueltas. El dolor era demasiado real para no ser ella y Slater reales, ¿entonces quién le disparó a quién?

Kevin saltó a sus pies.

—¡Sam!

—¡Quieto! —ordenó Slater.

La mente de Sam trepó por sobre el dolor. ¿Se había disparado Kevin? Una persona normal que viera esto observaría que él se había disparado en el muslo.

Los detalles comenzaron a ordenarse, como dominós derribándose lentamente en una larga fila. De modo que si Kevin le dispara a Sam en la cabeza, ¿a quién mataría en realidad? ¿A sí mismo? ¡Él iba a matar a Balinda o a sí mismo! Y aunque Slater matara a Sam, en verdad estaría apretando el gatillo contra Kevin, porque los tres ocupaban el mismo cuerpo. No importa quién dispare sobre quién, ¡el cuerpo de Kevin recibiría la bala!

Sam sintió una oleada de pánico. Díselo a Kevin, había dicho Jennifer.

—Cuando digo atrás, quiero decir atrás... no que la pellizques, la lamas o la escupas —advirtió Slater—. Atrás significa realmente atrás. Así que ¡atrás!

Sam se alejó un paso de Balinda. *Apúrate, Jennifer, ¡apúrate, por favor! Debajo del tornillo. Eso significa el sótano; tú sabes acerca del sótano, ¿verdad? Amado Dios, ayúdales.*

—Duele, ¿no es así? —preguntó Slater, los ojos le saltaban—. No te preocupes, una bala en la cabeza alivia cualquier herida superficial previa. ¡*Pum!* Siempre funciona.

—Él está sangrando en la oreja porque *me* pegaste en la oreja —indicó Sam—. Él también está sangrando en la pierna derecha, ¿no es cierto?

Ella siguió la mirada de Slater.

Kevin se puso de pie, zigzagueando, movido por la preocupación por ella. La sangre le empapaba el zapato y la manga derecha del pantalón. No sentía el dolor porque en su mente no le dispararon a él. Sus personalidades estaban totalmente fragmentadas. ¿Y Slater? Ella bajó la mirada hacia el muslo de él... una mancha roja se estaba extendiendo sobre sus pantalones marrones. Slater le había disparado a Sam, pero la herida aparecía tanto en

Kevin como en Slater. Ella miró la oreja de Slater. Luego su zapato. También había sangre allí.

—Lo siento, Sam —expresó Kevin—. Esto no es culpa tuya. Me da pena haberte metido en esto. Yo... no debí haberte llamado.

—La llamaste porque te dije que la llamaras, ¡pedazo de idiota! —exclamó Slater—. Y ahora la vas a matar porque te estoy diciendo que la mates. No me metas en el mundo de mami y sus anuncios de cereales, Kevin. Juro que mataré a cada uno de uno de ustedes si no juegas limpio.

Sam se percató de la verdad de la situación mientras veía los profundos surcos de tristeza en el rostro de Kevin. Esta era la confesión que Kevin tenía que hacer. Todo el juego era en realidad *de Kevin*, un desesperado intento de hacer salir de su escondite a su naturaleza perversa. Estaba tratando de sacar a la luz al Slater que moraba en él. Se había extendido a ella, la Samantha en él, el bien en él. Estaba exponiendo al mundo el bien y el mal que había en él, en un intento desesperado de deshacerse de Slater. Slater pensaba que estaba ganando, pero al final Kevin sería el vencedor.

Si sobrevivía. Ya se había disparado dos veces, una en el pie y otra en el muslo.

—Tengo una teoría —consideró Samantha, con voz vacilante.

—El antiguo truco de Colombo —interrumpió Slater—. Entretengamos al tipo malo con la rutina de «tengo una teoría». ¡Basta ya! El tiempo se acaba.

—Mi teoría es que en realidad yo no soy real —siguió diciendo Sam después de aclarar la garganta.

Slater la miró.

—Soy una amiga de la infancia que Kevin creó debido a lo que aprendió a hacer cuando era niño —continuó ella, y luego lo miró a los ojos—. Tú hiciste las cosas, Kevin. Solo que en realidad no soy un invento... soy parte de ti. Soy la parte buena de ti.

—¡Basta!

—Slater tampoco es real. Él es otra personalidad, y está tratando de engañarte para que me mates o mates a tu madre. Si me escoges, estarás matando el bien en ti, quizás incluso a ti mismo. Pero si decides matar a Balinda estarás matando a otra persona viva. Tu madre, a efectos prácticos.

—Eso es mentira, deslenguada, enferma... —espetó Slater su corta diatriba con ojos saltones en el rostro enrojecido—. ¡Eso es lo más ridículo que nunca oí!

—Eso no es posible —opinó Kevin con la cara revuelta por la confusión—. ¡Eso no puede ser, Sam! ¡Por supuesto que eres real! Eres lo más real que he conocido.

—Soy real, Kevin. ¡Soy real y te amo desesperadamente! Pero soy parte de ti.

Oyéndose decir eso, ella parecía ridícula. ¿Cómo era posible que no fuera real? ¡Sentía, miraba y hasta olía! ¡Pero sí tenía sentido en algún inexplicable nivel!

—Mira tu pierna. Estás sangrando porque me dispararon —siguió diciendo Sam—. Yo soy tú. Y lo mismo Slater. Tienes que creerme. Has tomado el bien y el mal en ti y los has convertido en personas imaginarias. Personalidades. No es tan extraño, Kevin. Estás representando la lucha entre el bien y el mal que se presenta en todo ser humano. Slater y yo solo somos los jugadores de tu propia mente. Pero ninguno de nosotros puede hacer nada a menos que nos des el poder de hacerlo. Él no puede apretar ese gatillo a menos que tú lo hagas. ¿No...?

—¡Cállate! ¡Cállate, mentiroso pedazo de inmundicia! —exclamó Slater, atravesó a saltos el salón y le puso una pistola a Kevin en la mano.

Él levantó la mano y la apuntó hacia Samantha.

—Tienes cincuenta segundos, Kevin. Cincuenta, tic, tic, tic —advirtió Slater, luego levantó su propia pistola y presionó el cañón contra la sien de Balinda—. O le disparas a Sam o yo le disparo a la de los cereales.

—¡No puedo dispararle! —gritó Kevin.

—Entonces mami muere. ¡Desde luego que puedes! Apretarás ese gatillo, o te juro que me voy a encargar de mami y luego acabaré contigo por
ser un mal jugador, ¿me oyes? Cuarenta segundos, Kevin. Cuarenta, tic, tic,
tic.

El rostro de Slater brillaba en la tenue luz. Kevin sostenía la pistola a su
costado; su cara se contrajo; las lágrimas le colgaban en los ojos.

—Apunta la pistola a Samantha, ¡idiota! Levántala. ¡Ahora!

Kevin la levantó lentamente.

—¿Sam? No puedo dejar que mate a Balinda, ¿verdad?

—No pongas todo ese sentimentalismo en nosotros, por favor —pidió
Slater—. Comprendo que es bueno para el estado de ánimo, pero me revuel-
ve el estómago. Tú métele una bala en la frente. Ya la oíste, ella no es real.
Ella es producto de nuestras imaginaciones. Por supuesto, yo también lo
soy; por eso es que tienes dos balas en tu pierna.

Slater sonrió burlonamente.

Sam se sintió lastimada. ¿Qué estaba sucediendo? ¿Y si ella estuviera
equivocada? Nunca antes había tenido una idea que fuera a la vez tan totalmente imposible y tan totalmente cierta. Y ahora le estaba diciendo a Kevin
que se jugara su propia vida en esa idea. *Querido Dios, dame fortaleza.*

—Mira tu pierna, Kevin —dijo Sam—. Te disparaste tú mismo. Por
favor, te lo ruego. No dejes que Slater la mate. Él no puede disparar a menos
que tú le des el poder. Él es tú.

29

LA PUERTA al final del túnel estaba abierta. Jennifer lograba oír la voz de Sam rogando en el interior. No estaba segura de lo que encontraría cuando entrara de sopetón, pero el tiempo se acababa. El Dr. John Francis respiraba entrecortadamente detrás de ella.

Habían llegado a la casa, empujaron a Eugene y encontraron el hueco de la escalera aún bloqueado con libros. Después de revisar frenéticamente el perímetro hallaron las escaleras en el antiguo refugio antibombas. No se sabe cuán a menudo o por cuánto tiempo Kevin había estado aquí durante años creyendo que era Slater.

—Aquí vamos.

Ella hizo girar la manija, aspiró profundamente, y lanzó su cuerpo hacia delante, con la pistola extendida.

Lo primero que vio fue a Balinda, sentada en una silla de madera, atada y amordazada con cinta adhesiva gris. Después vio al hombre que miraba a Balinda. Kevin.

Kevin tenía una pistola en cada mano, una extendida y presionada contra la sien de Balinda, y la otra apuntada contra su propia cabeza como un hombre a punto de suicidarse. Nada de Samantha, nada de Slater. Solo Kevin.

Pero Jennifer sabía que Kevin no estaba viendo lo que ella veía. Sus ojos estaban muy apretados, y su respiración era rápida y profunda.

—¿Kevin?

Él movió bruscamente la cabeza hacia ella, con ojos desorbitados.

—Todo está bien. Aquí estoy —dijo Jennifer en tono tranquilizador, estirando la mano e instándolo a calmarse—. No hagas nada. Por favor, no aprietes el gatillo.

Los labios y las mejillas de Kevin estaban cubiertos de sudor. Se puso en pie, destrozado, aterrado, furioso. Le manaba sangre de las heridas en el muslo y el pie derecho. ¡Se había disparado a sí mismo! Dos veces.

—Kevin, ¿dónde está Samantha? —inquirió Jennifer.

Los ojos de él giraron bruscamente hacia la derecha.

—Cállate —gruñó él, solo que era la voz de Slater, la cual Jennifer reconoció claramente como de Kevin, pero más baja y estridente.

—No eres real, Slater —informó ella—. Solo eres una personalidad que Kevin creó. No tienes poder por ti mismo. Sam, ¿me escuchas?

—Te escucho, Jennifer —contestó Samantha, solo que no era Sam; era Kevin hablando en una voz levemente más alta. A diferencia de por teléfono, Jennifer sí oyó ahora la semejanza.

—No me ves, ¿verdad? —preguntó Sam.

—No.

—Escúchala, Kevin —expresó Sam—. Escúchame. Yo moriría por ti, mi caballero. Con gusto daría mi vida por ti, pero es a Slater a quien tienes que matar, no a mí. ¿Entiendes? Nosotros somos tú. Solo tú. Y ahora que lo has hecho salir tienes que matarlo.

Kevin apretó los ojos y comenzó a temblar.

—¡Cállate! —gritó Slater—. Todo el mundo, ¡silencio! ¡Hazlo! Hazlo, Kevin, ¡o te juro que meteré esta bala en la frente de mami! ¡Se acabó el tiempo!

Jennifer se sintió desesperada.

—Kevin...

—Dispárale a Slater, Kevin —interrumpió el profesor, poniéndose delante de Jennifer—. Él no puede matarte. Apunta el arma contra Slater y mátalo.

—¿No se disparará él mismo? —preguntó Jennifer.

—Tienes que separarte de Slater, Kevin.

Los ojos de Kevin se abrieron parpadeando. Había reconocido la voz del profesor.

—¿Dr. Francis? —se sorprendió Kevin hablando con su voz normal.

—Hay tres naturalezas, Kevin. El bien, el mal y la pobre alma que lucha en el medio. ¿Recuerdas? Estás representando esos tres papeles. Escúchame. Tienes que matar a Slater. Deja de apuntar a Sam, apunta a Slater y mátalo. Él no puede hacer nada para detenerte. Luego, cuando estés seguro de que tienes encañonado a Slater, quiero que le dispares. Yo te lo diré. Tienes que confiar en mí.

Kevin giró la cabeza, mirando a su izquierda y luego otra vez a su derecha. Desde la perspectiva de Kevin estaba mirando entre Samantha y Slater.

—¡No seas tonto! —exclamó Slater.

Kevin giró hacia Jennifer el arma que apuntaba a Balinda.

—¡Baja la pistola! ¡Fuera! —gritó Slater desesperadamente.

—Kevin, haz lo que dice el profesor —manifestó Sam—. Dispárale a Slater.

Kevin miró a Slater y se preguntó por qué el criminal no le había disparado. El tipo había apartado su pistola de Balinda y apuntaba a Jennifer, pero no había apretado el gatillo. Pasó el tiempo, y Slater aún no disparaba.

Se le ocurrió que él aún tenía la pistola en la mano, apuntando a Sam. Bajó el brazo. Ellos querían que él matara a Slater.

Sin embargo... ¿y si Sam y Jennifer tenían razón en que él estaba allí, amenazando a Jennifer; y ellos quisieran que él se disparara? Kevin había hecho salir al hombre de su escondite y ahora tenía que matarlo.

Kevin se volvió a Sam. Ella miraba con mucha ternura y mucho cariño, con ojos llenos de comprensión. *Querida Sam, te amo mucho.* La mirada de ella le penetró la mente y el corazón, fundiéndose en él con el amor de ambos.

—Tengo que irme ya, Kevin —le dijo Sam dando un paso hacia él.

—¿Irte?

El solo pensamiento le aterraba.

—No habré desaparecido. Estaré contigo. Yo *soy* tú. Dispárale a Slater.

—¡Detente! —gritó Slater— ¡Detente!

Luego dio un paso y giró su pistola hacia Samantha.

—Te amo, Kevin —manifestó Samantha caminando hacia él, sonriendo suavemente, con complicidad—. Dispárale. Los de su clase no pueden hacer nada cuando tú entiendes quién tiene el verdadero poder. Sé que eres tú quien se siente impotente, y por ti mismo lo eres. Pero si miras a tu Hacedor encontrarás suficiente poder para matar a mil Slater, en cualquier parte que surjan. Él te salvará. Escucha al Dr. Francis.

Sam extendió la mano y tocó la de él. Su dedo le atravesó la piel y se le metió en la mano. Kevin observó, boquiabierto. Samantha entró en él, la rodilla dentro de su rodilla, el hombro dentro de su hombro. Él no podía sentirla. Luego ella desapareció.

Kevin inhaló fuertemente. ¡Ella era él! ¡Ella siempre había sido él! La comprensión cayó dentro de su mente como un yunque desde el cielo. Y ella se había ido, ¿verdad? O quizás estaba más cerca que nunca. Un zumbido le dio vueltas en la mente.

Y si Sam era él, entonces Slater...

Kevin giró a la derecha. Slater temblaba de pies a cabeza, ahora con la pistola apuntada en la cabeza de Kevin. Pero quien estaba allí no era una persona de veras; era solo su naturaleza maligna, ¿no?

Kevin miró a Jennifer. Los ojos de ella le estaban suplicando. Ella no podía detener a Slater porque no podía verlo. Ella solamente lo veía a él: a Kevin.

Si él era Slater, entonces la pistola no estaba en realidad en su mano, ¿no era cierto? Él podía obligar a Slater a bajar la pistola bajándola él mismo, en su mente.

Mira a tu Hacedor, había dicho Sam.

Abre mis ojos.

Kevin miró al despreciable individuo que se hacía llamar Slater. Cerró los ojos. Se dio cuenta entonces de que tenía dos pistolas en las manos... una en su costado y otra en su sien. Que sería Slater. Bajó la pistola; ahora él tenía dos pistolas en su costado, una en cada mano. Abrió los ojos.

Slater estaba frente a él, la pistola bajada y el rostro retorcido de la furia.

—Nunca vencerás, Kevin. ¡Nunca! Eres como yo, y nada cambiará eso. ¿Me oyes? ¡Nada!

—Ahora, Kevin —pidió el Dr. Francis—. Ahora.

Kevin levantó el brazo derecho, apuntó la nueve milímetros a la cabeza de Slater y apretó el gatillo. El disparo resonó fuertemente. A esta distancia era difícil que hubiera fallado.

Pero falló. Falló porque de repente no había blanco al cual disparar. Slater había desaparecido.

Kevin bajó la pistola. La bala se había alojado en el escritorio metálico detrás del sitio donde había estado Slater, pero no penetró en carne ni sangre. Slater no era carne ni sangre. De todas formas, estaba muerto. Al menos por ahora.

En el cuarto resonaron por algunos segundos las repercusiones de la detonación. Balinda empezó a sollozar. Kevin la miró, y su mente se llenó de lástima, no de ira. Ella necesitaba ayuda, ¿verdad? Era un alma herida, igual que él. Ella necesitaba amor y comprensión. Él dudaba que ella incluso pudiera volver a la falsa realidad que había creado.

—¿Kevin?

El mundo pareció derrumbarse al sonido de la voz de Jennifer. No estaba seguro de lo que acababa de pasar, pero si no se equivocaba había volado un autobús y una biblioteca, y había secuestrado a su tía. Necesitaba ayuda. ¡Oh Dios, necesitaba ayuda!

—¿Estás bien, Kevin? —preguntó la voz entrecortada de Jennifer.

Él bajó la cabeza y empezó a llorar. No lo podía remediar. *Dios mío, ¿qué he hecho?*

Un brazo se le posó en los hombros. Pudo sentir el húmedo aroma del perfume de ella cuando se acercó.

—Está bien, Kevin. Todo está bien ahora. No dejaré que te hagan daño, te lo prometo.

Kevin se deshizo en lágrimas ante sus palabras. Merecía que le hicieran daño. ¿O era esa la antigua voz de Slater?

Samantha había dicho: escucha al Dr. Francis. Lo haría. Escucharía al Dr. Francis y dejaría que Jennifer lo apoyara. Era lo único que tenía ahora. Verdad y amor.

30

Una semana después

JENNIFER MIRÓ A TRAVÉS de la puerta de vidrio a Kevin, quien estaba de pie ante las flores en el césped del profesor, tocando y oliendo las rosas como si las acabara de descubrir. El Dr. John Francis estaba al lado de ella, mirando. Kevin había pasado los últimos siete días en la celda de una cárcel, a la espera de una audiencia. Hacía tres horas que había terminado. Persuadir a la jueza de que no había peligro de que Kevin huyera fue tarea sencilla; pero no lo fue convencerla de que Kevin no era un peligro para la sociedad. Pero Chuck Hatters, un buen amigo de Jennifer y ahora abogado de Kevin, se las había arreglado.

La prensa había masacrado a Kevin ese primer día, pero su estilo cambió cuando se filtraron los detalles de su infancia la semana siguiente... Jennifer había sido testigo de eso. Ella dio una conferencia de prensa y reveló el pasado de Kevin con todos sus horripilantes detalles. Kevin simplemente estaba representando un papel como solo podría hacerlo un niño que fue gravemente maltratado y menoscabado. Si una sola persona hubiera resultado herida o muerta, el público probablemente habría seguido pidiendo castigo a gritos hasta que otro acontecimiento estremecedor lo entretuviera. Pero en el caso de Kevin, la lástima consiguió prioridad por encima de unos cuantos edificios destrozados. Jennifer sostuvo que la personalidad de Slater no habría explotado un autobús sin antes haberlo evacuado. Ella no estaba segura de creerlo, pero fue suficiente para que el público cambiara la ola de indignación. Kevin aún tenía bastantes detractores, desde luego, pero estos ya no dominaban las ondas radiales ni televisivas.

¿Estaba Kevin loco? No, pero ella aún no podía decirles eso. Las cortes lo harían examinar concienzudamente, y la locura legal era su única defensa. Él *había* estado de muchas maneras legalmente loco, pero parecía haber salido del sótano con plena conciencia de sí mismo, quizás por primera vez en su vida. Era típico que los pacientes que sufrían de trastorno disociativo de identidad requiriesen años de terapia para liberarse de sus personalidades alternas.

En realidad, hasta el diagnóstico llevaría algún tiempo. La enigmática conducta de Kevin no calzaba en ningún trastorno clásico. El trastorno disociativo de identidad, sí, pero no había casos de tres personalidades llevando a cabo una conversación, como ella había presenciado. Quizás trastorno de estrés postraumático. O una extraña mezcla de esquizofrenia y trastorno disociativo de identidad. La comunidad científica sin duda estudiaría este caso único.

La buena noticia era que Kevin difícilmente podía estar mejor. Necesitaría ayuda, pero ella nunca había visto un cambio tan repentino.

—Tengo curiosidad —manifestó el Dr. Francis, tuteándola—. ¿Has desentrañado la parte de Samantha en todo esto?

¿Samantha? Él habló como si ella aún fuera una persona real. Jennifer lo miró y le captó la sonrisa en los ojos.

—Creo que usted se refiere a cómo se las arregló Kevin para representar a Samantha sin ademanes femeninos, ¿no es verdad?

—Sí. En los lugares públicos.

—Usted tiene razón... un día o dos y nos habríamos dado cuenta. Solo hay tres lugares donde supuestamente Sam se expuso al público. El hotel Howard Johnson, el hotel de Palos Verdes donde pasaron la noche, y cuando desalojaron el autobús. Hablé con la recepcionista en el Howard Johnson, donde Sam se hospedó. Ella se acordaba de Sam, como usted sabe, pero la persona de quien se acordaba era un hombre con cabello castaño y ojos azules. Sam.

—Kevin —corrigió el profesor.

—Sí. En realidad fue hasta allá y se registró como Sam, pensando que era ella de veras. Si hubiera firmado bajo Samantha en vez de Sam, la empleada habría levantado una ceja. Pero para ella él era Sam.

—Um. ¿Y Palos Verdes?

—El *maître* del restaurante es un buen testigo. Evidentemente algunos de los clientes se quejaron del extraño comportamiento del hombre sentado junto a la ventana. Kevin. Él miraba directamente a través de la mesa y hablaba en murmullos a una mesa vacía. Levantó la voz un par de veces.

Jennifer sonrió.

—El *maître* se acercó y preguntó si todo estaba bien, y Kevin le aseguró que así era. Pero eso no le impidió ir unos minutos después hasta la pista de baile y bailar con una pareja invisible antes de salir del salón.

—Sam.

—Sam. Según Kevin, la única vez más que estuvieron juntos en público fue cuando desalojaron el autobús que explotó. Kevin insistió en que Sam estaba en el auto, pero ninguno de los pasajeros recuerda haber visto otra persona en el auto. Y cuando yo llegué unos minutos después de la explosión, Kevin estaba solo, aunque claramente recuerda a Sam sentada a su lado, hablando por su teléfono con sus superiores. Por supuesto, la CBI no la tiene en sus archivos.

—Desde luego. Y supongo que Kevin decidió imitar al Asesino de las Adivinanzas porque le brindaba alguien totalmente de carne y hueso.

—¿Quiere usted decir *Slater*?

—Perdóname... Slater —corrigió el profesor, sonriendo.

—Encontramos un montón de recortes de periódico sobre el Asesino de las Adivinanzas en el escritorio de Slater. Varios estaban dirigidos a la casa de Kevin. Él no recuerda haberlos recibido. Tampoco recuerda cómo entró a la biblioteca sin ser visto ni cómo colocó las bombas en su auto o en el autobús, aunque las evidencias del sótano no dejan dudas de que construyó las tres bombas.

Jennifer movió la cabeza de lado a lado.

—Kevin, como él mismo, no era consciente de estar portando los teléfonos de Sam y de Slater la mayor parte del tiempo —continuó ella—. Cabría pensar que cuando no estuviera en sus personajes, se daría cuenta de eso, pero de algún modo los *alter ego* se las arreglaban para cerrarle la mente a esas realidades. Asombra ver cómo funciona la mente. Yo nunca oí de una fragmentación tan clara como esta.

—Debido a que las personalidades de Kevin giraban diametralmente opuestas —opinó el Dr. Francis—. *¿Qué cae pero no se rompe? ¿Qué rompe pero no se cae? ¿Qué cae pero no se rompe? ¿Qué rompe pero no se cae?* Noche y día. Negro y blanco. Mal y bien. Kevin.

—Noche y día. El mal. Algunos en su campo lo están llamando poseído, ¿verdad?

—Lo he oído.

—¿Y qué opina?

Él aspiró profundamente y lo soltó poco a poco.

—Si ellos quieren atribuir la naturaleza mala de él a una presencia o fortaleza demoníaca podrían hacerlo sin razones y sin aprobación de mi parte. Parece muy impresionante, pero no cambia la verdad fundamental. El mal es mal, sea que tome la forma de un diablo con cuernos, un demonio del infierno, o el chismorreo de un obispo. Creo que Kevin simplemente estaba interpretando las naturalezas que residen en todos los humanos desde que nacen. Como un niño podría interpretar a Dorothy y la bruja mala del oeste. Pero Kevin creía de veras que él era tanto Slater como Samantha, gracias a su propia infancia.

El profesor cruzó los brazos y volvió a mirar a Kevin, quien ahora contemplaba una formación de nubes.

—Creo que todos tenemos a Slater y a Samantha viviendo dentro de nosotros como parte de nuestra propia naturaleza —opinó él—. Me podrías llamar *Slater-John-Samantha*.

—Um. Y supongo que eso me haría *Slater-Jennifer-Samantha*.

—¿Por qué no? Todos luchamos entre el bien y el mal. Kevin vivió esa lucha de una forma dramática, pero todos experimentamos la misma batalla. Todos luchamos con nuestros propios Slater. Con el chisme, la ira y los celos. Kevin dijo que su trabajo de fin de trimestre iba a ser una historia... en más de una forma, creo que simplemente vivió su papel.

—Perdone mi ignorancia, profesor —intervino Jennifer sin mirarlo—, pero ¿cómo es que usted, supuestamente un hombre «regenerado», siervo dedicado de Dios, aún lucha con el mal?

—Porque soy una criatura con libre albedrío —contestó el Dr. Francis—. En cualquier momento dado la decisión de cómo he de vivir es mía. Y si decido ocultar mi mal en el sótano, como hizo Kevin, el mal se desarrollará. Los que pueblan las iglesias estadounidenses quizás no están haciendo saltar autobuses por los aires ni secuestrando, pero la mayoría esconde su pecado del mismo modo. Slater acecha en sus mazmorras y ellos se niegan a destaparlo, por así decirlo. Kevin, por otra parte, está claro que lo destapó, sin buscar un juego de palabras.

—Por desgracia se llevó a media ciudad con él.

—¿Oíste lo que Samantha dijo en el sótano? —indagó el profesor.

Jennifer se había preguntado si él sacaría a colación las palabras de Samantha.

—Eres impotente por ti mismo. Pero si miras a tu Hacedor encontrarás suficiente poder para matar a mil Slater —recordó ella.

Las palabras que Samantha le dijo a Kevin habían obsesionado a Jennifer en la última semana. ¿Qué había sabido Kevin para decir eso? ¿Era en realidad tan sencillo como que su naturaleza buena estuviera gritando la verdad?

—Ella tenía razón. Todos somos impotentes para tratar por nuestra cuenta con Slater.

Él hablaba de que el hombre debe depender de Dios para encontrar la verdadera naturaleza. Había pasado muchas horas con Kevin en la cárcel... Jennifer se preguntaba qué pasó entre ellos.

—Después de ver lo que he visto aquí ni siquiera voy a tratar de discutir con usted, profesor —aceptó ella, y movió la cabeza hacia Kevin—. ¿Cree usted que él está... bien?

—¿Bien? —cuestionó el Dr. Francis con la ceja derecha levantada; luego sonrió—. Seguro que se alegrará de oír la buena noticia que le tienes, si eso es lo que quieres decir.

Jennifer se sintió vulnerable. Él podía ver más de lo que ella quería decir, ¿no era así?

—Tómate tu tiempo. Tengo algunas llamadas por hacer —comentó él saliendo hacia su estudio.

—Profesor.

—¿Sí? —preguntó él girando.

—Gracias. Él... nosotros... le *debemos* nuestras vidas a usted.

—Tonterías, querida. No me deben nada. Tú podrías, sin embargo, tener una deuda con Samantha. Y con el Hacedor de Samantha —concluyó él sonriendo adrede y entrando a su estudio.

Jennifer esperó hasta que se cerró la puerta. Descorrió la portezuela corrediza y pasó al patio.

—Hola, Kevin.

—¡Jennifer! —exclamó él, girando, sus ojos resplandecieron—. No sabía que estabas aquí.

—Tengo un poco de tiempo.

Por más que ella tratara de hacer caso omiso de la realidad, había un vínculo único entre ellos. Ella no sabía si se trataba de su reacción natural a la simpatía que él generó en el espíritu generoso de ella, o de algo más.

El tiempo lo diría. El Asesino de las Adivinanzas aún andaba suelto, y sin embargo ella sentía de algún modo que se había encontrado consigo misma por primera vez desde la muerte de Roy.

Kevin volvió a mirar las rosas. Sus ojos no podían sostener de modo fijo la mirada de ella, como ocurría antes; había perdido cierta inocencia. Pero ella lo prefería de esta manera.

—Me estoy tomando un período sabático —expresó ella.

—¿Del FBI? ¿Verdad?

—Así es. Acabo de venir de un juicio con la jueza Rosewood —confesó Jennifer, quien ya no pudo contenerse más. Sonrió de oreja a oreja.

—¿Qué? —preguntó él, luego lo contagió la euforia femenina—. ¿Qué es tan divertido?

—Nada. Ella va a considerar mi solicitud.

—¿La jueza? ¿Qué solicitud?

—Tú sabes que yo soy psicoterapeuta autorizada, ¿no?

—Sí.

—Aunque obtengamos tu absolución, y creo que la obtendremos, la corte insistirá en terapia. En realidad es probable que tu tratamiento comience muy pronto. Pero no creo que podamos confiar simplemente en que cualquier psicoterapeuta se entrometa en tu cabeza.

—Psicología barata —manifestó él—. ¿Ellos...?

A Kevin se le abrieron más los ojos.

—¿Tú? —titubeó él.

Jennifer rió. Si la jueza pudiera verla ahora, podría reconsiderar. Pero no lo haría. Es más, nadie podría. El profesor se había retirado a su oficina.

Ella se le acercó, con el pulso acelerado.

—No seré exactamente tu psicoterapeuta. Pero estaré ahí, cada paso del camino, vigilando. No pienso dejar que nadie más meta las narices en tu mente más de lo debido.

—Creo que yo dejaría que tú te metieras en mi mente —aseguró él mirándola a los ojos.

Todo en el ser de Jennifer quiso entonces extenderse hacia él, tocarle la barbilla y decirle que le importaba más de lo que le había importado cualquier otra persona en mucho tiempo. Pero ella era una agente del FBI, por el amor de Dios. ¡La agente encargada de este caso! Debía recordar eso.

—¿Necesito de veras una psicoterapeuta? —cuestionó él.

—Me necesitas —confesó ella, pareciendo un poco atrevida—. Quiero decir que necesitas a alguien *como* yo. Hay muchos asuntos...

—No, no necesito a alguien como tú —la interrumpió Kevin inclinándose de pronto hacia delante y besándola en la mejilla—. Te necesito a ti.

Él retrocedió, luego apartó la mirada y se sonrojó.

Ella ya no se pudo controlar. Dio un paso adelante y lo besó muy levemente en la mejilla.

—Y yo te necesito, Kevin. También te necesito.

No entiendo lo que me pasa, pues no hago lo que quiero ... ya no soy yo quien lo lleva a cabo sino el pecado que habita en mí. ... De hecho, no hago el bien que quiero, sino el mal que no quiero. Y si hago lo que no quiero, ya no soy yo quien lo hace sino el pecado que habita en mí. Así que descubro esta ley: que cuando quiero hacer el bien, me acompaña el mal. Porque en lo íntimo de mi ser me deleito en la ley de Dios; pero me doy cuenta de que en los miembros de mi cuerpo hay otra ley, que es la ley del pecado. Esta ley lucha contra la ley de mi mente, y me tiene cautivo. ... En conclusión, con la mente yo mismo me someto a la ley de Dios, pero mi naturaleza pecaminosa está sujeta a la ley del pecado.

Tomado de una carta que el apóstol Pablo escribió a la iglesia en Roma en el año 57 A.D. Romanos 7:15-25.